The Education of Little Tree

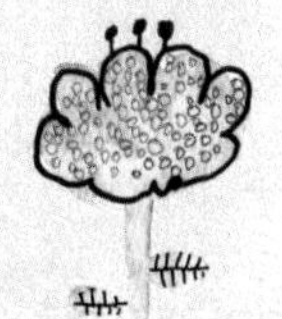

내
영혼이

따뜻했던
날들

The
Education
of
Little
Tree

포리스트 카터 지음
조경숙 옮김

아름드리미디어

차례

이 책을 함께하는 기쁨

할머니가 나에게 잘했다고 칭찬해주셨다. 뭔가 좋은 일이 생기거나 좋은 것을 손에 넣으면 무엇보다 먼저 이웃과 함께하도록 해야 한다. 그렇게 하다보면 말로는 갈 수 없는 곳까지도 그 좋은 것이 널리 퍼지게 된다. 그것은 좋은 일이라고 하시면서.

뉴멕시코 대학출판국이 포리스트 카터의 《내 영혼이 따뜻했던 날들 The Education of Little Tree》을 재발간한 것은 할머니가 어린 손자 작은 나무에게 가르친 바로 그 내용, 즉 좋은 것을 이웃과 함께하라는 그 가르침을 실천하고 있는 것이다. 《내 영혼이 따뜻했던 날들》은 《허클베리 핀의 모험》처럼 자라나는 새로운 세대들이 그때마다 다시금 발견하여 읽고 또 읽어야 하는 얼마 안 되는 책들 중 하나다. 익살스런 이야기에 저도 모르게 입가에 웃음을 떠올렸다가는, 가슴 저린 이야기에 눈시울을 붉히게도 하는 이 책은 읽는 동안에 그야말로 독자의 영혼이 따뜻하게 젖어들어가는 것을 느끼게 해준다.

이 책의 저자인 포리스트 카터는《무법자 조지 웨일즈》를 비롯해 주목할 만한 몇몇 작품들을 남겼다. 그러나 그중에서도 가장 소중한 작품이 바로《내 영혼이 따뜻했던 날들》이다. 당초《할아버지와 나 Grandpa and Me》라는 제목으로 출간되었던 이 책은 저자가 동부 체로키족 거주지 내 산속에서 조부모와 생활했던 이야기를 엮은 자전적인 회상록인 동시에, 1930년대 대공황기의 생활에 대한 감동적인 서술이기도 하지만, 단순히 그것에서 그치지 않고 모든 시대, 모든 사람들에게 공감을 주는 인간적인 기록이기도 한다. 다시 말해서 이 책은 인간의 영혼에 호소하고 영혼의 가장 깊숙한 곳까지 젖어드는 힘을 지니고 있다.

《내 영혼이 따뜻했던 날들》을 읽은 사람이라면 누구나 언제, 어디서, 어떻게 해서 이 책과 인연을 맺었는지 또렷하게 기억하기 마련이다. 서점에서 발견한 사람이 있는가 하면, TV 북쇼〈이주의 책〉등을 보고 안 사람도 있을 것이다. 또 인디언 거주지역에 들렀을 때 토산품 가게 한쪽 구석에서 이 책을 찾아낸 사람도 있을 것이다. 어쨌든 독자들은《내 영혼이 따뜻했던 날들》과의 첫 만남을 떠올릴 때마다 가슴이 뜨거워질 것이다. 왜냐하면

《내 영혼이 따뜻했던 날들》은 한 번 읽고 나면 결코 이전 상태로 되돌아갈 수 없게 만드는 책이기 때문이다. 이 책을 읽고 난 독자들은 이제 그 이전과 같은 방식으로 세계를 보지 않는다.

1977년 초판이 간행되었을 때,《내 영혼이 따뜻했던 날들》은 서평에 널리 오르내리며 극찬을 받았다.《뉴욕타임스》에서부터 산악지방의 주간지에 이르기까지 많은 비평가들은 이 책에 나오는 인디언 소년의 영감 넘치는 자전적 회상이 기계화와 물질주의에 억눌린 현대인에게 신선한 시각을 제공할 것이라고 적었다. 이렇게 해서 이 책은 먼저 청소년 문제나 교육 문제, 인디언 문제나 인류와 지구의 관계에 관심을 가진 사람들 사이에서 가장 열렬한 최초의 독자들을 얻어갔다. 얼마 안 가《내 영혼이 따뜻했던 날들》은 다른 집단들 사이에서도 애독자를 확보하기 시작했다.

평상시에 책을 잘 안 읽는 사람들도 이 책만의 독특한 말투와 그 따뜻한 가치관에 깊이 빠져들었다. 10대 청소년들은 거의 신앙처럼 이 책을 사랑했다. 또한 더 어린 아이들은 또 그들대로 자신들과 같은 연령의 주인공에게 강한 애착을 느꼈다. 도서관 직원은《내 영혼이 따뜻했던 날들》이 도서관 서가에 꽂힐 새가 없다는 것을 눈치채기 시작했다. 미국 원주민의 생활을 연구하는 학생들은 이 책이 신비하고 낭만적인 동시에, 인디언의 실제 생활상에 대한 정확한 기록이라는 것을 확인했다. 학생들에게 시달려 지친 초등학교 교사들은 이 책 덕분에 매력적인 어린 영혼들을 재발견할 수 있게 되었다. 하지만《내 영혼이 따뜻했던 날들》에 대한 독자들의 사랑이 널리 퍼지면 퍼질수록 이 책을 구하기가 힘들어졌던 것도 사실이다.

뉴멕시코 대학출판국의 복간으로《내 영혼이 따뜻했던 날들》은 이제 다시 독자들 가까이에 놓이게 되었다. 이제 독자들은 우리의 가슴을 두드리고 우리의 영혼을 교육하는, 이 믿을 수 없을 만큼 감동적인 이야기를 다시 한 번 함께할 수 있게 된 것이다.

1985년 11월,
레나드 스트릭랜드

내 이름은 작은 나무

아빠가 세상을 뜨신 지 1년 만에 엄마도 돌아가셨다. 나는 할아버지, 할머니와 함께 살게 되었다. 이때 내 나이 다섯 살이었다.

나중에 할머니에게 듣기로는 엄마 장례식이 끝나고 나서, 고아가 된 나를 놓고 친척들 사이에서 꽤나 시끌벅적한 말다툼이 있었다고 한다.

우리 가족이 그때까지 살던 통나무집은 언덕 중턱에 있었다. 친척들은 작은 개울이 흐르는 그 뒤뜰에 머리를 맞대고 서서, 내가 어디로 가는 게 좋을지 열심히 입방아를 찧고 있었던 것이다. 그 와중에도 페인트칠이 된 침대와 탁자, 의자 따위를 나누어 가지면서 말이다.

할아버지는 친척들 틈에서 벗어나 뜰 구석에 묵묵히 서 계셨다. 할머니도 할아버지 뒤에 가만히 서 계셨다고 한다. 할아버지는 체로키족(미국 동부의 애팔래치아산맥 남쪽 끝에 살면서 농경과 수렵생활을 한 수렵 인디언족. 1838~1839년에 오클라호마 주로 강제이주 당했지만, 산속으로 숨거나 달아난 사람들도 있어서, 지금은 멀리 떨어진 두 그룹으로 나뉘어진다. 작은 나무는 본래의 고향인 테네시 주에 머무른 그룹의 자손에 속한다—옮긴이)의 피가 반 섞인 혼혈이고 할머니는 순수 체로키족이시다.

할아버지는 거의 2미터가 다 될 정도로 키가 커서 사람들 사이에 서면 머리 하나가 삐죽 솟았다. 거기다 할머니는 땅만 내려다보고 계셨지만, 할아버지는 사람들 머리 너머로 계속 내 얼굴을 쳐다보고 계셨다고 한다. 큼지막한 검은 모자를 쓰시고, 교회 갈 때나 장례식 때만 입는 반지르한 검은 양복을 입으신 채 말이다.

나는 한발한발 뜰을 가로질러 할아버지에게로 다가가 그 긴 다리에 매달렸다. 친척들이 떼놓으려 해도 부둥켜안은 팔의 힘을 풀지 않았다. 할머니 말씀으로는 울지도 않고 고함도 지르지 않고, 오직 할아버지 다리만 꼭 부둥켜안고 있었다고 한다. 친척들은 떼내려 하고 나는 떨어지지 않으려 하면서 한참 동안 실랑이를 벌이고 있노라니, 할아버지가 가만히 몸을 굽혀 내 머리 위

에 손을 얹어놓으시고는,

"그냥 내버려둬."

라고 하셨다. 그러자 친척들이 일제히 내 몸에서 손을 뗐다. 할아버지는 좀체 사람들 앞에서 이야기를 하지 않으신다. 하지만 어쩌다 한마디 하시면 누구도 그 말을 거역하지 못한다는 게 할머니의 설명이셨다.

그날 오후 늦게 할아버지와 할머니, 나, 세 사람은 언덕을 내려와 마을로 이어지는 큰길로 나왔다. 한겨울이라 벌써 어둑어둑해지고 있었다. 내 옷가지를 싼 보따리를 어깨에 둘러맨 할아버지가 길섶을 따라 앞서 걸으셨다. 나는 얼마 안 가 할아버지를 따라잡으려면 거의 뛰다시피 걸어야 한다는 걸 깨달았다. 내 뒤에서 따라오시던 할머니도 자주 치마를 들어올리면서 잰걸음으로 걷고 계셨다.

마을에 들어서고 나서도 우리의 이런 행진은 그대로 이어져, 할아버지는 여전히 저만큼 앞서 걸으셨다. 할아버지를 간신히 따라잡은 것은 버스 정류장에 들어서고 나서였다. 우리는 한참 동안 그곳에 서 있었다. 할머니는 버스가 들어오고 나갈 때마다 버스 앞쪽에 걸린 행선지 표지판을 일일이 읽어보셨다. 할아버지는 할머니가 누구보다도 글자를 잘 읽는다고 하셨다. 과연 할머니는 우리가 탈 버스를 족집게처럼 정확하게 집어내셨다. 어느새 주변에는 땅거미가 내려앉고 있었다.

우리는 다른 사람들이 모두 버스에 올라탈 때까지 기다렸다.

그건 잘한 일이었다. 왜냐하면 우리가 버스에 발을 올려놓는 바로 그 순간부터 문제가 생겼기 때문이다. 할아버지가 제일 먼저 올라타시고, 그 다음에 나, 할머니는 차문 바로 안쪽 제일 낮은 승강구 계단에 서 계셨다. 할아버지가 바지 앞주머니에서 똑딱이 물림쇠가 달린 지갑을 꺼내 버스 요금을 내려 했다.

"차표는 어디 있는 거요?"

운전사가 어찌나 크게 고함을 질렀던지, 차에 타고 있던 사람들 모두가 한꺼번에 우리 쪽으로 얼굴을 돌렸다. 그래도 할아버지는 눈 한 번 깜짝이지 않고, 지금 차비를 내려는 참이라고 말씀하셨다. 할머니가 내 어깨너머로 "어디로 가는지 말해요"라고 속삭이셨다. 할아버지는 할머니가 시킨 대로 운전사에게 말했다.

운전사가 얼마를 내라고 하자, 할아버지는 동전 하나하나를 찬찬히 살펴보면서 돈을 세어나갔다. 차안의 불빛이 워낙 흐렸기 때문이었다. 그러자 운전사가 손님들에게 얼굴을 돌리더니, 오른손을 들어 보이고는 "하여간 못 말려!"라며 웃음을 터뜨렸다. 승객들도 모두 따라 웃었다. 사람들이 웃는 것을 보니 안심이 되었다. 우리가 차표가 없다고 해서 크게 악의를 품거나 화가 나지 않았다는 걸 알 수 있었기 때문이다.

그러고 나서 우리는 버스 뒤쪽으로 걸어갔다. 그때 웬 아주머니가 눈에 띄었다. 그 아주머니는 많이 아픈 것 같았다. 눈언저리는 온통 푸르죽죽한 멍이 들었고, 입가에는 시뻘겋게 핏자국이 묻어 있었다. 우리가 곁을 지나치려 하자 아주머니는 손으로 입술을 가렸다가 금방 도로 떼면서 큰 소리로 비명을 질렀다.

“아, 아야…… 푸우!”

하지만 웃는 걸 보니 아픈 건 금세 사라진 것 같았다. 다른 사람들도 모두 따라 웃었다. 아줌마 옆에 앉았던 아저씨도 자기 넓적다리를 손바닥으로 두들기면서 웃어댔다. 그 아저씨는 굵고 번쩍거리는 넥타이핀을 꽂고 있었다. 그래서 나는 이 부부가 부자이고, 필요하면 언제라도 의사에게 치료받을 수 있는 사람들인 걸 알았다.

나는 할머니와 할아버지 사이에 앉았다. 할머니가 손을 뻗어 할아버지의 손등을 가볍게 두드렸다. 그러자 할아버지도 내 무릎 위로 손을 뻗어 할머니 손을 가만히 잡았다. 편안하고 따뜻한 기분이 내 몸을 부드럽게 훑고 지나갔다. 그래서인지 나는 금방 잠이 들었다.

버스에서 자갈길로 내려섰을 때는 밤이 한창 이슥해서였다. 할아버지가 다시 걷기 시작했고 나와 할머니는 그 뒤를 따랐다. 유리가 쨍 하고 깨질 것처럼 공기가 차가웠다. 둥그런 수박을 반으로 쪼개놓은 듯한 달이 얼굴을 내밀더니, 저 멀리 구부러져 돌아간 곳까지 우리 앞길을 은빛으로 비춰주었다.

자갈길을 벗어나, 가운데로는 풀이 자라고 양옆으로 마차의 바큇자국이 선명한 흙길로 들어서자 산이 바로 내 옆에 와 있는 것이 느껴졌다. 사실 이때 우리는 시커먼 산그림자 속에 들어가 있었다. 반달은 높은 산등성이 바로 위에 높다랗게 걸려 있어서, 올려다보려면 머리를 완전히 뒤로 젖혀야 했다. 나는 시커멓게 덮쳐누르는 듯한 산의 무게에 몸을 떨었다.

할머니가 내 뒤에서 소리쳤다.

"웨일즈, 애가 지친 것 같아요."

할아버지가 걸음을 멈추고 뒤돌아보았다. 나를 내려다보는 할아버지의 얼굴은 널따란 모자 그늘에 가려 있었다.

"뭔가를 잃어버렸을 때는 녹초가 될 정도로 지치는 게 좋아."

할아버지는 이렇게 한마디 하시고는 다시 몸을 돌려 걷기 시작하셨다. 하지만 이번에는 따라잡기가 훨씬 쉬웠다. 할아버지가 걷는 속도를 늦춘 것이다. 그래서 나는 할아버지도 지쳤나보다고 생각했다.

그렇게 한참을 더 걸어가자 바큇자국이 난 널찍한 길도 끝나고, 한 사람이 겨우 지나갈 만한 좁은 산길로 들어섰다. 언뜻 생각으로는 우리가 산을 짓밟으면서 앞으로 나갈 것 같았는데, 실제로 걸어보니 산이 손을 벌려 온몸으로 감싸주는 듯한 기분이 들었다.

발자국 소리가 조금씩 울리기 시작했다. 주위에 뭔가 꿈틀거리는 것들이 있었다. 만물이 다시 살아나기라도 하는 것처럼 속삭이는 듯한 소리와 숨소리들이 나무들 사이에서 새어나오기 시작했다. 이제 춥지는 않았다. 길옆에서는 찰방거리는 소리와 퐁퐁거리는 소리, 콸콸거리는 소리들이 뒤섞여 흘러갔다.

바위 위를 굴러 내려오면서 멈추는 곳마다 여울을 만들고, 다시 굴러 내려가는 시냇물 소리였다. 이제 우리는 깊은 계곡 속으로 들어서고 있었다.

어느새 반달은 맞은편 산등성이 뒤에 숨은 채 뿌연 은빛만을 하늘 가득히 토해내고 있었다. 덕분에 계곡에는 회색빛 아치 같은 것이 드리워져 우리 모습을 희미하게 밝혀주었다.

할머니가 뒤에서 콧노래를 부르기 시작하셨다. 인디언 노래였다. 굳이 가사를 붙여 부르지 않아도 어떤 노래인지 대충 짐작이 갔다. 듣고 있노라니 마음이 편해졌다.

그때 갑자기 개 짖는 소리가 들렸다. 나는 화들짝 놀랐다. 길고도 구슬픈 듯한 울음소리가 오열하는 듯한 긴 여운을 남기고 울려퍼지면서 산속으로 도로 사라져갔다.

할아버지가 쿡! 하고 웃으셨다.

"저건 모드라는 놈이야. 코로 냄새를 맡지 못하니까 귀로 어떻게 해보려는 거지."

잠시 후 우리는 여러 마리의 개에게 둘러싸였다. 개들은 할아버지 주위에서 낑낑거리기도 하고, 처음 보는 내 냄새를 맡으려고 킁킁거리기도 했다. 모드가 짖는 소리가 또 들렸다. 이번에는 아주 가까웠다. 할아버지가 "그만 해! 모드" 하고 소리지르자, 그 소리 임자가 누군지 알아챈 모드는 쏜살같이 달려와 우리에게 뛰어들었다.

그리 넓지 않은 개울 위에 걸쳐진 통나무다리를 건너고 나니 조그만 오두막집이 있었다. 그 집은 산을 등지고 서 있었는데 앞쪽으로는 기다란 베란다가 시원스럽게 뻗어 있었고, 뒤쪽으로는 커다란 나무들이 서 있었다.

오두막집 가운데로는 약간 폭이 있는 마루가 있었고, 그 양옆으로 방들이 있었다. 마루 양끝은 그대로 바깥으로 통하게 되어 있었다. 그것을 마루라고 부르는 사람들도 있지만, 산사람들은 '개 통로'라고 불렀다. 개들이 주로 그곳으로 들락거렸기 때문이다. 이 마루를 사이에 두고 한쪽에는 부엌 겸 식당 겸 거실로 쓰는 커다란 방이 있었고, 다른 쪽에는 침실 두 개가 있었다. 하나는 할아버지와 할머니가 함께 쓰는 침실이었다. 남은 하나를 내 방으로 쓰기로 했다.

히커리나무로 만든 테두리에다 사슴 가죽띠를 팽팽히 묶어서 만든 침대는 부드럽게 쿨렁거렸다. 침대에 누우니 열린 창문으로 개울가에 서 있는 나무들이 희미한 빛 속에서 귀신처럼 시커멓게 보였다. 울컥 엄마 생각이 나고, 낯선 곳에 와 있다는 두려움이 몰려왔다.

그때 누군가가 내 머리카락을 쓰다듬었다. 침대 옆 마룻바닥에 앉아 계시던 할머니였다. 할머니는 널따란 치맛자락을 마루에 펼치고, 흰머리가 많이 섞인 땋은 머리를 어깨에서 무릎으로 늘어뜨리고 앉아 계셨다. 할머니도 나처럼 창밖을 바라보고 계셨다. 이윽고 할머니가 낮고 부드러운 소리로 노래하기 시작했다.

숲도, 가지를 스치는 바람도,
이젠 모두 그가 온 걸 알지.
아버지 산이 노래 불러 맞아준다네.
아무도 작은 나무를 무서워하지 않아.
작은 나무가 착한 걸 아니까.
모두가 소리 높여 노래하지.
"작은 나무는 외톨이가 아니야."

장난꾸러기 라이나도
졸졸졸졸 물소리 울리며
즐겁게 춤추며 산을 내려간다네.
"내 노래 들어봐요.
우리 형제가 찾아왔어요.
작은 나무는 우리 형제,
작은 나무가 여기 있어요."

어린 사슴 우스디도
메추라기 미네리도
까마귀 카구까지 노래 부르네.
"작은 나무는
상냥하고, 강하고, 용감하다네.

작은 나무는 절대 외톨이가 아니야."

할머니는 노래를 부르면서 몸을 천천히 앞뒤로 흔들었다. 그러자 나도 바람이 재잘거리고, 시냇물 라이나가 내 이야기를 노래 부르며 형제들에게 전하는 소리를 들을 수 있었다.

나는 노래 속의 작은 나무가 바로 나라는 걸 알고 있었다. 산 형제들이 날 좋아하고 나하고 같이 있고 싶어하는 걸 보니 기뻤다. 그래서 나는 울지도 않고 편안하게 잠이 들었다.

The Way

자연의 이치

난로에서 옹이 많은 소나무 땔감이 타닥타닥 기름 튀기는 소리를 내며 타는 동안, 가냘픈 몸집의 할머니가 저녁마다 흔들의자에 앉아 콧노래를 부르면서 모카신(부드러운 가죽으로 뒤축이 없게 만든 인디언 신발—옮긴이) 한 켤레를 만드는 데는 꼬박 일주일이 걸렸다. 할머니는 먼저 갈고리칼로 사슴 가죽을 찢어서 끈을 만든 다음, 빙 돌아가며 테두리를 꿰맸다. 이렇게 해서 구두가 완성되자 이번에는 그것을 물에 담갔다. 이 젖은 구두를 신고 방 안을 왔다갔다하면서 구두를 말리는 일은 내

묶이었다. 이렇게 말리면 신발이 발에 딱 맞아 공기처럼 가볍게 느껴진다.

그날 아침, 자리에서 일어나 서둘러 멜빵바지를 입고 잠바 단추를 잠그고 난 나는, 드디어 모카신 속에 가만히 발을 집어넣었다. 주위는 아직 어둡고 추웠다. 나뭇가지를 뒤흔드는 아침 바람조차 불지 않는 이른 시각이었다.

할아버지는 "새벽에 일찍 일어나면 산꼭대기까지 데리고 가겠다"고 하셨다. 그러나 '깨워주겠다'고는 하시지 않았다.

"남자란 아침이 되면 모름지기 제힘으로 일어나야 하는 거야."

할아버지는 조금도 웃지 않는 얼굴로 나를 내려다보시며 이렇게 말씀하셨다. 그렇지만 할아버지는 자리에서 일어나신 후 여러 가지 시끄러운 소리를 내셨다. 내 방쪽 벽에 쿵 하고 부딪치기도 하고, 유난스레 큰 소리로 할머니에게 말을 걸기도 하셨다. 사실 나는 그 소리 때문에 눈을 뜬 것이다. 덕분에 한발 먼저 밖으로 나간 나는 개들과 함께 어둠 속에 서서 할아버지를 기다릴 수 있었다.

"아니, 벌써 나와 있었구나!"

할아버지는 정말 놀랍다는 얼굴로 말했고,

"예, 할아버지."

내 목소리에는 뿌듯한 자랑이 묻어 있었다.

할아버지는 우리 둘레를 겅중겅중 뛰어다니는 개들에게 손가락을 내밀고 "너희들은 그냥 있거라"라고 지시했다. 개들은 꼬리를 사리면서도 졸라대듯이 코를 끙끙거렸다. 모드는 컹컹 짖기까지 했다. 그렇지만 어느 개도 우리를 따라오지는 않았다. 모두들 그 자리에 그대로 서서 빈 터를 빠져나가는 우리를 실망한 눈빛으로 바라보고만 있었다.

나도 시냇가 둑길을 따라 만들어진 야트막한 오르막길을 올라가본 적은 있었다. 꼬불꼬불 구부러진 그 길을 가다보면, 돌연 꽤 널찍한 풀밭이 눈앞에 펼쳐진다. 할아버지는 그곳에 마구간을 지어 노새와 소를 기르고 계셨다. 그러나 오늘 아침에는 그쪽 길로 가지 않고, 곧장 오른쪽으로 꺾어지더니 산허리를 돌아 올라가기 시작하셨다. 이 길은 계곡을 따라 이어지는 길이 그렇듯이 꽤 가파른 경사를 이루면서 위로 이어져 있었다. 나는 급한 경사를 온몸으로 느끼면서 종종걸음으로 할아버지 뒤를 따라 걸었다.

그런데 그전과는 뭔가 다른 게 느껴졌다. 할머니가 말씀하신 대로 어머니인 대지, 모노라(Mon-o-lah)가 내 모카신을 통해 나에게 다가온 것이다. 여기서는 볼록 튀어나오거나 밀쳐올라오고, 저기서는 기우뚱하거나 움푹 들어간 그녀의 존재가 내 몸으로 전해져왔다…… 그리고 혈관처럼 그녀의 몸 전체에 퍼져 있는 뿌리들과, 그녀 몸 깊숙이 흐르는 수맥의 생명력들도. 어찌나 친절하고 부드러운지 그녀의 가슴 위에서 내 몸이 통통 뛰는 것 같았다. 그 모든 게 할머니가 말씀하신 그대로였다.

차가운 공기 탓에 내 입김은 뿜어져 나올 때마다 작은 구름을 이루었다. 저 멀리 아래쪽에 개울이 놓여 있는 게 보였다. 벌거벗은 나뭇가지 아래로 이빨처럼 자라난 고드름들에서는 물방울이 똑똑 떨어졌다. 더 높이 올라가니 길바닥에도 얼음이 깔려 있었다. 이제 어둠은 사라지고 새벽 회색빛이 사방을 뒤덮었다.

할아버지가 멈춰서서 길섶 쪽을 가리켰다.

“여기가 야생 칠면조가 다니는 길이야. 한 번 보련?”

나는 쭈그리고 앉아서 그 발자국들을 보았다. 그것은 가운데 동그라미를 중심으로 작은 막대기 같은 자국들이 사방으로 펴져나간 모양이었다.

“이제 덫을 놓아볼까.”

길을 따라가던 할아버지는 그루터기 아래에서 구덩이를 찾아냈다. 우리는 먼저 구덩이 위에 수북이 쌓인 나뭇잎부터 치웠다. 그러고 나자 할아버지는 긴 칼을 끄집어내서 눅눅한 땅을 파들어가기 시작했다. 파낸 흙은 낙엽들 사이에 뿌렸다.

가장자리를 볼 수 없을 정도로 구덩이가 깊어지자 할아버지는 나를 구덩이에서 끌어올렸다. 우리는 나뭇가지들을 끌고 와서 그 구덩이에 걸쳐놓고, 그 위에 나뭇잎 한 아름을 뿌려놓았다. 그러고 나서 할아버지는 그 긴 칼로 야생 칠면조가 다니는 길에서 구덩이로 비스듬히 이어지는 작은 도랑을 파더니, 주머니에서 붉은 인디언 옥수수 알갱이들을 꺼내 도랑을 따라 쭉 뿌려나갔다. 구덩이 속에도 옥수수 한 움큼을 던져넣었다.

“자, 이제 가자.”

할아버지는 다시 숲길을 오르기 시작했다. 서릿발이 선 것처럼 땅에서 솟아오른 얇은 얼음들이 발밑에서 부서졌다. 맞은편 산이 훨씬 가까워졌다. 그럴수록 골짜기는 가늘고 길게 갈라져서 저기 까마득히 발 아래로 멀어졌다. 그 갈라진 바닥에는 칼날 같은 시냇물이 담겨 있었다.

우리는 길에서 벗어나 낙엽 위에 주저앉았다. 그때 마침 아침 해님이 계곡 건너편 산꼭대기로 머리를 내밀어 첫 햇살을 비추기 시작했다. 할아버지가 주머니에서 건빵과 사슴고기를 꺼냈다. 우리는 산을 바라보며 아침 식사를 했다.

산꼭대기에 폭발이라도 일어난 것처럼, 번쩍이는 빛줄기들이 하늘 위로 솟구쳤고, 얼음에 덮인 나뭇가지들은 햇빛을 받아 눈이 부실 정도로 반짝거렸다. 아침 햇살은 물결처럼 아래로 내려가면서 밤의 그림자들을 천천히 벗겨가고 있었다. 정찰을 맡은 까마귀 한 마리가 하늘을 날면서 날카롭게 깍깍 세 번 울었다. 아마 우리가 여기 있다는 걸 알리는 신호였으리라.

이제 산은 기지개를 켜며 일어나 천천히 하품을 하고 있었다. 하품으로 토해낸 미세한 수증기들이 공중으로 흩어졌다. 해가 나무에서 죽음의 갑옷인 얼음을 서서히 벗겨감에 따라, 산 전체에서 살랑거리고 소곤거리는 소리들이 되살아났다.

할아버지도 나처럼 눈을 모으고 귀를 기울이고 계셨다. 아침 바람이 나무 사이에서 낮은 휘파람 소리를 일으키는 것에 맞추어 산의 소리도 점점 커져갔다.

"산이 깨어나고 있어."

산에서 눈을 떼지 않은 채 할아버지가 낮고 부드러운 목소리로 말씀하셨다.

"그래요, 할아버지. 정말 산이 깨어나고 있어요."

그때 나는 다른 사람들은 잘 이해할 수 없는 어떤 것을 할아버지와 내가 함께 받아들이고 있는 중이라는 걸 깨달았다.

밤의 그림자는 이제 점점 더 아래로 밀려나더니, 그리 넓지 않은 풀밭을 가로지르면서 뒷걸음질쳤다. 풀들이 무성하게 자란 그 풀밭은 햇빛을 받아 물결처럼 반짝였다. 그 풀밭은 산의 품속에 폭 안겨 있는 모양새였다. 할아버지가 손가락으로 가리키는 곳을 보니 메추라기들이 퍼덕거리고 날아다니면서 풀씨를 쪼아 먹고 있었다. 다시 손을 든 할아버지가 이번에는 얼어붙은 듯한 푸른 하늘을 가리켰다.

구름 한 점 없이 맑은 하늘이었는데도 처음에는 아무것도 보이지 않았다. 그러다가 저 멀리 하늘 가장자리 쪽에서 얼룩 같은 것이 점점 커지며 다가왔다. 그림자가 자기보다 앞서가지 않도록 태양을 정면으로 마주해서 날아오던 그 새는, 갑자기 속도를 줄이는가 싶더니 산허리 쪽으로 방향을 틀었다. 스키 선수처럼 순식간에 나무 꼭대기 위 하늘로 날아온 그 새는 날개를 반쯤 접더니…… 마치 갈색 총알처럼…… 아니, 그보다 더 빨리 메추라기를 향해 날아왔다.

할아버지가 쿡 하고 웃으셨다.

"저놈은 탈콘(매의 한 종류—옮긴이)이란다."

메추라기들이 후두두 날아오르며 잽싸게 숲 쪽으로 달아났다. 한데 그만 한 마리가 처지고 말았다. 매는 바로 그놈에게 달려들었다. 깃털이 하늘로 흩어지고, 두 마리 새는 한데 엉켜 땅으로 떨어졌다. 매의 날카로운 부리가 메추라기를 연방 쪼아댔다. 잠시 후 다시 하늘로 날아오른 매의 발톱에는 죽은 메추라기가 쥐여 있었다. 매는 다시 산허리 쪽으로 날아가더니 아득히 사라져버렸다.

나는 울지 않았다. 하지만 슬픈 얼굴을 하고 있었나보다. 할아버지가 이렇게 말씀하신 걸로 봐서 말이다.

"슬퍼하지 마라, 작은 나무야. 이게 자연의 이치라는 거다. 탈콘은 느린 놈을 잡아갔어. 그러면 느린 놈들이 자기를 닮은 느린 새끼들을 낳지 못하거든. 또 느린 놈 알이든 빠른 놈 알이든 가리지 않고, 메추라기 알이라면 모조리 먹어치우는 들쥐들을 잡아먹는 것도 탈콘들이란다. 말하자면 매는 자연의 이치대로 사는 거야. 메추라기를 도와주면서 말이다."

할아버지가 칼로 땅을 파더니 부드러운 뿌리를 뽑아냈다. 껍질을 벗기자 겨울용으로 비축된 즙이 방울져 솟아올랐다. 그것을 반으로 잘라 두꺼운 쪽을 나에게 주신 할아버지는 다시 부드럽게 말을 이었다.

"그게 이치란 거야. 누구나 자기가 필요한 만큼만 가져야 한다. 사슴을 잡을 때도 제일 좋은 놈을 잡으려 하면 안 돼. 작고 느린 놈을 골라야 남은 사슴들이 더 강해지고, 그렇게 해야 우리도 두고두고 사슴고기를 먹을 수 있는 거야. 흑표범인 파코들은 이 사실을 잘 알고 있지. 너도 꼭 알아두어야 하고."

여기까지 말한 할아버지는 웃음을 터뜨렸다.

"꿀벌인 티비들만 자기들이 쓸 것보다 더 많은 꿀을 저장해두지…… 그러니 곰한테도 뺏기고 너구리한테도 뺏기고…… 우리 체로키한테 뺏기기도 하지. 그놈들은 언제나 자기가 필요한 것보다 더 많이 쌓아두고 싶어하는 사람들하고 똑같아. 뒤룩뒤룩 살찐 사람들 말이야. 그런 사람들은 그러고도 또 남의 걸 빼앗아오고 싶어하지. 그러니 전쟁이 일어나고, 그러고 나면 또 길고 긴 협상이 시작되지. 조금이라도 자기 몫을 더 늘리려고 말이다. 그들은 자기가 먼저 깃발을 꽂았기 때문에 그럴 권리가 있다고 하지…… 그러니 사람들은 그놈의 말과 깃발 때문에 서서히 죽어가는 셈이야…… 하지만 그들도 자연의 이치를 바꿀 수는 없어."

우리는 산길을 따라 왔던 길을 도로 내려왔다. 야생 칠면조 함정에 도착했을 때쯤에는 벌써 해가 우리 머리 위에 높이 떠 있었다. 아직 함정은 보이지도 않는데, 칠면조 소리부터 들렸다. 칠면조들이 구덩이에 빠진 것이다. 제놈들도 어지간히 놀랐던지 연방 꽥꽥거리며 소리를 질러대고 있었다.

"할아버지, 입구가 꽉 막힌 것도 아니잖아요? 그냥 머리를 숙이기만 하면 나올 텐데 왜 안 그러죠?"

할아버지는 배를 깔고 엎드린 채 구덩이 속으로 손을 집어넣어, 요란스럽게 떠들어대는 커다란 칠면조 한 마리를 끄집어냈다. 끈으로 그놈 발을 묶고 난 할아버지가 나를 쳐다보며 씽긋 웃으셨다.

"칠면조란 놈들도 사람하고 닮은 데가 있어. 뭐든지 다 알고 있는 듯이 하면서, 자기 주위에 뭐가 있는지 내려다보려고는 하지 않아. 항상 머리를 너무 꼿꼿하게 쳐들고 있는 바람에 아무것도 못 배우는 거지."

"그 버스 운전사처럼요?"

나는 할아버지를 몰아세우던 그 버스 운전사를 잊을 수가 없었다.

"버스 운전사?"

의아한 얼굴로 되묻던 할아버지는 그제야 생각이 났는지 웃음을 터뜨렸다. 구덩이 속에 머리를 넣어서 또 다른 칠면조를 꺼내는 동안에도 할아버지는 웃음을 멈추지 않으셨다.

"그래, 그 버스 운전사처럼. 그 사람도 지금 이 칠면조처럼 꽥꽥거려댔으니까 그럴지도 모르지. 하지만 작은 나무야, 그건 어디까지나 그 사람이 짊어져야 할 짐이란다. 우리한테는 아무 문제도 없으니까 신경 쓸 필요 없단다."

할아버지는 다리를 묶은 칠면조들을 땅바닥에 늘어놓았다. 모두 여섯 마리였다. 그놈들을 손가락으로 가리키면서 할아버지가 다시 말을 이었다.

"나이는 대충 다 비슷한 것 같다…… 볏 두께를 보면 나이를 알 수 있거든. 우린 세 마리면 충분하니까 작은 나무야, 네가 골라보렴."

나는 그놈들 주위를 빙 돌다가 땅에 털썩 주저앉아서 한 놈 한 놈 자세히 관찰했다. 그러다가 일어나서 다시 그 둘레를 한 바퀴 돌았다. 신중해야 했다. 결국 나는 손과 무릎으로 땅바닥을 짚고 칠면조들 사이를 기어다니면서 비교를 하고 나서야 그중에서 가장 작은 세 놈을 집어낼 수 있었다.

할아버지는 아무 말도 하지 않고 나머지 세 마리의 다리에 묶인 끈을 풀어주었다. 풀려난 놈들은 날개를 파닥거리면서 저 아래쪽 산허리로 달아나버렸다. 남은 세 마리 중 두 마리를 어깨에 짊어진 할아버지가 다른 한 마리를 가리켰다.

"저놈은 네가 가져갈 수 있지?"

"예, 할아버지."

대답은 했지만 과연 내가 잘해냈는지 알 수가 없었다. 뼈가 두드러진 할아버지 얼굴에 장난스런 웃음이 서서히 번져갔다.

"네 이름이 작은 나무가 아니었더라면…… 작은 매라고 했을 게야."

나는 할아버지를 따라 산길을 내려왔다. 칠면조가 무거웠지만 어깨를 누르는 무게조차 기분 좋게 느껴졌다. 해는 벌써 저편 산으로 기울고 있었다. 길가 나뭇가지들 사이로 비쳐드는 햇빛

덕분에 앞길은 황금빛 줄무늬로 어른거렸다. 이렇게 늦은 겨울 오후가 되면 바람도 자게 마련이다.

앞서 가던 할아버지가 콧노래를 흥얼거리는 소리가 들려왔다. 이 시간이 영원히 계속될 수 있다면 좋을 텐데…… 내가 할아버지를 기쁘게 해드렸다! 나도 그 이치란 걸 배운 것이다!

지는 겨울해 받으며 산길을 걷다보면
길 위에 난 발자국 따라 걷다보면
오두막집으로 이어지지. 야생 칠면조 다니는 길로
이게 바로 체로키의 천국이라네.

산꼭대기로 눈 들어 아침의 탄생 지켜보렴
나뭇가지 사이로 지나는 바람의 노래 들어보렴
대지인 모노라에서 생명이 솟는 걸 느껴보렴
그럼 체로키의 이치를 알게 될 거야.

새벽이 올 때마다 삶 속에 죽음 있고
죽음 속에 생명 있음을 알게 되리니
모노라의 지혜를 배우면,
세상의 이치를 알게 될 거야
체로키의 영혼을 느낄 수 있을 거야.

할아버지와 조지 워싱턴

그 겨울 동안 우리는 밤마다 돌 벽난로 앞에 앉았다. 말라비틀어진 나무 그루터기 가운데 부분에서 뽑아낸 푸석푸석한 심지를 땔감 삼아 태우다보면, 두툼한 붉은 송진이 타닥타닥 탈 때마다 불꽃들이 튀고 일렁거렸다. 그러면 반대쪽 벽에 비친 우리 그림자가 늘어났다가는 줄어들고, 그러다가 갑자기 괴상하게 커지는가 하면, 또 순식간에 사그라들어 마치 환상 속의 그림을 보는 듯했다. 우리는 아무 말도 하지 않고 한참 동안 일렁이는 불꽃과 춤추는 그림자를 쳐다보며 앉아 있었다. 그러고 있을 때 '읽은 것'에 대한 자신의 생각을 이야기해서 이 침묵을 깨는 사람은 대개 할아버지였다.

일주일에 두 번, 토요일과 일요일 밤이면 할머니는 석유등잔을 켜놓고 우리에게 책을 읽어주셨다. 등잔을 켜는 건 우리에게 일종의 사치였다. 그런데도 이렇게 했던 건 물론 나 때문이었다. 석유기름은 정말 조심해서 아껴써야 했다. 할아버지와 나는 한 달에 한 번씩 개척촌을 다녀오곤 했는데, 집으로 돌아올 때면 석유통을 들고 왔다. 그 일은 내 몫이었다. 나무뿌리를 잘라 만든 마개를 통 주둥이에 끼워넣어 막았는데, 그래야 오는 도중에 한 방울의 석유도 흘리지 않았다. 그 석유통을 가득 채우려면 무려 5센트가 있어야 했다. 할아버지는 집에 도착할 때까지 한 번도 간섭하지 않고 내가 알아서 들고 가도록 맡겨두곤 하셨다. 그만큼 나를 믿으셨던 것이다.

개척촌에 갈 때면 할머니가 적어준 책 목록도 항상 함께 가지고 갔다. 할아버지는 그 목록을 도서관 사서에게 보여주고, 할머니가 반납하라고 보낸 책들도 돌려주었다. 할머니는 현대 작가들 이름은 잘 모르셨던 것 같다. 그 목록에는 항상 셰익스피어 씨의 이름만 적혀 있었으니 말이다(할머니는 작품명까지는 잘 몰라서 우리가 읽지 않은 셰익스피어 작품이면 뭐든 괜찮았다). 이 때문에 때때로 할아버지와 도서관 사서 사이에서는 이런저런 실랑이가 벌어지곤 했다. 우선 사서는 여러 권의 셰익스피어 책을 꺼내 와서 그 제목을 할아버지에게 읽어주었다. 제목만 듣고서 할아버지가 기억해내지 못할 때는 한 쪽 정도를 읽어주었다. 할아버지가 계속 읽어보라고 하는 바람에 서너 쪽까지 읽는 일도 종종 있었다. 간혹 내가 할아버지보다 먼저 기억이 날 때면, 나는 할아버지 바짓가랑이를 잡아당기며 우리가 이미 읽은 책이라는 표시로 고개를 끄덕거렸다. 그러면 이번에는 할아버지와 나 사이에 일종의 기억력 시합 같은 분위기가 만들어졌다. 할아버지는 내가 알아내기 전에 먼저 말하려는 듯 애를 쓰곤 하셨다. 하지만 결국 알아맞히는 건 언제나 내 쪽이었다. 어쨌든 이 때문에 사서의 혼란은 더욱더 가중되었다.

처음에는 약간 신경질적이던 그 사서가 한번은 할아버지에게, 읽지도 못하는 책을 왜 빌려가느냐고 물었다. 그래서 할아버지는 할머니가 우리에게 읽어준다고 설명했다. 그 다음부터 그 여자는 우리가 읽은 책 목록을 특별히 따로 만들어 보관했다. 또 무척 다정다감한 사람이어서 우리가 도서관 문을 열고 들어서면 웃으며 반갑게 맞아주었다. 한번은 그 여자가 나한테 빨간 줄무늬가 있는 막대사탕을 주었다. 나는 밖에 나올 때까지 먹지 않고 두었다가 두 조각으로 잘라 할아버지와 나눠 먹었다. 할아버지는 작은 쪽을 집으셨다. 내가 정확하게 똑같이 두 조각으로 자르지 못했기 때문이다.

또 사전은 항상 빠뜨리지 않고 빌렸다. 사전의 첫 쪽부터 시작해서 일주일에 다섯 단어씩을 외우는 것이 내 과제였다. 이 일은 나에게 상당한 고민거리였다. 그냥 단어만 외우는 것이 아니라

한 주 동안 외운 그 단어들을 써서 문장까지 만들어야 했으니 말이다. 한 주 동안 익힌 단어란 게 모두 똑같이 A면 A, B면 B로 시작되는 것밖에 없을 때, 이건 정말 힘든 일이었다.

다른 책들을 빌린 적도 있었다. 그중 하나가《로마제국 쇠망사》였다…… 그리고 셸리나 바이런의 시도 있었다. 할머니가 모르는 사람들이었지만, 사서가 함께 빌려줘서 읽었던 것이다.

할머니가 기다랗게 땋은 머리를 마루 위까지 늘어뜨린 채 책에다 얼굴을 바짝 들이대고 천천히 읽어가노라면, 할아버지는 흔들의자를 앞뒤로 천천히 흔들며 귀를 기울여 듣고 계셨다. 그러다가 할아버지의 흔들의자가 갑자기 딱 멈춰서면, 아니나 다를까, 그때는 이야기가 한창 재미있어지는 때였다.

할머니가《맥베스》를 읽어줄 때는 오래된 성과 마녀들이 어둠 속에서 되살아나 우리 집 벽에 모습을 비추곤 했다. 겁에 질린 나는 할아버지의 흔들의자 옆으로 바싹 붙어앉았다. 할머니가 칼부림이 일어나는 유혈이 낭자한 장면을 읽기 시작하자 할아버지는 의자 흔드는 것을 멈추고, 맥베스 부인이 여자답게 처신하고 남편 맥베스가 정당하게 하려는 일에 일일이 간섭하지 않았더라면, 이런 일은 절대 일어나지 않았을 거라고 잘라 말했다. 게다가 그 여자는 너무나 숙녀답지 못하다, 어떻게 그런 여자가 숙녀라고 불리는지 납득을 못하겠다…… 우리가 처음으로 열심히《맥베스》를 읽을 때 할아버지의 의견은 이랬다. 그러고 나서 며칠 후 할아버지는 혼자서 여러 가지 생각을 해보셨는지,

그 여자(할아버지는 이제 그 여자를 숙녀라고 부르지 않았다)가 뭔가 잘못한 건 틀림없지만, 예전에 발정난 암사슴을 본 적이 있는데 상대인 수사슴을 찾아내지 못하자 머리에 피가 끓어 미친 듯이 숲 속을 뛰어다니다가 결국 강물에 빠져 죽고 말더라, 셰익스피어 씨가 확실하게 말해주지 않았으니 잘 알 수는 없지만, 그 여자가 그렇게 된 건 남편 탓일 수도 있다, 실제로 그렇게 생각할 만한 점이 있다, 사실 맥베스 씨는 무슨 일이든 제대로 하는 게 없는 것 같다는 이야기를 하셨다.

할아버지는 이 문제로 상당히 골머리를 앓으셨지만, 결국 가장 큰 잘못은 맥베스 부인에게 있다고 결론을 내리셨다. 그 여자가 발정이 났을 때의 초조감을 다른 사람을 죽이는 것으로 처리하지 말고 다른 방식으로, 예컨대 자기 머리를 벽에 부딪치는 식으로 처리할 수도 있었을 거라는 게 그 이유였다.

줄리어스 시저가 죽는 장면에서 할아버지는 시저 편을 들었다. 시저 씨가 한 일마다 모두 편들고 나서지는 않을 것이고, 또 사실 시저 씨가 어떤 일을 했는지 일일이 알 방도도 없지만, 브루투스와 그 일당들은 지금까지 들어본 적이 없을 정도로 비열한 인간들이다, 일부러 친구를 넘어뜨리고는 떼거지로 몰려들어 칼로 찔러 죽이다니! 시저 씨와 의견이 맞지 않는다면, 자신들의 생각을 확실하게 말해서 타협을 보고 문제를 해결할 수도 있지 않았는가라고 하시면서. 이 문제를 놓고 할아버지가 워낙 심하게 흥분하시는 바람에 할머니는 할아버지를 달래지 않으면 안 되었다. 할머니는, 이 자리에 있는 우리는 모두 다 죽임을 당한 시저의 편이다, 그러니 당신 생각에 반대하는 사람은 아무도 없다, 게다가 어쨌든 그건 워낙 오래전에 일어난 일이라 지금 왈가왈부해봤자 별 소용이 없다고 할아버지를 설득하셨다.

하지만 진짜 골칫거리는 조지 워싱턴과의 만남이었다. 할아버지에게 이 만남이 어떤 의미를 갖는지 이해하려면 잠시 그 배경에 대해서 먼저 알아둘 필요가 있다.

산사람인 할아버지에게는 일종의 천적(天敵)들이 있었다. 게다가 말할 필요도 없는 일이지만, 할아버지는 가난했고, 그리고 무엇보다도 인디언이었다. 지금 와서 돌이켜보면 그 적들을 '체제'라고 부를 수 있을 것이다. 하지만 보안관이든, 주나 연방의 밀주감독관이든, 정치가든 가릴 것 없이, 할아버지에게 그것들은 모두 '법'이었다. 할아버지에게 '법'이란 다른 사람들이 어떻게 살아가는지, 또 잘살고 있는지에 대해서는 눈곱만큼의 관심도 없으면서 무조건 권력만 휘두르는 괴물을 뜻했다.

할아버지는 자신이 위스키를 만드는 것이 법에 어긋난다는 걸(1919년에 만들어진 금주법을 말한다—옮긴이) 알기 전에는 "다 자란 어른으로 두 발로 우뚝 선 사내" 였노라고 하셨다. 할아버지에게는 위스키 만드는 것이 왜 법에 어긋나는지 모르는 사촌이 한 명 있었는데, 그 사촌은 결국 그 이유를 알아내지 못한 채 무덤으로 갔다고 한다. 그 사촌은 항상 자기가 투표를 '제대로' 하지 않아서 그런 법률이 생긴 것 같다고 의심했다. 하지만 과연 어느 쪽에다 투표하면 제대로 하는 건지는 한 번도 정확하게 집어내지 못했다. 할아버지는 그 사촌이 자기의 '고민거리'를 해결하려고 어느 쪽에 투표하는 게 좋을지를 너무 걱정하다가 그만, 젊은 나이에 무덤으로 가고 말았다고 믿고 계셨다. 사실 그 사촌은 그 문제에 너무 신경을 쓰다가 술주정꾼이 되었고, 그 때문에 일찍 죽고 말았던 것이다. 할아버지는 사촌이 죽은 게 정치가들 때문이라고 생각하고 계셨다. 역사를 되돌아보면 알 수 있듯이, 정치가는 역사상 모든 살인행위에 책임이 있다는 것이 할아버지의 의견이었다.

한참 세월이 흐른 후, 나는 조지 워싱턴에 대해 쓴 그 낡은 역사책을 다시 읽어보았다. 그때 나는 할머니가 조지 워싱턴이 인디언과 싸운 부분을 읽지 않고 넘어간 것을 알았다. 할머니는 조지 워싱턴의 좋은 부분만을 읽어서 할아버지에게 우러러보고 존경할 만한 인물이라는 걸 보여주고 싶었던 것일 게다. 사실 할아버지는 앤드루 잭슨(미국의 제 7 대 대통령. 인디언에 대해 가혹한 입장을 취해서, 1830년에 인디언 강제이주법을 통과시켰다—옮긴이)이 무슨 일을 했는지 아무 관심도 갖지 않았고, 내가 기억하는 한 할아버지가 관심을 보인 정치가는 한 명도 없었다.

하지만 할머니가 읽어주는 것을 듣고 난 다음부터 할아버지는 이런저런 얘기 속에서 조지 워싱턴에 대해 언급하기 시작했다…… 정치가 중에도 좋은 사람이 있을 수 있구나라는 희망에 사로잡혀가는 듯했다.

하지만 그것도 잠시뿐이었다. 할머니가 무심코 주세(酒稅) 부분을 읽고 말았기 때문이다.

할머니는 조지 워싱턴이 위스키 제조업자들에게 주세를 부과하려 하고, 허가를 받아야 위스키를 제조할 수 있게 만들려는 대목을 읽었다. 또 할머니는 토마스 제퍼슨 씨가 조지 워싱턴에게, 그건 잘못하는 것이다, 가난한 산사람들에게는 언덕배기의 작은 밭뙈기밖에 없기 때문에 평지의 대토지 소유자들처럼 많은 옥수수를 기를 수 없다고 말하는 대목도 읽었다. 또 할머니는 제퍼슨 씨가, 산사람들이 수확한 옥수수로 수입을 올리려면 위스키를 만드는 것 외에 달리 방법이 없다, 그 때문에 아일랜드와 스코틀랜드에서는 소요가 일어나기도 했다(사실 스카치 위스키가 탄 냄새를 갖게 된 것은 이 때문이다. 즉 농민들이 왕의 병사를 피해 달아나느라 증류용 단지가 눌어붙곤 했기 때문이다)고 경고하는 대목도 읽었다. 하지만 조지 워싱턴은 그 말을 듣지 않고 주세를 신설했다.

이 대목은 할아버지에게 심한 충격을 주었다. 할아버지의 흔들의자가 멈추었다. 그렇다고 할아버지 입에서 무슨 말이 나온 것도 아니었다. 할아버지는 멍하니 얼빠진 듯한 얼굴로 난롯불만 뚫어지게 쳐다보고 계셨다. 일이 잘못됐다고 느끼신 할머니는 책 읽기를 그만두고 일어나 할아버지의 어깨를 가만히 두드렸다. 그러고는 허리에 손을 둘러 할아버지를 일으켜 세우더니 침실로 데려가셨다. 그 이야기를 듣고 내가 느낀 충격 또한 할아버지에게 뒤지지 않을 만큼 컸다.

한 달쯤 후, 할아버지와 나는 개척촌으로 가는 길을 걷고 있었다. 할아버지가 여전히 그 문제에 사로잡혀 있다는 것을 안 것이 이때였다. 우리는 길을 따라 걸었다. 앞서 가던 할아버지는 처음에는 마차 바퀴자국을 밟으며 길 한가운데로 걷다가 나중에는 길섶으로 걸어갔다. 때때로 차들이 우리 옆을 지나쳐갔지만 할아버지는 한 번도 돌아보지 않으셨다. 할아버지가 차를 얻어 타고 간다는 건 절대 있을 수 없는 일이었다. 그런데 갑자기 차 한 대가 우리 옆에서 멈췄다. 유리창이 달리지 않은 무개차였는데, 지붕에 캔버스 천 덮개가 씌워져 있었다. 안에 탄 사람은 정치가처럼 옷을 입고 있었다. 나는 당연히 할아버지가 타지 않을 거라고 생각했다. 그런데 놀라운 일이 일어났다.

그 남자가 몸을 밖으로 쑥 내밀고 서두르는 듯한 음성으로 고함을 질렀다.

"타고 가시겠소?"

그런데 잠시 가만히 서 있던 할아버지가,

"고맙소."

라고 하면서 차에 올라타시는 게 아닌가! 그러더니 나더러 뒷좌석에 타라고 손짓을 하셨다. 차가 길을 따라 달리기 시작했다. 나는 우리가 굉장히 빠른 속도로 길을 지나간다는 사실에 흥분했다.

할아버지는 언제나 그렇듯이 허리를 꼿꼿이 세우고 화살처럼 똑바로 앉아 계셨다. 하지만 모자까지 쓰고 그렇게 앉기에는 할아버지 키가 너무 컸다. 구부정하게 앉는 걸 싫어하는 할아버지는 결국 등줄기를 쭉 편 채로 앞유리창 쪽을 향해 상체를 숙일 수밖에 없었다. 이것은 앞쪽 도로를 살펴보는 자세이기도 했지만, 또 차 안의 그 정치가의 운전 솜씨를 관찰하는 듯한 모습이기도 했다. 그 정치가는 할아버지의 그런 자세에 신경이 쓰이는 눈치였다. 그렇지만 할아버지는 그 사람을 거들떠보지도 않았다. 마침내 정치가가 입을 열었다.

"마을까지 가십니까?"

"그렇소."

다시 차는 아무 말 없이 달려갔다. 그러다가 잠시 후……

"농부이신가요?"

"그렇다고 할 수 있죠."

"저는 주립사범대학 교수입니다."

그 말투로 보아 그 사람은 자신이 교수라는 사실이 꽤 자랑스러운 듯했다. 나는 놀라긴 했지만 정치가가 아니라서 안심이 되었다. 할아버지는 아무 말 없이 잠자코 계셨다.

"인디언이십니까?"

"그렇소."

"아하!"

그 사실이 나와 할아버지를 완전히 설명할 수 있기라도 한 것처럼 교수는 열심히 고개를 끄덕였다.

그 순간 갑자기 할아버지가 교수에게 머리를 돌려 물으셨다.

"조지 워싱턴이 위스키 제조에 세금을 물린 걸 알고 있소?"

누가 봤으면 할아버지가 교수를 몸으로 밀어붙인다고 생각했을 거다.

"주세(酒稅)요?"

교수가 놀라며 굉장히 큰 소리로 고함을 질렀다.

"그렇소, 위스키세."

갑자기 교수의 얼굴이 벌게졌다. 교수는 눈에 띄게 초조해하기 시작했다. 그 모습을 본 나는 위스키에 세금을 매긴 일에 이 사람이 뭔가 관련이 있을지도 모른다고 생각했다.

"잘 모르겠는데요. 조지 워싱턴 장군 말입니까?"

"아니 그럼, 딴 사람이 또 있소?"

할아버지가 놀라서 물으셨다. 나도 깜짝 놀랐다.

"아, 아, 아닙니다. 그렇지만 나는 전혀 모르는 일인데요."

교수의 말투가 더더욱 수상쩍은 느낌을 갖게 했다. 할아버지도 잘 납득이 가지 않는 모양이었다. 교수는 똑바로 앞만 쳐다보고 있었다. 차 속도가 점점 더 빨라지는 듯 했다. 할아버지는 앞 유리창으로 도로를 살펴보고 있었다. 그제서야 나는 왜 할아버지가 차를 얻어탔는지 알아챘다.

할아버지가 다시 말했다. 그러나 이번에는 그다지 기대하지 않는 말투였다.

"그럼 워싱턴 장군 머리에 총알이 스치고 지나간 건 알고 있소? 아, 무슨 말이냐 하면 그렇게 많은 전투를 치렀는데 한 번쯤 총알이 옆머리를 스치고 지나갈 수도 있지 않았을까라는 거요."

교수는 할아버지에게 얼굴도 돌리지 않고 점점 더 신경질적으로 행동하기 시작했다.

"나는, 말하자면 영어를 가르치는 사람이오. 그러니 조지 워싱턴에 대해서는 아무것도 몰라요."

교수는 말을 더듬었다.

개척촌 입구에 이르자 할아버지는 교수에게 내리겠다고 하셨다. 우리가 가려던 곳까지 가려면 아직 한참 더 가야 하는 곳이었다. 길섶에 내려선 할아버지는 모자를 벗어 교수에게 고맙다는 인사를 했다. 하지만 교수는 인사가 끝나길 기다릴 새도 없이 흙먼지를 구름처럼 일으키며 허둥지둥 차를 몰고 가버렸다. 할아버지는 저런 족속들은 본래 예의가 저 모양이라고 말씀하셨다. 또 할아버지는 그 교수가 수상쩍게 행동했으며, 교수로 위장한 정치가일지도 모른다는 내 말에 동의하셨다. 정치가 중에는 자신이 정치가가 아닌 체하면서 선량한 사람들을 속이고 돌아다니는 놈들이 많다, 하지만 저 사람이 교수라고 하더라도 안심하면 안 된다, 교수들 중에도 미친 사람이 많다는 이야기를 들은 적이 있다는 것이 할아버지의 말씀이셨다.

또 할아버지는, 전투 중에 어느 땐가 한번 조지 워싱턴 머리에 총알이 스치고 지나갔을 것이다, 그러니까 위스키에 세금을 매기는 것 같은 일을 했을 것이라고 주장하셨다. 할아버지에게 삼촌이 한 분 계셨는데, 노새에게 머리를 차인 뒤로는 정상인 적이 한 번도 없었다고 한다. 비록 때때로 삼촌이 그 사실을 참 잘 이용하고 있다는 생각을 한 적은 있지만(하지만 할아버지는 다른 사람들에게는 이런 이야기를 하지 않았다고 하셨다)…… 한번은 이웃집 남자가 자기 집에 돌아와보니 자기 마누라와 할아버지의 삼촌이 한 침대 속에 누워 있더란다. 그 이웃집 남자를 본 할아버지의 삼촌은 네 발로 기어서 뜰로 뛰쳐나가더니, 돼지처럼 땅바닥에 쭈그리고 앉아서 진흙을 집어먹었다고 한다. 하지만 아무도 그가 일부러 미친 체하는 건지, 진짜 미쳐서 그런 건지 알 수가 없었다고 한다. 이웃집 남자는 특히나 더 그랬다. 할아버지의 삼촌은 오래오래 사시다가 침대 위에서 편안하게 죽음을 맞으셨다. 어쨌든 할아버지가 판단할 일은 아니었다는 말씀이었다. 하지만 조지 워싱턴이 총알에 맞았을 거라는 할아버지의 해석은 나한테 그럴듯하게 들렸다. 그래야 그가 일으킨 다른 문제들에 대해서도 설명이 될 수 있을 테니 말이다.

Fox and Hounds

할아버지가 다른 개들 앞에서 난처하게 만들고 싶지 않다는 이유로 모드 할멈과 늙다리 링거를 오두막집으로 몰아넣은 건 한겨울의 늦은 오후였다. 무슨 일인가가 일어나려 하고 있었다. 할머니는 이미 알고 계셨다. 할머니의 검은 눈동자가 보석처럼 반짝거렸다. 할머니는 할아버지 것과 똑같은 사슴가죽 셔츠를 나에게 입혀주신 다음, 한 손은 할아버지 어깨에, 그리고 나머지 한 손은 내 어깨에 올려놓으셨다. 왠지 어른이 다 된 것 같은 기분이 들었다.

한 번도 무슨 일이냐고 물어보지는 않았지만 나는 계속 두 분 뒤를 따라다녔다. 할머니가 비스킷과 고기가 든 주머니를 건네 주면서 말씀하셨다.

"오늘 밤새도록 베란다에 앉아서 귀를 기울이고 있으마. 아마 네 소리를 들을 수 있을 게야."

마당으로 나가자 할아버지가 휘파람을 불어 개들을 불러모았다. 드디어 집을 나선 우리는 개울을 따라 나 있는 계곡길을 걸어올라갔다. 개들은 앞서거니 뒤서거니 하면서 길을 재촉했다.

할아버지가 개를 기르는 이유는 두 가지였다. 하나는 옥수수밭 때문이었다. 봄, 여름이 되면 할아버지는 모드와 링거에게 사슴이나 너구리, 산돼지, 까마귀 같은 짐승들이 옥수수밭에 접근하지 못하도록 망보는 일을 맡겼다.

할아버지 말씀으로는 모드도 사람인 자신처럼 냄새를 전혀 맡지 못하기 때문에 여우사냥에는 아무 쓸모가 없지만, 청력과 시력은 아주 날카로워서 충분히 잘 해낼 수 있는 일이 있고, 또 그런 일을 맡기면 아주 자랑스러워한다는 것이다. 개든 사람이든 간에 자기가 아무 데도 쓸모없다고 느끼는 건 대단히 좋지 않다는 게 할아버지의 설명이셨다.

링거는 예전에는 뛰어난 사냥개였지만 지금은 너무 나이를 먹었다. 이제는 꼬리를 질질 끌고 다녀 볼꼴 사나운데다 옛날만큼 잘 보거나 듣지도 못했다. 할아버지가 링거를 모드와 짝지어 준 것은, 링거가 모드를 도울 수 있게 하여 나이가 들어도 자신이 여전히 가치 있는 존재라는 걸 느끼게 해주기 위해서였다. 이 일은 링거에게 뿌듯한 자신감을 갖도록 해주었다. 그래서 특히 옥수수밭에서 일하는 계절이 되면 링거는 목을 한껏 치켜세운 채 네 다리를 씩씩하게 내딛으면서 주위를 돌아다니곤 했다.

옥수수가 자라는 계절이 되면 할아버지는 모드와 링거를 계곡에 있는 헛간에 데려다 놓았다. 헛간이 옥수수밭에서 그리 멀지 않은 곳에 있었기 때문이다. 두 마리 개는 충성스럽도록 열심히 옥수수밭을 지켰다. 모드가 링거의 눈과 귀가 되어주었다. 모드는 옥수수밭에서 뭔가 움직이는 게 보이면 밭 임자는 자기라는 듯이 컹컹거리며 달려가 그놈들을 쫓아냈다. 그러면 링거도 모드를 똑같이 따라 했다.

이렇게 옥수수밭 사이를 달려갈 때, 냄새를 맡지 못하는 모드는 너구리 따위를 못 보고 지나치고 마는 일도 자주 있었다. 하지만 모드 뒤를 따라 달리는 링거는 그렇지 않았다. 눈과 귀가 좋지 않은 링거는 땅에다 코를 대고 냄새를 맡아가면서 너구리를 쫓아가다가 결국에는 나무에 부딪히곤 했다. 그러고 나면 링거는 축 처진 모습으로 돌아오곤 했지만, 링거와 모드는 절대 포기하지 않았다. 둘은 맡은 일을 충실히 해내고 있었다.

할아버지가 개를 기르는 또 다른 이유는 여우몰이를 하는 순수한 즐거움을 즐기기 위해서였다. 할아버지의 여우몰이는 보통 사냥과는 달랐다. 할아버지는 절대 개를 써서 짐승을 잡지 않으셨다. 그럴 필요가 없었던 것이다. 할아버지는 짐승들이 어디서 먹이를 먹고 물을 마시는지, 습관은 어떻고 다니는 길은 어디인지, 심지어 사고방식과 성격은 어떤지까지도 다 알고 계셨다. 아무리 뛰어난 사냥개라도 할아버지의 이런 지식들을 따라잡을 수는 없었다.

이를테면 붉은여우는 개한테 쫓길 때면 원을 그리며 달리는 습성이 있다. 가운데에 있는 자신의 굴을 중심으로 대략 지름 1.5킬로미터 정도, 아니, 때로는 그보다 더 큰 원을 그리기도 한다. 이렇게 달아나면서도 여우는 계속 잔재주를 부린다. 왔던 길을 되돌아가기도 하고, 물을 건너거나 눈속임 발자국을 만들어 놓기도 한다. 하지만 그 원을 포기하는 일은 절대 없다. 여우는 피곤해지기 시작하면 점점 원을 줄여간다. 결국에 가서 여우는 자기 굴에 몸을 숨기는데, 산사람들은 이걸 '굴에 들었다'고 한다.

달리면 달릴수록 붉은여우의 몸은 더워졌다. 그럴 때면 개들이 자취를 쉽게 잡아낼 수 있을 만큼 강한 냄새가 나는 침이 입에서 뚝뚝 떨어지고, 그럴수록 개들이 짖는 소리도 커져간다. 그 때문에 사람들은 여우의 침을 '뜨거운 자취'라고 불렀다.

반면에 회색 여우는 8자 모양을 그리면서 달아난다. 8자 가운데 선이 교차하는 바로 그곳에 회색 여우의 굴이 있다.

할아버지는 너구리가 꾀를 내는 것도 읽을 수 있었다. 너구리가 어설픈 잔꾀를 부리는 걸 보면 할아버지는 이를 비웃곤 하셨다. 맹세컨대 너구리도 이따금 할아버지를 비웃었을 거라고 하시면서. 할아버지는 야생 칠면조들이 다니는 길도 잘 알고 있었고, 물가에서 벌집까지 날아가는 벌을 눈만으로 쫓아갈 수도 있었다. 또 사슴의 호기심 많은 성격을 이용해서 할아버지 가까이 오게 할 수도 있었으며, 깃털 하나 건드리지 않고 메추라기 무리 속을 살금살금 걸어다닐 수도 있었다. 하지만 할아버지는 필요한 만큼을 빼고는 절대로 동물들을 괴롭히지 않으셨다. 동물들도 이 점을 잘 알고 있는 듯했다.

할아버지는 그런 놀이들을 즐기긴 했지만 매달리지는 않으셨다. 할아버지는 거칠고 무모한 백인 산사람들에 대해서도 잘 참아주시는 편이셨다. 하지만 그 사람들이 개를 데리고 사냥감을 쫓으며 여기저기 쑤시고 다닐 때면 동물들은 모두 은신처로 숨어버렸다. 아마 그 사람들은 야생 칠면조 열두 마리를 보았을 때, 왜 열두 마리 모두 죽이면 안 되는지 절대 그 이유를 모를 것이다.

하지만 그 사람들도 할아버지를 고참 산사람으로 존경했다. 이것은 사거리 가게에서 그들을 만났을 때 드러나는 눈의 표정이나 모자 끝에 손을 갖다 대는 걸 보더라도 알 수 있다. 그래서 그 사람들은 자신들이 사는 곳의 사냥감이 갈수록 줄어들고 있다고 불평하면서도, 할아버지가 사시는 계곡과 숲으로 총을 든 채 사냥개들을 끌고 들어오지는 않았다. 할아버지는 그 사람들 이야기를 들으면서 자주 머리를 흔들곤 하셨지만, 그렇다고 무슨 말을 하시지는 않았다. 하지만 나중에 나에게 말씀하시기를 저 사람들은 체로키의 이치를 절대 이해하지 못할 거라고 하셨다.

뒤에서 펄쩍거리며 뛰어다니는 개들을 데리고, 나는 할아버지 등 뒤에 바짝 붙어 걸음을 잽싸게 놀렸다. 신비스러울 만큼 흥분되는 시간이 계곡 속을 흐르고 있었다. 이제 날은 완전히 저물었다. 아직 살아 있는 해가 서서히 죽어가기라도 하는 것처럼, 하늘은 저녁 노을의 붉은색에서 피처럼 거무칙칙한 빛으로 변해가며 조금씩 조금씩 어두워져갔다. 저녁 바람조차도 귓가에서 가만가만 살랑거렸다. 흡사 드러내놓고 떠들어대서는 안 되는 이야기를 갖고 있기라도 한 것처럼.

낮 동물들은 보금자리를 찾아들고 대신 밤 동물들이 먹이를 찾으러 나오는 시간이었다. 헛간 옆 풀밭을 가로질러 가던 할아버지가 갑자기 걸음을 멈추시는 바람에 나도 할아버지의 다리에 머리를 부딪치고 멈추어섰다.

계곡 저 아래쪽에서 올빼미 한 마리가 우리 있는 곳으로 날아왔다. 기껏해야 할아버지 키 높이 정도나 될까? 그 정도로 낮게 날아오던 올빼미는 아무 소리도 내지 않고, 그야말로 숨소리나 날갯짓 소리 한 번 내지 않고, 곧바로 헛간 속으로 날아들어가 마치 유령처럼 조용히 자리를 잡고 앉았다.

"외양간 올빼미란다. 밤이 되면 여자가 신음하는 듯한 소리가 들릴 때가 가끔 있지? 올빼미가 쥐 잡을 때 내는 소리란다."

나는 그 올빼미가 쥐 잡는 걸 방해하고 싶지 않았다. 정말이지 그러고 싶은 생각은 눈곱만치도 없었다. 그래서 할아버지를 헛간 쪽으로 서시게 한 다음 서둘러 그곳을 벗어났다.

서서히 어둠이 우리를 덮쳐눌렀다. 올라갈수록 양쪽 산이 좁혀져왔다. 이윽고 길이 Y자 모양으로 갈라지는 곳에 이르렀다. 할아버지는 왼쪽 길을 택하셨다. 여기서부터는 개울 오른쪽으로 난 좁다란 둑길을 제외하고는 길이 없었다. 양쪽 팔을 벌리면 산이 만져지기라도 할 것처럼 좁은 길이어서 할아버지는 이 길을 '칼길'이라 불렀다. 곧장 산 위쪽을 향해 뻗은 칼길은 새 깃털 같은 나무 그림자에 뒤덮여 컴컴했다. 하늘을 올려다보니 별 몇 개가 희미하게 반짝거리기 시작했다.

멀리서 산비둘기 우는 소리가 들렸다. 산은 목이 쉰 것처럼 컬컬하면서도 기다랗게 이어지는 그 울음소리를 재빨리 삼켰다가는 몇 번이고 도로 뱉어냈다. 그럴 때마다 그 소리는 점점 더 멀리 퍼져나갔다. 얼마나 많은 산과 계곡을 지나쳐갔는지 알 수 없을 정도가 되자 그 소리는 소리라기보다는 마치 오래된 기억처럼 그렇게 사그라져갔다.

왠지 쓸쓸한 기분이 든 나는 종종걸음을 치며 할아버지 발꿈치에 바짝 따라붙었다. 개들이라도 내 뒤에 있어주면 좋으련만 그놈들은 하나같이 할아버지 앞에서 왔다 갔다 뛰어다니고 있었다. 어서 여우몰이에 보내달라는 듯이 코를 킁킁거리면서.

칼길은 꽤 가파른 오르막길이었다. 얼마 가지 않아 콸콸거리며 물 떨어지는 소리가 들렸다. 시냇물이 '하늘협곡'이라 불리는 곳을 가로지르면서 내는 소리였다.

그곳에서 우리는 길을 벗어나 시내 위로 펼쳐진 산속으로 들어갔다. 그제서야 할아버지가 개들을 풀어놓았다. 그냥 손가락으로 앞을 가리키면서 "가라!"고 했을 뿐이지만, 개들은 낮게 컹컹거리면서 눈 깜짝할 사이에 산속으로 흩어졌다. 할아버지는 어린애들이 좋아라고 산딸기 따러 가는 모습 같다고 하셨다.

우리는 시내 위쪽 소나무 숲 속에 앉았다. 그곳은 따뜻했다. 소나무 무리들이 열을 내기 때문이다. 하지만 여름이라면 떡갈나무나 히커리류의 나무 그늘에 앉는 편이 나을 것이다. 소나무 밑에 앉으면 더 더울 테니까.

시냇물에 비친 별들이 물결에 흔들리기도 하고 물살을 타고 부서지기도 했다. 할아버지는 이제 좀 있으면 개 짖는 소리를 들을 수 있을 거라고 하셨다. 붉은여우 슬리크의 자취를 찾아냈을 때 개들이 보내는 신호였다. 슬리크(교활한)는 할아버지가 그 여우에게 붙여준 이름이었다.

할아버지는 우리가 지금 슬리크의 영토 안에 앉아 있다고 말씀하셨다. 할아버지가 슬리크를 알게 된 것은 대략 5년쯤 전이라고 하셨다. 사람들은 여우 사냥꾼이라면 누구나 여우를 죽이는 것으로 생각하지만, 그건 전혀 사실이 아니었다. 할아버지는 지금까지 한 번도 여우를 죽인 적이 없었다. 여우몰이를 하는 이유는 개들 때문이었다. 할아버지는 개들이 쫓아다니는 소리를 듣기만 하시다가 여우가 굴로 들어갔다 싶으면 개들을 도로 다 불러들였다.

슬리크는 단조로운 생활이 지겨워지면 오두막이 있는 빈 터까지 내려와 어슬렁거리기도 했다. 할아버지와 개들더러 자기를 쫓아오라고 부추기는 셈이었다. 그러면 흥분한 개들이 컹컹거리고 짖어대면서, 슬리크를 쫓아 계곡 위쪽으로 달려가곤 했다. 이 때문에 할아버지는 엄청 골치를 썩곤 하셨다.

할아버지는 슬리크가 심술이 나고 쫓겨다니고 싶어하지 않을 때 슬리크 앞에 나타나는 걸 즐기셨다. 그 여우는 굴 속에 들어가고 싶어지면 개들을 따돌리려고 온갖 속임수를 다 썼다. 반대로 쫓기는 게 재미있을 때는 계속 이리저리 돌아다니면서 장난을 치곤 했다. 할아버지는 가장 좋은 건 오두막집 주위를 어슬렁거려 할아버지를 골치 아프게 만든 벌을 받는다는 걸 슬리크가 알도록 해주는 것이라고 하셨다.

약간 이지러진 달이 어김없이 산 위로 올라왔다. 달빛은 소나무 사이를 지나면서 어른거리는 무늬를 흩뿌리고, 시냇물 위로 빛을 쏟아부었으며, 칼길 사이로 가느다란 은빛 배 모양의 안개 가닥들이 천천히 떠다니도록 만들었다.

할아버지는 소나무에 등을 기대고 두 다리를 뻗었다. 나도 똑같이 흉내내며 내 책임으로 맡겨진 음식 보따리를 내 옆으로 끌어당겨 놓았다. 그다지 멀지 않은 곳에서 길고, 어딘지 텅 빈 것 같은 커다란 개 울음소리가 들려왔다.

할아버지가 낮은 소리로 웃으면서 말씀하셨다.

"리핏 놈이군. 그런데 개자식, 거짓말을 하고 있어. 뭘 찾아야 되는지 알고 있으면서…… 그런데 참을성이 없는 거야. 그래서 사냥감 냄새를 발견하기라도 한 것처럼 거짓말을 하고 있어. 잘 들어봐, 짖는 소리가 거짓말하는 것처럼 들리지? 리핏 자신도 자기가 거짓말을 하고 있다는 걸 아는 거야."

정말 그랬다. 짖는 소리는 과연 그렇게 들렸다.

"거짓말을 하다니, 정말 개자식이에요."

내가 말했다. 나와 할아버지는 근처에 할머니가 계시지 않을 때는 멋대로 욕을 하곤 했다.

금방 다른 개들이 리핏을 둘러싸고 나무라는 듯한 소리가 들렸다. 이럴 때는 개들이 컹컹거리며 짖지 않고 으르렁거렸다. 산에서는 이런 개를 '허풍쟁이 개'라고 불렀다. 다시 주위는 쥐 죽은 듯이 조용해졌다.

얼마 안 있어 이번에는 굵다랗게 짖는 소리가 침묵을 깨뜨렸다. 길고도 멀리까지 가는 소리였다. 그 소리에는 흥분이 실려 있었기 때문에 이번에는 진짜라는 걸 금세 알 수 있었다. 다른 개들도 함께 짖어대기 시작했다.

"블루보이구나. 산에 들어오면 저놈 코가 제일 예민해지지. 바로 이어서 짖는 건 리틀레드고…… 저건 베스군."

미친 듯이 짖는 소리가 새로 끼어들었다. 그러자 할아버지가 말씀하셨다.

"그리고 저건 늙다리 리핏이고. 결국 다 끝나고 나서 끼어드는군."

이제 개들은 합창이라도 하듯 큰 소리로 짖어대면서 점점 멀어져갔다. 개들의 합창이 앞뒤로 계속 메아리를 치는 바람에 우리 주위는 온통 개들 천지인 것처럼 느껴졌다. 소리는 한참 동안 그러고 나더니 사라져갔다.

"클린치 산 뒤편에 있나보다."

귀를 쫑긋 세워보았지만 나에게는 아무 소리도 들리지 않았다.

우리 뒤편 산 쪽에서 날아온 쏙독새의 울음소리가 날카로운 호루라기 소리처럼 하늘을 찢고 지나갔다.

"쉬이이이이……"

계곡 맞은편에 있던 부엉이가 그 소리에 대답했다.

"부…… 부…… 부엉엉엉엉엉……"

할아버지가 낮은 소리로 웃으셨다.

"부엉이는 계곡에 살고 쏙독새는 산등성이에 사는데, 때때로 쏙독새는 물가로 내려와 사냥을 하는 게 더 쉽겠다고 생각하지. 부엉이는 그게 마음에 들지 않는 거고."

시냇물에서 물고기 한 마리가 물방울을 튀기면서 펄쩍 뛰어올랐다. 걱정이 된 나는 작은 소리로 할아버지에게 속삭였다.

"할아버지, 개들이 길을 잃은 건 아닐까요?"

"아니, 그렇지 않다. 좀 있으면 개 짖는 소리를 듣게 될 거야. 클린치 산 저편으로 나와서 저기 산등성이를 돌아 우리 있는 곳으로 올 테니 걱정 말아라."

정말 할아버지 말씀대로였다. 처음에는 멀리서 어렴풋하게 들릴 듯 말 듯하던 개 짖는 소리가 조금씩 조금씩 커져갔다. 멍멍거리고 컹컹거리는 그 소리들은 우리 앞의 산등성이를 따라 보이지 않는 선을 그리면서 꽤 오랫동안 들려왔다. 그러더니 저 아래쪽 어딘가에서 계곡을 건넜는지, 짖는 소리는 다시 우리 뒤쪽의 산등성이를 돌아서 클린치 산 쪽에서 들려왔다. 이번에는 클린치 산 이쪽을 따라 달리고 있는지 소리가 끊이지 않고 들렸다.

"슬리크 놈이 원을 좁혀가나보다. 이번에 시내를 건너고 나면 슬리크 놈이 개들을 끌고 우리 앞에 모습을 보일 게야."

할아버지 말이 맞았다. 개들이 시냇물 건너는 소리가 들렸다. 우리가 앉은 자리에서 그다지 멀지 않은 곳이었다. 첨벙거리는 물소리와 짖는 소리를 들은 할아버지는 윗몸을 똑바로 일으켜 세우시더니 내 팔을 잡았다.

"봐! 저놈이야."

할아버지가 속삭였다. 시내 둑 위에 있는 버드나무 사이로 한 마리 여우가 모습을 드러냈다. 바로 슬리크였다! 여우는 혀를 축 늘어뜨리고 더부룩한 꼬리를 아무렇게나 늘어뜨린 채 종종걸음을 치고 있었다. 그러더니 뾰족한 귀를 쫑긋 세운 채 마치 행진을 하는 것처럼 천천히 걸음을 옮기기도 하고, 덤불이 나타나면 빙 돌아서 가기도 했다. 또 걸음을 멈추고는 앞발을 들어올려 날름날름 핥기도 했다. 그렇게 속임수를 쓰고 난 슬리크는 개 짖는 소리가 나는 쪽을 돌아보고는 다시 종종걸음을 옮기기 시작했다.

우리 발 아래쪽 시내에는 바위들이 물 위로 삐죽삐죽 솟아 있었다. 그중 몇 개는 징검다리를 이루며 시냇물 한가운데까지 이어져 있었다. 그 바위들 있는 곳에 왔을 때 슬리크는 걸음을 멈추고 뒤를 돌아보았다. 개들과의 거리를 재는 모양이었다. 그러더니 우리에게 등을 보인 채 시냇물을 바라보는 자세로 그 자리에 가만히 앉았다. 달빛을 받아 털빛이 붉게 반사되었다. 개 짖는 소리가 점점 가까워지고 있었다.

갑자기 할아버지가 내 팔을 꽉 붙들었다.

"이제부터 잘 봐!"

슬리크는 시냇가 둔덕에서 첫 번째 바위 위로 폴짝 뛰었다. 그곳에 잠깐 서 있는가 했더니 갑자기 살랑살랑 춤추는 듯한 몸짓을 했다. 두 번째 바위 위로 폴짝 건너간 여우는 다시 한 번 춤을 추었고, 그 다음 바위에서도, 또 그 다음 바위에서도…… 결국 여우는 시냇물 한가운데에 있는 마지막 바위 위로 올라섰다.

여우는 다시 바위 하나하나씩을 되짚어 물가에서 가장 가까운 바위 위로 돌아왔다. 그곳에 서서 가만히 귀를 기울이던 슬리크는 마침내 물속으로 발을 집어넣었다. 찰박거리며 헤엄치는 여우의 모습은 순식간에 상류 쪽으로 사라져버렸다. 최대한 치밀하게 시간을 잰 것이 틀림없었다. 그놈이 사라지자마자 곧바로 개들이 모습을 드러낸 것을 보더라도 말이다.

블루보이가 코를 땅바닥에 대고 제일 앞서 왔다. 리핏이 그와 한덩어리를 이루면서 뒤를 따랐고, 그 다음은 베스와 리틀레드가 또 다른 짝을 이루며 바싹 따라붙었다. 때때로 그중 한 놈이 코를 하늘로 치켜들고 "우우우…… 우우……!" 하고 울어대는 소리를 들으면, 누구라도 흥분해서 피가 끓어오르는 듯한 느낌을 받게 마련이다.

개들이 징검다리 바위들 있는 곳까지 왔다. 블루보이는 조금도 주저하지 않고 바위에서 바위로 건너뛰었다. 다른 개들도 모두 블루보이 뒤를 바싹 쫓았다.

시내 한가운데 있는 마지막 바위에 이르렀을 때 블루보이는 갑자기 걸음을 멈추었다. 하지만 리핏은 그렇게 하지 않았다. 리핏은 전혀 의심할 건더기가 없다는 듯이 물속으로 풍덩 뛰어들더니 반대편 개울가로 헤엄쳐가기 시작했다. 베스도 리핏을 따라 물속으로 뛰어들어 헤엄치기 시작했다.

블루보이는 코를 치켜들고 공중에 대고 냄새를 맡기 시작했다. 리틀레드도 블루보이와 함께 바위 위에 그대로 서 있었다. 이윽고 두 마리는 바위를 되짚어 우리가 있는 쪽 시냇가로 올라섰다. 이번에도 역시 블루보이가 앞장섰다. 드디어 슬리크의 자취를 찾아낸 블루보이가 길고 큰 소리로 짖었다. 리틀레드도 맞장구를 치듯이 함께 짖었다.

헤엄을 치던 베스도 몸을 돌려 다시 이쪽으로 되돌아왔다. 리핏만이 어쩔 줄 몰라하면서 시냇가 저쪽에서 아래위로 뛰어다니고 있었다. 리핏은 짖기도 하고 끙끙거리기도 하다가, 땅에 코를 대고 왔다갔다 뛰어다니기도 했다. 리핏은 블루보이가 짖는 소리를 듣고 나서야 다이빙이라도 하듯이 물속에 첨벙 뛰어들어 헤엄을 쳤다. 어찌나 텀벙거리면서 헤엄을 치는지 머리 꼭대기까지 물보라가 일었다. 개울가로 올라선 리핏은 그제서야 간신히 여우의 자취를 찾아내 다른 개들을 쫓아갔다.

할아버지와 나는 그야말로 배꼽을 잡고 웃었다. 너무 많이 웃다가 언덕에서 굴러 떨어질 뻔했을 정도였다. 나는 소나무 줄기에다 발을 버티고 앉아 있었는데, 웃느라고 발에 힘이 풀리는 바람에 그만 도꼬마리 덤불 속에 처박히고 말았던 것이다. 할아버지가 나를 일으켜 세우고 머리에 붙은 가시열매들을 떼주었지만 그 사이에도 우리는 웃는 것을 멈추지 않았다.

할아버지는 슬리크가 그런 속임수를 쓸 거라는 걸 미리 알고 계셨다고 한다. 그 때문에 그 자리에 앉아서 기다리고 있었다는 것이다. 그리고 슬리크도 근처 어딘가에 앉아서 개들의 모습을 지켜보고 있었을 게 틀림없다고 하셨다.

슬리크가 그렇게 끈기있게 개들이 가까이 오기를 기다렸던 것은 돌들에 자기 냄새를 뚜렷하게 남기기 위해서였다. 슬리크는 개들이 흥분하면 감각보다 감정이 앞선다는 것을 알고 있었던 것이다. 사실 리핏과 베스의 경우에는 그 예측이 맞아떨어졌다. 하지만 블루보이와 리틀레드는 그렇지 않았다.

할아버지는 예전에도 이런 일을 많이 봤다고 하셨다. 사람들 중에도 감정이 앞서는 바람에 리핏처럼 사람들의 조롱거리가 되는 경우가 많다고 하시면서. 내가 생각해도 그럴 것 같았다.

벌써 날이 밝았는데도 나는 깨닫지 못하고 있었다. 시냇가 빈터로 내려와 자리를 잡은 우리는 건빵과 고기를 먹었다. 개들은 우리 뒤쪽에서 한 바퀴 빙 돌아가며 짖어대더니, 이제는 우리 앞에 보이는 산등성이로 와 있었다.

산꼭대기 위에 올라선 아침 햇살에 계곡을 가로질러 서 있던 나뭇잎들이 반짝이고, 굴뚝새와 홍관조가 깨어 일어났다.

할아버지는 칼로 베어낸 삼나무 껍질의 한쪽 끝을 비틀어 국자 모양으로 만들었다. 우리는 그걸로 차고 맑은 계곡물을 떠 마셨다. 물이 어찌나 맑은지 개울 바닥의 자갈 하나하나가 또렷이 보였다. 삼나무 맛이 나는 그 물을 마시니 배가 더 고픈 것 같았다. 하지만 이제 건빵은 남아 있지 않았다.

할아버지는, 슬리크 놈을 다시 한 번 보게 될 텐데 이번에는 맞은편 개울가에 모습을 나타낼 것이다, 하지만 절대 움직이지 말고 가만히 앉아 있어야 한다고 주의를 주었다. 개미가 내 발 위로 기어올랐지만 나는 꾹 참고 가만히 있었다.

할아버지가 그 모습을 보셨다. 할아버지는 개미를 털어내는 건 괜찮다, 그 정도는 슬리크도 못 볼 거라고 하셨다. 그래서 나는 개미를 발에서 털어낼 수 있었다.

잠시 뒤 개들이 다시 시내 아래쪽에 나타났다. 그때 우리 눈에 슬리크의 모습이 들어왔다. 여우는 혀를 길게 빼문 채 맞은편 시냇가를 느릿느릿 올라오고 있었다. 할아버지가 낮게 휘파람을 불자 슬리크는 걸음을 멈추고 시내 너머에 있는 우리를 뚫어지게 쳐다보았다. 눈을 가늘게 뜨고 1분 정도 그 자리에 서 있던 여우는 우리를 비웃듯이 코를 킁킁거리며 총총걸음으로 사라져 버렸다.

슬리크가 코를 킁킁거린 건 이런 번잡한 일을 만들어낸 자기 자신한테 진절머리가 났기 때문이라는 게 할아버지의 설명이었다. 나는 슬리크가 당연히 치러야 할 대가를 치른 거란 생각이 들었다.

할아버지는 여우가 '둔갑술'을 부린다는 이야기를 들었다고 말하는 사람들이 있는데, 사실 당신은 실제로 그걸 본 적이 있다고 하셨다. 몇년 전 여우몰이를 나갔다가 풀밭 위쪽에 있는 언덕에 앉아 있을 때였다고 한다. 얼마 안 있어 붉은여우가 개들한테 쫓겨서 달려오더니 속이 빈 나무 앞에서 멈추었다. 그놈이 나무 앞에서 두세 번 짖자 그 빈 나무 속에서 다른 여우 한 마리가 나왔다. 그러자 첫 번째 놈은 나무 속으로 들어가고 두 번째 놈이 쫓아오는 개들을 끌고서 총총걸음으로 달아났다. 할아버지가 나무 곁으로 가보니 그 속에서 여우의 코 고는 소리가 들리더란다. 개들이 바로 코앞을 지나가고 있었는데 말이다. 자신의 잔재주에 얼마나 자신이 있었던지 개들이 그렇게 가까이 지나가도 여우는 쥐뿔도 신경을 안 쓰더라는 것이다.

시내 둑 위로 블루보이와 다른 개들이 모습을 드러냈다. 개들은 한두 걸음마다 계속 짖어댔다…… 그만큼 여우의 체취가 강했던 것이다. 개들이 다시 시야에서 사라졌다. 그런데 얼마 안 있어 무리에서 떨어졌는지 한 마리만 심하게 짖어대기 시작했다.

할아버지가 욕설을 퍼부었다.

"개자식! 리핏 놈! 잘난 척 나서더니 슬리크한테 속았구나. 가다가 길을 잃다니."

산에서는 이런 개들을 '사기꾼 개'라고 부른다.

리핏이 우리 있는 쪽으로 찾아오도록 하려면 큰 소리로 고함을 질러 신호를 보낼 수밖에 없었다. 그러면 다른 개들도 그 소리를 듣고 우리한테로 올 것이다. 결국 이쯤에서 우리는 여우몰이를 포기해야 했다.

나는 도저히 할아버지처럼 길게 소리를 지를 수 없었다. 그 소리는 요들송하고 비슷했다. 하지만 할아버지는 나도 숨을 꽤 잘 참는 편이라고 칭찬해주셨다.

얼마 후에 개들이 우리 있는 곳으로 왔다. 리핏은 자기 행동이 부끄러웠는지 슬금슬금 다른 개들 꽁무니에 가 숨었다. 아마 그러면 안 보일 거라고 생각하는 것 같았다. 할아버지는 이번 일이 리핏한테 도움이 될 거라고 하셨다. 이번 일만 보더라도 알 수 있듯이 다른 사람을 속이려 하면 도리어 자기 자신이 곤란에 빠지게 된다는 걸 깨달았을 거라고 하시면서. 사실 그랬다.

우리가 하늘협곡을 떠난 것은 오후가 되고 나서였다. 우리는 칼길을 따라 집으로 걸어내려갔다. 개들은 다리를 질질 끌면서 느릿느릿 걸었다. 지쳐서 그랬을 것이다. 나도 피곤했다. 그래서 할아버지가 그렇게 어슬렁거리면서 천천히 걷지 않으셨더라면 도저히 따라잡을 수 없었을 것이다.

오두막집의 빈 터와 할머니가 우리 눈에 들어온 것은 저녁 땅거미가 깔릴 무렵이었다. 할머니는 우리를 마중하려고 길까지 나와 계셨다. 아직 걸을 힘이 남아 있었는데도 할머니는 나를 안아주셨다. 나머지 한쪽 팔은 할아버지의 허리에 두르신 채. 피곤하긴 무척 피곤했었나보다. 어느새 할머니 어깨에 기대어 곯아떨어진 나는 언제 오두막집에 도착했는지도 몰랐다.

"I kin ye, Bonnie Bee"

"당신을 사랑해, 보니비"

돌이켜보면 할아버지와 나는 말수가 적은 편이었던 것 같다. 물론 할아버지는 산이나 사냥, 날씨를 비롯한 몇몇 문제들에 대해서는 전혀 그렇지 않았다. 하지만 단어라든가 책 같은 것들이 문제가 될 때면 할아버지와 나는 모든 판단을 할머니에게 맡겨버렸다. 그러면 할머니는 그때마다 명쾌한 결론을 내려주곤 하셨다.

웬 부인이 길을 물어본 경우만 해도 그랬다.

할아버지와 나는 개척촌에 갔다가 집으로 돌아오던 중이었다. 손에 든 짐이 꽤 무거운 편이었다. 책이 하도 많아서 둘이서 나눠들고 오고 있었던 것이다. 할아버지는 책이 너무 많다고 투덜대셨다. 도서관 사서가 갈 때마다 너무 많은 책을 내놓는 바람에 이야기에 나오는 사람들이 뒤엉켜서 뒤죽박죽되고 말았다는 것이다.

지난 한 달 내내 할아버지는 알렉산더 대왕이 대륙회의(1774년 북미의 13개 주 영국 식민지가 본국에 대항하기 위해 조직한 합의체. 1776년 미국 독립선언을 발표했다—옮긴이)에서 대은행가 편을 들어 제퍼슨 씨를 깎아내리려 했다고 우기셨다. 할머니가 알렉산더 대왕은 그 시대의 정치가가 아니며, 사실 그 당시에는 살아 있지도 않았다고 설명해주었지만, 할아버지는 조금도 고집을 꺾지 않으셨다. 할 수 없이 우리는 알렉산더 대왕에 대해 쓴 책을 다시 한 번 빌려 보기로 했다.

그 책을 보면 할머니 말이 사실로 드러나리란 건 할아버지도 잘 알고 계셨다. 나 역시 책에서 알게 된 것 중에서 할머니가 틀리는 일은 한 번도 본 적이 없었다.

사실 우리 마음 깊은 곳에서는 언제나 할머니가 옳다는 것을 알고 있었다. 할아버지는 책을 너무 많이 읽는 게 혼란의 원인이라는 쪽으로 생각을 굳히고 계셨다. 나 역시 그 생각에 동감이었다.

어쨌든 그날 나는 석유통과 함께 셰익스피어 씨의 책 한 권과 사전을 양손에 나눠들었고, 할아버지는 나머지 책들과 커피 한

통을 들고 가셨다. 커피는 할머니가 좋아하셨다. 그래서 할아버지 생각에도 그랬지만 내 생각에도, 한 달 내리 할머니 속을 썩인 알렉산더 대왕에 대한 문제도, 할머니가 커피 한 잔만 마시고 나면 멋지게 해결될 것 같았다.

으레 그렇듯이 개척촌에서 이어진 길을 할아버지는 앞장서고 나는 그 뒤에서 걷고 있을 때였다. 갑자기 커다란 검은색 승용차 한 대가 우리 옆으로 다가오더니 멈춰섰다. 지금까지 한 번도 본 적이 없을 만큼 큰 차였다. 차 안에는 여자 두 사람과 남자 두 사람이 앉아 있었다. 그 차는 문짝 속으로 똑바로 미끄러져 들어가는 유리창을 가지고 있었다.

나는 전에는 한 번도 그런 걸 본 적이 없었다. 할아버지 역시 그랬다. 그래서 우리 두 사람은 그 여자가 손잡이를 돌려 유리를 완전히 내릴 때까지 뚫어져라 그것만 쳐다보고 있었다. 나중에 할아버지는 가까이에서 자세히 들여다보고는 문 사이에 가는 틈이 있어서 그 틈으로 유리가 들어가게 되어 있더라고 알려주셨다. 나는 키가 작아서 그것까지는 볼 수 없었다.

손가락에 반지를 몇 개씩 낀 그 부인은 멋진 옷을 입고 귀에는 커다란 귀걸이를 달고 있었다.

"채터누가로 가려면 어디로 가야 해요?"

그 여자는 이렇게 물었다. 자동차 모터가 덜덜거리는 소리는 거의 들리지 않았다.

할아버지는 커피통을 바닥에 내려놓고 책들을 더럽히지 않으려고 그 위에다 잘 놓았다. 나는 나대로 석유통을 내려놓았다. 왜냐하면 다른 사람이 말을 걸어왔을 때, 나름의 예의를 표하면서 무슨 말을 하는지 잘 새겨들으려면 그렇게 해야 하는 것이라고 할아버지가 누누이 가르쳐주셨기 때문이다. 어쨌든 그렇게 하고 난 후, 할아버지는 그 부인을 바라보면서 모자를 들어 보였다. 하지만 그게 비위를 건드렸는지 그 여자는 할아버지에게 고함을 버럭 질렀다.

"내가 물었잖아요? 채터누가로 가는 길이 어디냐니까? 당신 귀머거리예요?"

"아닙니다, 부인. 오늘은 귀도 잘 들리고 몸 상태도 아주 좋습니다. 고맙습니다. 부인은 어떠십니까?"

사실 이런 때 상대방 안부를 물어보는 것은 예의가 아닌가! 할아버지가 한 일은 그 이상도 그 이하도 아니었다. 그런데도 그 부인은 할아버지 말에 화가 머리끝까지 치민 것처럼 행동했다. 우리는 깜짝 놀랐다. 아니, 그 여자가 그랬던 건 우리 때문이 아니라 차 안에 탄 다른 사람들이 다른 일로 키득거리며 그 여자를 놀렸기 때문인지도 몰랐다.

그 여자는 더 큰 소리로 악을 썼다.

"도대체 우리한테 채터누가로 가는 길을 가르쳐줄 거예요, 말 거예요?"

"아, 물론 가르쳐드립죠."

"자, 그럼 말해봐요!"

그 여자가 다시 명령조로 고함을 질렀다.

"에, 뭣보다도 방향을 잘못 잡았어요. 동쪽으로 가고 있잖아요. 그곳은 서쪽으로 가야 하거든요. 하지만 똑바로 서쪽은 아니니까 방향을 조금만 더 북쪽으로 틀면 되겠군요. 저 멀리 큰 산이 보이지요? 저 산허리를 돌아서 쭉 가면…… 채터누가에 도착하게 됩니다."

말을 끝낸 할아버지는 다시 모자를 들어 보였다. 그런 다음 우리는 허리를 굽혀 짐을 집어들었다.

그런데 그 여자가 창문 밖으로 머리를 쑥 내밀더니 악을 쓰듯 고함을 질렀다.

"우리한테 가르쳐준 길이 진짜로 맞아요?"

할아버지는 깜짝 놀라서 굽혔던 몸을 벌떡 일으켰다.

"예? 서쪽으로 가는 길은 저 길인데요, 부인. 약간 북쪽으로 꺾어져야 한다는 걸 잊지 마십시오."

"당신들 두 사람 말이지, 외지인들 아냐?"

그 여자가 버럭 따지듯이 물었다.

그 말에 할아버지가 그 여자 쪽을 향해 다시 몸을 돌렸다. 나도 그랬다. 전에는 한 번도 그런 말을 들어본 적이 없었기 때문이다. 내가 보기에는 할아버지도 그런 것 같았다. 잠시 그 여자 얼굴을 뚫어지게 쳐다보던 할아버지가 입을 열었다. 낮지만 단호한 말투였다.

"그럴 거요."

그 큰 차는 붕 하고 가버렸다. 차 방향도 바꾸지 않고 오던 그대로 동쪽으로 가버렸다. 틀린 길로 간 것이다. 할아버지는 머리를 흔들면서, 당신이 칠십여 년을 살면서 이런저런 미친 사람들을 많이 만났지만 저 여자는 그중에서도 유별나다고 하셨다. 내가 할아버지에게 그 여자가 정치가일지도 모른다고 하자, 할아버지는 "여자 정치가가 있다는 말은 지금껏 들어본 적이 없다. 정치가의 마누라일지는 모르겠지만"이라고 하셨다.

우리는 다시 바퀴자국을 밟으면서 걷기 시작했다. 개척촌에서 돌아올 때면 나는 언제나 할아버지에게 물어볼 이런저런 것들을 생각해내곤 했다. 내가 말을 걸면 할아버지는 항상 걸음을 멈추셨다. 앞에서 말했듯이 다른 사람이 말하는 걸 잘 새겨들으려고 그렇게 하시는 것이다. 나는 그 틈을 이용해 할아버지를 따라잡곤 했다. 그즈음의 나는 (얼마 안 있으면 만 여섯 살이 될 나이였는데도) 나이에 비해 몸집이 작았다. 머리꼭지가 할아버지 엉덩이에 간신히 닿을 정도였으니 말이다. 그래서 할아버지 뒤를 따라가려면 거의 항상 종종걸음으로 달리다시피 걸어야 했다.

그때도 꽤 힘들게 종종걸음을 치는 판인데도 할아버지와의 사이가 꽤 벌어져 있었다. 그래서 나는 거의 고함을 지르다시피 하여 할아버지를 불러세웠다.

"할아버지! 할아버지는 채터누가에 가보셨어요?"

"아니."

할아버지가 걸음을 멈추고 내 쪽을 쳐다보았다.

"하지만 거의 갈 뻔했던 적은 한 번 있었지."

드디어 나는 할아버지를 따라잡아 석유통을 잠시 길바닥에 내려놓을 수 있었다.

"지금부터 한 20년 전쯤 됐을 거야…… 아니, 30년 전이던가. 하여간 에녹이라는 할아버지 삼촌이 있었어. 막내삼촌이었지. 그 삼촌은 꽤 나이가 들어서까지도 술에 취하면 온 천지를 헤매고 다니는 버릇이 있었어. 술에 취하면 머릿속이 엉망진창으로 엉클어졌던 것 같아. 에녹 삼촌이 술에 취해서 산속 깊숙이 사라져버리는 일은 전에도 자주 있었지. 그런데 이번에는 3주가 지나도, 4주가 지나도 돌아오지 않는 거야. 행상들을 통해 여기저기 수소문해봤더니 그 삼촌이 채터누가의 감옥에 있다는 말이 들려오지 않겠어? 그래서 내가 가서 데려오려고 집을 막 나서려던 참인데, 삼촌이 집 안으로 불쑥 들어서지 않겠니?"

할아버지는 그때의 일이 떠오르는지 잠시 말을 중단하고 웃기 시작하셨다.

"그래, 맨발에다가 걸친 거라곤 낡고 헐렁헐렁한 바지 하나뿐이었어. 그것도 흘러내리지 않게 한 손으로 부여잡고 있어야 했으니…… 너구리한테 쥐어뜯기기라도 한 것처럼 온몸이 상처투성이였고…… 나중에 들어보니까 줄곧 산속을 걸어서 집으로 돌아왔다는 거야."

할아버지가 다시 웃음을 터뜨리는 바람에 이야기는 또 한 번 끊어졌다. 덕분에 나는 석유통 위에 앉아서 느긋하게 다리를 쉴 수 있었다.

"에녹 삼촌 말로는 얼마나 취했던지 자기가 어떻게 채터누가까지 갔는지 도무지 기억이 안 나더라는 거야. 그런데 깨어보니 웬 방 안 침대 위에 누워 있더래. 자기 양옆으로 여자 두 명이 함께 누워 있고 말이야. 후닥닥 침대에서 내려와 그 여자들한테서 달아나려는데, 갑자기 문이 쾅 하고 열리더니 웬 덩치 큰 사내가 뛰쳐들어와 미친 듯이 화를 내더라는 거야. 여자 한 명은 자기 마누라고, 다른 한 명은 자기 여동생이라고 하면서 말이야. 그랬으니 어쨌거나 에녹 삼촌은 그 자리에서 그 집 식구를 전부 만나본 게 아닌가 싶어."

"에녹 삼촌 말로는 여자들은 여자들대로 일어나서 그 남자한테 돈을 좀 집어주라고 고함을 지르고, 남자는 또 남자대로 계속 소리를 지르고 해서 정신이 하나도 없었다더군. 그 와중에도 에녹 삼촌은 바지를 찾으려고 바닥을 이리저리 기어다녔대. 돈이 있을 것 같지는 않았지만 주머니에 칼이 들어 있다는 건 알고 있었거든. 그 덩치 큰 사내놈이 뭔 일이라도 저지를 것처럼 하도 풀세게 날뛰니까 말이야. 그런데 아무리 찾아도 바지가 안 보이는 거야. 어디다 벗어뒀는지 생판 기억도 나지 않고 말이야. 그러니 다른 무슨 뾰족한 방법이 있었겠어? 창문을 넘어서 달아나는 수밖에. 그런데 그게 문제였던 거야. 그 창문은 2층방 창문이었거든. 거기다 길바닥은 자갈과 돌멩이투성이였으니 살갗이 많이 까졌지."

"삼촌은 실오라기 한 올 걸치지 않은 상태였는데, 보니까 손에 커튼 쪼가리가 쥐어 있더래. 뛰어내릴 때 붙잡았다가 찢어진 거였겠지. 그걸 허리에 두르고는 어두워질 때까지 숨어 있으려 했는데 적당한 곳이 한 군데도 없었다지 뭐냐. 그래서 길 한복판에서 이리 뛰고 저리 뛰고 하다가 다행히 사람들이 몰려 있는 곳에 끼어들긴 했는데, 이 사람들이 또 예의라곤 전혀 모르는 사람들이어서 다시 다른 쪽으로 달아나려고 했지. 그런데 그때 그만, 경찰이 와서 감옥으로 끌고 가더라는 거야."

"다음 날 아침이 되자 그 사람들이 바지하고 윗도리하고 신발을 줬는데, 너무 커서 맞는 게 하나도 없었다는구나. 그러고는 거리청소를 하라고 다른 사람들하고 같이 내몰더래. 에녹 삼촌 말로는 열 명 남짓 되는 사람들이 청소하는 걸로는 평생 가도 깨끗해질 것 같지 않은 거리로 말이야. 청소하는 것보다 훨씬 더 빠른 속도로 사람들이 거리에다 쓰레기를 버려대는 판이었으니. 이러다간 죽을 때까지 가도 일이 끝나지 않겠다고 생각한 삼촌은 결국 내빼기로 작정을 했지. 그렇게 작정을 하고 나서 얼마 안 됐을 때, 기회다 싶은 순간이 왔어. 삼촌은 잽싸게 빗자루를 집어던지고 달렸지. 웬 남자가 뒤에서 셔츠를 잡아당겼지만 뿌리치고, 신발도 벗어던지고. 하지만 바지만은 꼭 붙잡고 죽을 둥 살 둥 달렸다더군. 아무도 따라오지 않는 걸 확인한 삼촌은 숲 속에 가만히 숨어서 어두워질 때를 기다렸어. 별이 뜨면 집으로 오는 방향이 어느 쪽인지 알 수 있으니까 말이야. 그렇게 해서 몇 개나 되는 산을 넘어 집까지 오는 데 꼬박 3주가 걸렸다더구나. 돼지처럼 도토리하고 호두 열매만 주워먹으면서 말이야. 혼쭐이 난 에녹 삼촌은 그 다음부터는 절대 술을 안 마셨지…… 그리고 내가 알기로는 개척촌 근처에는 두 번 다시 가지 않았어. 암! 그러고 나도 채터누가에는 절대로 가지 않았단다."

할아버지 이야기를 듣고, 나도 채터누가에는 절대 가지 않겠다고 마음먹었다.

그날 밤 저녁 식사를 하고 있을 때, 갑자기 할머니에게 물어볼 것이 생각났다. 정말이지 나는 별생각 없이 물어보았다.

"할머니, 외지인이란 게 뭐예요?"

할아버지가 잡수시던 손을 잠시 멈추었지만, 접시에서 얼굴을 들지는 않았다. 나를 쳐다보고 난 할머니는 할아버지에게로 얼굴을 돌렸다. 할머니의 눈이 반짝 빛났다.

"아, 외지인이란 건 자기가 태어나지 않은 곳에 들른 사람을 말하는 거란다."

"할아버지가요, 우리가 외지인일 거라고 하셨거든요."

나는 할머니에게 이렇게 말하고 나서, 커다란 차에 타고 있던 여자가 우리더러 외지인이 아니냐고 했고, 할아버지는 그럴 거라고 했다는 이야기를 해드렸다. 드디어 할아버지가 먹던 접시를 밀어놓으셨다.

"아니, 내 말 뜻은 우리가 그따위 길가에서 태어난 건 절대 아니니까 그 사람들한테는 우리가 외지인이란 거였다고. 어쨌든 그런 말은 안 쓰고도 충분히 잘살 수 있는 지겨운 말들 중 하나야. 내가 늘상 그랬잖아. 지겨운 말들이 너무 많다고 말이야(할아버지는 할머니 앞에서는 '빌어먹을'이란 말 대신에 '지겨운'이란 표현을 쓰셨다)."

할머니도 그 점에는 동의하셨다. 하지만 할머니는 할아버지의 언어문제에 끼어들고 싶어하지 않으셨다. 예컨대, 할머니는 할아버지가 'knowed'니, 'throwed'니 하는 말들을 쓰는 걸 막을 수 없었다. 할아버지 말로는 'knew'라는 것은 다른 사람이 한 번도 써보지 못한 새 물건을 가리키는 것이기 때문에, '알았다'고 할 때는 'knew'가 아니라 'knowed'가 맞다는 것이다(know의 과거형 knew는 새롭다는 뜻의 new와 발음이 같다—옮긴이). 또 'threw'라는 건 문 이쪽에서 저쪽으로 지나갈 때 쓰는 말이라서 '던졌다'고 할 때는 'throwed'가 맞다는 것이다(throw의 과거형인 threw는 '…을 지나서'란 뜻의 through와 발음이 같다—옮긴이).

세상 사람들이 쓰는 말이 줄어들면 그만큼 세상에서 일어나는 문제도 줄어들 거라는 게 할아버지의 지론이셨다. 어느 땐가는 나한테만 몰래, 세상에는 으레 돼먹지 못한 멍청이들이 있게 마련이지만, 문제를 일으키는 것 말고는 아무 쓸모도 없는 말들을 만들어내는 게 바로 그 멍청이들이라고 이야기한 적도 있었다. 일리 있는 말씀이었다. 할아버지는 말의 뜻보다는 소리, 즉 말투를 더 마음에 새겨들으셨다. 할아버지는 언어가 서로 다른 민족이라도 음악을 들을 때는 같은 것을 느낀다고 주장하셨다.

할머니도 할아버지와 같은 생각이셨다. 또 사실 할아버지와 할머니가 이야기를 나누는 게 바로 이런 식이었다.

할머니의 이름은 보니 비(bonnie bee), '예쁜 벌'이었다. 어느 늦은 밤, 할아버지가 "I kin ye, Bonnie Bee"라고 말하는 걸 들었을 때, 나는 할아버지가 "I love ye"("당신을 사랑해"—옮긴이)라는 뜻으로 말하고 있다는 걸 알았다. 그 말에서 느껴지는 분위기가 그랬던 것이다.

또 할머니가 이야기를 하다가 "Do ye kin me, Wales?"라고 물으실 때가 있다. 그러면 할아버진 "I kin ye"라고 대답하신다. 이해한다는 뜻이다. 할아버지와 할머니에게 사랑과 이해는 같은 것이었다. 할머니는 이해할 수 없는 것은 사랑할 수 없고, 또 이해하지 못하는 사람을 사랑할 수는 더더욱 없다, 신도 마찬가지라는 이야기를 하시곤 했다.

할아버지와 할머니는 서로 이해하고 계셨다. 그래서 두 분은 서로 사랑하고 계셨다. 할머니는 세월이 흐를수록 이해는 더 깊어진다고 하셨다. 할머니가 보시기에 그것은 유한한 인간이 생각하거나 설명할 수 있는 것들 너머에 있는 어떤 것이었다. 그래서 두 분은 그것을 'kin'이라고 불렀다.

할아버지 설명에 따르면, 할아버지가 태어나시기 전 옛날에는 '친척(kinfolks)'이라는 말이 이해하는 사람, 이해를 함께하는 사람, '사랑하는 사람(loved folks)'이란 뜻으로 쓰였다고 한다. 그런데 사람들이 갈수록 이기적으로 되는 바람에 이 말도 단지 혈

연관계가 있는 친척을 뜻하는 것으로 바뀌고 말았다. 본래의 말뜻과는 아무 관계도 없는 걸로…… 이런 이야기 끝에 할아버지는 다음과 같은 일화를 들려주셨다.

할아버지가 어렸을 때 할아버지의 아버지, 즉 나에게는 증조할아버지가 되시는 분에게 친구가 한 사람 있었다. 그분은 할아버지 집에 자주 놀러 오곤 하셨다. 그분은 나이 든 체로키족으로 너구리 잭이라는 별명을 갖고 있었는데, 사실 항상 너구리처럼 심통을 부리거나 짜증을 내곤 했다. 그래서 너구리 잭의 어디가 마음에 들어서 증조할아버지가 사귀시는지 할아버지는 짐작이 가지 않았다고 하셨다.

할아버지네는 일요일이면 어쩌다 한 번씩 계곡 입구에 있는 작은 교회에 나가곤 했다. 어느 일요일, 신앙고백 시간이었다. 말하자면 주님이 자신에게 강림했다고 느끼는 사람들이 차례로 일어나서 자기 죄를 고백하고, 자신이 얼마나 주님을 사랑하는지 시험받곤 하는 시간이었던 것이다.

그런데 이 고백시간에 너구리 잭이 갑자기 벌떡 일어났다.

"여기 있는 사람들 중에 몇몇이 내 등 뒤에서 나를 놓고 쑤군거린다는 걸 알고 있어. 난 그 사실을 똑똑히 알고 있다구. 당신들이 뭣 땜에 그러는지도 알아. 교회 임원 모임에서 나에게 찬송가 상자 열쇠를 맡긴 게 샘나 그렇지? 좋아, 그렇다면 모두들 잘 들어. 그게 마음에 들지 않는 사람이 있으면 지금 당장 나오라구. 내가 가진 걸로 해결해줄 테니."

아니나 다를까 너구리 잭은 미친 듯이 발을 쾅쾅 구르면서 사슴가죽 셔츠를 홱 젖히더니 권총 손잡이를 두들겼다.

할아버지 말로는 교회 안은 증조할아버지를 포함하여 너구리 잭 정도는 너끈히 감당할 수 있는 건장한 사내들로 가득 차 있었다고 한다. 날씨가 좀 바뀌었다고 금방 총을 뽑아들 사람들은 아니었지만, 그렇다고 하더라도 아무도 나서는 사람이 없었다. 할 수 없이 증조할아버지가 일어나서 잭에게 말씀하셨다.

"잭, 자네가 찬송가 열쇠를 어찌나 잘 간수하는지 여기 있는 사람들 모두가 감탄하고 있어. 지금까지 책임을 맡은 사람들 중에서 자네가 제일이래. 행여 자네 기분에 거슬리는 이상한 소문이 떠도는 일이 있다면, 내가 지금 이 자리에서 맹세하지만, 여기 있는 사람들 모두가 슬퍼할 걸세."

너구리 잭은 이 이야기를 듣자 그제야 마음이 풀리는지 만족스런 얼굴로 자리에 앉았다. 다른 사람들도 그제야 휴! 하고 한숨을 내뱉었다.

집으로 돌아오는 길에 할아버지는 증조할아버지에게 너구리 잭이 왜 그 정도 일을 가지고 흥분하는지 물어보았다. 기껏해야 찬송가 상자 열쇠가 아닌가, 그게 뭐 그렇게 중요한 일인가, 그러는 너구리 잭이 도리어 웃긴다고 하면서. 그때 증조할아버지는 할아버지에게 이렇게 말씀하셨다.

"얘야, 너구리 잭을 비웃으면 안 된다. 너도 알다시피 체로키족이 고향에서 쫓겨나 인디언 연방으로 강제이주 당할 때 너구리 잭은 혈기왕성한 젊은이였다. 잭은 산속으로 달아나 열심히 싸웠어. 그러는 동안에 남북전쟁이 터졌는데, 잭은 이번에는 연방군(북군을 말한다—옮긴이)을 물리치면 땅과 집을 되찾을 수 있을지 모른다고 생각했어. 잭은 또다시 열심히 싸웠지. 그러나 결과는 둘 다 패배로 끝나고 말았어. 전쟁이 끝나자 이번에는 정치가들이 들어와서 우리에게 남아 있던 얼마 안 되는 것들까지 뺏어가려고 했지. 너구리 잭은 또 싸웠어…… 그러다가는 달아나 숨고, 또다시 나와서 싸우고…… 너도 알다시피 너구리 잭은 평생 싸우는 것밖에 해온 게 없어. 이제 그놈이 갖고 있는 유일한 재산이 바로 그 찬송가 열쇠란 말이다. 네 보기에 너구리 잭이 심통을 부리는 것처럼 보였다면…… 그건 아마 이제 싸울 게 아무것도 남아 있지 않아서일 거야. 잭은 그것밖에 할 줄 모르거든."

할아버지는 이 이야기를 듣고 너구리 잭이 너무 안돼서 울 뻔했다고 하셨다. 그 다음부터 할아버지에게는 너구리 잭이 무슨 말을 하고, 어떤 행동을 하는가는 중요하지 않았다. 할아버지는 그를 사랑하게 되었던 것이다. 그를 이해할 수 있었기 때문이다.

할아버지는, 그런 게 'kin'이며, 사람들 사이에 일어나는 분쟁의 대부분은 이것을 실천하지 않기 때문에 일어난다고 하셨다. 물론 할아버지는 "아, 거기다 정치가 때문에 일어나는 분쟁도 있지만"이라고 덧붙이는 걸 잊지 않으셨다.

나는 할아버지의 말 뜻을 충분히 이해할 수 있었다. 게다가 너구리 잭 때문에 나 역시도 울 뻔했다.

To Know the Past

과거를 알아 두어라

할아버지와 할머니는 내게 지난 일들에 대해 알려주고 싶어하셨다. 두 분은,

"지난 일을 모르면 앞일도 잘 해낼 수 없다. 자기 종족이 어디서 왔는지를 모르면 어디로 가야 될지도 모르는 법."

이라는 말을 자주 하셨다. 이 때문에 두 분은 나에게 옛날 일들에 대해 자주 이야기해주셨다.

정부군이 들어온 이야기며, 체로키족이 비옥한 골짜기에서 농사짓던 이야기, 생명들이 싹트는 봄이 되면 열리는 짝짓기 춤

잔치 이야기와, 수사슴과 암사슴, 수탉과 암탉이 발정 나서 새끼를 갖게 되는 이야기까지.

또 서리가 내려 호박이 무르익고 감이 발갛게 익고 옥수수가 여물어가는 늦가을 무렵이면 열리던 추수감사제 이야기와 자연의 이치에 따를 것을 맹세한 후에야 벌어졌던 겨울사냥 이야기도 빠뜨리지 않으셨다.

그중에서 정부군이 인디언들을 강제이주 시킨 이야기는 이렇다.

어느 날 정부군 병사들이 찾아와 종잇조각 하나를 내보이며 서명하라고 했다. 새로운 백인 개척민들에게 체로키족의 토지가 아닌 곳에 정착해야 한다는 사실을 알려주는 서류라고 하면서. 체로키들이 거기에 서명을 하자, 이번에는 더 많은 정부군 병사들이 대검을 꽂은 총으로 무장을 하고 찾아왔다. 병사들 말로는 그 종이에 적힌 내용이 바뀌었다는 것이다. 이제 그 종이에는 체로키들이 자기들의 골짜기와 집과 산을 포기하겠다는 내용이 적혀 있었다. 체로키들은 저 멀리 해지는 곳으로 가야 했다. 그곳에 가면 체로키들이 살도록 정부에서 선처해준 땅, 하지만 백인들은 눈곱만치도 관심을 보이지 않는 황량한 땅이 있었다.

병사들은 그 드넓은 골짜기를 총으로 빙 둘러쌌다. 밤이 되면 빙 돌아 피워놓은 모닥불이 총을 대신했다. 병사들은 체로키들을 그 원 속으로 밀어넣었다. 다른 산과 골짜기에 살고 있던 체로키들까지 끌고 와 우리 속에 든 소, 돼지처럼 계속 그 원 안으로 밀어넣었다.

이런 상태로 꽤 많은 시간이 흘렀다. 이제 체로키들을 거의 다 잡아들였다고 생각한 그들은 마차와 노새를 가져와, 체로키들에게 해가 지는 그곳까지 타고 가도 좋다고 했다. 체로키들에게 남아 있는 것은 아무것도 없었다.

하지만 그들은 마차를 타지 않았다. 덕분에 체로키들은 무언가를 지킬 수 있었다. 그것은 볼 수도 입을 수도 먹을 수도 없는 것이었지만, 그들은 그것을 지켰다. 그것을 지키기 위해서 그들은 마차를 타지 않고 걸어갔다.

정부군 병사들은 체로키들의 앞과 뒤, 양옆에서 말을 타고 갔다. 체로키 남자들은 똑바로 앞만 쳐다보고 걸었다. 땅을 내려다보지도 않았고 병사들을 쳐다보지도 않았다. 남자들 뒤를 따라 걷던 여자들과 아이들도 병사들 쪽을 쳐다보지 않았다.

기나긴 행렬의 맨 뒤쪽에는 아무 쓸모 없는 텅 빈 마차가 덜그럭거리며 따라왔다. 체로키는 자신들의 영혼을 마차에 팔지 않았다. 땅도 집도 모두 빼앗겼지만, 체로키들은 마차가 자신들의 영혼을 빼앗아가도록 내버려두지 않았다.

백인들이 사는 마을을 지나갈 때면 백인들은 양옆으로 늘어서서 체로키들이 지나가는 모습을 지켜보곤 했다. 처음에 백인들은 덜그럭거리는 빈 마차들을 뒤에 달고 가는 체로키들을 보고 멍청하다고 비웃었다. 체로키들은 웃는 사람들 쪽으로 고개를 돌리지 않았다. 그 모습을 보고 백인들도 입을 다물었다. 이제 웃는 사람은 아무도 없었다.

고향 산에서 멀어져가자 사람들이 하나둘 죽어가기 시작했다. 비록 체로키의 혼은 죽지도 약해지지도 않았지만, 어린아이와 노인들과 병자들이 그 까마득한 여행길을 견디기는 힘들었다.

처음에는 병사들도 행렬을 멈추고 죽은 사람을 묻을 시간을 주었다. 하지만 점점 더 많은 사람들이 죽어갔다. 그 수는 순식간에 몇 백 몇 천으로 불어나, 결국 전체의 3분의 1이 넘는 체로키들이 행진 중에 숨을 거두었다. 그러자 병사들은 3일에 한 번씩만 매장할 시간을 주겠노라고 했다. 하루라도 빨리 일을 마치고 체로키들에게서 손을 떼고 싶은 게 병사들의 심정이었다. 병사들은 죽은 사람들을 수레에 싣고 가라고 했지만, 체로키들은 시신을 수레에 누이지 않고, 자신들이 직접 안고 걸었다.

아직 아기인 죽은 여동생을 안고 가던 조그만 남자아이는 밤이 되면 죽은 동생 옆에서 잠이 들었다. 아침이 되면 그 아이는 다시 여동생을 안고 걸었다.

남편은 죽은 아내를, 아들은 죽은 부모를, 어미는 죽은 자식을 안은 채 하염없이 걸었다. 병사들이나 행렬 양옆에 서서 자신들이 지나가는 걸 쳐다보는 사람들에게 고개를 돌리는 일도 없었다. 길가에 서서 구경하던 사람들 중 몇몇이 울음을 터뜨렸다. 하지만 체로키들은 울지 않았다. 어떤 표정도 밖으로 드러내지 않았다. 그들에게 자신들의 마음을 내비치고 싶지 않았다. 체로키들은 마차에 타지 않았던 것처럼 울지도 않았다.

사람들은 이 행렬을 눈물의 여로라 불렀다. 체로키들이 울었기 때문이 아니다. 그들은 울지 않았다. 사람들은 그 말이 낭만적으로 들리기 때문에, 또 그 행렬을 옆에서 구경하던 사람들의 동정심을 표현해주기 때문에, 그렇게 불렀다. 하지만 죽음의 행진은 절대 낭만적일 수 없다.

과연 누가 어미의 팔에 안긴 채 뻣뻣하게 죽어 있는 아기, 어미가 걸어가는 동안 감기지 않은 눈으로 흔들거리는 하늘을 노려보고 있는 아기를 소재로 시를 지을 수 있겠는가?

과연 누가 밤이 되면 아내의 주검을 내려놓고 온밤 내내 그 옆에 누워 있다가 아침이 되면 일어나 그 주검을 옮겨가야 하는 남편과, 장남에게 막내의 시신을 안고 가라고 말해야 하는 아버지…… 그리고 쳐다보지도…… 말하지도…… 울지도…… 고향 산을 떠올리지도 않는 이들을 소재로 노래할 수 있겠는가?

그것은 절대 아름다운 노래가 될 수 없을 것이다. 그래서 사람들은 그 행렬을 눈물의 여로라 불렀다(1838~1839년에 걸쳐 1만 3천여 명 정도의 체로키들이 차례로 오클라호마의 보호구역으로 강제이주 당했다. 1,300킬로미터의 행진 중에 추위와 음식부족, 병, 사고 등으로 무려 4천여 명 정도의 체로키들이 죽었다고 한다—옮긴이).

체로키들 모두가 그 행렬에 끌려간 것은 아니었다. 산길에 익숙한 일부 체로키들은 깊숙한 계곡이나 먼 산등성이 쪽으로 달아났다. 이들은 아내와 아이들을 데리고 끊임없이 옮겨다니면서 살았다.

이들은 덫을 놓아서 짐승을 잡곤 했는데, 군대가 그곳까지 들어오는 바람에 덫을 놓아둔 곳으로 돌아가지 못하는 때도 있었다. 또 이들은 땅에서 부드러운 뿌리들을 캐내거나, 도토리를 빻아 가루로 만들거나, 개간지에서 기른 얼마 안 되는 작물을 거두거나, 나무의 속껍질을 벗겨내어 끼니를 때웠다. 가끔씩 차가운 개울물 속에서 맨손으로 물고기를 잡는 일도 있었지만, 이때도 변함없이 이들의 움직임은 그림자처럼 조용했다. 그래서 설사 그 자리에 있던 사람이라도 잠깐 바람처럼 휙 지나가는 느낌 외에는 그들을 보지도 듣지도 못했다. 사실 그들은 자취를 남기는 법이 거의 없었다.

하지만 동료들끼리는 잘 찾아냈다. 우리 증조할아버지의 가족들도 모두 산에서 자란 사람들이었다. 그들은 토지나 재산을 탐내지 않았다. 다른 체로키들이 그러했던 것처럼 그들이 원했던 것도 오로지 산속에서의 자유로운 생활뿐이었다.

증조할아버지가 증조할머니와 그 가족을 만난 이야기는 할머니가 해주셨다. 어느 날 증조할아버지는 계곡 둑 위에서 아주 희미한 흔적 하나를 찾아냈다. 그것을 본 증조할아버지는 집으로 가서 사슴 뒷다리를 가져와, 흔적이 있던 자리에 놔두었다. 총과 칼도 그 옆에 함께 두었는데, 다음 날 아침에 다시 가보니 사슴 뒷다리는 온데간데없고, 총과 칼만 그 자리에 그대로 있었다. 게

다가 그 옆에는 기다란 인디언 칼 한 자루와 도끼까지 나란히 놓여 있었다. 증조할아버지는 그것들을 그대로 놔둔 채 집에 가서 옥수수를 가져왔다. 할아버지는 옥수수 자루를 무기 옆에 놓고 오랫동안 서서 기다렸다.

오후 늦게 그들이 조용히 다가왔다. 나무 사이를 걸어오다가 잠시 멈추어 주위를 살핀 다음 다시 앞으로 걷는 식으로 하면서 말이다. 증조할아버지가 손을 내밀며 그들에게 다가갔다. 그러자 남자, 여자, 아이들까지 모두 합쳐 열두 식구나 되는 그 집 사람들도 모두 하나같이 손을 내밀며 걸어왔다. 마침내 그들의 손과 증조할아버지의 손이 맞닿았다. 할머니 말로는 서로 손이 맞닿기까지 꽤 먼 거리였는데도 그들은 그렇게 손을 내밀고서 걸었다고 한다.

얼마 안 있어 키가 훌쩍 자란 증조할아버지는 그 집안의 막내딸과 결혼했다. 두 분은 히커리나무로 만든 혼인 지팡이를 함께 붙들고 혼인서약을 한 다음, 그 지팡이를 평생 동안 집 안에 잘 모셔두었다. 증조할머니는 찌르레기의 붉은 깃털을 항상 머리에 꽂고 다녔기 때문에 붉은 날개라고 불렸다. 버드나무처럼 날씬했던 증조할머니는 저녁이 되면 항상 노래를 불렀다.

할아버지와 할머니는 증조할아버지의 말년 모습에 대해서도 이야기해주셨다. 증조할아버지는 남북전쟁(1861~1865년, 노예제의 존속을 둘러싸고 북부와 남부 사이에서 일어난 내전. 체로키를 비롯하여 대부분의 인디언 부족들은 남부연합에 가담하여 북부의 연방과 싸웠다. 남부의 패배로 인디언들은 이전의 조약상의 권리들을 많이 잃었다—옮긴이)의 용사였다. 증조할아버지는 존 헌트 모건 장군이 이끄는 남부 연합군 특공대에 가담하여, 보이지 않는 머나먼 곳에 앉아 자신의 종족과 집을 위협하는, 얼굴 없는 유령, '연방군'에 대항하여 싸웠다.

증조할아버지의 수염이 하얗게 세었다. 나이 탓에 몸도 무척 쇠약해져 오두막집 틈새로 겨울바람이 파고들 때마다 옛 상처가 도지곤 했다. 증조할아버지의 왼쪽 팔에는 기다랗게 팬 칼자국이 있었다. 마치 짐승 잡을 때 내리치는 도끼처럼 그렇게 억세게, 쇠칼이 할아버지의 팔뼈를 내리쳤던 것이다. 상처는 아물었지만 뼈의 통증은 기회 있을 때마다 고개를 들었다. 그렇게 뼈가 욱신거리고 아파오면, 증조할아버지는 어김없이 그 상처를 만들어낸 '정부' 사람들을 떠올리곤 했다.

켄터키 전투에서의 그날밤, 소년병이 불에 달군 쇠꼬챙이를 상처에 대어 피를 멈추게 하는 동안, 증조할아버지는 반 독이 넘는 술을 마셨다. 하지만 피가 멈추자 증조할아버지는 다시 말안장에 올라탔다.

그러나 뭐니뭐니해도 제일 끔찍한 흉터는 발목에 있었다. 증조할아버지는 발목을 쳐다보기도 싫어하셨다. 복숭아뼈는 작은 탄환이 뚫고 지나가면서 완전히 으깨버리기에는 너무 굵고 성가신 존재였다. 하지만 증조할아버지는 그 당시에는 부상을 당한 것도 모르셨다고 한다. 오하이오에서의 그날 밤, 한 기병대원을 휘 감았던 것은 야생마처럼 끓어오르는 뜨거운 투지였다. 티

끌만큼의 두려움도 없었다. 혈관은 오로지 환희로 고동쳤다. 빠른 속도로 질주하던 말이 땅을 차고 가볍게 뛰어오르자 바람이 폭풍처럼 얼굴을 때리고 지나갔고, 환희에 찬 증조할아버지의 가슴 깊은 곳에서는 거칠고 찢는 듯한, 저 반골(叛骨)의 인디언 고함소리가 저절로 터져나왔다.

무릎 밑이 날아갔는데도 몰랐다고 하는 사람이 있을 수 있는 것이 바로 이 때문일 것이다. 발목에 총을 맞은 것도 모르고 증조할아버지는 40킬로미터 정도를 더 가면서 어두운 산골짜기를 정찰했다고 한다. 임무를 마친 증조할아버지가 말에서 내리려고 발을 땅에 딛는 순간, 갑자기 다리가 픽 하고 꼬꾸라졌다. 살펴보니 구두 속이 우물물을 가득 담은 두레박처럼 피로 철벅이고 있었다. 그제서야 증조할아버지는 발목을 다쳤다는 것을 알았다.

증조할아버지는 자주 이날 밤의 돌격을 떠올리곤 하셨다. 그때 생각을 하다보면 자신이 절름발이가 되어 지팡이를 써야 하는 데 대한 혐오감을 그나마 누그러뜨릴 수 있었다.

제일 심한 상처는 옆구리 부분의 내장 속에 있었다. 그곳에는 끄집어내지 못한 납탄이 들어 있었다. 그 납탄은 옥수수자루를 갉아먹는 들쥐처럼 단 한 번도 멈추는 법 없이 밤낮으로 증조할아버지의 육체를 파먹어들어갔다. 드디어 그 납탄은 증조할아버지의 몸속을 완전히 갉아먹고 말았다. 이제 머지않아 사람들은 그를 산골 오두막집 마룻바닥에다 누이고 도살당하는 황소처럼 그의 배를 가를 것이다.

사람들은 마취제를 쓸 엄두도 내지 못한 채, 산에서 빚은 술 한 사발만을 들이켜게 하고 나서, 그의 배를 갈라 고름이 가득 고인 썩은 살덩이를 끄집어낼 것이다. 그러고 나면 그는 피로 흥건한 그 마루 위에서 그대로 죽어가리라. 마지막 말도 끝내 하지 못한 채. 하지만 사람들이 단말마의 고통에 몸부림치는 그의 팔다리를 붙잡고 있는 동안, 늙었지만 강건한 그의 육체는 활처럼 팽팽하게 굽어오를 것이며, 그의 목에서는 증오스런 정부를 향한, 열정적인 반역자의 야만스런 고함소리가 터져나올 것이다. 그는 그렇게 죽어갈 것이다. 사실 '정부'가 그를 죽이는 데는 40년이란 세월이 필요했다.

19세기가 죽어가고 있었다. 피와 투쟁과 죽음의 시대였던 19세기가. 증조할아버지가 온몸으로 맞부딪쳤고 판단했던 그 시대가 죽어가고 있었다. 이제 또 다른 사람들이 자기네의 시신을 들쳐 업고 걸어갈 새로운 세기가 다가오고 있었던 것이다. 하지만 증조할아버지는 과거, 오로지 체로키의 과거만을 알고 있었다.

그의 맏아들은 인디언 거주지역으로 쫓겨났고, 둘째 아들은 텍사스에서 죽고 말았다. 이제 애초에 그러했던 것처럼 그의 곁에 남은 사람은 붉은 날개와 막내아들뿐이었다.

그는 여전히 말을 탈 수 있었다. 모건 특공대 시절에는 말을 타고 다섯 칸 울타리를 뛰어넘던 증조할아버지였다. 그에게는 아직도 덤불에 꼬리털을 남겨 추적당하는 일이 없도록 말꼬리를 치켜들게 한 채 달리는 습관이 있었다.

하지만 갈수록 고통이 심해져 예전과 달리 술로도 고통을 잠재울 수 없었다. 통나무집 마룻바닥에 사지를 큰대 자로 벌리고 드러누워야 할 때가 다가오고 있었던 것이다. 증조할아버지는 그 사실을 알고 있었다.

테네시 산중의 한 해가 저물어가던 때였다. 차가운 바람이 히커리나무와 떡갈나무의 마지막 잎새를 때려대고 있었다. 그 겨울날 오후, 증조할아버지는 막내아들인 할아버지와 함께 계곡 중간쯤에 서 계셨다. 그래도 증조할아버지는 이제 더 이상 산을 오르지 못한다는 사실을 인정하지 않으셨다.

두 사람은 하늘을 배경으로 산등성이 위로 앙상하게 벌거벗은 채 뻣뻣하게 서 있는 나무들을 쳐다보았다. 겨울해가 어떻게 지는지 연구라도 하는 사람들처럼. 두 사람은 서로의 얼굴을 쳐다보지 않았다.

"너에게 남겨줄 게 별로 없구나."

증조할아버지는 낮은 소리로 웃으셨다.

"저 오두막집에서 건질 수 있는 거라고 해봐야 손을 녹이려고 불쏘시개를 뒤적거리는 정도일 테니."

이제 아들은 산에 대해 연구라도 하는 사람처럼 산에서 눈을 떼지 않고 가만히 대답했다.

"그럴 겁니다."

"넌 다 큰 사내야. 거기다 딸린 식구까지 있구. 그러니 이러쿵 저러쿵 잔소리할 필요는 없을 성싶다…… 다만 우리가 믿는 걸 지키려고 할 때는 한시바삐 손을 내밀어 다른 사람과 손을 잡도록 해라. 우리 시대는 갔다. 지금 오고 있는 너희들의 시대가 어떻게 될지 나로서는 알 수 없다. 그 시대를 어떻게 살아가야 하는지도 모르겠고…… 너구리 잭도 그럴 게다. 그런데 너한테 남겨줄 것조차 없으니…… 하지만 아마 산만은 언제나 변함없을 거다. 너도 누구보다 산을 좋아하니 다행이고. 우리는 자기 감정에 솔직한 사람이 되어야 한다."

"명심하겠습니다."

아들이 조용히 대답했다. 마지막 햇빛이 산등성이 너머로 사라지고 나자 살을 에는 바람이 몰아쳤다. 이제 노인은 입을 떼기조차 힘들었지만…… 다시 말을 이었다.

"그리고…… 아들아…… 난…… 너를 사랑한다(I kin ye)."

아들은 아무 말도 하지 않고 늙고 앙상한 노인의 어깨를 팔로 감쌌다. 이제 계곡에 드리워진 그늘은 한층 더 진해졌고, 양옆에서 굽어보던 산봉우리의 시커먼 윤곽선도 어둠 속에 묻혀갔다. 두 사람은 그 자세 그대로 천천히 걷기 시작했다. 증조할아버지는 지팡이로 땅을 짚으면서 계곡에서 오두막까지 걸어내려왔다.

이것이 할아버지가 증조할아버지와 함께한 마지막 산책이었으며 마지막 대화였다. 나도 할아버지 할머니를 따라 증조할아버지와 증조할머니의 무덤에 여러 번 가보았다. 그 무덤들은 흰 참나무가 서 있는 높은 산등성이에 나란히 앉아 있었다. 가을이 되면 무덤가에는 무릎까지 쑥쑥 빠질 만큼 낙엽이 쌓였다. 그러다 무정한 겨울바람이 불기 시작하면 모두 다 날아가버리긴 했지만. 그러고 나서 봄이 오면 강인한 인디언 제비꽃들이 땅을 뚫고 나와 작고 푸른 꽃을 피운다. 자신들의 시대를 격렬하고 끈질기게 살다간 영혼들을 머뭇머뭇 위로라도 하는 듯이.

히커리나무로 만든 혼인 지팡이도 뒤틀리긴 했지만 여전히 부러지지 않은 채 그곳에 꿋꿋이 서 있었다. 그 지팡이에는 그분들이 슬플 때나 기쁠 때, 싸웠을 때마다 표시해둔 자국들이 가득 새겨져 있었다. 그 지팡이는 그분들의 머리맡에서 두 분을 하나로 묶어주었다.

지팡이에 새겨진 두 분의 이름은 워낙 작아서 무릎을 꿇고 자세히 들여다보고서야 읽을 수 있었다. 두 분의 이름은 에단과 붉은 날개였다.

Pine Billy

파인 빌리

겨울이 되면 우리는 낙엽들을 긁어모아서 옥수수밭 고랑에다 뿌리곤 했다. 헛간을 지나 골짜기 안쪽으로 들어가면 작은 시내를 사이에 두고 양쪽으로 옥수수밭 고랑이 길게 펼쳐져 있었다. 할아버지가 산비탈을 경작해서 만든 밭이었다. 경사가 꽤 급해서 할아버지는 그 밭을 '비탈밭'이라 불렀다. 그다지 질 좋은 옥수수가 수확되는 것은 아니었지만, 그래도 할아버지는 개의치 않고 그곳에다 씨를 뿌렸다. 그 골짜기에는 그곳 말고 달리 평평한 땅이 없었다.

나는 낙엽을 긁어모아서 자루에 담는 일을 좋아했다. 가벼워서 운반하기도 쉬웠다. 할아버지와 할머니, 나, 세 사람은 서로 도와가면서 자루를 채우곤 했다. 할아버지는 한꺼번에 두 자루, 때로는 세 자루씩도 옮기셨다. 나도 자루 두 개를 짊어지고 낑낑대보기도 했지만 몇 걸음 못 가서 주저앉고 말았다.

내가 보기에 무릎까지 푹푹 빠지는 낙엽들은 땅 위에 가득 쌓인 갈색 눈이었다. 아니, 더 정확히 말하면, 단풍나무의 노란색과 고무나무와 옻나무의 붉은색이 점점이 얼룩진 갈색 눈.

우리는 이렇게 숲을 들락거리면서 밭에다 낙엽들을 뿌렸다. 또 솔잎도 뿌렸다. 땅을 산성으로 만들려면 마른 솔잎을 좀 뿌려줘야 한다는 게 할아버지의 설명이셨다. 그렇다고 너무 많이 뿌려서는 곤란하지만.

그렇지만 지겨워질 만큼 오래 힘들게 일하지는 않았다. 그렇게 되기 전에 우리는, 할아버지 표현에 따르면 '기분전환'삼아 다른 일에 한눈을 팔곤 했던 것이다.

할머니는 누런 뿌리가 눈에 띄면 파내곤 하셨다. 캐내보면 그것은 도라지거나…… 칼룸…… 사사프라스…… 개불알꽃의 뿌리 따위였다. 할머니는 이런 약용식물들에 대해 잘 알고 계셨다. 덕분에 할머니가 만드신 약들은 효과가 좋았다. 이런 것들이 있으면 지금까지 내가 들어본 온갖 병들을 고칠 수 있었다. 하지만 강장제 중에는 두 번 다시 먹고 싶지 않을 만큼 맛이 쓴 것도 있었다.

반면에 나와 할아버지는 히커리나무나 친카핀나무, 밤나무나 때로는 검은 호두나무의 열매들을 줍곤 했다. 그것들은 우리가 애써 찾아내려 하지 않아도 마치 우연히 그런 것처럼 우리 눈이 닿는 그 자리에 떨어져 있었다. 이렇게 중간중간 가져온 것을 먹고, 나무 열매와 뿌리를 모으고, 너구리나 딱따구리 따위를 구경하다보면 나뭇잎 운반하는 일은 지지부진할 수밖에 없었다.

저녁 어스름을 등지고 골짜기를 걸어내려오는 우리 세 사람 손에는 나무 열매나 뿌리 같은 것들이 한아름씩 들려 있었다. 그때마다 할아버지는 할머니가 못 듣게 낮은 소리로 욕설을 퍼부으시다가, 결국 다음부턴 절대로 그런 멍청한 일로 '기분전환'하지 않을 것이며, 나뭇잎 운반하는 일만 하겠노라고 선언하곤 하셨다. 할아버지의 이런 선언은 나한테는 꽤 심각한 걱정거리였지만, 할아버지가 실제로 그렇게 하신 적은 한 번도 없었다.

드디어 우리는 낙엽과 솔잎들로 밭을 완전히 덮었다. 이 상태에서 가벼운 비라도 한 번 내려 나뭇잎들이 땅에 찰싹 달라붙고 나면, 우리는 노새인 '샘영감'에게 쟁기를 매어 땅을 갈아엎었다. 나뭇잎들이 땅속으로 들어가 밭의 영양분이 될 수 있게 말이다.

내가 '우리'라고 한 건 할아버지가 나에게도 쟁기를 끌어보게 해주셨기 때문이다. 나는 워낙 키가 작아서 손을 머리 위로 뻗어야 쟁기 손잡이를 잡을 수 있었다. 또 쟁기를 끄는 일보다 쟁기 손잡이에 몸무게 전체를 실어 쟁기날이 땅속에 너무 깊이 박히지 않도록 하는 데 더 많은 시간을 쏟거나, 때로는 쟁기날이 땅에 박히지 않아 밭을 가는 게 아니라 땅거죽만 긁어대는 일도 있었지만, 그래도 샘영감은 참을성 있게 기다려주었다. 샘영감은 내가 쟁기날을 완전히 땅에 박고 나서 "이려!"라고 말해야 비로소 천천히 앞으로 걸었다.

쟁기날을 땅속에 박을 때는 손잡이를 밀어올려야 했다. 이렇게 손잡이를 잡아내리고 밀어올릴 때는 손잡이를 가로지른 막대에 턱을 부딪히지 않도록 조심해야 한다. 그 막대에 한 번이라도 턱을 걷어채이는 날이면 머리가 띵할 정도로 따끔한 맛을 보게 된다.

할아버지는 어슬렁거리며 우리 뒤를 따라왔지만, 도와주지 않고 내가 하는 대로 내버려두곤 하셨다. 샘영감을 왼쪽으로 가게 하려면 "호!"라 하고, 오른쪽으로 가게 하려면 "지!"라고 하면 된다. 샘영감은 그냥 내버려두면 약간 왼쪽으로 가는 버릇이 있었다. 그때마다 나는 "지!" 하고 소리를 쳐야 했다. 그런데 샘영감은 내가 외치는 소리를 듣지 못했는지 계속 왼쪽으로만 갔다. 그럴 때면 할아버지가 나서서 "지! 지! 지이! 이 빌어먹을 자식아, 지이!"라고 소리를 치셨다. 그제서야 샘영감은 오른쪽으로 돌아서곤 했다.

문제는 샘영감이 할아버지의 이런 욕설을 하도 자주 들어서 그게 무슨 호령 소리라도 되는 듯이 생각한다는 데 있었다. 사실 샘영감은 이 소리를 처음부터 끝까지 다 들은 다음에야 오른쪽으로 돌았다. 다시 말해 샘영감을 오른쪽으로 가게 하려면 욕설까지 포함하여 그 소리를 몽땅 다 질러야 했던 것이다. 꽤 심한 욕이었지만 쟁기를 끌려면 어쩔 수 없이 나도 그 욕을 해야 했다. 그래도 할머니가 듣지 않을 때는 아무 문제가 없었다. 그런데 하루는 내가 소리치는 것을 할머니가 듣고 말았다. 덕분에 할아버지는 할머니에게 따끔하게 한마디 들으셨고, 할머니가 옆에 계시는 동안 내 쟁기질 솜씨도 현저하게 줄고 말았다.

또 샘영감은 왼쪽 눈이 보이지 않았다. 그 때문에 밭고랑 끝에 가서 왼쪽으로 돌아야 할 때도 그러려고 하지를 않았다. 아마 뭔가에 부딪칠 걸로 생각하는 것 같았다. 그래서 언제나 오른쪽으로 돌곤 했다. 밭고랑의 한쪽 끝에서 오른쪽으로 도는 건 상관이 없지만, 다른 쪽 끝에서도 그러면 한 바퀴를 빙 돌아 왼쪽으로 돌려야 했는데, 그러려면 쟁기를 가시덤불이나 억센 풀들로 뒤덮인 밭고랑 밖으로 끌어내야 했다. 할아버지는 샘영감이 늙은데다 한쪽 눈까지 멀었으니 우리가 참아야 한다고 하셨다. 그래서 나도 할아버지 말씀대로 참기로 했다. 하지만 두 번에 한 번 걸러 밭고랑 끝에 가서 한 바퀴씩 돌려야 할 때, 특히나 고랑 바깥에 블랙베리덤불이 수북이 자라 있을 때는 온몸에 힘이 쭉 빠지는 건 어쩔 수 없었다.

그런데 한번은 쐐기풀 더미 사이로 쟁기를 잡아끌던 할아버지가 발을 헛디뎌 그만 나무 그루터기 밑의 구멍에 발이 빠지고 말았다. 그때는 따뜻한 봄날이어서 말벌들이 그 구멍에 둥지를 틀고 있었다. 말벌들이 바지에 새까맣게 달라붙은 걸 본 할아버지는 기겁을 할 듯이 놀라 고함을 지르며 개울물 속으로 뛰어들었다. 나도 말벌들이 구멍에서 웽웽거리며 잔뜩 몰려나오는 걸 보고는 할아버지 뒤를 따라 줄행랑을 쳤다. 할아버지는 얕은 개울물에 철퍼덕 주저앉아 바짓가랑이를 탁탁 털면서 샘영감한테 욕을 바가지로 퍼부었다. 나는 할아버지가 참지 못하실 때도 다 있구나란 생각이 들었다.

그런데 샘영감은 벌집이 있는 그 자리에 그대로 서 있었다. 그곳에 가만히 서서 할아버지가 오시기만을 기다리고 있었던 것이다. 문제는 우리가 쟁기 있는 곳으로 갈 수 없다는 데 있었다. 그 쟁기 둘레는 새까맣게 무리 지어 붕붕거리며 날아다니는 말벌들 천지였다. 할아버지와 나는 밭 한가운데로 갔다. 벌집에서 멀리 떨어진 그곳으로 샘영감을 끌어낼 작정이었다.

할아버지가 샘을 불렀다.

"이리 와, 샘. 자, 이리 오라니까. 착하지."

하지만 샘영감은 꼼짝도 하지 않았다. 샘은 자기 할 일이 무엇인지 잘 알고 있었다. 땅 위에 가로누운 쟁기를 끌고 걷기보다는 차라리 가만히 서 있는 게 옳다고 생각했던 것이다. 할아버지는 온갖 애를 다 썼다. 욕을 퍼붓다가 급기야는 네 발로 엎드린 채 노새처럼 울기까지 했다. 내 보기에 그것은 영판 노새 울음소리였다. 샘영감도 그 소리를 듣더니 귀를 앞으로 내밀고 할아버지를 뚫어지게 쳐다보았다. 그래도 움직이지 않는 건 여전했지만 말이다. 나도 노새 소리로 울어보려 했지만 할아버지만큼 잘되지 않았다. 이때 산등성이로 올라오는 할머니의 모습이 할아버지 눈에 들어왔다. 할머니는 밭 한가운데서 네 발로 기면서 노새 소리를 흉내내는 우리를 어처구니없다는 듯 쳐다보셨다. 할 수 없이 우리는 이 흉내도 그만두어야 했다.

할아버지는 다른 방법을 생각해내셨다. 숲 속으로 들어가 나뭇가지를 주워온 할아버지는 성냥으로 가지에 불을 붙인 다음 벌집 구멍 속에다 던져넣었다. 나뭇가지가 타면서 매운 연기가 나자 말벌들이 쟁기 주변에서 떨어져 나갔다.

그날 저녁 집으로 돌아오는 길에 할아버지는, 샘영감이 세상에서 가장 멍청한 노새인지, 아니면 가장 똑똑한 노새인지, 지금까지 몇 번이나 생각해봤지만 도무지 알 수가 없노라고 하셨다. 나로서도 참으로 풀기 힘든 수수께끼였다.

그래도 나는 밭 일구는 일이 좋았다. 밭을 갈다보면 내가 어른이 된 것 같았다. 밭 가는 일을 끝내고 집으로 돌아갈 때면, 할아버지 뒤를 따라 걷는 내 보폭이 전보다 쬐금 더 길어진 것 같기도 했다. 또 그런 날이면 어김없이 저녁 식탁에서 할아버지는 할머니에게 내 자랑을 한참씩 늘어놓곤 하셨다. 그러면 할머니도 내가 갈수록 어른스러워진다고 하면서 고개를 끄덕이셨다.

그날도 세 식구가 저녁 식탁에 둘러앉아 이런저런 이야기를 나누던 중이었다. 갑자기 개들이 머리를 치켜들고 짖어대기 시작했다. 우리도 일어나서 앞베란다 쪽으로 나가보았다. 한 남자가 통나무다리를 건너 우리 집 쪽으로 오고 있었다. 그 남자는 얼굴도 잘 생긴데다 키도 거의 할아버지만큼 컸다. 하지만 그중에서도 특히 멋진 것은 그 남자의 구두였다. 굽 높고 밝은 노란색인 그 구두는 둥글게 만 하얀 양말과 잘 어울렸다. 또 멜빵바지 자락 길이도 양말 높이와 맞춤하게 맞아떨어졌다. 하얀 셔츠 위에 짧은 검은 코트를 입고, 머리에는 작은 모자를 반듯하게 쓴 그 남자의 손에는 기다란 가방이 들려 있었다. 그는 할아버지와 할머니가 잘 아는 사람이었다.

"아, 파인 빌리, 자네구먼."

할아버지가 인사하자 파인 빌리는 손을 흔들었다.

"자, 이리 들어와서 잠시 쉬었다 가게."

할머니의 권유를 받은 파인 빌리는 문가에서 걸음을 멈추었다.

"아, 그냥 지나치던 참이었어요."

그 사람은 이렇게 말했는데…… 그럼 어디로 가려던 참이란 말인가? 우리 집 뒤에는 산밖에 없는데……

"잠깐 들어와서 저녁이라도 먹고 가게."

할머니는 이렇게 권하면서 파인 빌리의 팔을 잡아끌어 통나무집 계단 위로 올라서게 했다. 할아버지는 벌써 그의 기다란 가방을 받아들고 계셨다. 우리는 파인 빌리를 데리고 부엌으로 되돌아갔다.

나는 할아버지와 할머니가 파인 빌리를 굉장히 좋아하신다는 걸 금세 알아차렸다. 파인 빌리는 주머니에서 고구마 네 개를 꺼내 할머니에게 드렸다. 그것들은 순식간에 맛있는 고구마 파이로 바뀌어 식탁에 올랐다. 그중 세 조각을 파인 빌리가 먹었다. 나도 한 조각을 먹었지만 마지막 남은 한 조각을 파인 빌리가 먹을까봐 가슴이 조마조마했다. 팬 속의 파이 한 조각을 그대로 남겨둔 채 우리는 식탁에서 일어나 불가에 자리잡았다.

파인 빌리는 잘 웃는 사람이었다. 그는 내가 할아버지보다 키가 더 클 것 같다고 했다. 이 말은 나를 정말 기분 좋게 만들었다. 또 그는 지난번에 뵈었을 때보다 더 예뻐지신 것 같다고 하여 할머니를 기쁘게 해주었다. 할아버지도 마찬가지였다. 나는 갈수록 파인 빌리가 마음에 들었다. 비록 그가 파이를 세 조각이나 먹긴 했지만, 어차피 그건 그가 가져온 고구마로 만든 파이였다.

우리는 모두 불가에 둘러앉았다. 할머니는 흔들의자에 등을 기대고 앉았지만, 할아버지는 몸을 앞으로 쭉 내민 채로 앉으셨다. 뭔가 사건이 벌어지려 하고 있었던 것이다. 드디어 할아버지가 입을 떼셨다.

"자, 파인 빌리, 뭐 재미있는 소식 없나? 여기저기 돌아다니면서 들은 것 말일세."

파인 빌리는 등받이가 똑바른 의자의 두 다리가 위로 들려질 정도로 상체를 뒤로 쭉 뻗었다. 그 상태에서 엄지와 검지를 써서 아랫입술을 잡아당긴 그는 가루담배통을 치켜들어 내민 입술 안으로 가루담배를 털어넣었다. 그가 할아버지와 할머니에게 가루담배통을 내밀었지만, 두 분은 머리를 저으셨다. 파인 빌리는 여유를 부리고 있었던 것이다. 불 속에다 침을 뱉는 일까지 마치고 난 그가 드디어 입을 열었다.

"음, 아무래도 내 꼴을 좀 그럴듯하게 만들어줄 일이 생길지도 모르겠어요."

그가 다시 한 번 불에다 침을 뱉고는 우리 세 사람을 둘러보았다.

그게 무슨 말인지 나로서는 알 수 없었지만, 뭔가 중요한 이야기라는 건 느낄 수 있었다. 할아버지도 그러신 것 같았다.

"그게 무슨 말인가, 파인 빌리?"

라고 물으시는 걸 보면 말이다.

파인 빌리는 다시 한 번 몸을 뒤로 쭉 젖힌 채 천장의 대들보를 쳐다보았다. 그 자세로 자기 배 위에서 두 손을 깍지꼈다.

"틀림없이 지난 수요일이었을 거예요…… 아니 아니, 화요일이었구나. 점핑 조디 무도회에서 밤새도록 춤을 춘 게 월요일 밤이었으니. 맞아요, 화요일이었어요. 그날 개척촌을 들어갔는데, 아, 아저씨도 아시죠? 거기 경찰 말예요. 스모크하우스 터너라고……"

"암, 암, 알다마다. 나도 본 적이 있어."

할아버지는 재촉하듯이 맞장구를 치셨다.

"예, 그 사람요. 길모퉁이에 서서 그 사람하고 이야기를 하고 있는데, 번쩍번쩍 광채 나는 커다란 차 한 대가 길 건너편 주유

소로 들어가더라구요. 스모크하우스는 못 봤지만…… 나는 놓치지 않았죠. 차 안의 남자 옷이 죽이더라구요. 도회지 사람이었던 거죠. 그 남자는 차에서 내리더니 조 홀콤에게 기름을 가득 채워달라고 했어요. 나는 그 사람한테서 눈을 떼지 않고 계속 지켜보고 있었지요. 그러자 그 사람도 주위를 둘러보는데, 그 눈이 꼭 뱀눈 같더라구요. 그 순간 뭔가 짚이는 게 있었지요. 나는 속으로 '저놈은 도회지 깡패가 틀림없어'라고 중얼거렸죠. 그런데 말입니다, 이제부터 잘 들으세요. 그때까지 스모크하우스에게는 그 이야기를 하지 않았어요. 그냥 마음속으로만 생각했던 거죠. 스모크하우스에게는 그냥 이렇게만 말했죠. '스모크하우스, 내가 밀고 따위나 하는 치사한 인간이 아니라는 건 자네도 알지…… 하지만 도회지 깡패들은 종류가 달라. 게다가 저기 있는 저놈은 여간 수상하지가 않아 ……' "

"스모크하우스가 그 친구를 뜯어보더니 이렇게 말하더군요. '네 말이 맞을지도 몰라, 파인 빌리. 잠깐 가보자.' 그는 길을 건너 그 남자 차가 있는 곳으로 어슬렁거리며 다가갔어요."

다시 몸을 앞으로 세워 의자의 네 다리가 모두 바닥에 닿게 한 파인 빌리는 불에다 다시 한 번 침을 뱉고 난 후 잠시 불타는 통나무를 쳐다보고 있었다. 나는 그 깡패한테 무슨 일이 일어났는지 듣고 싶어서 참을 수가 없었다.

드디어 통나무 관찰을 마친 파인 빌리가 다시 입을 열었다.

"그런데 아저씨도 아시다시피 스모크하우스는 읽지도 쓰지도 못하잖아요? 나는 그런 걸 잘하니까 내 도움이 필요할 수도 있겠다 싶어서 그 뒤를 따라갔지요. 그 남자는 우리가 오는 걸 보고 차 안으로 도로 들어가더군요. 차 있는 곳까지 걸어간 스모크하우스는 창문에다 몸을 굽히고 점잖게 물었죠. 이곳에서 뭘 하고 있냐고요. 그 남자는 신경질적인 목소리로 자기는 지금 플로리다로 가는 중이라고 하더군요. 그런데 말하는 폼이 뭔가 수상하더라구요."

그건 나한테도 수상쩍게 느껴졌다. 할아버지를 쳐다보니 할아버지도 고개를 끄덕이고 계셨다.

"스모크하우스가 그럼 어디서 오는 길이냐고 물으니 시카고에서 왔다고 하더군요. 그쯤에서 스모크하우스는 이제 됐으니까 한시바삐 마을을 떠나라고 했지요. 그 친구도 그러겠노라고 하더군요. 그런데 그 사이에……"

파인 빌리는 할아버지와 할머니를 돌아보며 눈짓을 했다.

"그 사이에 나는 차 뒤쪽으로 가서 차 번호판을 읽어보았지요. 그러고는 스모크하우스를 옆으로 끌고 가서 말했어요. '제 입으로 시카고에서 왔다고 했잖아? 그런데 번호판은 일리노이 주 거야.'(시카고 시는 일리노이 주에 있다—옮긴이) 그러자 스모크하우스는 꿀 만난 파리처럼 되어서 그놈을 물고늘어지더군요. 그 깡패를 차 밖으로 끌어내 차 옆에다 세워두고 닦달을 한 거지요…… '넌 시카고에서 왔다고 했잖아? 그런데 어떻게 일리노이 주 번호판을 달고 있어?'라고요. 스모크하우스가 정곡을 찔렀지요. 그 깡패는 속수무책으로 덜미가 꽉 잡혔지요. 무슨 말을 해야 할지 몰라 쩔쩔매더라구요. 새빨간 거짓말이 드러나면 누구나 그렇잖아요? 입에 발린 말로 스모크하우스를 구슬렀지만 절대 그런 말에 쉽게 넘어갈 스모크하우스가 아니지요."

파인 빌리는 이제 자기 이야기에 흥분하고 있었다.

"스모크하우스는 그놈을 유치장에 처넣었어요. 철저하게 조사해야겠다고요. 거액의 현상금을 받게 될지도 모른대요. 그러면 나한테 반을 주겠다고 했어요. 그놈 옷 입은 걸로 봐서는 나나 스모크하우스가 생각하는 것보다 훨씬 더 많은 현상금을 받을지도 몰라요."

할아버지와 할머니는 정말 그럴 것 같다고 맞장구를 치셨다. 할아버지는 자신도 도회지 깡패라면 참지 못했을 것이라고 하셨다. 나도 그랬을 것 같았다. 우리 모두 파인 빌리는 이미 부자가 된 거나 마찬가지라고 느꼈다.

하지만 파인 빌리는 그 정도 가지고 그렇게 잘난 척하지 않았다. 그는 현상금이 그다지 큰 액수가 아닐 가능성도 '있다'고 말했다. 그는 한 바구니에 자기가 가진 달걀을 몽땅 집어넣거나, 알에서 병아리가 깨기도 전에 닭의 머릿수를 세는 일을 하지 않았다. 그건 현명한 일이었다.

파인 빌리는 그 일이 그르칠 경우를 대비해서 다른 일도 준비해놓고 있었다. '붉은 독수리' 담배 회사에서 500달러의 상금을 내걸고 감상문을 모집하고 있었던 것이다. 500달러라면 한 사람이 평생 먹고 살 수 있는 돈이다. 파인 빌리는 응모 엽서를 이미 구해놓고 있었다. 이제 남은 일은 자기가 왜 붉은 독수리표 가루담배를 좋아하는지 적어넣는 것뿐인데, 파인 빌리는 엽서에다 적기 전에 정말로 골똘히 생각하여, 드디어 생각해낼 수 있는 최고의 답을 찾아냈다고 했다.

파인 빌리의 설명에 따르면 이렇다. 대부분의 응모자들은 붉은 독수리표 가루담배의 품질이 좋다고 추어줄 것이다. 물론 자신도 그렇게 하겠지만 그것만으로는 부족하다. 자기는 붉은 독수리표 가루담배가 지금까지 자기가 맛본 담배 중에서 가장 좋은 가루담배라는 이야기를 적고 나서, 자기가 살아 있는 한 붉은 독수리표 말고는 다른 어떤 가루담배도 입에 대지 않겠다고 덧붙이겠다, 사람은 머리를 쓸 줄 알아야 한다, 자기 엽서를 붉은 독수리사의 높으신 양반이 본다면, 파인 빌리는 앞으로 남은 생애 동안 자기네 회사의 가루담배만 살 테니까 상금을 주더라도 결국 본전을 건질 수 있다는 걸 알게 될 것이다, 그냥 붉은 독수리표 가루담배가 좋다고만 이야기하는 사람에게 상금을 준다면 그건 도박이 아니겠는가?

또 파인 빌리는, 그런 높으신 양반들은 절대 자기 돈으로 도박을 하는 일이 없다, 그 사람들이 부자인 것도 다 그 때문이다, 그러니까 붉은 독수리사의 상금은 이미 자기 주머니 속에 들어온 것이나 다름없다고 했다.

할아버지도 그 상금은 틀림없이 파인 빌리의 것이 될 것이라고 맞장구치셨다. 파인 빌리는 문밖으로 가서 입 안의 가루담배를 퉤하고 뱉었다. 다시 식탁 옆으로 돌아온 그는 남아 있던 고구마 파이 한 조각을 집어먹었다. 아직도 내가 그걸 먹고 싶은 마음이야 간절했지만, 파인 빌리는 부자라서 그걸 먹을 자격이 있다고 생각하니 그렇게 기분 나쁘지는 않았다.

할아버지가 돌로 만든 술병을 꺼내오셨다. 파인 빌리는 두 잔인지 석 잔인지를 마셨고 할아버지는 한 잔만 드셨다. 할머니는 기침 때문에 감기 시럽약을 꺼내와 드셨다.

할아버지의 부탁을 받은 파인 빌리는 긴 가방에서 바이올린과 활을 꺼내 〈붉은 날개〉를 켜기 시작했다. 할아버지와 할머니는 발로 박자를 맞추었다. 그의 연주 솜씨는 꽤 괜찮은 편이었다. 거기다 노래 솜씨도.

"오늘밤 아름다운 붉은 날개 위에 비치는 저 달빛이여,
바람은 한숨짓고 밤새는 슬피 우네.
저 머나먼 별빛 아래 붉은 날개의 용기는 잠들고,
그녀의 마음은 슬피 울며 날아가네."

할머니는 바이올린 소리를 듣다 어느 틈엔가 마룻바닥에 누워 잠이 든 나를 침대로 옮겨놓으셨다. 그날 밤 나는 파인 빌리가 우리 오두막으로 찾아오는 꿈을 꾸었다. 그는 이미 부자가 되어 있었는데, 어깨에 무거운 삼베 자루 하나를 짊어지고 있었다.

그 자루 안에는 고구마가 가득 들어 있었다.

The Secret Place

나 만 의 비 밀 장 소

수많은 작은 생물들이 개천을 따라 살고 있다. 만일 거인이 되어 그 구불구불 흘러가는 개천을 위에서 내려다볼 수 있다면 개천이야말로 생명의 강이라는 것을 알 수 있을 것이다.

내가 바로 그 거인이었다. 키는 겨우 1미터 정도밖에 안 되었지만, 나는 거인처럼 쪼그리고 앉아 실개천들이 졸졸거리고 흘러내리면서 만들어낸 작은 웅덩이들을 연구하곤 했다. 개구리가 낳아둔 알들이 웅덩이 속에서 잠자고 있었다. 포도송이처럼 오글오글 모여 있는 젤리 모양의 투명한 작은 공들 속에는 검은 올챙이들이 점 모양으로 들어 있었다. 부화되어 나올 날을 기다리면서……

개울물 위를 가로지르며 돌아다니는 사향충을 잡으려고 황어들이 화살처럼 빠른 속도로 움직이고 다녔다. 사향충을 잡아서 손에 올려놓고 냄새를 맡아보면 진짜 진하면서 감미로운 냄새가 났다.

한번은 오후 한나절을 사향충 잡는 데 다 보낸 적도 있었다. 그래도 내 주머니 속에 들어 있는 건 두세 마리뿐이었다. 잡기가 쉽지 않았던 것이다. 나는 그놈들을 할머니한테 보여드렸다. 할머니가 감미로운 냄새를 좋아하시는 건 진작부터 알고 있었다. 비누를 만들 때면 언제나 그 속에다 인동덩굴 꽃을 섞곤 하셨으니까.

할머니는 사향충을 보자 내가 예상했던 것보다 훨씬 더 좋아하셨다. 할머니는 이렇게 감미로운 냄새는 한 번도 맡아본 적이 없다, 이런 멋진 벌레가 있는 걸 왜 지금까지 모르고 있었는지 알 수 없다고 하셨다.

그날 저녁 식탁에서 할머니는 내가 채 입을 열기도 전에, 그런 냄새는 정말이지 생전 처음 맡아봤다고 하시면서 할아버지에게 그 벌레 이야기를 하셨다. 할아버지는 그 이야기를 듣고 깜짝 놀란 얼굴을 하셨다. 나는 할아버지에게도 사향충 냄새를 맡아보시게 해드렸다. 그러자 할아버지는 70여 년을 살았지만 그런 냄새는 한 번도 맡아본 적이 없노라고 하셨다.

할머니가 나에게 잘했다고 칭찬해주셨다. 뭔가 좋은 일이 생기거나 좋은 것을 손에 넣으면 무엇보다 먼저 이웃과 함께 나누도록 해야 한다, 그렇게 하다보면 말로는 갈 수 없는 곳까지도 그 좋은 것이 퍼지게 된다, 그것은 좋은 일이라고 하시면서.

개울에서 물을 튀기며 다니는 바람에 옷이 젖었지만 할머니는 거기에 대해서는 한마디도 하지 않으셨다. 체로키는 아이들이 숲에서 한 일을 가지고 꾸짖는 법이 절대 없다.

가끔 난 개울 저 위쪽까지 올라가보곤 했다. 맑은 개울물을 건너기도 하고, 흐르는 물속에 가지 끝이 잠길 정도로 축 늘어진 버드나무 잎사귀들이 만들어낸 녹색 커튼 사이로 몸을 구부린 채 지나가기도 하면서. 개울 양쪽에는 물가에서 자라는 양치식물들이 초록 치마를 넓게 펼치고 작은 우산거미들에게 집 지을 장소를 제공하고 있었다.

이 작은 친구들은 양치식물의 줄기에다 가늘디가는 거미줄의 한쪽 끝을 묶고는 공중으로 풀쩍 뛰어오른다. 좀 떨어진 곳에 있는 양치식물 잎사귀에다 거미줄을 연결하려는 것이다. 그렇게 해서 성공하면 거미는 줄을 잎사귀에다 묶고 난 다음 다시 아까의 그 잎사귀 쪽으로 되돌아간다. 앞뒤로 폴짝폴짝…… 이렇게 해서 진주처럼 빛나는 우산살 모양의 거미집이 개울 위에 펼쳐지게 되는 것이다.

이놈들은 덩치는 작아도 의지는 보통 굳센 친구들이 아니었다. 물에 빠지기라도 할라치면 잽싸게 기어나와 악착같이 높은 곳으로 기어올랐다. 한시바삐 물 밖으로 나가야 황어들이 채가지 못할 테니 말이다.

나는 실개울 한가운데에 쪼그리고 앉아서 작은 거미 한 마리가 자기 거미줄을 양쪽으로 연결하려고 애쓰는 것을 지켜보고 있었다. 그놈은 그 개울을 통틀어 다른 어디에서보다 더 넓은 거미집을 가지려고 작정했는지, 개울이 가장 넓게 벌어진 곳을 택했다. 거미줄 한쪽 끝을 양치식물에 묶고 난 거미는 공중으로 펄쩍 뛰어올랐다. 하지만 반대편 잎사귀에 닿기도 전에 그만 물 위로 떨어지고 말았다. 잠깐 물에 쓸려가던 그놈은 필사적으로 물살을 헤치고 나와 개울가로 기어올라갔다. 처음의 양치식물이 있는 곳으로 돌아온 거미는 다시 한 번 공중으로 뛰어올랐다.

그놈은 세 번을 실패하고 나서 처음 위치로 다시 돌아오더니 막무가내로 뛰던 걸 중단했다. 대신 그놈은 잎사귀 끝 쪽으로 걸어가 아래를 내려다보며 엎드렸다. 물을 연구라도 하는 것처럼 턱 밑에다 앞발을 포개고 말이다. 나는 그놈이 포기할 것이라고 생각했다. 아니, 사실 포기하고 싶은 건 내쪽이었다. 실개울에 쪼그리고 앉아서 들여다보느라 물에 닿은 내 엉덩이가 얼얼한 판이었으니 말이다. 하지만 그놈은 그 자리에 꼼짝 않고 엎드린 채 생각하고 연구하고 있었다. 잠시 후 좋은 생각이 떠오른 것일까, 그놈은 양치식물 잎사귀 위에서 아래위로 폴짝거리며 뛰기 시작했다. 폴짝폴짝! 그러자 양치식물의 잎사귀가 아래위로 흔들리기 시작했다. 놈은 그 동작을 계속했다. 놈이 위로 뛰어오르면 잎사귀는 아래로 내려가고, 놈이 아래로 떨어질 때쯤이면 잎사귀가 위로 올라왔다. 그러더니 갑자기 잎사귀가 가장 높이 올라온 순간, 거미는 맞은편 잎사귀를 향해 펄쩍 뛰었다. 어느새 거미줄이 우산살처럼 쫙 펼쳐졌다. 드디어 해낸 것이다.

건너뛰는 데 성공한 놈은 자랑스런 마음에 시동이라도 걸린 것처럼, 이쪽저쪽으로 풀쩍풀쩍 뛰어다녔다. 그러다가 거의 떨어질 뻔 하기도 했지만, 어쨌든 이렇게 해서 놈의 진주 거미집은 지금까지 내가 본 중에서 가장 넓은 거미집이 되었다.

개울을 따라 골짜기 위쪽으로 올라갈수록 개울에 대해 더 많은 것들을 알게 되었다. 버드나무에 둥지를 트는 디프 제비들은 처음에는 내가 가까이 다가가면 시끄럽게 짹짹거리기만 하더니, 나하고 친해지고 나서는 내가 가까이 가면 머리를 둥지에서 내민 채 뭐라고 재잘거리며 말을 걸곤 했다. 개울가 여기저기서 울어대던 개구리들도 처음에는 내가 가까이 가면 울음을 뚝 그치곤 했다. 개구리들은 사람이 걸어오면 땅이 흔들리는 걸 느끼기 때문에 그런다고 할아버지가 설명해주셨다. 할아버지는 나에게 체로키식으로 걷는 법을 가르쳐주셨다. 발꿈치를 땅에 대지 않고 발끝만으로 모카신을 땅에 끌 듯이 하면서 걷는 것이다. 내가 이 걸음걸이를 익히고 나자 옆을 지나가도 개구리들은 우는 것을 그치지 않았다.

나만의 비밀 장소를 찾아낸 것도 개울을 따라 올라가던 중이었다. 그곳은 약간 산허리 쪽으로 올라선 곳에 있었다. 그곳은 월계수로 빙 둘러싸인 채 늙은 미국풍나무 한 그루가 굽어보고 있는, 그다지 넓지 않은 풀밭 둔덕이었다. 그곳을 본 순간 나는 그곳을 나만의 비밀 장소로 삼기로 작정했다. 그 뒤로 나는 심심하면 그곳에 들르곤 했다.

모드가 나를 따라다녔는데, 그 개도 그곳을 좋아했다. 우리는 미국풍나무 아래에 앉아서 가만히 귀를 기울이거나 주변을 구경하곤 했다. 그 비밀 장소에 오면 모드는 절대 소리를 내지 않았다. 그 개도 그곳이 비밀 장소라는 것을 알고 있었던 것이다.

어느 늦은 오후, 나와 모드가 미국풍나무를 등지고 앉아 있노라니, 뭔가 펄럭거리며 지나가는 것이 눈에 들어왔다. 할머니였다. 할머니는 우리가 앉은 곳에서 그다지 멀지 않은 곳을 지나가고 계셨다. 하지만 내가 보기에 할머니가 내 비밀 장소를 눈치챈 것 같지는 않았다. 그랬더라면 나에게 말을 걸었을 것이다.

할머니는 나뭇잎 사이를 지나는 바람보다도 더 조용하게 움직일 수 있었다. 일어나서 할머니 뒤를 따라갔다. 할머니는 뿌리를 모으고 계시던 중이었다. 나는 할머니를 따라잡아 뿌리 캐는 일을 도와드렸다. 통나무 위에 걸터앉아 뿌리들을 골라낼 때였다. 비밀을 지키기에는 내 나이가 너무 어렸다. 결국 나는 할머니에게 내 비밀 장소에 대해 말하고 말았다. 그런데 할머니는 조금도 놀라지 않으셨다. 그 때문에 놀란 건 오히려 내 쪽이었다.

할머니는 체로키라면 누구나 자기만의 비밀 장소를 갖고 있다고 하셨다. 할머니 자신에게도 비밀 장소가 있으며, 할아버지에게도 있다. 지금까지 한 번도 물어본 적은 없지만 할아버지의 비밀 장소는 산꼭대기 가는 길 어딘가에 있다는 걸 알고 있다. 할머니 자신이 보기에는 대부분의 사람들이 자기만의 비밀 장소를 갖고 있는 것 같지만 확실하지는 않다. 한 번도 그 문제에 대해 조사해보지는 않았으니까. 하지만 비밀 장소는 누구에게나 꼭 필요한 것이라고 할머니는 말씀하셨다. 그 말을 듣자 나한테도 비밀 장소가 있다는 사실이 그럴 수 없이 뿌듯하고 자랑스러웠다.

할머니는 사람들은 누구나 두 개의 마음을 갖고 있다고 하셨다. 하나의 마음은 몸이 살아가는 데 필요한 것들을 꾸려가는 마음이다. 몸을 위해서 잠자리나 먹을 것 따위를 마련할 때는 이 마음을 써야 한다. 그리고 짝짓기를 하고 아이를 가지려 할 때도 이 마음을 써야 한다. 자기 몸이 살아가려면 누구나 이 마음을 가져야 한다. 그런데 우리에게는 이런 것들과 전혀 관계없는 또 다른 마음이 있다. 할머니는 이 마음을 영혼의 마음이라고 부르셨다.

만일 몸을 꾸려가는 마음이 욕심을 부리고 교활한 생각을 하거나 다른 사람을 해칠 일만 생각하고 다른 사람을 이용해서 이익 볼 생각만 하고 있으면…… 영혼의 마음은 점점 졸아들어서 밤톨보다 더 작아지게 된다.

몸이 죽으면 몸을 꾸려가는 마음도 함께 죽는다. 하지만 다른 모든 것이 다 없어져도 영혼의 마음만은 그대로 남아 있는다. 그래서 평생 욕심 부리면서 살아온 사람은 죽고 나면 밤톨만한 영혼밖에 남아 있지 않게 된다. 사람은 누구나 다 다시 태어나게 되는데, 그런 사람이 다시 세상에 태어날 때에는 밤톨만한 영혼만을 갖고 태어나게 되어 세상의 어떤 것도 이해할 수 없게 된다.

몸을 꾸려가는 마음이 그보다 더 커지면, 영혼의 마음은 완두콩알만하게 줄어들었다가 결국에는 그것마저도 완전히 사라지고 만다. 말하자면 영혼의 마음을 완전히 잃게 되는 것이다.

그런 사람들은 살아 있어도 죽은 사람이 되고 만다. 할머니는 어디서나 쉽게 죽은 사람들을 찾아낼 수 있다고 하셨다. 여자를 봐도 더러운 것만 찾아내는 사람, 다른 사람들에게서 나쁜 것만 찾아내는 사람, 나무를 봐도 아름답다고 여기지 않고 목재와 돈덩어리로만 보는 사람, 이런 사람들이 죽은 사람들이었다. 할머니 말씀에 따르면 그런 사람들은 걸어다니는 죽은 사람들이었다.

영혼의 마음은 근육과 비슷해서 쓰면 쓸수록 더 커지고 강해진다. 마음을 더 크고 튼튼하게 가꿀 수 있는 비결은 오직 한 가지, 상대를 이해하는 데 마음을 쓰는 것뿐이다. 게다가 몸을 꾸려가는 마음이 욕심 부리는 걸 그만두지 않으면 영혼의 마음으로 가는 문은 절대 열리지 않는다. 욕심을 부리지 않아야 비로소 이해라는 것을 할 수 있기 때문이다. 반대로 더 많이 이해하려고 노력하면 영혼의 마음도 더 커진다.

할머니는 이해와 사랑은 당연히 같은 것이라고 하셨다. 이해하지도 못하면서 사랑하는 체하며 억지를 부려대는 사람들이 있긴 하지만, 그런 사랑은 진정한 사랑이 아니라고 하시면서.

그 말을 듣고 나는 모든 사람을 잘 이해하기로 마음먹었다. 밤톨만한 영혼을 갖고 싶지는 않았기 때문이다.

영혼의 마음이 자꾸자꾸 커지고 튼튼해지면, 결국에는 지나온 모든 전생의 삶들이 보이고 더 이상 육신의 죽음을 겪지 않는 단계에 도달하게 된다고 할머니는 말씀하셨다.

할머니는 내 비밀 장소에서 그런 생명의 순환이 어떻게 이루어지는지 지켜볼 수 있을 것이라고 하셨다. 모든 것이 새롭게 탄생하는 봄이 되면(설사 그것이 그냥 생각일 뿐이라 해도 무엇인가가 태어날 때는 항상 그렇듯이) 흔들림과 소란이 일어난다. 영혼이 다시 한 번 물질적인 형태를 갖추려고 발버둥치기 때문이다. 그래서 봄에 부는 매서운 바람은, 아기가 피와 고통 속에서 태어나는 것처럼 탄생을 위한 시련이다.

그러고 나면 생명을 한껏 꽃피우는 여름이 온다. 그보다 더 나이가 들면 우리 영혼이 제자리로 돌아갈 날이 머지 않았다는, 특이한 느낌을 갖는 가을이 지나가는데, 사람들은 그런 느낌을 애잔한 그리움이라 부르기도 한다. 겨울이 되면 모든 것이 죽거나 죽은 것처럼 보인다. 우리 몸이 죽었을 때처럼. 하지만 봄이 되면 다시 태어날 것이다. 할머니 말씀으로는 체로키들은 오래전부터 이 사실을 터득하고 있었다고 하셨다.

할머니는 내 비밀 장소에 있는 늙은 미국풍나무에도 영혼이 있다는 걸 내가 언젠가는 깨닫게 될 것이라고 하셨다. 사람의 영혼이 아니라 나무의 영혼이. 할머니에게 이 모든 걸 가르쳐주신 분은 할머니의 아버지였다.

할머니의 아버지, 외증조부의 이름은 갈색 매였다. 나무가 생각하는 것까지 느낄 수 있을 정도로 무척 이해심이 깊은 분이셨다. 한번은 할머니가 아직 어린 여자아이였을 때, 외증조부는 집 근처 산에 있는 흰참나무들이 하나같이 겁을 먹고 들떠 있어 걱정이라고 하셨다. 외증조부는 참나무들 사이를 걸어다니면서 산 위에서 많은 시간을 보냈다.

그 나무들은 멋있게 생기고 키도 큰데다 줄기도 곧게 뻗어 있었다. 그 나무들은 이기적이지도 않았다. 산짐승들의 먹이가 되는 옻나무와 감나무, 히커리나무와 밤나무들과 함께 자라고 있었던 것이다. 이기적이지 않았기 때문에 그 나무들은 크고 강한 영혼을 갖고 있었다.

흰참나무들의 불안이 커져가자 외증조부는 이제 밤 동안에도 나무들 사이를 걸어다니곤 하셨다. 뭔가 잘못되어가고 있는 것을 아셨기 때문이다.

그러던 어느 이른 아침, 해가 산등성이 위로 막 고개를 내밀고 있을 때, 외증조부는 벌목꾼들이 나무들 사이를 돌아다니는 모습을 보았다. 그 사람들은 흰참나무마다 표시를 하고 다녔다. 몽땅 잘라낼 작정을 한 것 같았다. 그들이 떠나자 외증조부 말씀으로는 참나무들이 울기 시작했다고 한다. 외증조부는 잠도 자지 않고 벌목꾼들이 하는 짓을 지켜보았다. 그 사람들은 산꼭대기까지 수레가 다닐 길을 닦기 시작했다.

외증조부가 체로키들에게 그 이야기를 하자, 모두 흰참나무들을 구하기로 의견을 모았다. 그래서 밤이 되어 벌목꾼들이 개척촌으로 되돌아가고 나면, 이번에는 체로키들이 나와 길 여기저기를 파헤치고 길을 가로지르는 깊은 도랑을 팠다. 여자와 아이들까지도 그 일을 도왔다.

다음 날 아침에 다시 돌아온 벌목꾼들은 온종일 시간을 들여 파헤쳐진 길을 고쳤다. 그러다 밤이 되면 다시 체로키들이 길을 파헤쳤고…… 사흘이 지났을 때 벌목꾼들은 길에다 총 든 보초를 세웠다. 하지만 산꼭대기까지의 그 긴 길 전체에 모조리 보초를 세울 수는 없었다. 체로키들은 보초가 없는 곳을 골라 도랑을 파는 일을 계속했다.

그건 무척이나 힘든 투쟁이었다. 모두들 녹초가 될 만큼 지쳐 갔다. 그러던 어느 날 벌목꾼들이 길을 고치고 있을 때, 커다란 흰참나무 한 그루가 마차 위로 넘어졌다. 노새 두 마리가 깔려 죽고 마차는 박살이 났다. 할머니 말로는 튼튼하고 잘 뻗은 나무여서 넘어질 이유가 하나도 없었는데 그렇게 넘어졌다고 한다.

드디어 벌목꾼들은 길닦기를 포기했다. 곧이어 봄비가 내리는 우기가 시작되었고…… 그 후 그들은 두 번 다시 돌아오지 않았다.

보름달이 꽉 찼을 때 체로키들은 흰참나무 숲에서 잔치를 벌였다. 둥글고 노란 달님 아래서 모두들 춤을 추었다. 그랬더니 흰참나무들도 가지를 서로 스치거나, 가지로 체로키들을 건드리면서 함께 춤추고 노래 불렀다. 또 다른 나무들을 구하기 위해 자기 목숨을 내던진 그 참나무를 애도하는 노래도 불렀다. 그 느낌이 워낙 강해서 할머니는 공중으로 붕 떠오르는 듯한 착각마저 들었다고 하셨다.

"작은 나무야, 이런 이야기는 절대 하면 안 된다. 백인들의 세상에서 그런 이야기를 해봤자 아무 쓸모도 없으니까 말이다. 하지만 넌 반드시 이 이야기를 알아둬야 해. 그 때문에 내가 너한테 얘기해주는 거란다."

그제서야 난 영혼이 빠져나간 마른 통나무만을 땔감으로 쓰는 이유를 알았다. 또 그때서야 비로소 숲과 산에도 생명이 있음을 알았다.

"너의 외증조부는 그렇게 이해심이 많은 사람이어서 그렇게 강하셨을 거야…… 다음번 생에서도 그렇게 이해심이 많으실 거고…… 나도 그렇게 강해졌으면 좋겠구나. 그러면 네 외증조부를 이해할 수 있을 것이고, 서로의 영혼을 이해할 수 있을 터이니……"

할머니는 이렇게 말씀하셨다.

또 할머니는 할아버지 자신은 느끼지 못하지만, 할아버지가 이해의 경지에 점점 가까워지고 있다는 이야기도 하셨다. 두 분은 서로의 영혼을 이해하기 때문에 항상 함께할 거라고 하시면서.

나는 할머니에게 나도 그런 경지에 이르면 뒤에 혼자 남지 않아도 되는지 물어보았다. 할머니가 내 손을 잡으셨다. 할머니가 내 질문에 대답하신 것은 산길을 한참 걸어내려오고 나서였다. 항상 이해하도록 노력하라는 말이었다. 그렇게 하면 나도 그곳에 닿을 수 있을 것이며, 할머니보다 앞설 수도 있다고 하시면서 말이다.

나는 앞서든 말든 그런 것에는 관심이 없었다. 다만 할아버지와 할머니를 따라잡을 수만 있다면 정말 좋겠다고 생각했다. 뒤에 혼자 남는 것은 정말 쓸쓸한 일이니까 말이다.

Granpa's Trade

할아버지의 직업

지금까지 칠십 평생을 살아오시는 동안 할아버지는 한 번도 소위 변변한 직장이란 걸 가져본 적이 없었다. 산사람들에게 '변변한 직장'이란 일정한 보수를 받고 고용되는 직업을 뜻한다. 하지만 할아버지는 다른 사람한테 고용되어 생활하는 것을 도저히 참아내지 못하는 분이셨다. 할아버지는 그렇게 해봤자 만족은 없고 시간만 낭비할 뿐이라고 주장하셨다. 맞는 말씀이었다.

내가 다섯 살이던 1930년에 옥수수 1부셀(약 25킬로그램)의 가격은 25센트였다. 옥수수 1부셸을 살 사람을 찾을 수 있다면 말이다. 물론 그게 그렇게 쉬운 일은 아니었지만. 아니, 설사 옥수수 1부셸의 값이 10달러였다 해도 우리 생활을 지탱하기는 힘들었을 것이다. 우리 밭의 옥수수 수확량이 워낙 적었기 때문이다.

그런데 할아버지에게도 직업이 있었다. 할아버지는 남자라면 누구나 직업을 가져야 하고, 또 자기 직업에 자부심을 가져야 한다고 말씀하셨다. 할아버지는 정말 그러셨다. 할아버지의 직업이라는 것은 할아버지의 스코틀랜드 쪽 가계로부터 수백 년 동안 전해 내려온 위스키 제조업이었다.

산에 살지 않는 사람들은 누가 위스키를 제조한다고 하면 그다지 좋은 눈으로 바라보지 않는다. 하지만 그런 비난을 받아야 하는 사람은 대도시에 사는 범법자들이다. 그런 사람들은 사람들을 고용해서 대량으로 위스키를 만들어낸다. 위스키의 품질은 아랑곳하지 않고 그저 많이, 빨리 만들어내는 데만 신경을 쓴다. 그런 사람들은 엿기름을 빨리 발효시키고 위스키에 그럴듯한 '거품'을 주려고 양잿물이나 산화칼륨을 쓴다. 게다가 위스키를 거를 때도 체 대신에 철그물이나 주석그물, 때로는 트럭의 라디에이터를 쓰곤 한다. 이런 것들은 모두 독성이 있어서 사람을 죽일 수도 있는데 말이다.

할아버지는 그런 놈들은 목을 매달아야 한다고 하셨다. 어떤 직업이 만들어낸 것 중에서 가장 나쁜 것만 보고 판단한다면 나쁜 평가를 받고 오명을 쓰지 않을 직업이 단 하나도 없다고 하시면서.

할아버지의 한 벌뿐인 양복은 50년 전 그걸 입고 결혼식을 올리던 때에 그러했듯이 지금도 변함없이 산뜻하다. 그 양복을 만든 재봉사는 자기 일에 자부심을 느낄 것이다. 하지만 세상에는 그렇지 않은 재봉사도 있게 마련이다. 그러니 재봉사라는 직업에 대한 판단은 어떤 재봉사를 만나느냐에 달려 있다. 그건 위스키 제조업의 경우도 마찬가지라는 게 할아버지의 설명이셨다. 일리 있는 말씀이었다.

할아버지는 위스키 속에 일절 아무것도 넣지 않았다. 설탕조차 넣지 않았다. 설탕은 위스키의 농도를 흐려서 양을 불리는 데 사용되곤 했다. 하지만 할아버지는 옥수수만을 사용해서 그야말로 100퍼센트 순수 위스키를 만들곤 하셨다.

또 할아버지는 위스키를 숙성시킨다는 이야기를 들으면 참지 못하셨다. 할아버지는 평생 동안 이런저런 놈들이 오래된 위스키가 더 좋다고 떠들어대는 이야기를 무수히 들어왔다고 하셨다. 그래서 한번은 실험을 해보셨단다. 막 만든 위스키 중에서 얼마를 들어내놓았다가 한 일주일 정도 지나서 맛을 봤는데, 다른 위스키 맛과 눈곱만치도 차이가 나지 않았다.

사람들이 그렇게 느끼는 건 위스키를 오랫동안 통 안에 넣어두면, 나무통의 냄새와 색깔이 위스키에 배기 때문이다. 그렇게 통냄새를 맡고 싶은 머저리 같은 놈이라면 통 속에다 대가리를 처박고 실컷 냄새를 맡고 나서 깨끗한 위스키를 마시면 될 게 아니냐는 게 할아버지의 주장이셨다.

할아버지는 그런 사람들을 '통 중독자'라 불렀다. 나무 그루터기에 고인 물을 통 속에 오래 담아두었다가 그런 사람들에게 팔면 통냄새가 물씬 날 테니까 좋아라고 마실 거라고 욕을 하시면서.

사실 할아버지는 위스키통을 둘러싸고 벌어지는 그 모든 소동에 대해서 불같이 화를 내시며 이렇게 퍼붓곤 하셨다.

"그런 소동은 확인해보면 알겠지만, 몇 년 치 위스키를 한꺼번에 갖출 수 있는 부자 회사들이 퍼뜨린 게 틀림없어. 이런 식으로 해서 통냄새가 밸 만큼 위스키를 오래 저장해둘 수 없는 가난한 제조업자들을 쥐어짜는 거야. 그들은 엄청난 돈을 뿌려가면서 자기들 위스키가 다른 위스키들보다 더 좋은 통냄새가 난다고 선전을 해대지. 이런 선전에 넘어가는 닭대가리같이 멍청한 놈들은 무슨 수를 써서든 그런 술을 마시려고 하고. 하지만 아직도 세상에는 통중독자가 되지 않은 지각 있는 사람들이 있어서 가난한 제조업자들이 그런대로 살아갈 수가 있는 거야."

위스키 제조업이 자신이 알고 있는 유일한 직업이었던 할아버지는, 이제 내 나이도 여섯 살이 다 되어가는 데다, 내가 나이가 들어 직장을 때려치우거나 다른 방법으로는 생계를 꾸려갈 수 없을 때 써먹을 수 있을 테니, 위스키 만드는 법을 배워두라고 나에게 권하셨다.

나는 할아버지와 내가 힘을 합쳐 싸워야 하는 상대가 바로 통냄새 위스키를 밀어부치는 부자 회사들이란 걸 단박에 알아차렸다. 그래도 나는 할아버지가 나를 택해서 그 기술을 가르쳐주는 것이 무척 자랑스러웠다.

할아버지의 증류기는 실개천들이 모여들어 시내를 이루는 곳에 있었다. 그 증류기는 빽빽한 월계수와 인동덩굴 속에 깊이 파묻혀 있어서 하늘을 나는 새들도 찾아내기 힘들 정도였다. 할아버지는 자신의 증류기를 무척 자랑스러워하셨다. 솥과 뚜껑꼭지, '벌레'라 부르는 코일까지 모두 순동으로 만들어진 증류기였다.

다른 것들보다는 작은 증류기였지만 큰 것이 필요하지도 않았다. 할아버지는 한 달에 한 번씩 11갤런(약 42리터)의 위스키를 만들어냈다. 그중 9갤런을 사거리에서 가게를 하는 젠킨스 씨에게 1갤런(약 3.8리터)당 2달러씩을 받고 팔았다. 그것은 옥수수가 만들어낸 것치고는 꽤 큰 액수였다.

우리는 그 돈으로 생필품을 샀고 적으나마 저축도 했다. 할머니는 남은 돈을 담배쌈지에 넣어서 과일항아리 속에 넣어두셨다. 할머니는 나도 힘들게 일하고 기술을 배웠으니 그 속에는 내 몫도 있다고 하셨다.

남은 2갤런은 그냥 집에 두었다. 할아버지는 가끔가다 한 번씩 마시거나 친구들이 왔을 때 내놓을 요량으로, 술을 집 안에 두는 걸 좋아하셨다. 할머니는 주로 감기약 만드는 데 술을 쓰셨다. 또 뱀이나 거미한테 물리거나 발에 멍이 들었을 때도 술이 필요했다.

나는 얼마 안 가 술 증류시키는 일이 제대로 하려면 보통 힘든 일이 아니라는 것을 알았다.

다른 사람들은 위스키를 만들 때 하얀 옥수수를 주로 썼지만 우리는 그렇게 하지 않았다. 우리는 붉은 인디언 옥수수만 길렀기 때문에 술 만들 때도 그것만 썼다. 거무칙칙한 붉은빛을 띤 인디언 옥수수는 술색을 약간 붉게 만들었다. 이런 색을 내는 위스키는 없었다. 우리는 우리 위스키의 색이 자랑스러웠다. 그걸 보면 누구라도 만든 사람이 누구인지 알 테니 말이다.

술 만드는 일은 우선 옥수수자루에서 알을 떼내는 것으로 시작한다. 이때는 할머니도 도와주셨다. 떼낸 옥수수알 중 일부는 자루 속에 집어넣고 따뜻한 물을 부어 햇볕에 쪼이거나, 겨울이면 자루째 불 곁에 두었다. 옥수수알이 잘 섞이도록 하려면 하루에도 두세 번씩 자루를 뒤집어주어야 한다. 이렇게 4, 5일 지나면 기다란 싹들이 올라온다.

떼낸 다른 옥수수알들은 갈아서 가루로 만들었다. 제분업자에게 가져가면 꽤 많은 돈이 들었기 때문에 우리가 직접 갈아 썼다. 할아버지에게는 손수 만든 맷돌이 있었다. 돌에 붙은 손잡이를 돌리면 아래위 돌 두 개가 서로 어긋나게 돌아가도록 만든 맷돌이었다.

할아버지와 나는 그렇게 빻은 옥수수 가루를 골짜기 위쪽, 증류기가 있는 곳까지 가져갔다. 물은 나무 홈통을 개울에 연결하여 끌어다 썼다. 가마솥에다 4분의 3 정도가 되도록 물을 채우고 나면, 빻은 옥수수 가루를 가마솥에 붓고 솥에 불을 지폈다. 땔감으로는 연기가 안 나는 숯을 썼다. 할아버지는 무슨 나무를 쓰든 상관없지만, 굳이 발각될 위험을 무릅쓰는 건 무모한 일이 아니겠느냐고 하셨다. 옳은 말씀이었다.

할아버지는 가마솥 옆의 나무 그루터기 위에다 상자를 놓고, 그 위에 나를 올려주셨다. 나는 그 상자 위에 서서 옥수수 가루 푼 물이 익을 때까지 휘저었다. 그렇게 해도 가마솥 높이가 내 키보다 더 커서 가마솥 안을 넘겨볼 수는 없었기 때문에 한 번도 내가 과연 잘 젓고 있는 건지 알 수가 없었다. 하지만 할아버지는 내가 잘하고 있다고 칭찬하시면서 눋지 않게 계속 저으라고 하셨다. 너무 많이 저어서 팔이 떨어져 나갈 만큼 아픈데도 말이다.

옥수수 가루 푼 물이 익어서 죽처럼 되면, 우리는 가마솥 바닥에 설치한 비스듬한 관으로 그것을 빼내 통 속으로 옮겼다. 그러고 나면 싹틔운 옥수수알을 함께 통 속에 붓고 발효가 될 때까지 뚜껑을 덮어두었다. 발효가 다 되려면 4, 5일 정도가 걸린다. 그동안은 날마다 한 번씩 그곳까지 가서 저어주어야 했다. 할아버지는 이렇게 하는 걸 '익힌다'고 하셨다.

4, 5일이 지나면 옥수수죽 위에 단단한 막이 만들어지는데, 우리는 그 막을 부숴서 증류할 준비를 갖추었다.

할아버지는 큰 물통, 나는 작은 물통을 가지고 통에 든 맥주(할아버지는 옥수수막 아래에 있던 발효액을 맥주라고 부르셨다)를 퍼내 가마솥에다 부었다. 그런 다음 할아버지는 가마솥의 뚜껑을 덮고 가마솥에 불을 지폈다. 그러면 맥주가 끓어오르면서 솟아오른 증기가 뚜껑에 붙은 관을 지나 지렁이관, 즉 나선형의 구리관 속으로 들어간다. 증기를 다시 액체로 바꾸려면 지렁이관이 든 통을 계속 식혀야 했다. 그래서 우리는 그 통을 차가운 시냇물이 흐르도록 만든 물길 가운데에다 놓아두었다. 지렁이관을 나온 액체가 통 바닥에 고이면, 그 액체 위에다 히커리나무로 만든 숯을 띄워 몸에 안 좋은 기름성분을 빨아들이게 했다.

이 일들을 모두 마치고 나면 꽤 많은 위스키가 생길 줄 알겠지만…… 실제로 우리 손에 들어오는 위스키는 겨우 2갤런 정도밖에 되지 않는다. 우리는 그 2갤런을 옆으로 치워놓고 증기로 바뀌지 않고 가마솥에 그대로 남아 있는 술지게미에서 물기를 짜냈다.

그러고 난 다음에는 그릇 전부를 깨끗하게 씻어야 했다. 걸러낸 2갤런을 할아버지는 '진국'이라 불렀는데, 알코올 농도로 200도가 넘을 것이라고 했다. 우리는 이 진국과 지게미를 함께 가마솥 속에 집어넣고 다시 한 번 불을 지폈다. 물을 약간 더 붓는 것 말고는 아까와 똑같은 과정이 되풀이된다. 이렇게 하면 이번에는 11갤런의 위스키가 나온다.

앞서도 말했지만 위스키를 만드는 건 아주 힘든 일이다. 나로서는 사람들이 어째서 위스키 만드는 일을 게으르고 일확천금을 노리는 놈들이나 하는 짓이라고 하는지 이해할 수가 없다. 아마 틀림없이 한 번도 위스키를 만들어보지 않은 사람들이 하는 이야기일 것이다.

할아버지는 정말 솜씨가 좋으셨다. 위스키 만드는 법은 무척 까다로워서 질 좋은 위스키를 만들어낼 가능성보다 실패할 가능성이 항상 더 컸다. 불이 너무 세도 안 되고 너무 오래 익혀도 식초냄새가 난다. 거꾸로 덜 익히면 술의 농도가 약해진다. 발효 '거품'을 읽을 줄도 알아야 한다. 그걸 보고 판단해야 하는 것이다. 나는 할아버지가 왜 그렇게 자기 일에 자부심을 갖는지 이해할 수 있을 것 같았다. 그래서 나도 그 기술을 배우려고 애썼다.

내가 할 수 있는 일들을 도와드리노라면 할아버지는, 내가 오기 전까지 혼자서 어떻게 해왔는지 도저히 믿기지 않는다고 말씀하시곤 했다. 증류가 끝난 후 할아버지가 나를 안아올려 가마솥 안에 넣어주면, 가마솥을 북북 문질러 씻는 것도 내 일이었다. 가마솥 안은 뜨거웠기 때문에 그 일은 최대한 빨리 해치우지 않으면 안 되었다. 숯을 나르고, 솥 안에 옥수수 가루를 붓고 섞는 일도 내 몫이었다. 할아버지나 나나 눈코 뜰 새 없이 바빴다.

우리가 증류기에서 일하는 동안 할머니는 개들을 데리고 집에 있다가, 누가 산으로 올라오는 눈치가 보이면 블루보이를 풀어서 우리 있는 곳으로 올려보내곤 하셨다. 후각이 제일 예민한 블루보이가 우리 냄새를 찾아서 증류기 있는 곳까지 오면, 우리는 누가 산을 올라오고 있다는 걸 알게 된다.

처음에는 블루보이가 아니라 리핏을 전령으로 썼는데, 어느 날인가부터 리핏이 남은 술지게미를 먹고 취하기 시작하더라고 한다. 그 후 리핏은 산에 올라올 때마다 버릇처럼 취했고, 나중에는 거의 만성적인 알코올중독 상태가 되었다. 결국 할아버지는 리핏에게 그 일을 그만두게 하고 모드한테 시켰다. 하지만 그 개도 같은 꼴이었다. 그래서 다시 바꾼 개가 블루보이였다고 한다.

산에서 위스키 만드는 사람이 반드시 알아둬야 할 일들은 이외에도 많다. 증류를 끝내고 나면 신경써서 주변을 말끔히 치우는 건 무엇보다 중요한 일이다. 그렇게 하지 않으면 신 냄새가 주변을 진동한다. 할아버지는 순사란 건 사냥개와 같아서 몇 킬로미터나 떨어진 곳의 술지게미 냄새도 맡을 수 있는 코를 가졌다고 하셨다. '개코순사'란 말이 생겨난 것도 그 때문인 것 같다고 하시면서. 또 할아버지는 조사해볼 수 있으면 밝혀지겠지만, 그런 사람들은 왕이나 귀족들 밑에서 사냥개처럼 다른 사람들 뒷조사를 하고 다니던 집안 출신인 게 틀림없다, 내가 그 사람들을 만날 기회가 있으면 알게 되겠지만, 그런 사람들한테는 뭔가 독특한 냄새가 나기 때문에 산사람들 중에는 그 사람들이 가까이 오면 금방 알아차릴 수 있는 사람들도 있다고 하셨다.

물통을 가마솥에 부딪치지 않는 것도 중요한 주의 사항 중의 하나였다. 산속에서 물통과 가마솥이 부딪치는 소리는 십리 밖에서도 들리게 마련이다. 이 때문에 나는 익숙해지기 전까지 온 신경을 곤두세운 채 일했다. 통 안의 술지게미를 물통으로 퍼내 가마솥에 부을 때마다, 키가 작은 나는 나무 그루터기와 상자 위에 올라서는 것으로도 모자라 솥 쪽으로 몸을 기울여야 했다. 그런 만큼 가마솥에 통을 부딪칠 확률이 컸다. 하지만 얼마 가지 않아 실력이 늘었는지 한 번도 물통을 부딪치지 않고 일할 수 있게 되었다.

또 산속에서는 노래를 부르거나 휘파람을 불어선 안 된다. 하지만 이야기를 나누는 건 상관없다. 사실 산속에서는 보통 말소리라도 멀리까지 들리는 법이다. 하지만 체로키는 알지만 다른 사람들은 잘 모르는 사실의 하나로, 사람들이 말하는 톤 중에는 그 소리가 멀리 퍼졌을 때 산의 소리, 즉 나무나 덤불 사이에 이는 바람소리나 졸졸 흐르는 물소리처럼 들리는 소리들이 있다. 할아버지와 나는 이 톤으로 이야기를 나누곤 했다.

또 우리는 일하는 동안 새소리를 주의해서 들었다. 새들이 날아가고 나무 귀뚜라미가 우는 걸 그치면 조심해야 한다.

할아버지는, 머릿속으로 판단해야 할 일이 한두 가지가 아니다, 하지만 한꺼번에 이것저것 모두 신경쓰려고 애쓸 필요는 없다, 얼마 안 있으면 자연스럽게 몸에 밸 거라고 하셨다. 사실 나중에 가서는 그 말대로 되었다.

할아버지는 자신이 만든 위스키마다 병뚜껑을 긁어서 표시를 했다. 일종의 상표였다. 할아버지의 상표는 도끼 모양이었다. 이

근방 산에 있는 다른 사람들은 아무도 이 표시를 쓰지 않았다. 그들에게도 각자 자기 나름의 상표가 있었다. 할아버지는 그 도끼 상표를 언젠가는 나한테 물려주겠노라고 하셨다. 할아버지도 증조할아버지한테 그 상표를 물려받았던 것이다. 젠킨스 씨네 가게에는 도끼 상표가 그려진 할아버지의 위스키 외에 다른 것은 사지 않으려는 손님들도 있었다.

할아버지는 내가 이미 할아버지의 동업자이기 때문에 그 상표의 반은 지금도 내 것이라고 하셨다. 내 것이라고 할 만한 무언가를 가져보기는 그때가 처음이었다. 그래서 나는 우리 상표가 무척 자랑스러웠다. 할아버지가 그러셨던 것처럼, 나도 우리 상표를 욕되게 할 나쁜 위스키는 절대로 만들지 않기로 결심했다. 사실 우리는 한 번도 그런 적이 없었다.

그런데 내 평생에서 가장 무서웠던 일이 위스키를 만드는 동안에 일어났다. 그때는 봄이 막 시작되려고 하던 늦겨울이었다. 마지막 증류작업도 끝내고, 우리는 위스키를 넣은 반 갤런짜리 병들을 봉해서 자루 속에 담고 있었다. 병이 부딪쳐 깨지지 않도록 나뭇잎들도 함께 자루 속에 넣었다.

할아버지는 위스키병이 가득 든 커다란 자루 두 개를 한꺼번에 옮기곤 하셨다. 나는 반 갤런짜리 병 세 개가 든 작은 자루를 맡았다. 나중에는 병 네 개까지 옮길 수 있게 되었지만 이 당시에는 아직 세 개밖에 옮기지 못했다. 그래도 나한테는 꽤 큰 짐이어서 산길을 내려가는 동안 몇 번이나 내려놓고 한참씩 쉬었다 가곤 했다. 할아버지도 그러셨다.

병을 자루에 넣는 걸 막 끝냈을 때 할아버지의 나지막한 비명 소리가 들렸다.

"빌어먹을! 블루보이잖아!"

맙소사! 블루보이가 증류기 옆에서 혀를 늘어뜨리고 앉아 있었다. 무엇보다 우리를 당황하게 만든 건 그 개가 언제부터 거기 그렇게 앉아 있었는지 모른다는 점이었다. 그 개는 산 위로 올라오면 절대 짖지 않고 그렇게 엎드려 있곤 했다. 나도 "빌어먹을!"이라고 중얼거렸다(앞에서 말했지만 할아버지와 나는 근처에 할머니가 안 계시면 심심찮게 욕을 하곤 했다).

할아버지는 벌써 귀를 세우고 계셨다. 모든 소리가 그대로였다. 새들도 아직은 날아가지 않고 나무에 그대로 앉아 있었다. 할아버지가 말씀하셨다.

"너는 네 자루를 갖고 먼저 산 아래로 내려가거라. 가다가 누가 보이면 그 사람들이 지나갈 때까지 풀숲에 숨어 있도록 해라. 나는 그 사이에 증류기를 씻어서 숨겨놓고 산 반대편으로 내려갈 테니. 헛간에서 만나기로 하자."

나는 자루를 움켜쥐고 재빨리 어깨에다 둘러멨다. 어찌나 세차게 휘둘렀던지 뒤로 휘청 자빠질 뻔했지만 간신히 중심을 잡고 서둘러 칼길 위로 올라섰다. 겁이 났다…… 하지만 이럴 수밖에 없다는 걸 알고 있었다. 무엇보다 증류기가 우선이었으니까.

평지에 사는 사람들은 아마 결코 이해하지 못할 것이다. 증류기를 두들겨 부수는 게 산사람들에게 어떤 의미를 갖는지. 그것은 시카고 사람들에게 시카고 전체가 불타는 것과 같은 최악의 사태였다. 할아버지의 증류기는 증조할아버지에게서 물려받은 것이다. 게다가 지금 할아버지 나이로 새것을 산다는 건 절대 불가능하다. 그것이 부서지면 할아버지와 내가 직업을 잃게 될 뿐 아니라, 우리 식구 모두가 먹고 살 길이 막막해질 것이다.

1부셸에 25센트 하는 옥수수만으로는 도저히 생계를 꾸려갈 수 없다. 우리는 그렇지도 못했지만 설사 팔 옥수수가 수북이 쌓여 있고, 그것을 팔 수 있다고 하더라도 말이다.

증류기 감추는 게 얼마나 절박한 일인지 굳이 설명할 필요도 없었다. 그래서 나는 두말 않고 먼저 산을 내려갔다. 하지만 병 세 개가 든 자루를 짊어지고 뛰기란 보통 힘든 일이 아니었다.

할아버지는 블루보이를 나와 함께 가게 해주셨다. 나는 바로 앞에서 걸어가는 블루보이에게서 눈을 떼지 않았다. 그 개는 내가 인기척을 느끼기 훨씬 전에 바람에 실려오는 냄새를 잡아낼 수 있을 테니 말이다.

칼길 양편은 깎아지른 듯한 산비탈이어서 걸을 수 있는 공간이라곤 좁다란 개울둑뿐이었다. 블루보이와 함께 칼길을 반 정도 내려갔을 때였다. 저 아래 산골짜기에서 개들이 컹컹대며 짖는 소리가 들렸다.

할머니가 개들을 몽땅 풀어놓았던 것이다. 개들은 산길을 따라 뛰어올라오면서 계속 짖어대고 있었다. 뭔가 안 좋은 일이 생긴 게 틀림없었다. 나와 블루보이는 걸음을 멈추었다. 칼길로 들어선 개들이 우리 쪽으로 오고 있었다. 블루보이는 귀와 꼬리를 세운 채 계속 코를 킁킁거렸다. 등의 털까지 곤두선 그 개의 걸음걸이는 긴장으로 몹시 뻣뻣했다. 과연 블루보이였다.

바로 그 순간 그 사람들이 나타난 것이다. 산모퉁이를 돌아서 불쑥 모습을 드러낸 그들은 나를 보더니 깜짝 놀라 걸음을 멈추었다. 나중에 다시 생각해보니 겨우 네 명밖에 안 되는 사람들이었는데 일개 소대는 되는 것처럼 느껴졌다. 하나같이 덩치가 컸고, 윗도리에 번쩍이는 배지를 달고 있었다. 그 사람들은 생판 처음 보는 물건을 보듯이 가만히 서서 나를 쳐다보았다. 나도 걸음을 멈추고 그들을 바라보았다. 입 안이 바싹바싹 마르고 무릎이 후들거렸다.

"맙소사!…… 어린애잖아!"

그중에 한 사람이 고함을 질렀다.

"인디언 애새끼야!"

다른 사람이 말했다.

모카신을 신고, 사슴가죽으로 만든 바지에다 셔츠…… 게다가 길고 검은 머리까지…… 인디언이 아니라고 나설 방도는 도저히 없었다.

한 사람이 앞으로 나서며,

"얘야, 그 자루에 뭐가 들었니?"

라고 묻는데, 다른 남자 한 명이 고함을 질렀다.

"저 개 조심해!"

블루보이가 슬금슬금 그 사람들 쪽으로 걸어가고 있었다. 블루보이는 낮은 소리로 으르렁거리면서 이빨을 드러냈다. 블루보이는 자기가 할 일이 무엇인지 잘 알고 있었다.

그 사람들이 조심조심 내 쪽으로 걸어오기 시작했다. 그들을 뚫고 달아날 수는 없었다. 그리고 개울에 뛰어든다면 쉽게 잡힐 것이고, 도로 산 위로 달아나면 증류기 있는 곳으로 그 사람들을 데려가는 꼴이 될 것이다. 그러면 할아버지와 나는 직업을 잃을 것이다. 그것은 내 책임이었다. 증류기를 지키는 것이 할아버지의 책임인 것처럼. 나는 가파른 산등성이로 도망치는 쪽을 택했다.

산등성이를 뛰어오르려면 요령을 알아야 한다. 되도록이면 여러분에게는 그런 일이 없기를 바라지만 혹시 그럴 경우가 생긴다면 말이다. 할아버지는 나에게 체로키들이 어떻게 산등성이를 뛰어오르는지 보여주셨다. 똑바로 위로 올라가면 안 된다. 비스듬하게 각도를 잡아서 옆으로 오르도록 해야 한다. 덤불이나 둥치, 나무뿌리에 발을 딛게 되므로 땅을 밟고 달리는 일은 거의 없다. 이런 것들은 좋은 버팀목이 되기 때문에 절대 미끄러지는 법이 없다. 또 이렇게 하면 빨리 달릴 수 있었다. 내가 쓴 방법이 바로 이것이었다.

하지만 산 위쪽으로 방향을 잡는 대신…… 그렇게 하면 도로 칼길과 만나게 될 판이었으므로…… 나는 그 사람들과 마주 보는 쪽의 산등성이를 오르기 시작했다. 그렇게 해야 아래쪽 길과 만날 수 있을 터였다.

이 때문에 나는 그 사람들 머리 바로 위를 지나가게 되었다. 그들도 길에서 벗어나 덤불을 헤치면서 내 쪽으로 다가왔다. 그 중 한 사람에게 까딱했으면 발목을 잡힐 뻔했다. 그 사람은 내가 딛고 서 있던 덤불을 움켜쥐려고 몸을 뻗었다. 그 남자가 하도 가까이 다가오는 바람에 이제 나는 이 사람 손에 죽겠구나라는 생각까지 들었다. 그런데 바로 그때 블루보이가 그 남자의 다리를 물었다. 그는 비명을 지르면서 자기 뒤에 서 있던 사람들 위로 넘어졌고 덕분에 나는 계속 달아날 수 있었다.

블루보이의 으르렁거리며 싸우는 소리가 등 뒤에서 들려왔다. 발에 채이거나 얻어맞았는지 잠시 깨갱거리던 블루보이는 금방 다시 으르렁거리며 그들과 싸웠다. 나는 잠시도 쉬지 않고 내처 달렸다. 내 딴에는 젖 먹던 힘까지 다 내서 죽을 둥 살 둥 달렸다. 하지만 자루 속에 든 병 무게로 몸이 자꾸 뒤로 처지는 바람에 그다지 빠르지는 않았을 것이다.

그 사람들이 내 뒤에서 산을 기어올라오는 소리가 들렸다. 그리고 그때쯤에는 나머지 개들이 싸우는 소리도 들렸다. 리핏의 으르렁거리는 소리와 모드의 컹컹거리는 소리가 또렷이 들려왔다. 그 모든 소리들은 그 사람들이 내지르는 비명과 고함과 욕설 소리에 뒤섞여 무시무시한 느낌을 갖게 했다. 나중에 할아버지는 맞은편 산을 오르다가 그 소리를 들었는데 세상이 온통 난리가 난 줄 알았다고 하셨다.

죽어라고 달리다보니 숨이 끊어질 것처럼 힘들었다. 어쩔 수 없이 잠시 멈춰야 했다. 하지만 오래 서 있지는 않았다. 나는 산꼭대기까지 간 다음에야 주저앉았다. 마지막에는 자루를 질질 끌면서 기어올라가야 했다. 녹초가 될 만큼 지쳤던 것이다.

산꼭대기에 도착했을 때까지도 개와 사람들 소리는 여전히 들렸다. 그 소리들은 칼길 아래쪽으로 움직여가더니 골짜기로까지 내려갔다. 그러는 동안에도 개 짖는 소리, 욕하는 소리, 고함 소리 따위는 쉬지 않고 계속되었다. 마치 커다란 소리 공이 산길을 따라 굴러 내려가는 것 같았다. 드디어 산은 본래의 평온을 되찾았다.

일어날 수도 없을 만큼 지쳤지만 그래도 기분은 굉장히 좋았다. 그 사람들은 증류기 근처에는 얼씬도 못했다…… 할아버지도 무척 기뻐하시겠지. 다리에 힘이 없어서 일어서지도 못하고 낙엽 속에 드러누워 있던 나는 이런 생각을 하며 잠이 들었다.

잠에서 깨어보니 벌써 어두운 밤이었다. 먼 산 위로 달이 솟아 있었다. 거의 다 찬 보름달이었다. 저 아래 산골짜기로 내려가는 길이 훤히 내려다보였다. 그때 개들 짖는 소리가 들렸다. 할아버지가 나를 찾으려고 개들을 풀었던 것이다. 여우몰이를 할 때는 개들이 그런 식으로 짖지 않는다. 개들은 나더러 들리면 대답하라고 말하는 것처럼 낑낑대는 소리를 냈다.

내 자취를 찾아냈는지 개들이 산꼭대기 쪽으로 달려왔다. 내가 휘파람을 불자 개들은 컹컹거리며 짖어댔다. 잠시 후 나를 에워싼 개들은 내 얼굴을 핥거나 내 둘레를 펄쩍거리며 뛰어다녔다. 거의 장님이나 마찬가지인 링거까지 왔다.

나는 개들과 함께 산에서 내려왔다. 모드는 참을 수가 없었던지 할아버지와 할머니에게 나를 찾아낸 걸 알리려고 앞서 뛰어가면서 짖어댔다. 아마 칭찬을 독차지하고 싶어서였을 것이다. 냄새는 하나도 맡지 못하는 주제에 말이다.

골짜기로 내려오자 할머니가 길에 나와 서 있는 것이 보였다. 할머니는 나를 집까지 인도해줄 불을 켜놓기라도 한 것처럼 등잔을 앞으로 치켜들고 서 계셨다. 할아버지도 할머니 옆에 서 계셨다.

할아버지와 할머니는 내 쪽으로 걸어오시지 않고 그냥 그 자리에 선 채 내가 개들과 함께 내려오는 것을 지켜보고 계셨다. 나도 그렇게 하는 게 더 좋았다. 나는 여전히 자루를 짊어지고 있었다. 술병은 하나도 깨뜨리지 않았다.

할머니가 등잔을 땅에 내려놓으시더니 무릎을 꿇고 나를 향해 팔을 벌렸다. 하도 세게 껴안는 바람에 하마터면 자루를 떨어뜨릴 뻔했다. 이제부터 집까지는 할아버지가 자루를 들어주겠노라고 하셨다.

할아버지는 지금까지 칠십 평생 동안 이렇게 멋지게 해치워본 건 처음이라고 하셨다. 그러면서 할아버지는 나에게 산에서 가장 뛰어난 위스키 제조업자가 될 소질이 있다고 칭찬하셨다.

할아버지는 내가 당신보다 더 좋은 술을 만들게 될 거라고 하셨다. 그렇지 않을 거라는 건 알고 있었지만 그래도 할아버지가 그렇게 칭찬해주니 무척 자랑스러웠다.

할머니는 아무 말도 하지 않으셨다. 하지만 할머니는 집까지 나를 업어주셨다. 집까지 걸어갈 힘 정도는 나한테도 남아 있었는데 말이다.

기독교인과 거래하다

다음 날 아침까지도 개들은 펄쩍 거리며 뛰어다니거나 몸을 뻿뻿하게 치켜세운 채 자랑스럽게 걸어다녔다. 자기들이 뭔가 중요한 일을 해냈다는 걸 알고 있었던 것이다. 나도 자랑스러웠다…… 하지만 나는 우쭐해하지는 않았다. 결국 그것도 위스키 만드는 기술의 일부였으니 말이다.

그런데 링거가 보이지 않았다. 할아버지와 내가 휘파람도 불고 이름도 부르면서 오두막 주변을 뒤지며 다녔지만 링거의 모습은 보이지 않았다. 우리는 개들을 풀어서 링거를 찾기로 했다.

골짜기를 지나 칼길이 있는 곳까지 올라갔지만 그래도 흔적을 찾을 수 없었다. 할아버지는 내가 전날 밤 내려온 산꼭대기까지 길을 되짚어 올라가면서 찾아보는 게 낫겠다고 하셨다. 우리는 덤불마다 일일이 뒤져가면서 산 위로 올라갔다. 그때 블루보이와 리틀레드가 링거를 찾아냈다.

링거는 나무와 박치기를 한 것 같았다. 아마 그 나무가 링거가 부딪친 마지막 나무였을 것이다. 할아버지는 링거가 그 전에도 여러 번 다른 나무들에 부딪친 것 같다고 하셨다. 링거는 마치 방망이로 두들겨맞은 것처럼 머리가 온통 피투성이인 채로 옆으로 누워 있었다. 또 뾰쪽한 송곳니에 혀가 찔려 있었다. 하지만 링거는 살아 있었다. 할아버지는 링거를 안고 산을 내려왔다.

우리는 개울가에서 링거의 얼굴에 묻은 피를 씻어내고 혀도 이에서 빼냈다. 링거의 얼굴에 난 털은 회색이었다. 나를 찾아 산꼭대기까지 올라오기에는 링거는 너무 늙었던 것이다. 우리는 개울 옆에 그를 뉘었다. 그러자 잠시 후 링거가 눈을 떴다. 힘없고 초점을 잃은 눈이었다. 아무것도 안 보이는 것 같았다.

나는 몸을 숙여 링거의 얼굴에 대고 나를 찾으러 와줘서 고맙다, 그리고 미안하다는 말을 했다. 링거가 내 얼굴을 핥았다. 신경쓰지 마라, 다시 한 번 그런 일이 일어나도 또 그렇게 하겠다고 말하기라도 하는 것처럼.

나는 할아버지를 도와 링거를 산 아래로 데려갔다. 할아버지가 옮기신 거나 마찬가지였지만 그래도 뒷발은 내가 잡았다. 오두막집에 이르자 할아버지는 링거를 내려놓고 말씀하셨다.

"링거는 죽었다."

그랬다. 오는 도중에 숨을 거둔 것이다. 하지만 할아버지는 우리가 자기를 집으로 데려가는 줄 알고 있었을 테니 마음이 편했을 것이라고 하셨다. 그 말을 들으니 나도 좀 마음이 풀렸다. 많이는 아니었지만.

할아버지는 링거가 충성스럽게 제 할 일을 하고 산에서 죽었으니, 산에 사는 개라면 누구나 원하는 명예로운 최후를 맞은 것이라고 하셨다.

할아버지가 삽을 쥐었다. 우리는 링거를 산골짜기의 옥수수밭이 있는 곳으로 옮겼다. 링거가 그토록 자랑스러워하며 지키던 밭이었다. 할머니도 따라오셨고 개들도 모두 뒤따랐다. 개들은 꼬리를 다리 사이에 사린 채 낑낑거리면서 따라왔다. 나도 그런 기분이었다.

할아버지는 자그마한 떡갈나무 발치에다 링거를 묻을 자리를 팠다. 그곳은 가을이면 빨간 옻나무가 가득하고 봄이면 층층나무가 새하얀 꽃을 피우는 아름다운 자리였다.

할머니가 구덩이 바닥에 하얀 목면 자루를 깔고 그 위에 링거를 놓았다. 그러고는 자루로 개를 감쌌다. 할아버지는 너구리가 파내지 못하도록 링거의 몸 위에다 커다란 판자 하나를 놓았다. 우리는 무덤의 흙을 덮었다. 개들이 둘러서서 바라보고 있었다. 그 무덤이 링거의 것이라는 걸 알고 있었던 것이다. 모드는 낑낑거렸다. 모드와 링거는 옥수수밭을 함께 지키던 좋은 단짝이었는데……

모자를 벗어든 할아버지가 말했다.

"링거야, 잘 가거라."

나도 링거에게 작별인사를 했다. 그러고 나서 우리는 떡갈나무 밑에 잠든 그를 떠났다.

나는 가슴이 뻥 뚫린 것처럼 허전하고 마음이 아팠다. 할아버지는 네 기분이 어떤지 잘 안다, 나도 너하고 똑같은 기분을 맛보고 있다, 사랑했던 것을 잃었을 때는 언제나 그런 기분을 느끼게 된다, 그것을 피할 수 있는 유일한 방법은 아무것도 사랑하지 않는 것뿐이지만, 그렇게 되면 항상 텅 빈 것 같은 느낌 속에 살아야 하는데 그건 더 나쁘지 않겠느냐고 말씀하셨다.

할아버지는 링거가 그다지 충실한 개가 아니어서 우리가 별로 자랑스럽게 여기지 않았다고 해보자. 그러면 아마 기분이 더 안 좋았을 것이다, 하고 말씀하셨다. 맞는 말씀이었다. 또 할아버지는 내가 나이가 들면 링거 생각이 날 것이고, 또 그렇게 생각을 떠올리는 걸 좋아하게 될 것이다, 참 묘한 일이지만 늙어서 자기가 사랑했던 것들을 떠올리게 되면 좋은 점만 생각나지 나쁜 점은 절대 생각나지 않는다, 그게 바로 나쁜 건 정말 별거 아니라는 걸 말해주는 것 아니겠느냐고 하셨다.

그래도 살아남은 우리는 계속 일을 해야 했다. 할아버지와 나는 물건을 짊어지고 사거리의 젠킨스 씨 가게로 가는 지름길을 걸어가고 있었다. '물건'이란 건 할아버지가 우리 위스키를 가리킬 때 쓰는 말이었다.

나는 지름길로 다니는 게 좋았다. 골짜기길을 내려오다가 마차들이 다니는 큰길까지 가지 않고 왼쪽으로 방향을 꺾으면 지름길이 나왔다. 그 길은 커다란 손가락들을 구부린 모양으로 산등성이를 타고 쭉 올라가다가 계곡으로 비스듬하게 내려온 다음 평지에서 다시 올라가기를 반복했다.

산등성이 사이의 계곡들은 그다지 깊지 않아서 쉽게 가로지를 수 있었다. 몇 킬로미터에 걸쳐 뻗어 있는 그 길 양쪽에는 소나무와 삼나무, 감나무, 인동덩굴 따위들이 즐비했다.

가을이 되어 서리가 내리고 나면 감들이 발갛게 익는다. 나는 걸음을 멈추고 그것들을 호주머니 가득 주워담곤 했다. 그러고 나서 할아버지를 따라잡으려면 달려야 했다. 봄에는 블랙베리를 따느라고 같은 일이 벌어지곤 했다.

한번은 할아버지가 걸음을 멈추고 내가 블랙베리 따는 것을 지켜보고 계셨다. 이때도 할아버지는 말 때문에 신경이 곤두서 계셨다. 사람들이 멍청하게 말에 내둘리고 있다고 생각하신 것이다. 갑자기 할아버지가 물었다.

"작은 나무야, 블랙베리는 '퍼럴' 때 빨갛다는 걸 아니?"

이게 무슨 말인가…… 나는 어리둥절했다. 할아버지가 내 얼굴을 쳐다보며 웃음을 터뜨리셨다.

"색깔로 나타낸답시고…… 저것들을 블랙베리라고 부르잖아? 그런데 사람들은 아직 익지 않은 걸 퍼렇다고 하거든…… 그런데 저 블랙베리는 익지 않으면 빨갛잖아?"

사실이었다. 이제 할아버지는 정색한 얼굴을 하고 계셨다.

"말 많은 그 빌어먹을 놈의 자식들이 이렇게 모든 걸 엉망진창으로 만들어버린단 말이야. 앞으로 너는 누가 다른 사람 헐뜯는 말을 하면 그 말을 가지고 판단하면 안 된다. 그런 건 아무 쓰잘데기 없는 거니까. 그것보다 말투를 잘 들어봐. 그러면 그놈이 비열하게 거짓말을 하고 있는지 아닌지 알 수 있을 테니."

할아버지는 세상에 말이 너무 많은 게 문제라고 몹시 언짢아하셨다. 틀린 말이 아니었다.

지름길 양편에는 히커리나무 열매와 밤, 도토리, 호두 따위들이 지천으로 널려 있었다. 그래서 사실 계절을 가리지 않고, 사거리 가게에서 돌아올 때면 나는 항상 뭘 줍느라고 바빴다.

물건을 사거리 가게까지 짊어지고 가는 것은 꽤 큰일이었다. 술병 세 개가 든 자루를 낑낑거리며 메고 가던 나는 할아버지보다 한참씩 뒤처져서 걷는 게 다반사였다. 내가 할아버지를 따라잡을 때는 할아버지가 어딘가에서 기다려주었을 때였다. 그렇게 해서 할아버지를 따라잡고 나면 우리는 그곳에서 잠깐씩 쉬었다 가곤 했다.

이렇게 한 휴식처에서 다른 휴식처로 옮겨가는 식으로 쉬엄쉬엄 걸었기 때문에 그렇게 힘들지는 않았다. 하지만 마지막 산등성이에 이르면 우리는 언제나 덤불 속에 앉아 쉬면서 가게 앞에 피클 통이 있는지 살펴보았다. 피클 통이 가게 앞에 나와 있지 않으면 만사가 순조롭다는 뜻이었다. 반대로 그게 문 앞에 놓여 있으면 그건 순사가 왔다는 뜻이기 때문에 우리 물건을 가게로 가져가서는 안 되었다. 산사람들은 누구나 그곳에 오면 피클 통이 있는지부터 살폈다. 그들도 하나같이 가게에 넘길 물건들을 갖고 있었으니까.

나는 가게 앞에 피클 통이 있는 걸 한 번도 본 적이 없지만, 그게 있는지 없는지 살피는 일을 게을리하지 않았다. 위스키 제조업이란 게 보통 복잡한 직업이 아니란 건 진작부터 느끼고 있던 터였다. 하지만 많고 적고의 정도 차이는 있겠지만 이 세상에 복잡하지 않은 직업은 없다는 게 할아버지의 설명이셨다.

치과의사라는 직업을 생각해봐라, 허구한 날 다른 사람 입 속을 들여다봐야 하는 그 직업이 오죽하겠느냐, 아마 완전히 돌고 말 것이다, 그에 비하면 아무리 복잡해도 위스키 제조업 쪽이 사내라면 한번 해볼 만한 직업이 아니겠느냐고 하시면서. 옳은 말씀이었다.

나는 젠킨스 씨가 좋았다. 그는 덩치가 크고 뚱뚱했으며 항상 멜빵바지를 입고 있었다. 턱에는 멜빵바지의 단추 있는 데까지 늘어지는 멋진 허연 수염을 달고 있었지만, 머리에는 머리털이 거의 없었다. 그의 머리는 소나무 옹이처럼 윤이 났다.

젠킨스 씨네 가게에는 없는 게 없었다. 선반 위에는 셔츠와 멜빵바지, 신발 상자들이 놓여 있었고, 비스킷이 가득 든 통들도 있었다. 카운터에는 커다란 치즈 덩어리도 있었다. 또 카운터 위에는 칸을 질러 사탕을 가득 넣어둔 유리 상자도 있었다. 그 안에는 온갖 종류의 사탕이 들어 있었다. 도저히 다 팔 수 있을 것 같지 않았다. 다른 사람들이 사탕 먹는 걸 본 적은 한 번도 없었지만 그래도 젠킨스 씨가 좀은 팔았을 것이다. 그렇지 않았더라면 그렇게 진열해놓지도 않았을 테니까.

우리가 물건을 가져가면 젠킨스 씨는 내게 땔나무 더미 있는 곳으로 가서 가게에 있는 커다란 난로에 넣을 장작 한 묶음을 가져다달라고 부탁하곤 하셨다. 그때마다 나는 그 부탁을 들어주었다. 그러면 그는 줄무늬가 그려진 커다란 막대사탕을 나에게 내밀곤 했다. 하지만 겨우 장작 한 묶음 가져다준 걸로 그런 걸 받는 건 옳지 않았다. 그 정도 일은 아주 쉽게 해낼 수 있는 일이었으니까. 그러면 젠킨스 씨는 그 막대사탕을 유리상자 속에 넣어두고 오래돼서 치워버리려 했던 사탕을 찾아냈다. 이번에는 할아버지도, 젠킨스 씨가 그걸 버리려고 하던 걸 알고 있었다, 그 정도면 내가 받아도 괜찮겠다고 하셨다. 그냥 버리면 아무한테도 도움이 안 된다고 하시면서. 그래서 나는 그 사탕을 받았다.

젠킨스 씨는 우리가 갈 때마다 또 다른 오래된 사탕을 찾아내곤 하셨다. 그래서 나는 젠킨스 씨네 가게의 오래된 사탕은 거의 다 내가 치워주는 게 아닐까란 생각이 들었다. 젠킨스 씨는 내가 자신을 아주 많이 도와주고 있다고 하셨다.

내가 50센트를 사기당한 것도 이 사거리 가게에서였다. 내가 그 50센트를 모으는 데는 정말 오랜 시간이 걸렸다. 물건을 넘겨주고 돈을 받으면 할머니는 그때마다 5센트나 10센트를 내 것으로 따로 챙겨 항아리 속에 넣어주셨다.

그건 일을 한 대가로 받은 내 몫이었다. 사거리 가게로 갈 때면 나는 그 동전들을 몽땅 호주머니에 넣어서 가져가길 좋아했다. 하지만 쓴 적은 한 번도 없었다. 집에 돌아오면 그 돈들은 다시 얌전히 항아리 속으로 들어가곤 했다.

그걸 주머니에 넣어 가게로 가져가면서 그 돈들이 모두 내 거라고 생각하면 그럴 수 없이 마음이 뿌듯했다. 가게에 들어서면 내 눈은 사탕진열대 속에 든 빨갛고 파란 커다란 상자에서 떠날 줄을 몰랐다. 값이 얼마나 되는지는 모르지만 다음 크리스마스 때면 할머니에게 사다드릴 수 있을 것이다…… 그러면 우리는 그 속에 든 것을 먹게 되겠지…… 그런데 그렇게 되기 전에 그만 50센트를 사기당하고 만 것이다.

물건을 넘겨주고 나니 거의 점심시간이 다 되어가고 있었다. 해가 머리 꼭대기에서 내리쬐고 있어, 할아버지와 나는 가게 벽에다 등을 대고 가게 차양 밑에 쭈그리고 앉아 쉬고 있었다. 할아버지는 젠킨스 씨네 가게에서 할머니에게 줄 설탕 약간과 오렌지 세 개를 샀다. 사실 나도 그랬지만 오렌지는 할머니가 무척 좋아하셨다. 할아버지가 세 개를 산 걸로 봐서 그중 하나는 내가 먹게 될 거라는 걸 알았다.

나는 막대사탕을 열심히 빨아먹고 있었다. 사람들이 삼삼오오 짝을 지어 가게로 몰려들기 시작했다. 정치가가 와서 연설을 할 거라고 했다. 이제 할아버지는 더 이상 쉬고 있지 않을 것이다. 앞에서도 말했지만 할아버지는 정치가 따위는 빌어먹을 놈들이라 여기고 있었다. 그런데 우리가 휴식을 끝내기도 전에 그만 그 정치가가 먼저 우리 있는 곳으로 오고 말았다.

그 사람은 길에 먼지구름을 일으키는 커다란 차를 타고 왔다. 그래서 그 사람이 그곳에 도착도 하기 전에 사람들은 멀리서부터 그를 쳐다보고 있었다. 차를 모는 운전사가 따로 있어서 그는 차 뒷문을 열고 나왔다. 뒷자리에는 여자 한 명도 같이 타고 있었다. 정치가가 연설을 하는 동안 그 여자는 반밖에 안 피운 가느다란 담배를 창밖으로 던지곤 했다. 할아버지는 저런 담배는 미리 종이에 말려서 나오는 기성복 같은 담배로, 자기 담배 마는 것도 귀찮아하는 게으른 부자들이 피우는 것이라고 하셨다.

그 정치가는 차에서 내리자 사람들과 일일이 악수를 나누었다. 하지만 할아버지와 내 손만은 잡지 않았다. 할아버지는 우리가 인디언이라서 그랬을 거라고 하셨다. 인디언은 아예 투표를 하지 않으니 그 정치가한테는 우리가 아무 쓸모 없는 존재가 아니겠느냐고 하면서. 그럴듯한 설명이었다.

그 사람은 검은 코트와 하얀 셔츠를 입고 목을 리본으로 묶고 있었다. 검은색의 그 리본은 밑으로 늘어져 있었다. 자주 웃는 걸 봐서 기분이 꽤 좋은 것 같았다. 사실 그가 미치기 전까지는 그랬다.

상자 위에 올라선 그 사람은 워싱턴 시의 상황에 대해서 열심히 이야기하기 시작했다…… 그곳은 완전히 지옥이었다. 그 사람은 그곳이 소돔과 고모라와 하등 다를 바 없다고 했다. 내가 듣기에도 그랬다. 그 사실을 놓고 갈수록 흥분하던 그는 드디어 목에 맨 리본까지 풀어헤쳤다.

이 모든 죄악의 배후에는 가톨릭교도들이 있다. 사실 가톨릭교도들이야말로 그 모든 것을 손에 쥐고 흔드는 사람들이다. 그 사람들은 교황을 백악관에 앉히려고 온갖 수작을 다 부리고 있다. 가톨릭은 지금까지 있었던 것 중에서 가장 썩고 가장 추악한 종교다. 그 사람들은 성직자라고 하는 남자들과 수녀라는 여자들이 짝짓기를 한다. 그렇게 해서 낳은 애들은 증거를 없애려고 들개에게 던져준다. 일찍이 본 적도 들은 적도 없는 끔찍한 일이 일어나고 있다…… 그 정치가는 이렇게 떠들어댔다.

그의 목소리는 점점 커져서 거의 비명에 가까웠다. 워싱턴 시에서 벌어지는 끔찍한 상황을 생각하면 그가 그러는 것도 무리가 아니었다. 그 남자는 자기가 그들과 싸우지 않는다면 워싱턴 시는 완전히 가톨릭교도들의 손아귀에 들어갈 것이며, 우리가 사는 이곳까지 악의 씨를 퍼뜨릴 것이다……고 했다. 듣기만 해도 정말 오싹한 소리였다.

그렇게 되면 그 사람들은 여자들은 몽땅 수도원 같은 데 집어넣을 것이고…… 태어난 아기들은 몽땅 없애버릴 것이다. 가톨릭교도들을 쓸어버리려면 모두가 힘을 합쳐 그 남자를 워싱턴 시로 보내는 것 외에는 달리 방법이 없을 것 같았다. 그는, 그렇게 해도 아주 힘든 싸움이 될 것이다, 왜냐하면 가톨릭교도들은 돈으로 사람들을 매수하기 때문이다, 하지만 자기는 돈 따위는 한 푼도 받지 않는다, 자기는 돈을 쓸 줄도 모르고 또 돈이라면 아주 싫어하는 사람이라고 했다.

그 사람은 다 때려치우고 우리 같은 사람들처럼 그냥 속 편하게 살아갈 생각도 가끔씩 한다고 했다.

편하게 살겠다니, 나로서는 그 말이 무척 섭섭했다. 하지만 연설을 마치고 상자에서 내려온 그 남자는 다시 웃으면서 사람들과 악수를 나누기 시작했다. 그 모습을 보니 그 정치가가 포기하지 않고 워싱턴 시의 상황을 바꾸기 위해 열심히 노력하리란 걸 알 수 있었다. 또 충분히 그럴 자신도 있는 것 같았다.

덕분에 내 기분도 좀 나아졌다. 저 사람은 다시 그곳으로 돌아가 가톨릭 무리들을 싹 휩쓸어버릴 것이다.

정치가가 사람들과 악수를 하고 이야기를 나누는 동안에 한 남자가 목줄이 묶인 조그만 송아지 한 마리를 끌고 사람들이 몰려 있는 곳으로 왔다.

그는 그곳에 서서 사람들을 둘러보고 있다가 정치가가 곁을 지나칠 때마다 그와 악수를 나누었다. 송아지는 그 남자 뒤에서 머리를 떨어뜨린 채 엉거주춤 다리를 벌리고 서 있었다. 나는 일어나서 송아지한테로 갔다. 내가 등을 두드려주었지만 송아지는 머리를 들지 않았다. 그 남자는 커다란 모자 밑으로 나를 내려다보았다. 그 남자는 웃으면 거의 눈이 보이지 않는 쭉 째진 눈을 갖고 있었다. 그가 웃었다.

"얘야, 송아지가 마음에 드니?"

"예."

나는 송아지한테서 한 발 물러섰다. 내가 송아지를 괴롭힌다고 생각할 수도 있을 테니 말이다.

"괜찮아, 괜찮아. 쓰다듬어주렴. 넌 송아지를 괴롭힐 것 같지 않구나."

그 남자는 환하게 웃으면서 말했다. 그래서 나는 다시 한 번 송아지를 쓰다듬어주었다.

그 남자는 송아지 등 위로 담뱃진을 찍 하고 뱉어냈다.

"난 알 수 있어. 이 송아지는 네가 마음에 들었어…… 지금까지 만난 사람들 중에서 최고로…… 송아지가 너와 함께 가고 싶어하는구나."

나로서는 송아지가 정말 그 남자가 말한 대로 하고 싶어하는지 알 수 없었다. 하지만 이건 저 사람 송아지이니 저 남자는 잘 알 것이다. 그 사람이 내 앞에 무릎을 꿇고 앉았다.

"너, 돈 가진 것 있니?"

"예, 50센트요."

그 사람은 얼굴을 찡그렸다. 그걸 보자 나는 그게 별로 큰돈이 아니라는 걸 알았다. 나는 가진 게 그것뿐이라서 미안했다.

잠시 후 그가 다시 웃음을 띄고 말했다.

"음, 여기 이 송아지는 그것보다 백 배는 더 비싼 거야."

나도 그 송아지에게 그만한 값어치가 있다는 건 금방 알 수 있었다.

"예, 저도 송아지를 사려는 생각은 안 했어요."

그 남자가 다시 인상을 찡그렸다.

"음, 말이지, 나는 기독교도야. 그래서 말인데, 여기 있는 이 송아지가 아무리 비싼 거라 해도 네가 저놈을 가져야 할 것 같은 생각이 드는구나. 송아지를 네가 갖는 방법이 없을까?"

그 남자는 잠시 이 문제에 대해 생각했다. 그 사람은 송아지와 헤어지는 게 무척 마음 아픈 것 같았다.

"아, 아니에요, 아저씨. 나는 저 송아지를 데려갈 생각이 조금도 없어요."

내가 이렇게 말했지만 그 사람은 손을 들어 내 말을 가로막았다. 그는 한숨을 쉬었다.

"얘야, 나는 50센트만 받고 저 송아지를 너에게 주겠다. 그게 기독교도로서 해야 할 일이라고 생각하거든. 그리고…… 아, 아니야, 네 대답을 듣고 있을 새가 없구나. 그냥 50센트를 나한테 다오. 그러면 송아지를 줄 테니."

그 사람이 하도 일사천리식으로 일을 진행하는 바람에 나로서는 말릴 재간이 없었다. 나는 주머니에 있던 동전을 몽땅 꺼내 그 사람에게 건네주었다. 그 사람은 송아지 목을 맨 줄을 나에게 넘겨준 다음 잽싸게 가버렸다. 어느 길로 갔는지도 모를 정도로 잽싸게.

하지만 나는 내 송아지가 자랑스러웠다. 비록 그 사람한테 좀 손해를 입히긴 했지만, 그래도 그 사람은 자기 입으로 말했듯이 기독교도니까 다소 손해를 보더라도 괜찮을 것이다. 나는 송아지를 끌고 할아버지가 앉아 계신 곳으로 갔다. 할아버지에게 송아지를 보여드렸다. 그런데 할아버지는 내 송아지에 대해서 나만큼 자랑스럽지 않으신 것 같았다. 아마 할아버지 송아지가 아니고 내 송아지라서 그런가보다는 생각이 들었다. 그래서 나는 할아버지에게 우린 위스키 제조업에서도 동업자나 다름없으니 송아지의 반도 할아버지 것이라고 말씀드렸다. 그래도 할아버지는 조금도 달갑지 않으신지 뭐라고 툴툴거리기만 하셨다.

정치가 둘레에 모여 있던 사람들이 흩어지고 있었다. 정도 차이는 있었지만 모두들 그 정치가를 한시바삐 워싱턴 시로 보내서 가톨릭교도들과 싸우게 하는 게 좋겠다고 생각하는 얼굴들이었다. 정치가가 종이를 나눠주었다. 나는 직접 받지는 못하고 땅에 떨어진 것을 주워서 보았다. 종이에는 그 사람의 사진이 실려 있었다. 워싱턴 시에서는 아무 일도 일어나지 않는 듯 웃고 있는 사진이. 사진 속의 정치가는 정말 젊어 보였다.

우리도 집으로 갈 채비를 하자는 듯 할아버지가 자리에서 일어나셨다. 나는 정치가의 사진을 주머니에 집어넣고 내 송아지를 끌면서 할아버지 뒤를 따라갔다. 그런데 걷기가 굉장히 힘들었다. 송아지가 좀체 걸으려 하지 않았던 것이다. 송아지는 엉거주춤, 비틀비틀하면서 간신히 간신히 걸음을 옮겼다. 나는 있는 힘을 다해 줄을 당겼다. 너무 세게 당겨서 송아지가 쓰러질까봐 겁이 날 정도로.

이제 나는 송아지가 과연 우리 집까지 무사히 갈 수 있을지 걱정이 되기 시작했다. 아픈 건지도 몰라…… 그래도 내가 산 것보다 백 배는 더 비싼 송아지일 거야……

첫 번째 능선 꼭대기까지 간신히 올라가보니 할아버지는 벌써 저 아래쪽 골짜기를 가로질러 건너고 계셨다. 이대로 가다간 완전히 뒤처지고 말 것이다. 나는 큰 소리로 고함을 질렀다.

"할아버지, 가톨릭교도를 본 적이 있으세요?"

할아버지가 걸음을 멈추셨다. 나는 송아지를 더 세게 잡아끌면서 걸음을 재촉했다. 할아버지는 송아지와 내가 가까이 다가갈 때까지 기다려주셨다.

"개척촌에서 한 번 본 적이 있어."

할아버지가 대답하셨다. 드디어 할아버지를 따라잡은 송아지와 나는 헥헥거리며 숨을 가다듬었다.

"그 사람은 특별히 추잡해 보이지는 않던데…… 좀 곤란한 상황에 빠진 것처럼 보이기는 했지만…… 옷깃은 엉망으로 구겨지고, 곤드레만드레 취해서 정신을 차리지 못하고 있었거든. 하지만 아주 순한 얼굴이었어."

할아버지는 돌멩이 위에 걸터앉아서 눈썹을 찡그리며 그 당시 일을 더듬으셨다. 잘됐구나 싶었다. 내 송아지는 할아버지 앞에 앞다리를 엉거주춤 벌리고 서서 괴로운 듯이 숨을 몰아쉬고 있었다.

다시 할아버지가 입을 열었다.

"그런데 말이다, 네가 칼을 쥐고 한나절 내내 그 정치가 놈의 뱃속을 뒤져봐라. 눈곱자기만큼이라도 진실을 찾을 수 있나. 너도 들었지? 아무리 들어봐도 그 후레자식은 위스키세라든가…… 옥수수값이라든가…… 그 비슷한 것들 이야기는 한 마디도 하지 않았잖아."

맞는 말씀이었다.

나는 할아버지에게 그 후레자식이 그런 것들에 대해서는 한 마디도 하지 않은 걸 나도 알고 있었노라고 맞장구쳤다.

그랬더니 할아버지는, '후레자식'이라는 말은 새 욕설이니까 할머니가 계실 때는 절대로 써서는 안 된다고 주의를 주고는, 자신은 신부와 수녀들이 정말로 날마다 짝짓기를 하는지에 대해서는 하나도 관심 없으며, 수사슴과 암사슴이 얼마나 자주 짝짓기를 하는지에 대해서도 신경 쓰지 않는다, 게다가 어쨌든 짝짓기는 그 사람들 일이라고 하셨다.

또 할아버지는, 갓난애들을 개한테 준다고 했지만, 암사슴이 자기 새끼를 개한테 주는 일은 절대 없다, 그건 여자들도 마찬가지다, 그러니까 그 사람이 거짓말을 한 것이라고 하셨다. 맞는 말씀이었다.

그러자 가톨릭교도들에 대한 나쁜 감정이 좀 걷히기 시작했다. 할아버지는 다시 당신 생각에도 가톨릭교도들이 권력을 쥐고 흔들려는 건 분명한 것 같다…… 하지만 네가 돼지 한 마리를 갖고 있다고 하자, 그것을 도둑맞고 싶지 않아서 여남은 사람들더러 그 돼지를 지키라고 한다면 그 사람들 하나하나가 다 돼지를 훔치려들 것이 아니겠느냐, 그럴 바에야 차라리 돼지를 자기 집 부엌에 놔두는 게 제일 안전하지 않겠느냐, 워싱턴 시에 있는 사람들은 하나같이 심보가 비뚤어진 놈들이라 서로가 서로를 감시하느라 잠 한숨 못 잘 것이라고 하셨다.

"권력을 잡으려는 사람들이 하도 많으니 닭싸움이 내내 끊이지를 않는 거야. 뭐니뭐니해도 워싱턴 시의 가장 큰 문제는 너무 많은 정치가들이 그곳에 산다는 데 있어."

또 할아버지는 우리가 설사 비타협파 침례교회에 다닌다 하더라도 당신은 비타협파 침례교도들이 권력을 잡는 건 반대한다고 하셨다. "그 교파는 자기네들 종교의식에서 쓰이는 약간의 술을 빼고는 술 마시는 걸 절대 금지하기 때문에 나라 안에 있는 모든 술을 깡그리 말려버릴 거야"라고 하시면서.

그래서 나는 가톨릭교도 말고도 또 다른 위험이 있다는 걸 알았다. 만일 비타협파가 권력을 잡으면 나와 할아버지는 위스키 만드는 일을 할 수 없게 될 것이고, 그러면 우리는 굶어 죽게 될 것이다.

나는 할아버지에게 그 통 냄새 나는 위스키를 만드는 부자들은 권력을 잡으려 하지 않을지, 그래서 우리를 함정에 빠뜨려 우리 일거리를 몽땅 빼앗아가지 않을지 물어보았다. 틀림없이 그 사람들은 그렇게 하려고 온갖 애를 다 쓰고 있을 것이며, 날마다 워싱턴 시의 정치가들에게 뇌물을 갖다 바치고 있을 거라는 게 할아버지의 대답이셨다.

할아버지는 한 가지만은 확실하다고 말씀하셨다. 인디언들만은 절대 권력을 잡으려 하지 않으리라는 것. 과연 그럴 것 같았다.

할아버지가 이야기하시는 동안 내 송아지가 쓰러졌다. 송아지는 옆으로 쓰러진 채 그냥 그대로 누워 있었다. 나는 할아버지 앞에 서서 줄을 잡고 있었는데, 할아버지가 내 뒤쪽을 가리키면서 말씀하셨다.

"네 송아지가 죽었구나."

할아버지는 송아지의 반을 끝까지 당신 걸로 하지 않으셨다.

나는 쪼그리고 앉아서 송아지의 머리를 들어올려 제 발로 서도록 만들어보려 했다. 하지만 송아지는 꼼짝도 하지 않았다. 할아버지가 머리를 흔들었다.

"송아지는 죽었단다. 작은 나무야, 뭔가가 죽었다는 건 말이야…… 그건 죽은 거야."

송아지도 그랬다. 나는 쭈그리고 앉아서 죽은 송아지를 바라보았다. 내가 기억할 수 있는 한 최악의 순간이 눈앞에 닥치고 있었다. 50센트와 빨갛고 파란 사탕 상자는 이미 사라졌다. 그런데 이제 내가 준 돈보다 백 배는 더 비싼 송아지까지 사라지고 있었다.

할아버지는 모카신에 꽂혀 있던 긴 칼로 송아지의 배를 갈라 간을 꺼냈다. 할아버지가 간을 가리켰다.

"얼룩덜룩한 걸 보니 병에 걸린 거야. 먹을 수도 없어."

먹지도 못하다니! 죽은 송아지를 가지고 할 수 있는 건 아무것도 없는 것 같았다. 나는 울지는 않았지만 거의 울기 일보 직전이었다. 할아버지는 쭈그리고 앉아서 송아지 가죽을 벗겼다.

"이걸 할머니한테 갖다 드리면 가죽 값으로 10센트는 줄 게다. 가죽은 쓸모가 있거든. 그리고 집에 돌아가면 개들을 이리로 보내자…… 개들이라면 이 송아지를 먹을 거야."

내가 생각해도 그게 가장 좋은 방법일 것 같았다. 나는 송아지 가죽을 짊어진 채 할아버지 뒤를 따라 터벅터벅 걸어갔다.

할머니가 물어보지도 않았는데 나는 할머니에게 50센트를 병에 도로 넣을 수 없다는 것과 그 돈을 송아지 사는 데 썼다는 것, 그런데 그 송아지는 죽어버렸다는 것을 고백했다. 할머니가 가죽 값으로 10센트를 주셨다. 나는 그 돈을 받아 항아리 속에 넣었다.

그날 저녁 식사는 내가 좋아하는 완두콩과 옥수수빵이었지만 나는 입맛이 하나도 없었다.

저녁을 드시던 할아버지가 나를 바라보며 말씀하셨다.

"자, 봐라, 작은 나무야. 나는 네가 하는 대로 내버려둘 수밖에 달리 방법이 없었단다. 만약 내가 그 송아지를 못 사게 막았더라면 너는 언제까지나 그걸 아쉬워했겠지. 그렇지 않고 너더러 사라고 했으면 송아지가 죽은 걸 내 탓으로 돌렸을 테고. 직접 해보고 깨닫는 것 말고는 방법이 없단다."

"그래요, 할아버지."

"자, 그런데 너는 뭘 깨달았니?"

할아버지가 진지한 얼굴로 물으셨다.

"음, 제 생각에는요, 기독교도와 거래를 해서는 안 된다는 걸 깨달았어요."

할머니가 갑자기 웃기 시작하셨다. 내 말이 뭐가 그리 우스운지 알 수가 없었다. 어안이 벙벙해 있던 할아버지도 할머니와 똑같이 웃기 시작하셨다. 얼마나 심하게 웃으셨는지 옥수수빵이 목에 걸리기까지 하셨다. 나는 내가 깨달은 게 뭔가 재미있는 거라는 건 알겠는데 왜 그런 건지는 알 수가 없었다.

할머니가 웃음을 그치고 말씀하셨다.

"작은 나무야, 그러니까 다음부터는 제 입으로 자기가 착하고 좋은 사람이라고 떠벌리는 사람한테는 조심하겠다는 뜻이지?"

"예, 할머니, 그래요."

하지만 확실히 이해되는 건 아무것도 없었다…… 50센트를 잃어버렸다는 사실 말고는. 완전히 녹초가 된 나는 저녁 식탁에서 꾸벅꾸벅 졸다가 얼굴을 접시에 박았다. 할머니가 내 얼굴에 묻은 완두콩을 닦아주셨다.

그날 밤 나는 비타협파 침례교도들과 가톨릭교도들이 우리 집으로 쳐들어오는 꿈을 꾸었다. 비타협파는 우리 증류기를 두들겨 부수고, 가톨릭교도들은 송아지를 통째로 잡아먹었다.

그 자리에는 덩치 큰 기독교도 한 사람이 히죽히죽 웃으면서 서 있었다. 그 사람은 빨갛고 파란 사탕 상자를 가지고 있었는데, 백 배나 더 비싼 것이지만 50센트만 주면 나에게 주겠다고 했다. 하지만 나에게는 50센트가 없었다. 그래서 나는 그 사탕 상자를 사지 못했다.

사거리 가게에서

할머니는 연필과 종이를 가져와서 기독교도와의 거래에서 내가 얼마나 손해를 보았는지 나에게 보여주셨다. 나는 손해 본 액수가 40센트라는 걸 알았다. 송아지 가죽 값으로 10센트를 할머니에게서 받았으니까. 나는 그 10센트를 항아리에 넣어두고, 꺼내서 주머니에 넣고 다니는 일은 두 번 다시 하지 않았다. 항아리 쪽이 훨씬 더 안전해보였다.

다음번 위스키 거래에서 나는 10센트를 벌었다. 거기다 할머니가 5센트를 덤으로 얹어주셨기 때문에 내 전 재산은 이제 25

센트가 되었다. 이렇게 해서 나는 잃었던 돈을 다시 모아가고 있었다.

가게에서 50센트를 잃긴 했지만 그래도 나는 언제나 물건 넘겨주는 날이 오기를 손꼽아 기다렸다. 자루를 짊어지고 가는 게 꽤 힘든 일이긴 했지만.

나는 한 주마다 사전에 있는 단어 다섯 개씩을 익히고 있었다. 할머니는 단어의 뜻을 설명해주신 다음에 그 단어를 넣어 문장을 만들어보도록 시키셨다. 나는 가게로 가는 동안 내가 만든 문장들을 큰 소리로 외우곤 했다. 그러면 할아버지는 내가 무슨 말을 하는지 생각하시느라 걸음을 멈추셨다. 그 틈에 나는 할아버지를 따라잡아 술병들이 든 자루를 내려놓고 쉬곤 했다. 할아버지가 단어를 완전히 박살 내는 일도 자주 있었다. 그따위 단어는 더 이상 쓸 필요가 없다고 하시면서 말이다. 그럴 때면 나의 사전 진도는 꽤 빨라졌다.

'abhor(미워하다—옮긴이)'라는 단어와 씨름하고 있을 때도 그랬다. 할아버지는 나보다 한참을 앞서 걸어가고 계셨다. 그래서 그 단어를 넣어 문장 만들기를 하던 나는 할아버지 쪽을 향해 고함을 질러야 했다.

"나는 찔레나무와 말벌 따위는 정말 싫다(abhor)."

할아버지가 걸음을 멈추고 내가 따라잡을 때까지 기다리셨다. 할아버지를 따라잡은 나는 내 술병 자루를 내려놓았다.

"너 뭐라고 그랬냐?"

할아버지가 물으셨다.

"나는 찔레나무와 말벌 따위는 정말 싫다고 했어요."

갑자기 할아버지가 엄한 얼굴을 하고 나를 내려다보셨다. 하도 정색을 하시는 바람에 나는 영문도 모른 채 당황하기 시작했다. 할아버지가 말씀하셨다.

"도대체 매춘부(whore)가 찔레나무나 말벌하고 무슨 관계가 있단 말이냐?"

그래서 나는 할아버지가 무슨 말을 하는지 도통 모르겠다, 나는 그렇게 말하지 않고 'abhor'라고 했다, 'abhor'란 뭔가가 참을 수 없을 만큼 싫은(couldn't hardly stand) 걸 말한다고 했다.

그러자 할아버지는,

"그렇다면 어째서 'abwhore' 대신에 'can't stand'라고 하지 않는 거냐?"

라고 하셨다. 왜 그런지는 나도 모르겠지만 사전에 그런 단어가 있다고 하자, 할아버지는 굉장히 화가 치미시는 듯했다. 사전 같은 걸 만들어낸 후레아들놈의 자식들은 모두 싹 쓸어서 총살시켜버려야 한다고 펄펄 뛰셨으니 말이다.

할아버지는, 같은 뜻의 말을 요리 바꾸고 조리 바꾸어서 여섯 개씩 만들어내는 작자들이 바로 그런 놈들일 것이다, 정치가들이 이런 말도 안했다, 저런 말도 안했다고 하면서 사람들을 감쪽같이 속이고 발뺌할 수 있는 것도 다 그 때문이다, 조사해보면 알겠지만 정치가야말로 저 망할 놈의 사전을 만든 장본인이거나 배후 인물일 거라고 하셨다. 그럴듯한 말씀이었다.

할아버지는 그따위 단어는 싹 빼버리라고 했다. 그래서 나는 그렇게 했다.

겨울철이나 버려두기철이 되면 언제나 많은 사람들이 가게로 모여들곤 했다. 8월경이 '버려두기철'이다. 이때는 씨를 뿌리고 난 뒤에 네댓 번씩 하는 김매기도 끝나고, 곡식들도 이제 충분히 자라서 그냥 '버려두면' 되는 때였다. 다시 말해 괭이질이나 쟁기질은 더 이상 할 필요가 없고 곡식이 익어서 추수할 때만 기다리면 되는 때였다.

물건을 건네주고 할아버지가 돈을 받고, 땔나무를 날라다준 대가로 내가 젠킨스 씨에게서 오래된 막대사탕을 건네받고 나면, 우리는 언제나 가게 밖 차양 밑에서 벽에 등을 대고 앉아 한참씩 쉬곤 했다.

할아버지 호주머니 속에는 18달러가 들어 있다…… 집에 가면 그중에서 적어도 10센트는 나한테 줄 것이다. 할아버지는 할머니에게 줄 커피와 설탕을 빠뜨리지 않고 사곤 했는데, 때때로 형편이 괜찮을 때는 밀가루도 조금 샀다. 게다가 우리는 위스키를 만들고 운반하는 그 힘든 일들을 이제 막 끝낸 참이었다.

나는 언제나 그 오래된 막대사탕을 다 먹을 때까지 그곳에 앉아 있곤 했다. 기분 좋은 시간이었다.

우리는 그렇게 앉아서 사람들이 이런저런 일들에 대해 이야기하는 것을 듣고 있었다. 불경기라서 뉴욕에는 창에서 뛰어내리거나 자기 머리에 총을 쏘아 자살하는 사람들이 많다는 이야기를 하는 사람들도 있었다. 할아버지는 한 마디도 하지 않으셨다. 그건 나도 마찬가지였다. 하지만 할아버지는 나중에 나한테 뉴욕이란 곳은 사람들이 너무 많아서 살 땅이 모자라기 때문에 뉴욕 사람들 중 반 정도는 미쳐 있고, 그래서 총으로 자살하거나 창문에서 뛰어내리는 일이 생기는 것이라고 설명해주셨다.

가게에는 이발하는 사람이 언제나 한두 명 있게 마련이었다. 그런 사람들은 차양 밑에 놓인, 등받이가 똑바른 의자에 앉아서 이발사에게 자기 머리를 맡겼다.

모두들 '바넷 노인'이라 부르는 또 한 사람은 이 뽑는 일을 했는데, 사람들은 이걸 가리켜 '이를 날린다'고 했다. 하지만 이가 썩어서 뽑아야 하는 사람 말고는 '이를 날리는' 사람은 그다지 많지 않았다.

바넷 노인이 이를 날리는 모습은 모두가 좋아하는 구경거리였다. 그는 이를 날리려는 사람을 의자에 앉힌 다음, 우선 철사를 불 위에 놓아 벌게질 때까지 달구었다. 그러고는 그 철사를 이에다 고정한 다음 다시 못 하나를 이에 박아 망치로 쳤는데, 망치로 치는 방법은 그만의 비밀이었다. 이렇게 하면 이가 톡 튀어나와 땅에 떨어지곤 했다. 그는 자기 기술을 무척 자랑스러워했기 때문에 자기가 이를 뽑는 동안 그걸 보고 배우는 사람이 없도록 모두 자기 등 뒤에 서게 했다.

그런데 한번은 바넷 노인과 비슷한 연배인 레트라는 또 다른 노인이 썩은 이를 날리려고 찾아왔다. 바넷 노인은 레트 노인을 의자에 앉히고 철사를 달구었다. 그러고는 그 철사를 레트 노인의 이에다 고정시킨 것까지는 좋았는데, 레트 노인이 그만 혀를 그 철사에 갖다 대고 말았다. 레트 노인은 황소울음 같은 고함을 지르며 바넷 노인의 배를 걷어찼다. 바넷 노인은 뒤로 벌렁 자빠졌다.

화가 난 바넷 노인도 의자로 레트 노인의 머리를 내리쳤다. 두 사람은 모두 달려들어 뜯어말릴 때까지 땅 위를 뒹굴며 뒤엉켜 싸웠다. 그러고도 한참 동안 두 사람은 서로 욕을 해대며 싸웠다. 적어도 바넷 노인만은 확실히 그랬다. 레트 씨가 말하는 것은 아무도 알아들을 수 없었지만, 어쨌든 그도 불같이 화가 나 있었던 것만은 확실했다!

마침내 상황이 진정되자 사람들 몇몇이 레트 노인을 붙잡아 혀를 끄집어낸 다음 거기다 테레빈유를 부었다. 레트 노인은 가버렸다. 바넷 노인의 이 날리기가 실패하는 걸 본 건 그때가 처음이었다. 그래서 그는 그 일을 가볍게 넘기려 하지 않았다. 자기 직업에 자부심을 갖고 있던 그는 둘러선 사람들한테 무슨 까닭으로 이를 날리지 못했는지 설명했다. 레트 씨의 잘못이라는 게 그의 설명이었다. 내 생각에도 그런 것 같았다.

하지만 나는 절대 이를 썩게 해서는 안 되겠다고 마음먹었다. 또 설사 썩더라도 바넷 노인한텐 절대 그 이야기를 하지 않을 작정이었다.

그 가게에서 나는 조그만 여자애 한 명과 친해졌다. 그 애는 버려두기철이나 겨울철이 되면 자기 아버지와 함께 가게에 들르곤 했다. 여자애의 아버지는 아직 젊은 사람으로 거의 언제나 너덜너덜한 멜빵바지를 입고 맨발로 다녔다. 작은 여자애도 언제나 맨발이었다. 날씨가 추운 겨울에도 말이다.

할아버지 설명에 따르면 그들은 소작농이었다. 소작농은 자기 토지도 없고, 이렇다 할 만한 게 아무것도 없는 사람들이었다. 심지어는 침대나 의자 같은 것조차 갖고 있지를 않았다. 소작농들은 다른 사람 밭에서 일해준 대가로 때로는 수확의 반 정도를 받는 경우도 있지만, 대개는 3분의 1만을 받았다. 그래서 사람들은 그걸 '반타작'이니 '3분의 1타작'이니 하고 불렀다.

하지만 할아버지 설명으로는 막상 그때가 되면 모든 것을 다 내놓게 된다고 했다. 즉 그 사람들이 1년 동안 먹은 양식과, 지주가 미리 빌려준 종자대와 비료대, 노새 사용료, 그 외 이런저런 것들을 까고 나면 소작농 손에 떨어지는 건 입에 풀칠할 정도밖에 안 된다는 것이다.

또 할아버지는 식구 수가 많은 소작농일수록 지주한테 일감을 받기가 유리하다고 설명해주었다. 식구 수대로 몽땅 밭에서 일하게 되기 때문에 식구가 많을수록 일을 더 많이 하게 되는 것이다. 그래서 소작농들은 한결같이 자식들을 많이 낳으려고 한다. 하지만 여자들도 밭에서 일을 하고 목화를 따고 김매기를 해야 하기 때문에 아기를 돌볼 여유는 없었다. 아기들은 나무 그늘

같은 데를 혼자서 기어다니며 놀곤 했다.

할아버지는 인디언들은 절대 그런 일을 하지 않는다고 하셨다. 그런 일을 하느니 차라리 산에 가서 토끼나 잡는 게 낫겠다고 하시면서. 하지만 이런저런 사정으로 그 길에 한번 발을 들여놓은 사람들은 거기서 평생 벗어나지를 못했다.

할아버지는 이 모든 것이 자기들 할 일은 내팽개치고 이러니저러니 말들만 늘어놓는 빌어먹을 놈의 정치가들 탓이라고 하셨다. 어떤 경우든 다 그렇지만 지주 중에도 나쁜 사람도 있고 그렇지 않은 사람도 있는데, 그건 언제나 곡식을 거둬들이고 난 다음 '결산할' 때가 되면 판가름 나곤 했다. 그러나 대부분은 소작농들이 크게 실망하는 쪽이었다.

이 때문에 소작농들은 해마다 이리저리 옮겨다니곤 했다. 겨울이 되면 소작농들은 새로운 지주를 찾아나섰다. 다행히 새 지주를 찾아내면 그들은 새 지주의 땅에 딸린 오두막집으로 옮겨간다. 밤이 되면 소작농 가족의 엄마와 아빠는 그 오두막집의 부엌 식탁에 앉아서 '올해' '이 땅'에서 이루려는 꿈들을 설계하곤 했다.

그 사람들은 그 꿈에 매달려, 곡식을 거둬들이기 전인 봄 여름 동안 열심히 일했다. 하지만 수확이 끝났을 때 그들에게 남는 것은 또 한 번의 쓰디쓴 배신감뿐이다. 이 때문에 그 사람들은 해마다 이곳저곳으로 옮겨다니게 되는 것이다. 이걸 이해하지 못하는 사람들은 소작농더러 '떠돌이'라고 하지만, 이 말 역시 아무 쓰잘데기 없는 말이라고 할아버지는 말씀하셨다. 또 그 사람들이 자식을 많이 낳는다고 해서 '무책임하다'는 것도 마찬가지다. 그 사람들은 그럴 수밖에 없는 것이다.

할아버지와 나는 집으로 돌아가는 길에 이런 이야기들을 나누었다. 할아버지는 어찌나 흥분하셨던지 거의 한 시간 동안 길가에 앉은 채 이야기를 하셨다.

그 이야기를 들으니 나도 화가 났다. 나는 할아버지가 정치가들의 본질을 정말 잘 꿰뚫고 있다고 생각했다. 그래서 그런 후레자식들은 당장에 싹 쓸어버려야 한다고 했더니, 할아버지는 이야기를 멈추고 내게 다시 한 번 주의를 주었다. '후레자식'은 다른 사람이 듣기에 아주 거북살스러운 새 욕설이라서 할머니가 계시는 데서 그 욕을 했다가는 우리는 집에서 완전히 쫓겨날지도 모른다는 것이다. 나는 할아버지의 주의를 마음에 단단히 새겨두었다. 사실 그건 꽤 강도가 센 욕설이었다.

어느 날 내가 가게 차양 밑에서 오래된 사탕을 먹으며 앉아 있을 때였다. 그 작은 여자아이가 걸어와 내 앞에 섰다. 그 아이의 아버지는 가게 안에 들어가 있었다. 여자아이의 머리는 헝클어졌고 이빨은 썩어 있었다. 바넷 노인이 저 애를 보지 말아야 할 텐데…… 자루 같은 옷을 입은 그 애는 발로 흙을 차 먼지를 풀풀 일으키면서 가만히 나를 쳐다보고 있었다. 나 혼자 사탕을 먹는 게 왠지 미안했다. 그래서 나는 그 애에게 깨어먹지만 않는다면 사탕을 잠시 빨아먹어도 좋다고 했다. 그러자 그 애는 사탕을 받아들고는 허겁지겁 빨기 시작했다.

그 애는 자기가 하루에 목화 100파운드를 딸 수 있다고 했다. 그리고 하나뿐인 자기 오빠는 200파운드를 딸 수 있고, 엄마는 건강이 좋으면 300파운드까지 딸 수 있으며, 자기 아빠는 밤 늦게까지 따면 500파운드까지 딸 수 있다고도 했다.

또 그 여자애는, 자기들은 무게를 속이려고 자루에다 돌멩이를 집어넣는 일 따위는 하지 않는다, 자기네 식구들은 하나같이 정직하다고 평판이 나 있다고 했다.

그 애는 나에게 목화를 얼마나 딸 수 있느냐고 물었다. 내가 한 번도 따본 적이 없다고 했더니 그 애는 그럴 줄 알았다, 인디언들이 게으르고 일하려 하지 않는다는 건 누구나 알고 있는 사실이라고 했다. 나는 내 사탕을 도로 달라고 했다. 그러자 그 애는 그 말에 이어서, 우리가 일을 안 하려고 해서 그런 게 아니라 그냥 사는 방식이 다르고, 그래서 뭔가 다른 일을 할 거라고 했다. 나는 그 애한테 사탕을 좀 더 빨아먹도록 했다.

아직 겨울이었다. 그 여자애는 자기 식구들이 산비둘기 울음소리를 기다리고 있다고 했다. 산비둘기 울음소리가 어느 쪽에서 들리느냐에 따라 내년에 옮겨갈 곳이 정해진다는 것이다.

그 여자애는 아직 산비둘기 소리를 듣지는 못했지만 얼마 안 있어 곧 듣게 될 거다, 왜냐하면 자기들은 지주한테 완전히 속아서 자기 아빠가 지주와 갈라섰기 때문에 이사를 가야 한다, 자기 아빠가 이 가게로 온 건 정직해서 아무 문제도 일으키지 않는다고 소문이 자자한 자기네 가족을 원하는 사람이 있는지 알아보려는 것이다, 자기 생각에 자기들은 지금까지 중에서 제일 좋은 땅에서 일하게 될 것 같다, 자기 아빠가 그러시는데 자기들이 열심히 일하는 농부라는 소문이 이 일대에 짜— 하니 났기 때문이다, 그래서 내년이면 자기들은 아주 잘살게 될 거라고 했다.

또 그 애는 새 땅에서 추수를 하고 나면 엄마 아빠가 인형을 사주기로 했다고 했다. 자기 엄마 말로는 가게에서 파는 인형인데, 머리카락도 진짜이고 눈도 감았다 떴다 한다는 것이다. 또 자기들은 진짜 부자가 될 것이기 때문에 인형 말고도 온갖 것을 다 가질 수 있을 거라고도 했다.

나는 그 애에게 우리는 옥수수밭이 있는 산골짜기 말고는 땅이 없고, 우린 산사람이어서 평지 농사에 대해서는 전혀 모른다고 했다. 그리고 나한테 10센트가 있다고 했다.

그 여자애가 보고 싶어했지만, 나는 그건 집에 있는 항아리 속에 들어 있다, 이전에 기독교도에게 50센트를 도둑맞은 적이 있기 때문에 돈을 가지고 다니지 않는다, 또 다른 사람에게 10센트까지 사기당하는 건 현명한 짓이 아니지 않겠느냐고 말했다.

그 여자애는 자기도 기독교도라고 했다. 그 애는 언젠가 부흥회에서 성령이 자기에게 임해서 자기는 구원받았다고 했다. 또 자기 엄마, 아빠는 부흥회에 나갈 때마다 성령이 임해서 알아들을 수 없는 말을 한다, 기독교도가 되면 누구나 행복해질 수 있고, 특히 부흥회에 참여하면 성령으로 충만한 행복한 순간을 맛볼 수 있다고 했다. 또 그 애는 내가 구원받지 않았기 때문에 지옥에 떨어질 것이라고 했다.

그 애가 기독교도라는 건 금방 알 수 있었다. 이야기를 하면서 내 막대사탕을 거의 다 빨아먹은 걸로 봐서 말이다. 나는 그나마 남은 것까지 없어지기 전에 얼른 사탕을 도로 받았다.

나는 집에 와서 할머니에게 그 작은 여자애 이야기를 했다. 할머니가 모카신 한 켤레를 만들었다. 신 앞쪽은 털이 그대로 달려 있는 내 송아지 가죽을 대었다. 예쁜 신발이었다. 할머니는 모카신 앞쪽에 조그만 빨간 구슬 하나씩을 달아주셨다.

다음 달, 사거리 가게에 갔을 때 나는 그 신을 그 애에게 주었다. 그 애가 신발을 신어보았다. 나는 우리 할머니가 널 위해 만든 건데 돈은 한 푼도 안 들었다고 했다. 그 애는 자기 발을 내려다보면서 가게 앞을 왔다갔다 뛰어다녔다. 또 몸을 구부려 손가락으로 빨간 구슬들을 건드려보는 걸로 봐서 그 신이 아주 마음에 든 것 같았다. 나는 그 애에게 앞부분 가죽은 내가 우리 할머니에게 판 송아지 가죽에서 잘라낸 것이라고 알려주었다.

자기 아빠가 가게 밖으로 나오자 그 애는 아빠 뒤를 따라갔다. 그 애는 모카신을 신고 깡충거리며 뛰어갔다. 할아버지와 나는 두 사람을 쳐다보고 있었다. 그런데 길 아래로 얼마쯤 걸어가던 그 남자가 걸음을 멈추고 그 여자애를 쳐다보았다. 그가 뭐라고 말하자 그 애가 등을 돌려 내 쪽을 가리켰다.

그 남자는 길옆으로 가더니 감나무에서 가느다란 나뭇가지 하나를 꺾었다. 그는 그 애를 한 팔로 잡고 감나뭇가지로 다리를 세게 때렸다. 그 다음에는 등을 매질했다. 여자애는 울었지만 달아나지는 않았다. 그는 나뭇가지가 부러질 때까지 그 애를 때렸다…… 가게 차양 아래 있던 사람들 모두가 그 광경을 쳐다보았다…… 하지만 말을 하는 사람은 아무도 없었다.

그 남자는 그 애를 길 가운데 앉히고 모카신을 벗게 했다. 모카신을 들고 다시 되돌아온 그 남자는 할아버지와 내 앞에 섰다. 할아버지와 내가 일어섰다. 그는 할아버지한테는 눈길 한 번 주지 않고 똑바로 나 있는 곳으로 걸어와 나를 내려다보았다. 그의 얼굴은 굳어 있었고 눈은 번쩍거렸다. 그는 모카신으로 나를 쿡 찔렀다. 내가 두 손으로 받아들자 그는 이렇게 말했다.

"우린 동정 따위는 받지 않아…… 아무한테도…… 특히나 이 교도 야만인들한테는!"

나는 가슴이 졸아들 것처럼 겁이 났다. 하지만 그는 그 말만 하고는 휙하니 몸을 틀더니 누더기가 다 된 멜빵바지를 펄럭이며 길 아래로 걸어가버렸다. 그가 여자애 곁을 지나쳐가자 그 애도 그 뒤를 따라갔다. 이제 그 애는 울지 않았다. 그 애는 자신들이 무척 자랑스럽다는 듯 머리를 꼿꼿이 세우고 걸었지만 사람들 있는 쪽으로 얼굴을 돌리지는 않았다. 우리는 그 애 다리에 벌건 줄이 쭉쭉 간 것을 볼 수 있었다. 할아버지와 나도 그 자리를 떠났다.

집으로 오는 길에 할아버지는 그 소작농의 마음이 이해된다

하셨다.

“그 사람이 가진 건 자부심밖에 없을 거야…… 좀 잘못 발휘되기는 했지만. 그 친구는 그 여자애나 자기 자식 중의 누군가가 자기들이 가질 수 없는 걸 좋아하도록 내버려둘 수 없었던 거야. 그래서 자기들이 가질 수 없는 걸 받아들고 좋아할 때는 매를 드는 거란다…… 애들이 깨달을 때까지 매를 때리지…… 그렇게 매를 맞고 나면 아이들도 그런 것들을 바라서는 안 된다는 걸 깨닫게 된단다.”

나는 대신 그 사람들은 행복을 느끼게 해주는 성령을 찾으면 될 거라고 말했다. 게다가 그들에게는 긍지가 있고 희망찬 내년이라는 꿈도 있지 않은가.

할아버진 내가 아직 이해를 잘 못하는 것도 무리가 아니라고 하셨다.

“나도 몇 년 전에 비슷한 경험을 한 적이 있어. 길가에 있는 어느 소작인의 오두막집 곁을 지나갈 때였어. 웬 남자 한 명이 집에서 나와 뒤꼍으로 걸어가더구나. 그런데 그 뒤꼍에는 그 집의 두 딸이 나무 그늘에 앉아서 시어스로벅(시카고를 본거지로 한 통신판매회사—옮긴이)의 카탈로그를 보고 있었어.

남자는 회초리를 잡더니 다리에서 피가 날 때까지 애들을 때렸어. 내가 쳐다보고 있는 것도 모르고. 그 남자는 카탈로그를 빼앗아 헛간 뒤로 가져가서는 그 카탈로그가 정말 미워죽겠다는 듯이 쫙쫙 찢어서는 불에 태워버렸지. 그러고 나더니 그 친구는 아무도 보지 않는 헛간 뒤에 주저앉아서 흐느껴 우는 거야. 그걸 보고 나서야 나도 비로소 이해가 가더구나."

할아버지는 나도 이해를 해야 한다고 하셨다.

"하지만 대부분의 사람들은 그러려고 하지 않아. 그렇게 하려면 힘이 들거든. 그래서 사람들은 자기 게으름을 감추려고 이런 저런 말들을 함부로 하고, 다른 사람들더러 '떠돌이'라고 부른단다."

나는 모카신을 들고 집으로 돌아왔다. 나는 그 신을 내 멜빵바지와 셔츠가 든 삼베 자루 속에 집어넣었다. 나는 두 번 다시 그 신을 보고 싶지 않았다. 그걸 보면 그 여자아이 일이 떠오를 것이다.

그 애도, 그 애 아버지도, 두 번 다시 사거리 가게에 모습을 나타내지 않았다. 이사를 간 것 같았다.

아마 그들은 멀리서 울어대는 산비둘기 울음소리를 들었을 것이다.

위험한 고비

봄에 산에서 가장 먼저 피는 꽃이 인디언 제비꽃이다. 그 꽃은 아직 봄이 오려면 멀었다고 생각하는 바로 그 순간에 피어났다. 3월 바람처럼 창백하게 푸른 그 꽃은 엎드리듯이 땅에 바싹 붙어 있는데다 하도 작아서, 자세히 살펴보지 않으면 못 보고 지나가기 십상이다.

우리는 산허리에서 이 꽃들을 따곤 했다. 억센 바람에 손이 곱아들 때까지 나는 할머니를 도와 꽃을 땄다. 할머니는 그걸로 몸에 좋은 차를 만드셨다. 할머니가 나더러 정말 빨리 딴다고 칭찬해주셨다. 그건 사실이었다.

그리고 아직 녹지 않고 남은 얼음이 모카신 밑에서 부석부석 밟히는 산 높은 곳에서는 늘푸른나무의 잎도 땄다. 할머니는 그것들도 뜨거운 물에 넣고 끓여 차로 마셨다. 사실 그 차는 어떤 과일보다 더 몸에 좋은 건강식품이었다. 앉은부채의 뿌리와 씨들도 그랬다.

일단 요령을 터득하고 난 나는 도토리 줍는 기술자가 되었다. 처음에는 한 알을 주울 때마다 할머니 자루에 갖다 넣곤 했지만, 얼마 안 가 한 줌이 모인 다음에 자루에 넣으면 훨씬 많이 주울 수 있다는 걸 알았다. 할머니가 가르쳐주신 요령이었다. 나한테는 도토리 줍는 게 아주 쉬운 일이었다. 키가 작아 땅과 가까웠기 때문이다. 그래서 나는 얼마 안 가 할머니보다 더 많은 도토리를 자루에 넣을 수 있게 되었다.

도토리를 맷돌에 갈면 누런 금색 가루가 된다. 할머니는 이 금색 가루에다 히커리나무 열매와 밤을 섞어서 튀김과자를 만들었다. 그건 정말이지 무엇과도 비길 수 없는 맛이었다.

때때로 할머니는 부엌에서 설탕을 도토리 가루 속에 엎지르는 실수를 저지르곤 하셨다. 그러면 할머니는 언제나 이렇게 말씀하셨다.

"아이구 이런, 작은 나무야, 도토리 가루 속에 그만 설탕을 쏟고 말았구나."

이럴 때 나는 절대 입을 열어 대꾸하지 않았다. 하지만 할머니가 그런 실수를 저질렀을 때에는 특별 튀김과자를 맛볼 수 있다는 걸 알고 있었다.

할아버지와 나는 둘 다 튀김과자 먹기 선수였다.

인디언 제비꽃이 한창 피어나는 3월말경이 되면, 우리는 자주 산에 들어가 꽃도 따고 열매도 줍곤 했다. 그러다보면 차갑고 매섭게만 느껴지던 바람이 어쩌다 잠깐 달라지는 걸 느낄 때가 있다. 깃털처럼 부드럽게 볼을 만지작거리고 지나가는 그 바람엔 흙냄새가 배어 있었다. 그 바람은 저 멀리서 봄이 오고 있는 중이라는 걸 알려주는 전령이었다.

다음 날이나 그 다음 날 얼굴을 가만히 내밀고 있다보면 뺨을 어루만지는 부드러운 바람의 감촉을 다시 한 번 느끼게 된다. 그것은 날이 갈수록 조금씩 더 길어지고 더 달콤해지며 더 강한 냄새를 풍긴다.

산꼭대기의 얼음이 갈라져 녹으면 땅은 본래의 포근함을 되찾아가고, 작은 물줄기들은 다시금 개울가로 흘러들었다.

그러고 나면 아래쪽 골짜기는 민들레 꽃밭 천지가 된다. 우리는 민들레꽃들을 따서 샐러드로 만들어 먹었다. 분홍바늘꽃이나 자리공, 쐐기풀 따위를 섞어서 먹으면 맛이 좋았다. 그중에서도 쐐기풀이 가장 맛있었지만, 쐐기풀에는 작은 가시가 붙어 있어서 따려면 손이나 팔 여기저기를 찔리곤 했다. 할아버지와 나는 쐐기풀밭을 못 보고 지나치는 때가 많았지만, 할머니는 잘도 찾아내셨다. 그러면 우리는 그것들을 따야 했다. 할아버지는 쓸모 있는 것일수록 더 얻기 힘들게 마련이라고 하셨다. 옳은 말씀이었다.

커다란 자주색 꽃이 피는 분홍바늘꽃에는 긴 줄기가 달려 있다. 이 줄기는 껍질을 벗기고 생으로 먹을 수도 있고 요리를 해서 먹어도 되는데, 아스파라거스와 비슷한 맛이 났다.

산허리를 빙 돌아가며 무리 지어 자라는 겨자는 노란 담요를 깔아놓은 것처럼 보였다. 줄기 꼭대기에는 작고 밝은 선황색 꽃이 피었고 잎은 매운 맛이 났다. 할머니는 그것들을 다른 나물과 섞어서 샐러드를 만들기도 하고, 때로는 씨를 갈아 죽처럼 만들어 겨자 양념으로 쓰기도 하셨다.

야생으로 자란 것들은 사람이 기르는 것들에 비해 백 배나 강한 맛을 가지고 있다. 우리는 가끔 가다 야생 양파를 찾아내곤 했는데, 한 줌 정도만 있으면 재배한 양파 3, 40킬로그램과 맞먹을 정도로 강한 맛을 낼 수 있었다.

날씨가 따뜻해지고 비가 내리면 산허리를 빙 돌아가며 페인트통을 엎지르기라도 한 것처럼 온 산이 온갖 색깔의 꽃들로 뒤덮였다. 길고 둥글고 붉은 꽃송이를 피우는 파이어크래커는 꽃색이 어찌나 밝은지 꼭 색종이처럼 보였다. 바위틈에서 자라는 초롱꽃나무는 핏줄처럼 가느다란 줄기에 매달려 달랑거리는 작고 푸른 종 모양의 꽃을 피우곤 했다. 또 쇠비름은 가운데가 노랗고 커다란 라벤더 핑크색의 꽃을 피운 채 땅 위를 기어갔고, 골짜기 깊은 곳에서 숨어 피는 문플라워는 긴 줄기 위로 분홍색 꽃을 매단 채 갈대처럼 바람에 흔들렸다.

씨앗들이 대지의 여신인 모노라의 자궁 속에서 열을 받아 싹을 틔우는 온도는 각각 다르다. 대지가 이제 막 따뜻해지기 시작할 무렵에는 아주 작은 꽃들만이 피어난다. 대지가 좀 더 따뜻해지면 좀 더 큰 꽃들이 피어나고, 나무에도 수액이 돌기 시작한다. 더불어 나무들은 임신한 여자처럼 기지개를 켜며 부풀어오르다가 드디어 가지 끝에 일제히 새싹들을 터뜨리게 된다.

곧이어 태풍의 계절이 몰려온다. 무거운 공기 때문에 숨쉬기도 힘들어지면 새들은 산등성이에서 내려와 골짜기나 소나무 사이로 숨고, 시커먼 먹구름이 산 위로 깔릴 정도가 되면 사람들도 오두막집으로 뛰어들곤 한다.

오두막집 베란다에 서서 바라보고 있노라면 거대한 번개 기둥이 산꼭대기 위에서 족히 1초 이상 번쩍이는 걸 볼 수 있다. 그 번개 기둥은 하늘 저편으로 사라지기 전에 사방으로 가로지르는 더듬이 같은 빛의 가지로 하늘을 수놓곤 했다. 그 뒤를 이어 어김없이 뭔가가 쩍 갈라지는 것 같은 날카로운 천둥 소리가 꽝! 하고 울려대고…… 천둥 소리는 산등성이를 굴러 내려가다가 산골짜기 깊은 곳으로 사라져갔다. 나는 산 한두 개가 무너진게 틀림없다고 생각했다. 하지만 할아버지는 그렇지 않을 거라고 하셨다. 물론 그렇지 않았다.

다시 번개가 쳤다. 푸른 불덩이가 산꼭대기의 바위를 정통으로 때린 다음 그 푸른 불꽃을 공중으로 퍼뜨렸다. 갑자기 돌풍이 몰아치며 나뭇가지들이 휘어지더니 그 뒤를 이어 후두둑거리는 굵은 빗방울들이 떨어지면서 시커먼 구름에서 장대비가 퍼붓기 시작했다. 진짜 숨도 못 쉴 정도로 엄청난 큰비가 곧 들이닥치리란 걸 알리면서.

자연의 비밀은 이미 다 밝혀졌고, 자연에 영혼 따위는 없다고 하면서 자연을 비웃는 사람들은 산속의 봄태풍을 한 번도 겪어 보지 못한 사람들일 것이다. 자연이 봄을 낳을 때는 마치 산모가 이불을 쥐어뜯듯 온 산을 발기발기 찢어놓곤 한다.

겨울 찬바람을 악착같이 버티고 살아남은 나무가 있는데, 자연이 그걸 없애버리려고 마음먹었다고 하자. 자연은 그 나무를 땅에서 뿌리째 뽑아 산 아래로 굴려버린다. 온갖 관목과 나뭇가지들 사이를 훑고 지나가다가 약하다고 느끼는 것이 있으면 그 바람 손가락으로 말끔히 없애버리는 게 바로 자연이다.

자연이 보기에 없애버려야 하는데 바람의 힘으로 쓰러뜨릴 수 없을 때는, 그저 꽝! 하고 내리치면 된다. 그러면 그 자리에는 번갯불에 맞아 불타오르는 거대한 횃불만이 남게 된다. 자연은 살아 있고 출산의 진통을 겪는다. 산에서 봄을 맞아본 적이 있는 사람이라면 누구라도 그것을 알 수 있다.

할아버지는 무엇보다도 작년의 모든 묵은 찌꺼기들을 자연이 깨끗이 쓸어 없애는 중이라고 표현하셨다. 그래야 자연의 새로운 출산이 정갈하고 튼튼한 것으로 될 수 있다고 하시면서.

태풍이 지나고 나면 작고 밝은 연초록빛의 새로운 생명들이 덤불이나 나뭇가지에서 얼굴을 내밀기 시작한다. 그러면 자연은 4월의 비를 내려준다. 부드럽고 촉촉한 비에 젖은 산골짜기가 안개로 뿌예지면 나뭇가지에 매달린 물방울들이 걸어다니는 길 위로 똑똑 떨어진다.

4월의 비에는 상쾌하고 들뜬 기분과 왠지 모를 서글픔이 함께 배어 있다. 할아버지도 항상 그런 감정들이 뒤범벅된 느낌을 받는다고 하셨다. 그 비는 서글픈 기분을 갖게 한다. 아무도 그걸 붙잡아둘 수 없다는 걸 알기 때문이다. 그건 눈 깜짝할 새에 스러져가는 그리움 같은 것이었다.

반대로 4월의 바람은 아기 요람처럼 부드럽고 따스했다. 그 바람은 야생 사과나무가 분홍빛 반점을 가진 하얀 꽃을 만개할 때까지 부드러운 숨결을 내뿜곤 했다. 인동덩굴보다 더 감미로운 그 꽃향기를 따라 벌들이 무리 지어 꽃으로 몰려들었다. 연분홍 꽃잎에 보라색 꽃술을 가진 칼미아는 골짜기에서 꼭대기까지 산 어디서나 자란다. 길고 뾰족한 노란 꽃잎들과 길게 늘어진 하얀 이빨 하나(내가 보기에는 항상 혓바닥이 늘어진 것처럼 보였지만)를 가진 얼레지 역시 그랬다.

그렇게 해서 4월 들어 최고로 따스해지는가 싶을 때 갑자기 추위가 닥친다. 4, 5일 정도 머물다 가는 이 추위는 블랙베리를 꽃피게 만든다고 해서 '블랙베리 추위'라고 불렸다. 이 추위가 오지 않으면 블랙베리는 꽃이 피지 않는다. 어쩌다 블랙베리가 열리지 않는 해가 있는 것도 이 때문이다. 블랙베리 추위가 끝나면 이번에는 갑작스레 층층나무들이 눈이라도 내린 것처럼 온 산등성이에 커다랗고 하얀 꽃봉오리를 터뜨리는데, 그것들은 소나무나 떡갈나무 숲같이 전혀 생각하지 못한 곳에서도 피어났다.

백인 농부들은 늦여름이 되어서야 밭에서 수확을 하지만 인디언들은 최초의 풀들이 자라기 시작하는 이른 봄부터 시작해서 도토리같은 견과류 열매를 줍는 여름과 가을까지 계속해서 수확을 한다. 할아버지는 숲을 손상시키지 않고 숲과 더불어 산다면 숲이 우리를 먹여 살릴 것이라고 하셨다.

하지만 그렇게 하려면 해야 할 일도 꽤 많았다. 나는 덩굴열매 따는 데도 선수였다. 몸집 작은 나는 덩굴이 우거진 곳에도 들어갈 수 있었고, 딸기를 따려고 몸을 구부릴 필요도 없었다. 그래서 한 번도 덩굴열매를 따느라고 피곤해진 적이 없었다.

산에는 온갖 덩굴열매들이 있었다. 듀베리, 블랙베리, 할아버지가 고급 와인 담그는 데 쓴다고 하셨던 양딱총나무 열매, 그리고 허클베리와, 나는 아무 맛도 느낄 수 없었지만 할머니는 요리재료로 쓰곤 했던 빨간 월귤나무 열매도 있었다. 월귤나무 열매는 먹어도 맛이 없어서 내 양동이 속에는 언제나 이 열매가 제일 많았다. 나머지 열매들은 따는 즉시 부지런히 입으로 들어가곤 했다. 할아버지도 그러셨다. 어차피 뱃속에 들어갈 거니 괜찮다는 게 할아버지의 주장이셨다. 맞는 말씀이었다. 하지만 자리공 열매에는 독이 있어서 그걸 먹었다가는 작년에 거둔 옥수숫대

보다 더 꼬치꼬치 말라서 자리에 눕고 만다. 그래서 새들이 먹지 않는 열매는 함부로 입에 대지 않는 게 좋다.

덩굴열매 따는 계절 동안 내 이와 혀와 입에는 계속해서 시퍼런 물이 들어 있었다. 그래서 할아버지와 내가 물건을 건네주러 사거리 가게로 가면 내가 어디가 아픈가보다고 쑤군거리는 평지사람들도 있었다. 때때로 처음 보는 평지인은 내가 병에 걸린 채 돌아다닌다고 화를 내기도 했다. 할아버지는 그 사람들이 덩굴열매 따기가 어떤 건지 전혀 모르는 무식쟁이들이라고 하면서 나더러 하나도 신경 쓸 것 없다고 하셨다. 사실 나는 아무 신경도 쓰지 않았다.

새들은 야생 버찌 근처에서 장난을 치곤 했는데, 7월경이 되면 햇빛을 담뿍 받은 버찌가 단맛을 더해가며 익어갔다.

나른한 여름 한낮, 점심을 먹고 할머니가 낮잠을 주무시면 할아버지와 나는 이따금 뒷문 계단에 앉아 있곤 했다. 그럴 때면 으레 할아버지의 부추김이 시작된다.

"산 위로 가서 뭐 재미있는 게 없나 찾아보자."

우리는 산 위로 올라가 버찌나무 그늘 아래, 그 나무둥치에다 등을 대고 앉아서 새들을 구경하곤 했다.

한번은 개똥지빠귀 한 마리가 나뭇가지 위를 폴짝거리며 뛰어서 가지 끝으로 오더니 마치 줄타기라도 하는 것처럼 공중에다 발을 내디뎠다. 물론 땅 위로 떨어지다가 다시 날아오르기는 했지만 말이다. 또 언젠가는 기분이 무척 좋아진 울새가 우리 머리 위로 포르륵 날아오더니 할아버지 무릎 위에 올라앉았다. 그 새는 재잘재잘거리면서 할아버지에게 자기가 세상만사를 어떻게 생각하고 있는지 떠들어댔다. 그러더니 드디어 노래를 들려주기로 작정했는데 그만 목소리가 끽끽거리며 갈라져 나오는 바람에, 그 새는 노래 부르기를 그만두고 뒤뚱거리며 덤불 속으로 숨어버렸다. 할아버지와 난 배꼽을 잡고 웃었다. 할아버지는 어찌나 웃었는지 배가 다 아프다고 하셨다. 그건 나도 마찬가지였다.

또 언젠가는 홍관조 한 마리가 버찌를 하도 많이 먹어서 땅에 쓰러져 기절해 있는 걸 발견한 적도 있었다. 우리는 그 새를 나뭇가지가 두 갈래로 갈라진 사이에 올려놓아주었다. 밤사이에 다른 짐승들한테 잡아먹히지 않도록 말이다.

다음 날 아침 일찍 할아버지와 내가 나무 있는 곳으로 가보니, 그 새는 그때까지도 자고 있었다. 할아버지가 톡톡 건드려서 깨웠더니 그 새는 그게 기분 나쁜 듯 두어 번 할아버지 머리 위로 내려앉았다. 할아버지가 모자를 휘저어 쫓아버리자, 이번에는 개울가에 내려앉은 그 새는 물속에다 머리를 집어넣었다 빼더니…… 헐떡거리면서 먹은 걸 다 게워냈다. 그러고는 뭐든 눈에 띄기만 하면 가만 안 두겠다는 얼굴을 하고 주위를 두리번거렸다.

그 홍관조는 그렇게 된 걸 우리 탓으로 여기는 눈치였다. 하지만 할아버지는 그 새도 이제 철 좀 들어야 한다고 말씀하셨다.

할아버지는 그 새를 그전부터 알고 있었다고 했다. 그 새는 본래 버찌라면 사족을 못 썼다.

산속 오두막집으로 찾아오는 새들은 하나같이 뭔가 징조를 나타낸다. 산사람들은 누구나 그렇게 믿었다. 그건 나와 할아버지도 마찬가지였다. 여러분 또한 원한다면 믿을 수 있다. 사실이 그러니까.

할아버지는 어떤 새가 어떤 징조를 나타내는지 누구보다 잘 알고 계셨다. 굴뚝새가 오두막집에 둥지를 틀고 사는 것은 좋은 징조였다. 할머니가 부엌문 위쪽 구석에 굴뚝새가 들락거릴 수 있는 네모난 구멍을 만들어주자, 암놈 한 마리가 부엌 난로 위 서까래 위에다 둥지를 틀었다. 암놈이 그 둥지에 앉아서 알을 품고 있는 동안, 수놈은 네모난 구멍을 들락거리며 먹이를 물고 왔다.

굴뚝새는 새를 좋아하는 사람들 근처에 살기를 좋아한다. 우리 집 새는 둥지에 느긋하게 앉아서 등잔불에 반짝이는 까만 유리구슬 같은 눈을 빛내며 부엌에 있는 우리를 내려다보곤 했다. 더 자세히 보려고 내가 의자를 끌고 가 그 위에 올라서서 쳐다보고 있으면, 그 새는 깍깍거리며 나더러 뭐라 투덜거리곤 했지만, 그래도 둥지를 떠나지는 않았다.

그 새는 나한테 깍깍거리길 좋아했다. 그렇게 하면 이 집에서 자기가 나보다 더 중요한 존재라는 느낌을 가질 수 있어서라는 게 할아버지의 설명이었다.

주위에 어스름 저녁빛이 내리기 시작하면 쏙독새가 울기 시작한다. 이 새는 울음소리 때문에 그런 이름이 붙었다. 불빛을 좋아하는 그 새는 등잔불을 켜놓으면 조금씩 조금씩 오두막집 가까이로 날아와 노래를 부르고 사람들은 그 새의 자장가를 들으며 잠이 든다. 이 쏙독새 우는 소리를 들으면 밤에 잠을 잘 자고 좋은 꿈을 꾸게 된다고 한다.

부엉이는 밤에 울어대는데 그 울음소리가 꼭 투덜대는 소리 같다. 부엉이 울음소리를 그치게 하는 방법은 딱 한 가지뿐이다. 부엌문을 열어놓고 빗자루를 가로질러 놓으면 된다. 할머니는 번번이 이 방법을 쓰셨는데 한 번도 실패하는 걸 본 적이 없었다. 부엉이는 그때마다 그 투덜대는 울음소리를 그치곤 했던 것이다.

붉은옆구리검은멧새는 낮에만 노래를 부른다. 이 새 이름도 울음소리에서 따왔다. 이 새가 오두막집 가까이 와서 노래 부르면, 그것은 여름 한철 내내 우리가 병에 걸리지 않으리라는 확실한 보증이었다.

또 파랑어치 새가 오두막집 주위에서 날아다니면 그것은 우리가 조만간 굉장히 멋지고 즐거운 시간을 누리게 되리라는 징조였다. 파랑어치는 익살꾼이어서 가지 끝에서 폴짝거리며 뛰어오르거나 재주를 넘어 다른 새들을 놀리곤 했다.

홍관조는 가까운 시일 안에 돈이 생기리라는 소식을 알려주는 새다. 그리고 소작인들이 믿는 것과 달리 산사람들에게 산비둘기 소리는, 누군가 당신을 사랑하는 사람이 전하는 사랑의 메시지다.

또 다른 종류의 산비둘기인 문상 비둘기는 밤이 깊어져야 울기 시작하고, 오두막집 근처로는 절대 다가오지 않는다. 멀리 맞은편 산에서 메아리처럼 들려오는 그 울음소리는 워낙 길고 슬픈 여운을 남겨서, 정말로 죽은 사람을 애도하는 울음처럼 들리곤 했다. 할아버지는 문상 비둘기는 실제로 그렇게 운다고 하셨다. 만약 어떤 사람이 죽었는데, 세상천지를 통틀어 그를 기억해주는 사람도 없고 울어주는 사람도 없다고 하자. 그럴 때 그 사람을 그리워하고 슬퍼해주는 게 바로 문상 비둘기라는 것이다. 만약 아득히 멀리 떨어진 어떤 곳, 예컨대 대양 저 너머 있는 곳에서 어떤 사람이 죽었는데 그 사람이 산사람이라면, 그는 문상 비둘기가 자신을 위해 슬퍼해주리라는 것을 안다. 그 사실을 알기 때문에 그 사람의 마음은 평온을 얻게 되는 것이다. 이 사실을 알게 되어 나 역시 마음이 편안해졌다.

만일 여러분이 사랑하는 사람이 죽어서 그 사람을 그리워한다면, 문상 비둘기는 절대 그 사람을 위해서 울지 않는다고 할아버지는 말씀하셨다. 문상 비둘기는 슬퍼해줄 사람이 없는 다른 누군가를 위해서만 우는 것이다. 이 사실을 알고 있으면 비둘기가 우는 소리도 그렇게 처량하게 들리지는 않는다.

그래서 늦은 밤 침대에 누워 있을 때 문상 비둘기 우는 소리가 들려오면, 나는 돌아가신 엄마를 떠올리곤 했다. 그러면 그다지 외로운 느낌이 들지 않았다.

다른 생물들도 그렇겠지만 새들도 자신을 사랑해주는 사람을 알아본다. 여러분이 새들을 사랑한다면 그들은 여러분 주위로 찾아올 것이다. 우리 산과 골짜기에는 그야말로 온갖 새들이 다 모여들었다. 앵무새, 딱따구리, 붉은날개검은새, 알락해오라기, 들종다리, 멧새, 개똥지빠귀, 파랑새, 벌새, 흰털발제비…… 도저히 다 이야기할 수 없을 만큼 많은 새들이 있었다.

우리는 봄과 여름 동안에는 덫을 놓지 않았다. 짝짓기와 싸움을 동시에 할 수 있는 사람이 세상에 존재하지 않는 것처럼 동물들도 마찬가지라는 게 할아버지의 설명이었다. 또 할아버지는 설령 짝짓기를 하고 난 다음이라 해도 사람들이 사냥을 계속하고 있으면, 그들은 새끼를 낳아 기를 수가 없고, 그렇게 되면 결국 우리 인간도 굶어 죽고 말 것이라고 하셨다. 그래서 할아버지와 나는 동물들의 번식기인 봄과 여름 동안에는 주로 물고기만 잡았다.

인디언은 절대 취미 삼아 낚시를 하거나 짐승을 사냥하지 않는다. 오직 먹기 위해서만 동물을 잡는다. 즐기기 위해서 살생하는 것보다 세상에 더 어리석은 짓은 없다고 할아버지는 분개하곤 하셨다. 할아버지는, 그 모든 것들이 정치가의 머리에서 나온 것이 분명하다, 전쟁이 끝나면 사람을 죽이러 갈 수 없으니까 그동안 살인하는 방법을 잊지 않기 위해 동물을 상대로 그 짓을 하게 하는 것이다, 어리석은 자들은 그야말로 눈곱만치의 생각도 없이 살생을 당연한 놀이로 알고 그 짓을 일삼고 있지만, 조사해 볼 수만 있다면 정치가들이 그것들을 시작한 걸 알 수 있을 거라고 하셨다. 과연 그럴 것 같았다.

우리는 버드나무의 낭창낭창한 가지로 바구니를 만들어 물고기 잡는 도구로 썼다. 버드나뭇가지를 엮어 만든 그 바구니는 약 1미터 길이의 가늘고 긴 원통형 바구니로, 입구 언저리에서 끝을 깎아 뾰족하게 만든 가지 끝을 안쪽으로 되접어 넣어두었다. 그렇게 하면 바구니 속으로 들어간 물고기가 빠져나오려고 할 때, 작은 물고기는 도로 나올 수 있지만 큰 물고기는 뾰족한 가짓살에 걸려 빠져나올 수가 없다. 바구니 안에는 할머니가 만든 조그마한 고깃덩어리를 넣어두었다. 물고기를 유인하는 미끼였다.

바이올린 땅벌레를 미끼로 사용한 적도 있었다. 그 벌레를 잡으려면 말뚝을 땅에 박은 다음 말뚝 머리를 판자로 문질러 끼익끼익 소리를 내면 된다. 바이올린을 켜듯이 말이다. 그러면 바이올린 땅벌레가 땅 위로 기어나온다.

그렇게 해서 만든 바구니 몇 개를 들고 우리는 산 위쪽 칼길과 이어진 시내로 갔다. 우리는 그곳에서 바구니들을 한 줄로 나란히 묶은 다음 줄 하나를 길게 이어 시냇가 나무에 붙들어매었다. 그 다음, 바구니를 물속에 담가두면 된다. 그리고 다음 날 다시 와서 물고기를 꺼내면 된다.

바구니를 끌어올려보면 그 안에는 커다란 메기와 큰입우럭 같은 것들이 들어 있었다. 때론 블루길도 잡혔으며, 송어가 들어 있던 적도 있었고, 거북이 잡힌 적도 있었다. 이것들을 겨자 잎사귀와 함께 끓여 먹으면 무척 맛이 있었다. 나는 바구니를 물속에서 들어올릴 때가 제일 좋았다.

할아버지는 물고기를 손으로 잡는 법을 가르쳐주셨다. 이 때문에 만 5년 동안의 내 짧은 생애에서 두 번째로 죽을 뻔한 사건이 일어났다. 첫 번째 사건이란 물론 밀주 감독관들에게 잡힐 뻔했던 그 일을 말한다. 그때 붙잡혔더라면 마을로 끌려가서 교수형을 당했을 거야, 그 당시 나는 이렇게 굳게 믿고 있었다. 할아버지는 그런 일이 일어났다는 얘기를 한 번도 들어본 적이 없는 걸로 봐서는 그들이 그렇게까지는 하지 않았을 거라고 하셨지만. 하지만 어쨌든 할아버지는 그들과 맞닥뜨린 것도 아니었고, 쫓겨 달아나지도 않았다. 그런데 두 번째 사건에서는 나뿐만 아니라 할아버지까지 목숨을 잃을 뻔했던 것이다.

그때는 물고기를 손으로 잡기에 가장 좋은 시간인 한낮이었다. 해가 시냇물 바로 위에서 내리쬐고 있어서 물고기들은 시냇가 둑 밑으로 숨어들어가 시원한 그늘 속에서 낮잠을 즐기는 시간이었다.

이럴 때는 시냇가 둑에 배를 대고 엎드려 물속에 조심조심 손을 집어넣고 물고기 구멍을 찾아야 한다. 구멍을 찾으면 물고기가 만져질 때까지 가만가만히 손을 구멍 속으로 밀어넣는다. 끈기를 가지고 구멍 속을 더듬다보면 물고기 옆구리를 쓰다듬게 되는데, 그래도 물고기는 아무것도 모르고 잠에 빠져 있곤 했다.

그러면 한 손으로는 물고기 머리 뒤를 잡고 또 다른 한 손으로는 꼬리를 잡아 물 밖으로 끌어내면 되는 것이다. 이 기술을 배우려면 좀 시간이 걸린다.

그 사건이 일어났을 때, 할아버지는 둑 위에 배를 깔고 엎드려 계셨다. 벌써 메기 한 마리를 잡으신 후였다. 나는 물고기 구멍을 찾아내지 못해서 둑 아래쪽으로 약간 내려갔다. 그곳에 엎드린 나는 물고기 구멍을 찾으려고 물속에 손을 집어넣었다. 그런데 바로 옆에서 무슨 소리가 들렸다. 처음에는 옷이 스치는 것처럼 들리던 그 소리는 점점 빨라지는가 싶더니 순식간에 귀에 거슬리는 기분 나쁜 소리로 바뀌었다.

소리 나는 쪽으로 고개를 돌렸다. 방울뱀이었다. 긴 몸을 둘둘 말아 똬리를 틀고 앉은 그놈은 머리를 바짝 치켜세운 채 나를 내려다보고 있었다. 내 얼굴에서 불과 15센티미터밖에 떨어지지 않은 곳이었다. 몸이 뻣뻣하게 얼어붙은 나는 움직일 수가 없었다. 그놈의 몸통은 내 다리보다 굵었다. 나는 꺼칠한 껍질 밑에서 그놈의 근육이 꿈틀거리는 것을 볼 수 있었다. 그놈은 독이 올라 있었다. 나와 뱀은 서로를 노려보았다. 날름거리며 내미는 혀는 거의 내 얼굴에 닿을 지경이었고, 가늘게 찢어진 그 눈은 빨갛고 징그러웠다.

꼬리 끝이 탈탈거리면서 점점 더 빨리 움직이기 시작했다. 그에 따라 그놈의 방울소리도 점점 더 높아져갔다. 그러자 커다란 브이(V) 자 모양의 그놈 대가리가 앞뒤로 조금씩 흔들리기 시작했다. 내 얼굴의 어느 부분을 공격할지 재는 것 같은 동작이었다. 나는 그놈이 이제 금방 공격해오리란 걸 알았지만 한 걸음도 움직일 수가 없었다.

갑자기 마주 보고 있는 나와 뱀 위로 검은 그림자가 드리워졌다. 발소리는 전혀 들을 수 없었지만 나는 그게 할아버지의 그림자라는 것을 알았다. 할아버지는 마치 날씨 이야기라도 하는 것 같은 낮고 부드러운 말투로 가만히 말씀하셨다.

"고개 돌리지 마라. 움직이지도 말고. 눈도 깜박이면 안 된다."

나는 아무것도 움직이지 않았다. 모든 공격 준비를 다 갖춘 뱀의 머리가 더 높이 쳐들렸다. 이제 그놈이 공격을 멈춘다는 것은 불가능했다.

그때였다. 할아버지의 커다란 손이 번개처럼 내 얼굴과 뱀의 머리 사이로 끼어들었다. 그 손은 움직이지 않고 그 자리에 멈춰 있었다. 방울뱀은 머리를 더 높이 쳐들고 쉿쉿거리기 시작했다. 새된 방울소리도 더불어 더 높아졌다. 만일 할아버지가 손을 움직이거나 움츠린다면…… 뱀은 내 얼굴을 정면으로 공격할 것이다. 나도 그 사실을 알고 있었다.

그러나 할아버지는 그렇게 하지 않으셨다. 그 손은 바위처럼 굳건하게 그 자리에 버티고 있었다. 할아버지 손등의 굵은 핏줄이 선명하게 내 눈에 들어왔다. 구릿빛 손등에는 햇빛을 받아 반짝이는 땀방울들이 솟아 있었다. 하지만 할아버지의 손은 흔들리지도 떨리지도 않았다.

뱀은 눈 깜짝할 새에 칼날처럼 강하게 공격해 들어왔다. 마치 총알처럼 할아버지의 손을 문 것이다. 그래도 할아버지의 손은 꿈쩍도 하지 않았다. 아귀처럼 벌어진 입이 할아버지의 손을 절반쯤 물었을 때, 날카로운 어금니가 살 속 깊이 박히는 모습이 내 눈에 선연히 들어왔다.

순간, 할아버지는 다른 한 손으로 뱀 대가리 뒤쪽을 붙잡고 있는 힘을 다해 죄었다. 뱀은 몸을 풀면서 땅에서 떨어지더니 할아버지의 팔을 친친 감았다. 딸랑거리는 꼬리 끝이 할아버지의 머리와 얼굴을 세차게 때렸다. 하지만 할아버지는 쥔 손의 힘을 풀지 않았다. 할아버지는 한 손으로 뱀이 숨이 막혀 죽을 때까지 목을 졸랐다. 마침내 등골 부서지는 소리가 투둑 하고 들렸다. 그러자 할아버지는 축 늘어진 뱀을 저쪽으로 집어던져버렸다.

할아버지는 땅바닥에 앉으시더니 재빠르게 긴 칼을 꺼냈다. 할아버지는 칼 끝을 물린 상처가 있는 손바닥에 대고 한일(一)자로 그었다. 뿜어져 나온 피가 손에서 팔꿈치로 흘러내렸다. 나는 할아버지에게로 기어갔다…… 젖은 솜처럼 힘이 쭉 빠진 탓에 걸을 수 있을 것 같지가 않았던 것이다. 나는 할아버지의 어깨를 붙잡고서야 간신히 몸을 일으킬 수 있었다. 할아버지는 칼로 벤 곳에서 피를 빨아내 땅바닥에 뱉어내는 일을 계속하셨다. 나는 어떻게 하면 좋을지 몰라서 그저 "고마워요, 할아버지"라고만 말했다. 할아버지는 나를 쳐다보더니 피식 웃으셨다. 입과 얼굴이 피로 범벅이 되어 있었다.

"빌어먹을 자식! 이만하면 우리 둘이서 그 망할 놈의 짐승한테 본때를 보여준 셈이지?"

할아버지가 이렇게 말씀하시는 걸 들으니 그제야 좀 안심이 되었다.

"예, 할아버지. 우린 그 망할 놈의 짐승한테 본때를 보여줬어요."

하지만 내가 정말로 뱀을 해치우는 데 도움이 되었는지는 잘 기억나지 않았다.

할아버지의 손이 점점 부어오르기 시작했다. 색깔마저 검푸르게 변해갔다. 할아버지는 사슴가죽 셔츠의 소매를 칼로 찢었다. 그 팔은 다른 쪽 팔보다 두 배는 더 굵어 보였다. 나는 더럭 겁이 났다.

할아버지는 모자를 벗어 얼굴에 부채질을 했다.

"끔찍하게 덥구나. 이맘때치고는."

할아버지의 얼굴 모양이 이상하게 변해가고 있었다. 이제는 팔도 시퍼렇게 변하고 있었다.

"할머니를 모시고 올게요."

이렇게 말하고 나는 벌떡 일어섰다. 내 모습을 쫓는 할아버지의 두 눈은 아득히 먼 곳을 보는 것처럼 초점이 흐려져갔다.

"난 잠깐 쉬었다가 금방 뒤따라가마."

할아버지는 꿈결처럼 잦아드는 목소리로 말씀하셨다.

나는 칼길을 달려 내려갔다. 발이 땅에 닿는 느낌 말고는 아무 것도 느껴지지 않았다. 소리 내 울지는 않았지만 쏟아지는 눈물 때문에 앞이 잘 보이지 않았다. 골짜기 길로 내려섰을 때 내 가슴은 타는 것처럼 뜨거웠다. 몇 번이나 넘어지는 바람에 길 아래로 구르기도 하고 시냇물 속에 처박히기도 했다. 하지만 그때마다 기어올라와서 또다시 달렸다. 나는 한시라도 더 빨리 가려고 길을 벗어나 가시덤불과 관목이 우거진 지름길로 질러갔다. 나는 알고 있었다. 할아버지가 죽어가고 계신 것을!

간신히 오두막집 빈 터로 뛰어든 내 눈에는 집이 이상하게 빙빙 도는 것처럼 보였다. 할머니를 부르려고 했지만…… 내 목에서는 아무 소리도 나지 않았다. 나는 그대로 부엌문을 박차고 뛰어들어가 할머니 품으로 뛰어들었다. 할머니는 나를 껴안고 내 얼굴에 차가운 물을 부어주셨다. 할머니가 나를 지그시 내려다보며 물었다.

"어디서, 무슨 일이 난 거냐?"

나는 온몸의 힘을 다 짜내 입을 열었다.

"할아버지가 돌아가시려고 해요…… 방울뱀에게…… 시냇가에서요……"

할머니가 날 안고 있던 손을 놓는 바람에 나는 마룻바닥으로 그대로 떨어졌다. 마지막 남은 기운까지 모두 내 몸에서 빠져나간 것 같았다.

할머니는 자루 하나를 거머쥐고 곧바로 집 밖으로 달려나갔다. 그제야 할머니의 모습이 눈에 들어왔다. 펄럭이는 긴 치마와 뒤로 날리는 땋은 머리, 모카신을 신은 작은 발이 날 듯이 빠르게 뛰어가고 있었다. 할머니가 달리시다니! 방금 내 이야기를 들었을 때 할머니는 아무 말도 하지 않으셨다. '아아, 하느님!'이란 말조차 꺼내지 않으셨다. 망설이지도 않았고 두리번거리지도 않았다. 무릎과 손으로 기어서 부엌문 쪽으로 간 나는 할머니 등 뒤에다 대고 소리를 질렀다.

"할머니, 할아버지가 돌아가시게 하면 안 돼요!"

할머니는 달리던 걸음을 늦추지 않고 빈 터를 지나 산길로 뛰어올라갔다. 나는 젖 먹던 힘까지 다 짜내서 다시 한 번 고함을 질렀다. 산골짜기 가득 메아리가 울려퍼졌다.

"할아버지가 돌아가시게 하면 안 돼요, 할머니!"

할머니가 가셨으니 할아버지는 절대 돌아가시지 않을 거야. 나는 마음속으로 굳게 믿었다.

나는 개들을 풀어서 할머니 뒤를 따라가게 했다. 개들은 한꺼번에 짖어대면서 산길을 따라 뛰어올라갔다. 나도 그 뒤를 헉헉거리면서 따라갔다.

그곳에 이르고 보니 할아버지는 큰대 자 모양으로 누워 계셨고, 할머니는 할아버지의 머리를 받쳐들고 앉아 계셨다. 개들은 낑낑대면서 그 둘레를 맴돌았다. 할아버지의 눈은 감겨 있었고, 물린 쪽 팔은 이제 시커멓게 변해 있었다.

할머니는 할아버지의 손에 또 다른 칼자국을 내고 피를 빨아 내 바닥에다 뱉어내고 계셨다. 내가 비틀거리며 다가가자 할머니는 자작나무를 가리켰다.

"작은 나무야, 저 나무껍질을 벗겨오너라."

나는 할아버지의 긴 칼을 잡고 서둘러 나무껍질을 벗겨냈다. 할머니가 자작나무 껍질을 불씨 삼아 불을 피웠다. 자작나무 껍질은 종이처럼 불이 잘 붙는다. 할머니는 깡통에 시냇물을 퍼 담아와 불에 올려놓았다. 그러고는 집에서 가져온 자루에서 꺼낸 풀뿌리와 씨앗들, 그리고 마른 잎 약간을 깡통 속에 넣고 끓이기 시작했다. 그 식물들이 무슨 쓸모가 있는지는 전혀 알 수 없었다. 다만 마른 잎들이 로벨리아 잎인 건 나도 알 수 있었다. 그것을 마시면 할아버지의 숨쉬기가 편안해질 거라고 할머니가 말씀하신 걸로 봐서 말이다.

할아버지의 가슴은 느리고 힘들게 아래위로 오르락내리락거렸다. 깡통의 물이 끓기를 기다리는 동안 할머니는 일어서서 주위를 둘러보셨다. 내 눈에는 아무것도 들어오지 않았다…… 하지만 50미터쯤 떨어진 곳에 산비탈을 배경으로 메추라기 한 마리가 땅 위에 둥지를 틀고 있었다. 무슨 생각을 하셨는지 할머니는 그 통 넓은 긴 치마를 벗어서 땅바닥 위로 떨어뜨렸다. 속에는 아무것도 입지 않으셨다. 구릿빛 피부 밑에서 움직이는 기다란 근육을 가진 할머니의 다리는 소녀처럼 늘씬했다.

할머니는 치마 윗단의 양쪽을 묶고 난 다음, 아랫단 쪽으로 돌멩이를 싸서 묶었다. 할머니는 부드러운 바람처럼 날렵하게 메추라기 둥지 쪽으로 다가갔다. 할머니는 언제 치마를 던져야 할지 정확히 알고 계셨다. 메추라기가 둥지 위로 날아오르는 순간, 할머니는 치마를 투망 삼아 메추라기에게로 내던졌다.

메추라기를 불 옆으로 가져온 할머니는 칼로 살아 있는 메추라기를 가슴부터 꼬리까지 갈랐다. 그러고는 꿈틀거리는 그놈의 몸을 벌려 할아버지의 물린 상처에다 꼭 눌렀다. 할머니는 몸부림치는 메추라기를 할아버지의 손에 댄 채 한참 동안 붙들고 계셨다. 나중에 떼내보니 메추라기의 뱃속은 온통 새파란 초록색으로 변해 있었다. 뱀의 독이 옮아간 것이다.

날이 저물고 있었지만 할머니는 개의치 않고 할아버지 간호에 계속 매달렸다. 개들은 둥그런 원을 그리고 쭉 둘러앉아서 우리를 지켜보고 있었다. 주변에는 서서히 땅거미가 내려앉기 시작했다. 할머니가 나더러 불을 더 세게 피우라고 시키셨다. 할아버지가 움직일 수 없었기 때문에 그 자리에서 몸을 따뜻하게 해드려야 했던 것이다. 할머니는 치마로 할아버지를 덮어드렸다. 나도 사슴가죽 셔츠를 벗어서 덮어드렸다. 바지도 벗으려 하자, 할머니는 내 바지가 워낙 작아서 할아버지의 한쪽 다리도 제대로 덮지 못할 거라고 하시며 말리셨다. 사실 그건 그랬다.

나는 불이 꺼지지 않도록 계속 불을 지켰다. 할머니는 나에게 할아버지의 머리맡에다 또 하나의 불을 피우게 하셨다. 덕분에 나는 불 두 개를 다 지켜야 했다. 할머니는 할아버지 옆에 바싹 붙어서 누우셨다. 할머니의 체온이 할아버지 몸을 따뜻하게 하는 데 도움이 될 거라고 하시면서…… 나도 반대편에서 할아버지 옆에 누웠다. 내 몸은 작아서 그다지 많은 체온을 나누어줄 수 있을 것 같지 않았지만, 할머니는 도움이 될 거라고 하셨다. 나는 할머니에게 할아버지가 돌아가시는 일은 도저히 생각할 수도 없는 일이라고 말했다.

나는 할머니에게 어떻게 그런 일이 일어났는지 이야기해드리고, 조심하지 않은 내 잘못이라고 털어놓았다. 하지만 할머니는 그건 누구의 탓도 아니며, 심지어 방울뱀의 탓도 아니라고 하셨다. 또 이미 일어난 일을 놓고 잘잘못을 따져서는 안 된다고 하셨다. 그 이야기를 들으니 마음이 훨씬 가벼워졌다. 물론 그래도 많이는 아니었지만.

할아버지가 작은 소리로 중얼거리기 시작하셨다. 그것은 산속을 뛰어다니던 어린 시절 이야기였다. 할아버지는 그때 이야기를 다 늘어놓았다. 할아버지가 주무시면서 옛날 일을 꿈꾸고 있기 때문에 그런 잠꼬대를 한다는 게 할머니의 설명이었다. 끊어졌다 이어졌다 하면서 할아버지의 중얼거림은 계속되었다. 새벽이 가까워지고서야 비로소 할아버지의 잠꼬대가 멈추었다. 이제 할아버지는 편안하고 규칙적으로 숨을 쉬고 계셨다. 내가 할머니에게 이제 할아버지가 돌아가실 염려는 없는 것 같다고 하자, 할머니도 그렇게 되지는 않을 거라고 하셨다. 그래서 나는 할아버지의 팔에 안겨 잠 속으로 빠져들어갔다.

나는 아침 햇살을 받고 눈을 떴다…… 마침 해가 산꼭대기 위로 떠오르고 있었다. 갑자기 할아버지가 벌떡 일어나 앉으셨다. 할아버지는 나를 내려다보고 나서 할머니를 쳐다보았다. 할아버지의 목소리는 쾌활했다.

"굉장하군, 보니 비! 역시 나는 당신이 벌거벗고 내 곁에서 붙어 자지 않으면 잠을 잘 수가 없어."

할머니가 할아버지의 얼굴을 살짝 두드리며 웃으셨다. 그러고는 자리에서 일어나 치마를 입으셨다. 나는 할아버지가 괜찮아졌다는 것을 알았다. 할아버지는 뱀의 껍질을 벗기고 나서야 산을 내려가기 시작했다. 할아버지는 할머니가 방울뱀 껍질로 내 벨트를 만들어줄 거라고 하셨다. 할머니는 진짜로 나중에 그렇게 해주셨다.

우리는 칼길을 지나 집으로 향했다. 개들이 앞장서 뛰어갔다. 할아버지는 무릎에 힘이 없어서 할머니의 부축을 받으며 걸었다. 나는 두 분 뒤를 촐랑거리면서 쫓아갔다. 이 산에 온 이후로 이렇게 기분이 좋았던 건 처음이었다.

할아버지는 나와 뱀 사이에 당신의 손을 집어넣었던 일에 대해서 한마디도 하지 않으셨지만, 나는 할아버지가 이 세상에서 할머니 다음으로 나를 사랑한다는 것을, 또 블루보이보다 나를 더 사랑한다는 것을 알게 되었다.

The Farm in the Clearing

시냇가에서 할아버지 옆에 꼭 붙어 자던 그날 밤, 나는 할아버지에게도 어린 소년이었던 시절이 있었다는 걸 알고 무척 놀랐다. 하지만 그건 사실이었다.

그 밤 내내 할아버지의 마음은 옛날로 거슬러올라가 다시 어린 소년이 되었다. 1867년에 할아버지는 아홉 살이었다. 그 당시 할아버지는 산을 달리는 주자(走者)였다. 할아버지의 어머니, 즉 증조할머니인 붉은 날개는 순수 체로키족이었다. 그래서 할아버지는 체로키족의 다른 아이들이 그랬던 것처럼 마음대로 산속을 돌아다니고 뛰어놀며 자랐다.

그 당시는 북부 연방군들이 이 땅을 점령하고 있었고, 나라는 정치가들의 손에서 놀아나고 있었다. 증조할아버지는 전쟁에서 진 남군 편에서 싸웠다. 그래서 증조할아버지는 산 밖으로는 한 걸음도 내디디려 하지 않으셨다. 덕분에 개척촌까지 심부름 가는 일은 항상 할아버지가 도맡아 하셨다. 조그만 인디언 소년에게 신경을 쓰는 사람은 아무도 없었기 때문이다.

그렇게 산속을 헤매고 다니던 어느 날, 할아버지는 작은 골짜기 하나를 발견했다. 그 골짜기는 양쪽으로 높은 산 사이에 끼어 있어서 꽤 깊은 곳이었다. 그곳에는 풀과 관목이 우거져 있었고 덩굴식물들이 빽빽하게 엉켜 있었다. 오랫동안 사람 손이 닿은 흔적은 없었지만, 나무들이 베어지고 없는 걸로 봐서 예전에는 그곳이 밭이었다는 것을 알 수 있었다.

골짜기 끝, 산 쪽으로 바싹 붙은 곳에 허름한 오두막집 한 채가 서 있었다. 앞쪽 베란다는 기울어져 있었고, 굴뚝의 벽돌은 무너져내린 상태였다. 처음 한동안 할아버지는 그 오두막집에 별 관심을 두지 않았다. 그런데 집 둘레에 사람이 살고 있는 흔적이 있었다. 누군가가 그 집에서 살고 있는 것이 확실했다. 할아버지는 산비탈을 미끄러져 내려가 집 쪽으로 더 가까이 다가가서 덤불 뒤에 몸을 숨긴 채 그 집을 가만히 지켜보고 있었다. 살고 있는 사람 수는 많지 않았다.

그 집에는 백인 집이라면 흔히 기르는 닭도 없었고, 젖소나 경작용 노새도 보이지 않았다. 낡은 헛간 벽에 세워진 부서진 농기구 몇 개를 빼고는 아무것도 없었다. 그곳에 사는 사람들은 그 황폐한 땅과 닮은 모습을 하고 있었다.

야위고 피곤에 전 듯한 여자 한 사람이 있었다. 그 여자에게는 아이 둘이 딸려 있었는데, 그 애들의 몰골은 더 비참했다. 어린 여자애는 여위어서 노인 같은 얼굴을 하고 있었다. 꾀죄죄한 모습에 때에 전 머리는 엉겨붙어 있었고, 다리는 사탕수수처럼 가늘었다.

헛간에는 늙은 흑인 남자가 살고 있었다. 가장자리 쪽으로 약간 남은 흰머리를 빼곤 머리는 거의 다 벗겨져 있었다. 그 흑인은 다리를 질질 끌며 간신히 걸어다녔다. 또 땅바닥에 머리를 박기라도 할 것처럼 심하게 허리를 굽히고 다니는 걸로 봐서 얼마 안 가 죽을 사람처럼 보였다.

할아버지가 몸을 돌려 그곳을 떠나려는 순간 또 한 사람의 남자가 눈에 들어왔다. 그는 누더기가 다 된 더러운 회색 군복(남북전쟁 때 입었던 남군의 군복—옮긴이)을 입고 있었다. 키는 컸지만 다리 하나가 잘려나가고 없었다. 그는 잘린 다리 밑에 댄 히커리나무 의족을 짚으면서 집에서 걸어나왔다. 할아버지는 그 외다리 남자와 그의 아내인 듯한 야윈 여자가 헛간으로 가는 걸 지켜보았다. 두 사람은 밭 갈 때 노새에게 채우는 가죽끈 마구(馬具)를 자기들 몸에 둘렀다. 도대체 뭘 하려는 거지? 할아버지는 그들이 집 앞 골짜기로 가는 것을 보고서야 비로소 그 까닭을 알 수 있었다.

늙은 흑인도 그 뒤를 따라갔다. 그는 비척거리고 걸으면서 앞의 두 사람이 매달고 있는 쟁기가 쓰러지지 않게 붙들고 있으려고 애썼다. 드디어 집 맞은편으로 온 남자와 여자는 몸을 굽혀 쟁기를 끌기 시작했다. 늙은 흑인은 쟁기의 방향을 잡으려고 낑낑거렸다. 사람이 노새처럼 쟁기를 끌려 하다니! 할아버지는 그들이 미쳤다고 생각했다. 하지만 그들은 포기하지 않았다. 한 번에 움직이는 거리도 불과 두세 걸음밖에 안 되었지만, 그래도 그들은 계속해서 끌었다. 멈춰섰다가는 다시 끌고 또 멈추고를 반복했다.

일은 별로 진척되지 않았다. 늙은 흑인이 쟁기의 각도를 너무 기울이면 쟁기날이 땅속에 깊이 박혀서 쟁기를 끌 수가 없게 된다. 이럴 때는 다시 뒤로 움직여줘야 흑인이 쟁기를 잡아 뺄 수 있었다. 흑인은 쟁기를 잡아 빼다가 넘어지곤 했지만, 그때마다 다시 일어나 쟁기를 제대로 박으려고 애쓰곤 했다. 하지만 그들이 아무리 노력해도 땅을 갈아엎는 깊이가 너무 얕아서, 도저히 그 토지를 경작할 수 있을 것 같지 않았다.

할아버지는 날이 저물고 나서야 그곳을 떠났다. 세 사람은 그때까지도 쟁기를 끌고 밀며 악전고투를 벌이고 있었다. 다음 날 아침, 할아버지는 어찌 되었는지 알아보려고 그곳으로 다시 갔다. 어제 그 덤불 속에 몸을 숨기고 바라보니 세 사람은 벌써 밭에 나와 있었다. 무성한 잡초 너머로 보아도 일이 거의 진척되지 않았다는 것을 알 수 있었다. 할아버지가 지켜보고 있을 때, 쟁기의 날 끝이 나무 밑동에 걸리는 바람에 늙은 흑인이 꼬꾸라졌다. 그 노인은 손과 무릎을 땅에 댄 채 한참 동안을 엎드려 있은 후에야 자리에서 일어설 수 있었다. 할아버지가 북부 연방군 병사들을 본 것이 바로 이때였다.

할아버지는 뒤로 물러서서 우묵한 풀고사리 뒤로 가 숨었다. 하지만 할아버지는 병사들에게서 눈을 떼지 않았다. 두렵지는 않았다. 아직 아홉 살밖에 안 되긴 했지만 이미 인디언의 지혜를 몸에 익히고 있던 터라, 그 순찰부대원들에게 들키지 않고 그들 사이를 빠져나가는 일 따위는 쉽게 할 수 있었다.

그 순찰부대의 병사들은 모두 열두 명이었다. 모두 다 말을 타고 있었다. 팔에 노란 완장을 두른 덩치 큰 남자가 그들을 지휘하고 있었다. 그들은 소나무 숲에서 말을 멈추고 세 사람이 쟁기를 끄는 모습을 지켜보았다. 그들은 한동안 아무 말 없이 지켜보고 있더니 말머리를 돌려 그 자리를 떠났다.

할아버지는 시냇가로 내려가서 맨손으로 물고기를 잡았다. 할아버지가 잡은 고기를 가지고 그곳으로 돌아온 것은 그날 저녁 늦게였다. 세 사람은 아직 밭에 그대로 있었다. 하지만 일이 워낙 그들 체력에 부치는데다 지친 그들은 거의 땅바닥을 기다시피하고 있었다. 그때 할아버지의 매처럼 날카로운 눈에 맞은편 나무들 사이에서 움직이는 노란색 띠가 잡혔다. 아까 왔던 순찰대장이 소나무 숲으로 다시 돌아온 것이다. 이번에는 부하들을 거느리지 않고 혼자였다. 그는 이번에도 밭 쪽을 바라보며 세 사람이 쟁기질하는 모습을 지켜보고 있었다. 할아버지는 살그머니 그곳을 빠져나와 집으로 돌아왔다.

그날 밤 할아버지는 곰곰이 생각했다. 노란 완장을 차고 있는 그 연방군 대장은 뭔가 몹쓸 짓을 꾸미고 있는 것이 틀림없었다. 할아버지는 그 낡은 집에 살고 있는 사람들에게, 그들이 감시당하고 있다는 사실을 알려주기로 결심했다. 다음 날 아침에 깨어났을 때만 해도 할아버지는 그렇게 하기로 다시 한 번 마음을 굳게 먹었다.

할아버지는 으레 숨던 덤불로 갔다. 하지만 워낙 부끄럼이 많은 성격인 할아버지는 그 일을 어떻게 처리할지 생각하느라 한참 동안 그냥 서 있었다. 그 세 사람은 벌써 밖에 나와서 낡아빠진 쟁기를 붙잡고 씨름하고 있었다. 이윽고 할아버지는 밭으로 뛰어가서 해주고 싶은 말을 한 다음 달아나기로 마음을 정했다. 그러나 이미 늦었다. 덤불에서 뛰어나가려는 찰나, 또다시 할아버지의 눈에 노란 완장을 두른 대장의 모습이 들어왔다.

그는 이번에도 말에 올라탄 채 멀찌감치 떨어진 소나무 숲에서 있었다. 그런데 그의 곁에는 사람이 타고 있지 않은 말 한 마리가 더 있었다. 아니, 가까이서 보니 그것은 말이 아니라 노새였다. 그것은 할아버지가 한 번도 본 적이 없을 만큼 정말 볼품없는 노새였다. 엉덩이뼈와 늑골은 앙상하게 드러나 있었고, 두 귀는 뼈만 남은 얼굴 위에서 천조각처럼 펄럭이고 있었다. 그렇지만 그래도 노새인 것은 분명했다. 연방군 대장은 그 늙어빠진 노새를 자기 앞으로 끌어낸 다음, 노새를 앞장세운 채 숲 가장자리까지 와서 채찍으로 힘차게 노새를 갈겼다. 노새는 숲을 뛰쳐나와 밭을 가로질러 갔다. 대장은 말을 타고 다시 소나무 숲 안쪽으로 물러났다.

노새를 처음 발견한 사람은 여자였다. 쟁기 끄는 마구를 벗어젖힌 그 여자는 노새에게서 눈을 떼지 않고 밭을 가로질러 달려갔다. 여자의 고함 소리가 들렸다.

"아아, 전능하신 하느님! 노새야! 하느님이 노새를 보내주셨어!"

여자는 노새 뒤를 쫓아 덤불도 아랑곳하지 않고 달렸다. 늙은 흑인도 자꾸 넘어지면서 노새를 잡으려고 쫓아갔다.

노새는 할아버지가 숨어 있는 쪽으로 똑바로 달려왔다. 노새가 가까이 다가왔을 때 할아버지가 팔을 휘저으며 그 앞을 막아섰다. 그 바람에 놀란 노새는 방향을 바꾸어 밭을 지나 다시 맞은편 숲 쪽으로 달렸다. 이번에는 숲에 있던 대장이 노새를 가로막았다. 그도 노새를 겁주어 밭으로 다시 쫓아보냈다. 여자와 늙은 흑인은 노새한테만 정신이 팔려서 할아버지나 대장의 존재는 전혀 눈치 채지 못했다.

외다리 남자도 히커리나무 의족으로 땅을 짚으며 달려보려 했지만 몇 발자국 못 가 넘어지고 넘어지고 했다. 두 여자아이들도 노새의 머리를 돌리려고 소리를 지르며 가시나무 덤불 사이를 헤치고 다녔다.

정신이 없어진 늙은 노새는 사람들이 몰려서 있는 곳 한가운데를 뚫고 지나가려 했다. 이때 여자가 잽싸게 노새의 꼬리를 붙잡았다. 노새한테 끌리는 바람에 다리가 공중에 붕 떴지만, 여자는 악착같이 잡은 손을 놓지 않았다. 노새가 여자를 끌고 덤불로 뛰어드는 바람에 여자의 옷이 온통 다 찢기고 말았다. 그때 흑인이 노새를 덮쳐 노새의 목을 감싸안았다. 봉제인형처럼 붕붕 내둘리면서도, 노인은 손을 놓으면 죽기라도 할 것처럼 필사적으로 노새의 목을 붙잡고 매달렸다. 드디어 노새도 지쳤는지 모든 것을 포기하고 얌전해졌다.

외다리 남자와 여자애들이 달려왔다. 남자가 노새의 목에 가죽끈을 둘러맸다. 그들은 그 노새가 세상에서 가장 멋진 노새이기라도 한 것처럼, 노새 주위에 모여 노새를 쓰다듬기도 하고 토닥여주기도 했다. 그렇게 하자 노새도 기분이 훨씬 좋아진 것 같았다.

그러고 나자 그들은 그 늙은 노새를 가운데 두고 밭에 꿇어앉아 기도를 드렸다. 땅을 내려다보며 머리를 숙인 그들은 한참 동안 그 자세로 앉아 있었다.

할아버지는 그들이 노새에게 쟁기를 매는 것을 지켜보았다. 한 사람이 노새 뒤에서 쟁기를 끌며 밭을 갈고 나면 그 다음 사람이 기다렸다는 듯이 이어받아 노새를 몰았다. 여자아이들까지도 이 일에 가담했다. 할아버지는 덤불 속에서 이 모습을 줄곧 지켜보고 있었다. 또 소나무 숲 속에서 그 사람들을 지켜보고 있는 대장에게서도 눈을 떼지 않았다.

그 골짜기에 들르는 일은 이제 할아버지에게 중요한 일과가 되었다. 밭을 얼마나 갈았는지 확인하고 싶었던 것이다. 노새가 오고 사흘째 되는 날, 그들은 밭의 4분의 1 정도를 갈아엎었다.

나흘째 되는 날 아침, 할아버지는 그 연합군 대장이 밭 끝자락에 흰 자루 하나를 놓고 가는 걸 보았다. 외다리 남자도 그를 보았다. 외다리 남자는 엉거주춤한 자세로 손을 흔들었다. 마치 손을 흔들어도 좋을지 어떨지 알 수 없다는 투로. 그 대장도 똑같이 그런 몸짓으로 손을 흔들더니 말을 타고 숲으로 가버렸다. 자루 속에 든 것은 씨앗용 옥수수였다.

다음 날 아침, 할아버지가 빈 터에 가보니 연방군 대장이 말에서 내려 오두막집 앞에서 외다리 남자와 늙은 흑인과 함께 이야기를 나누고 있었다. 할아버지는 그들의 이야기를 들으려고 바싹 다가갔다.

잠시 후 이번에는 대장이 늙은 노새에게 매달린 쟁기를 부리기 시작했다. 그가 쟁기의 가죽끈 끝을 묶어서 자기 목에 거는 걸 보고, 할아버지는 대장이 그 일을 잘해낼 사람이라는 걸 알았다. 그는 쟁기를 부리면서 잠깐잠깐씩 노새를 멈춰세웠다. 그는 그때마다 허리를 굽혀, 일궈진 신선한 흙 한 줌을 집어 냄새를 맡아보곤 했다. 때로는 맛을 보기까지 했다. 손에 쥔 흙덩이를 부수어 떨어뜨리고 난 그는 다시 쟁기를 부리기 시작했다.

나중에 안 일이지만 그의 계급은 하사였고, 일리노이 주 출신의 농부였다. 그는 대개 근무시간이 지난 저녁 무렵이 되어서야 골짜기로 찾아왔다. 하지만 거의 날마다 꼬박꼬박 찾아와 쟁기질을 하곤 했다.

어느 날 저녁, 그가 빼빼 마른 이등병 한 명을 데려왔다. 군에서 근무하기에는 너무 어려 보이는 얼굴이었다. 하지만 그도 병사였다. 그 어린 병사는 그 다음부터 하루도 빠지지 않고 하사와 함께 골짜기에 들렀다. 그는 작은 묘목들을 가지고 왔다. 사과나무 묘목이었다.

어린 병사는 한 시간이나 걸려서 밭 귀퉁이에 묘목 한 그루를 심고 물을 주었다. 그는 흙을 두들겨 다지고 잔가지를 잘라내고 묘목 옆에 받침목을 세웠다. 그러고 나서 뒤로 물러선 그는 사과나무라고는 생전 처음 보는 것처럼 그것을 바라보고 서 있었다.

두 여자아이가 그의 일을 도와주었다. 한 달이 채 안 가 밭 주변은 사과나무로 빙 둘러싸였다. 나중에 밝혀진 바로 그 말라깽이 병사는 뉴욕 주 출신으로 사과 농사를 짓다가 군에 온 젊은이였다. 그가 사과나무를 다 심었을 무렵, 나머지 사람들도 밭을 다 갈고 옥수수 씨앗을 뿌릴 수 있었다.

한번은 할아버지가 어두워질 때를 기다려 그 집 현관 앞에 메기 열두 마리를 두고 왔다. 다음 날 저녁 무렵에 가보니, 그들은 뜰에 있는 나무 밑에 식탁을 놓고 빙 둘러앉아 메기 요리를 먹고 있었다. 때때로 하사나 여자가 식사를 하다 일어나 산을 향해 손을 흔들었다. 할아버지에게 오라고 손짓하는 것이다. 그들도 물고기를 두고 간 사람이 인디언이라는 건 알았지만, 할아버지 모습을 본 적이 한 번도 없었기 때문에 그냥 산을 향해 손을 흔들 수밖에 없었던 것이다. 인디언이 아니었던 그들은 주변 수풀과 할아버지의 색채 차이를 구별할 수 없었다. 할아버지는 그들이 손짓을 해도 앞으로 나서지 않았다. 그 대신 할아버지는 물고기를 더 많이 잡아서 갖다주었다. 할아버지는 잡은 고기들을 뜰 옆의 나무에다 매달아두었다. 현관 쪽으로 더 이상 가까이 갔다가는 들킬 것 같았기 때문이다.

할아버지가 그들에게 물고기를 갖다준 것은, 인디언이 아니라서 산에서 살아가는 방식을 전혀 모르는 사람들이라 밭에서 수확을 하기도 전에 모조리 굶어 죽고 말 것 같아서였다. 게다가 할아버지에게는 연방군 하사와 젊은 병사와의 경쟁에서 지고 싶지 않은 기분도 있었다. 쟁기 부리는 일 같은 건 애당초 좋아하지도 않았고, 밭농사에 깊이 관여할 생각은 추호도 없었지만 말이다.

말라깽이 병사와 두 여자아이는 날마다 어스름해질 무렵이면 우물에서 물을 길었다. 그들은 출렁이는 물통을 들고 다니며 사과나무 한 그루 한 그루마다 물을 주었다. 그동안 나머지 사람들은 괭이로 밭에 있는 잡초를 매거나 옥수수를 솎아냈다. 쟁기로 땅을 갈 때도 그랬지만, 연방군 하사는 제초 작업에도 이상하리만치 열심이었다. 옥수수들은 쑥쑥 자라서 진한 녹색 이파리를 달고 있었다. 풍작이었다. 사과나무에도 싱싱한 녹색 잎들이 자라났다.

이윽고 여름이 되었다. 해가 길어지면서 어두워지는 시각도 늦어졌다. 하사와 젊은 병사는 부대로 돌아갈 때까지 두세 시간을 밭에서 한껏 일할 수 있게 되었다.

시원한 땅거미가 내려앉고 쏙독새가 울기 시작하면, 그들은 모두 집 앞뜰에 서서 밭을 둘러보곤 했다. 하사는 파이프 담배를 피웠고, 두 여자아이는 말라깽이 병사에게 바싹 붙어섰다. 사과나무 둘레의 흙을 손가락으로 긁어 모으느라 말라깽이 병사의 양손에는 언제나 진흙이 말라붙어 있었다. 그는 행여 묘목의 뿌리가 다칠까봐 절대 괭이로 흙을 긁지 않았다.

파이프를 손에 든 하사는 밭에서 눈을 떼지 않은 채 언제나 이렇게 입을 열었다.

"좋은 땅입니다."

마치 할 수만 있다면 그 땅을 먹기라도 할 듯한 말투였다.

"그래요, 좋은 땅이지요."

그 다음 말을 외다리 남자가 받고 나면,

"제가 지금껏 길러본 중에서 가장 좋은 옥수수예요."

늙은 흑인도 빠지지 않고 거들었다.

그들은 저녁마다 이렇게 똑같은 말들을 나누었다. 할아버지가 그들의 이야기를 더 잘 들으려고 살그머니 다가가도, 그들이 하는 일은 그렇게 모여 서서 밭을 바라보고…… 매일 저녁 똑같은 이야기를 나누는 게 전부였다. 그 밭에는 거부할 수 없게 그들의 눈을 잡아당기는 자연의 신비가 머물러 있는 듯했다.

말라깽이 병사는 항상 이렇게 말했다.

"1년만 기다려보세요. 저 사과나무들이 꽃을 피우기 시작하면, 그렇게 멋진 광경은 두 번 다시 보기 힘들 겁니다."

병사의 이야기가 그렇게 재미있는지 어린 여자아이들은 그가 말할 때마다 언제나 킥킥거리며 즐겁게 웃었다. 그 아이들을 나이만큼 어려 보이게 만드는 천진한 웃음이었다.

하사는 손에 쥔 파이프로 산 쪽을 가리켰다.

"내년에는 저쪽 산모퉁이에 있는 덤불을 걷어내고 밭을 만드십시오. 옥수수밭 3, 4에이커 정도는 나올 겁니다."

할아버지가 보기에 그 작은 골짜기에는 더 이상 갈아엎을 땅이 있을 것 같지 않았지만, 그들은 반드시 마음먹은 대로 해낼 것이다. 어쨌든 할아버지는 그들이 하는 일에 흥미를 잃어가기 시작했다. 그런데 토지감독관이 찾아온 것이 바로 이때였다.

어느 날, 아직 해가 걸려 있는 오후 늦은 시각에 열 명이 넘는 감독관들이 말을 타고 그곳을 찾아왔다. 그들은 우스꽝스런 제복을 입고 모두 허리에 총을 차고 있었다. 그들은 세금을 더 많이 거두기 위해 새로운 법안을 의회에서 통과시킨 정치가의 하수인들이었다.

집 앞뜰까지 말을 타고 온 그들은 뜰에다 말뚝을 박고 말뚝 꼭대기에다 붉은 기를 매달았다. 붉은 기가 무엇을 뜻하는지는 할아버지도 알고 있었다. 개척촌 여기저기서 자주 보았던 것이다. 어떤 정치가가 다른 사람의 땅을 보고 탐이 났다고 하자. 그 정치가는 그 땅에 땅주인이 도저히 낼 수 없는 무거운 세금을 부과한다. 그러고 나면 그 땅에는 붉은 기가 세워진다. 그것은 얼마 안 있으면 그 땅이 다른 사람 손으로 넘어가리라는 것을 나타내는 표시였다.

감독관들이 오는 모습을 보고 외다리 남자와 그의 아내, 늙은 흑인, 여자아이들까지 괭이를 손에 든 채 밭에서 나왔다. 그들은 무리를 이루며 앞뜰에 모여섰다. 외다리 남자가 괭이를 집어던지고 집 안으로 들어가는 것이 보였다. 금방 다시 다리를 절룩거리며 걸어나오는 그의 손에는 구식 소총이 들려 있었다. 그는 감독관들을 향해 총부리를 겨눴다.

그때 하사가 말을 타고 달려왔다. 말라깽이 병사는 함께 있지 않았다. 하사는 말에서 뛰어내리더니 감독관들과 외다리 남자 사이로 끼어들었다. 바로 그 순간, 감독관 한 사람이 느닷없이 총을 쏘았다. 하사의 몸이 퉁기듯이 뒤로 젖혀졌다. 그 얼굴에는 놀라움과 고통이 칼날처럼 선명하게 새겨져 있었다. 먼저 그의 머리에서 모자가 굴러 떨어지고, 그 다음 그의 몸이 땅으로 넘어졌다.

외다리 남자도 구식 소총을 쏘아 감독관 한 사람을 쓰러뜨렸다. 나머지 감독관들의 총이 일제히 불을 뿜었다. 외다리 남자는 벌집이 되어 베란다에서 굴러 떨어졌다. 여자와 어린 딸들이 비명을 지르며 달려왔다. 그들은 그 남자를 일으켜 세우려 했지만, 할아버지는 그가 이미 죽었다는 것을 알았다. 남자의 목이 꺾여 있었던 것이다.

할아버지의 눈에 늙은 흑인이 괭이를 휘두르며 감독관을 향해 달려드는 모습이 들어왔다. 두세 발의 총성이 울리고 나자, 노인은 괭이자루 위로 맥없이 쓰러졌다. 감독관들은 말을 타고 서둘러 돌아갔다.

할아버지도 서둘러 그곳을 빠져나왔다. 그 패거리들은 사건을 목격한 사람이 있는지 주변을 샅샅이 뒤지며 알아볼 것이다. 집으로 돌아온 할아버지는 증조할아버지에게 어떤 일이 일어났는지 이야기했다. 할아버지는 뭔가 소란이 일어날 걸로 기대했다. 하지만 그런 일은 일어나지 않았다.

개척촌에 갔을 때 할아버지는 그 사건이 어떻게 변질되고 있는지 알았다. 정치가들은 그 사건이 일종의 폭동이었으며, 그런 폭동을 막기 위해서라도 자신들이 재선되어야 하고, 또 폭동과 같은 전쟁상황에 대비하기 위해서 더 많은 세금을 거둬야 한다고 떠들어댔다. 사람들은 거기에 대해서 한참 동안 설왕설래하고 나더니, 정치가들에게 알아서 하라고 맡겨버렸다. 그래서 그들은 그렇게 했다.

산골짜기의 토지는 어느 돈 많은 부자에게 넘어갔다. 할아버지는 그 일이 있은 후 여자와 어린 두 딸이 어떻게 되었는지 한 번도 소식을 듣지 못했다. 부자는 소작인을 고용했다. 지질과 기상 조건상 그 골짜기에서는 돈이 될 만큼 많은 사과를 생산할 수 없었다. 그래서 그들은 사과나무를 모두 파내버렸다.

뉴욕 주 출신의 한 병사가 탈영했다는 소문이 돌았다. 그 정도 폭동이 무서워서 도망치다니, 겁쟁이라며 사람들은 그를 비웃었다.

하사의 시신은 나무 상자에 넣어져 유족들이 있는 일리노이 주로 보내졌다. 시신을 씻기고 옷을 갈아입히던 사람들은 그의 한쪽 손이 꽉 쥐어져 있는 것을 발견했다. 사람들은 기를 쓰고 그 주먹을 펴보려 했다. 급기야 도구까지 동원해서 억지로 그 손을 폈을 때, 예상과 달리 그 손 안에는 값나가는 어떤 것도 없었다. 펼쳐진 손바닥에서는 검은 흙 한 줌이 주르르 흘러내렸을 뿐이다.

산꼭대기에서의 하룻밤

할아버지와 나는 인디언식으로 생각했다. 나중에 사람들은 나더러 너무 순진하다는 말들을 했다. 그럴지도 모른다. 하지만 나는 그때마다 할아버지가 '말'에 대해서 이야기하시던 것들을 떠올렸다. '순진한' 것이라면 그것은 아무 문제도 아니었다. 순진하다는 것은 좋은 것이기도 했기 때문이다. 할아버지는 순진하기 때문에 내가 언제나 잘해낼 것이라고 하셨다…… 실제로도 그랬다. 예를 들면 어느 날, 도회지에서 온 사람들이 우리 산을 찾아왔을 때 그랬던 것처럼 말이다.

할아버지는 반이 스코틀랜드계 혈통이었지만 자신을 인디언으로 여기고 있었다. 그런 예는 다른 사람들한테서도 찾을 수 있다. 저 위대한 붉은 독수리와 빌 웨더포드, 맥길버리 황제, 매킨토시 같은 사람들이 모두 그랬다. 그들은 인디언들이 그러하듯이 자신들을 자연에 내맡겼다. 자연을 정복하거나 이용하려들지 않고 자연과 더불어 살아간 것이다. 그래서 그들은 자신이 인디언이라고 생각하길 좋아했고, 그 마음은 갈수록 커져서 마침내는 자신들을 백인으로 생각할 수 없게 되었다.

할아버지가 이런 이야기를 해주신 적이 있다. 인디언은 뭔가 팔고 싶은 물건이 있으면 그것을 백인의 발 곁에 놓는다. 백인이 전혀 갖고 싶어하지 않으면 인디언은 그 물건을 집어들고 말없이 가버린다. 이것을 이해하지 못하는 백인들은 그것을 '인디언 선물'이라고 부른다. 주었다가 도로 가져가는 선물이라는 뜻이다. 이것은 사실과 다르다. 인디언이 누군가에게 선물을 줄 때는 아무 형식도 차리지 않고 그저 상대방의 눈에 띄는 곳에 선물을 놓아두고 그냥 가버린다.

인디언은 '우의(友誼)'의 표시로 손바닥을 펴서 들어올려 보인다. 아무 무기도 갖고 있지 않다는 뜻이다. 할아버지의 눈에는 충분히 이치에 맞는 이 행위가 백인들에게는 우스꽝스럽게 비치곤 했다. 백인들은 악수로 같은 뜻을 표현하지만, 악수라는 것은 감칠 듯이 다정한 말을 입에 올리면서도 친구라고 하는 상대가 혹시라도 소매 속에 총을 숨기고 있을까봐 그것을 떨어뜨리기 위해 흔들어대는 행위라는 게 할아버지의 주장이셨다. 할아버지는 악수를 좋아하지 않았다. 일단 친구라고 생각한 상대를 의심하며 소매에서 뭔가를 떨어뜨리려는 사람이 좋게 보일 리 없었던 것이다. 그것은 상대방의 말에 대한 철저한 불신을 뜻했다. 나도 그 의견에 동감이었다.

인디언을 만나면 백인이 "How!"라고 말하고 키득거리는 것에 대해서, 할아버지는 200년 전에 일어났던 일들에 그 원인이 있다고 하셨다. 그 당시 인디언이 백인을 만나면 백인들은 언제나 'how(어떤가?)'라고 묻는 것으로 시작했다. 기분이 어떤가? 라든가, 당신 부족들은 어떤가? 지내기는 어떤가? 혹은 당신이 있는 곳의 사냥감은 어떤가?…… 하는 식으로 말이다. 그래서 인디언들은 백인이 좋아하는 화제가 how로 시작되는 것이라고 믿게 되었다. 그 때문에 인디언들은 백인을 만났을 때 예의를 갖추려면 how라고만 말하고, 그 버르장머리 없는 백인들이 직성이 풀릴 때까지 how라고 말하도록 내버려두면 된다고 생각했다. 할아버지는 인디언들이 how라고 말하는 것을 비웃는 사람들은 예의 바르고 사려 깊게 행동하려는 인디언을 비웃는 것이라고 말씀하셨다.

어느 날, 할아버지와 내가 물건을 짊어지고 사거리 상점에 갔을 때, 주인인 젠킨스 씨는 도회지에서 두 사람이 와 있다고 말했다. 그는 그 사람들이 채터누가에서 왔고, 기다란 검은 승용차를 몰고 왔다고 했다. 또 젠킨스 씨는 그 두 사람이 할아버지를 만나고 싶어한다고 전했다.

할아버지는 큰 모자 그늘 밑에서 젠킨스 씨를 쳐다보았다.

"세무 관리요?"

"아니오. 관리가 아니고 위스키 판매업을 하는 사람이라더군요. 당신이 훌륭한 위스키를 만든다는 소문을 들었다고 하면서 커다란 증류기를 제공하고 싶다고 했어요. 그러니 그 사람들과 손잡고 일하면 당신은 큰 부자가 될 수 있을 거요."

할아버지는 더 이상 아무 말도 하지 않고 할머니에게 줄 커피와 설탕을 샀다. 나는 여느 때처럼 나뭇단을 가져다준 보답으로 젠킨스 씨에게서 오래된 사탕을 받았다. 젠킨스 씨는 할아버지의 대답을 듣고 싶어서 안절부절못했다. 하지만 그는 할아버지를 잘 아는 터라 직접 물어보지는 않았다.

"그 사람들은 금방 돌아오겠다고 했어요."

젠킨스 씨가 말했다.

할아버지는 치즈를 약간 샀다…… 나는 치즈를 좋아했기 때문에 기분이 무척 좋았다. 우리는 가게 밖으로 나왔지만 머뭇거리지 않고 곧바로 집으로 향했다. 할아버지는 빠른 속도로 걸으셨다. 덩굴열매 딸 틈이 없었던 것은 물론이고, 사탕도 할아버지 뒤에서 종종걸음을 치며 따라가는 동안에 먹어야 했다.

집에 도착한 할아버지는 할머니에게 도회지에서 온 남자들 이야기를 했다. 그리고 내게는 이렇게 부탁했다.

"작은 나무야, 너는 여기에 있거라. 나는 증류기가 있는 곳에 가서 나뭇가지를 더 덮어놓으마. 그 사람들이 오거든 내가 알 수 있게 신호를 하도록 하고."

할아버지는 골짜기길로 올라가셨다.

나는 앞베란다에 앉아서 도회지 사람들이 오는지 망을 보았다. 할아버지의 모습이 채 사라지기도 전에 두 사람의 모습이 눈에 들어왔다. 나는 할머니에게 그 사실을 알렸다. 할머니와 나는 '개 통로'에 서서 그들이 산길을 올라와 통나무다리를 건너는 모습을 지켜보고 있었다. 할머니는 내 뒤쪽에 서 계셨다.

두 사람은 정치가만큼 좋은 옷을 입고 있었다. 뚱뚱한 남자는 엷은 자주색 양복에 흰 넥타이를 하고 있었고, 마른 사람은 흰 양복에 광택이 나는 검은 셔츠를 입고 있었다. 둘 다 가느다란 짚으로 엮은 도시풍 모자를 쓰고 있었다.

그들은 곧장 베란다 앞까지 왔지만 계단으로 올라오지는 않았다. 뚱뚱한 남자는 땀을 많이 흘리는 편이었다. 그가 할머니를 쳐다보면서 말했다.

"이 집 영감님을 만났으면 합니다."

그는 몸 어딘가가 안 좋은 사람 같았다. 숨소리가 거칠었고 눈도 거의 보이지 않았다. 그의 두 눈은 불룩한 살덩어리에 묻혀서 가늘게 찢어져 보였다.

할머니는 아무 대답도 하지 않았다. 나 역시 아무 말이 없자, 뚱뚱한 남자는 말라깽이 동료를 돌아보며 말했다.

"슬리크(교활하다는 뜻—옮긴이), 저 인디언 할멈은 영어를 모르는 모양이야."

뭔가 켕기는 사람처럼 슬리크 씨가 자기 어깨너머로 뒤를 돌아보았다. 하지만 그의 뒤에는 아무도 없었다. 그는 카랑카랑한 목소리를 가진 사람이었다.

"할망구를 윽박질러봐. 나는 이런 곳이 맘에 안 들어, 청크(땅딸보라는 뜻—옮긴이). 산속에 너무 깊이 들어왔잖아. 여기서 나가는 게 좋겠어."

슬리크 씨의 코 밑에는 콧수염이 달려 있었다.

"입 닥쳐!"

청크 씨는 모자를 뒤로 젖혔다. 그의 머리에는 머리카락이 한 올도 없었다. 그는 의자에 앉아 있는 내 쪽으로 머리를 돌렸다.

"이 애는 혼혈이니, 영어를 할 수 있을지 몰라. 얘, 꼬마야, 영어 할 줄 아니?"

"그런 것 같아요."

내 대답을 듣고 청크 씨가 슬리크 씨를 돌아보았다.

"자네, 들었나…… 할 수 있대."

처음에는 서로 마주 보며 겸연쩍은 웃음을 흘리던 그들은 얼마 안 가 큰 소리로 웃기 시작했다. 그 사이에 할머니는 집 뒤쪽으로 가서 블루보이를 풀었다. 블루보이는 할아버지를 찾아서 계곡으로 쏜살같이 뛰어올라갔다.

"아빠는 어디 있니, 꼬마야?"

청크 씨가 다시 물었다.

나는 그에게 아빠를 기억하지 못하며, 여기서 할아버지 할머니와 함께 살고 있다고 대답했다. 그러자 청크 씨는 그럼 할아버지는 어디 있느냐고 다시 물었다. 나는 집 뒤쪽의 산길을 가리켰다.

청크 씨는 주머니를 뒤지더니 1달러짜리 은화를 꺼내 내게 내밀었다.

"우리를 할아버지 있는 곳으로 데려다주면 이 돈을 주마, 꼬마야."

그의 손가락에는 커다란 반지가 여러 개 껴 있었다. 나는 그가 부자여서 1달러쯤은 얼마든지 줄 수 있는 사람이란 걸 금방 알았다. 나는 그것을 받아서 주머니 속에 넣었다. 나도 셈을 할 줄 안다. 이 1달러를 할아버지와 나누더라도 기독교도에게 사기당한 50센트를 고스란히 되찾을 수 있다!

그렇게 생각하니 기분이 무척 좋았다. 나는 그들을 데리고 산길을 올라갔다. 그렇지만 걷기 시작하자 증류기 있는 곳으로 그들을 데려가서는 안 된다는 생각이 들었다. 그래서 나는 산꼭대기 가는 길로 그들을 데려갔다.

산 위로 올라가면서 나는 불안해지기 시작했다. 그 다음에 어떻게 해야 할지 아무 생각도 떠오르지 않았다. 그러나 청크 씨와 슬리크 씨는 기분이 꽤 좋은 것 같았다. 그들은 윗도리를 벗고 내 뒤에 한참 처져서 따라왔다. 두 사람 다 허리에 총을 차고 있었다. 슬리크 씨가 내게 말을 걸었다.

"꼬마야, 아빠에 대한 것은 기억이 나지 않는다고?"

나는 걸음을 멈추고 전혀 기억나지 않는다고 대답했다.

"그럼 넌 사생아인가보구나. 그렇지, 꼬마야?"

나는 그럴 거라고 대답했다. 아직 사전에서 B까지 진도가 나가지 않아 '사생아(bastard)'라는 말의 뜻을 알지 못했는데도 말이다. 두 사람은 너무 심하게 웃는 바람에 기침까지 했다. 나도 덩달아 웃었다. 두 사람 다 무척 쾌활한 사람들인 것 같았다.

청크 씨가 다시 입을 열었다.

"제기랄, 이곳은 온통 짐승투성이구먼."

나는 산에는 짐승들이 무척 많다, 살쾡이, 멧돼지…… 게다가 할아버지와 나는 언젠가 흙곰을 본 적도 있다고 말해주었다.

슬리크 씨는 우리가 곰을 본 게 최근의 일인지 알고 싶어했다. 그래서 나는 실제로 보지는 않았지만 남긴 흔적을 보았다고 대답했다. 나는 곰 발톱 자국이 남아 있는 미루나무를 가리켰다.

"아, 저 나무에 자국이 있어요."

청크 씨는 갑자기 뱀에게 습격이라도 당한 것처럼 옆으로 확 물러섰다. 그 바람에 그는 슬리크 씨와 부딪쳤고, 슬리크 씨는 엉덩방아를 찧었다. 슬리크 씨는 화가 났다.

"망할 놈의 자식, 청크! 산비탈로 굴러 떨어질 뻔했잖아! 네가 저기서 날 넘어뜨렸으면……"

슬리크 씨가 저 아래쪽 계곡을 가리켰다. 두 사람은 목을 쑥 빼고 나란히 아래를 내려다보았다. 저 멀리 아래쪽에 실처럼 가는 시냇물이 보였다.

"하느님 맙소사! 도대체 얼마나 올라온 거야? 젠장, 떨어지면 뼈도 못 추리겠군."

나는 청크 씨에게 우리가 얼마나 높은 곳에 있는지는 나도 모르지만 꽤 높을 거라고 말했다. 비록 그전에는 높다는 생각 같은 건 한 번도 해본 적이 없었지만 말이다.

높이 올라갈수록 청크 씨와 슬리크 씨의 기침도 심해졌다. 그들은 점점 더 뒤처졌다. 한번은 그들을 찾으러 도로 내려가보니 그들은 흰참나무 아래에서 큰대 자로 뻗어 누워 있었다. 흰참나무의 뿌리 근처에는 독담쟁이가 자라고 있었다. 두 사람은 그 한가운데에 누워 있었다.

독담쟁이는 눈으로 보기에는 예쁜 녹색 이파리들이지만, 그 속에 눕는 일 같은 건 하지 않는 게 현명하다. 온몸이 지렁이가 기어가는 것처럼 부어오르고, 따끔거리며 아픈 증세가 몇 개월씩 계속된다. 나는 그들에게 독담쟁이에 대해서 말하지 않았다. 어쨌든 엎질러진 물이라 굳이 이야기를 해서 그들 기분을 상하게 하고 싶지 않았던 것이다. 그렇지 않아도 그들은 몸이 안 좋은 것 같았다.

내가 내려가자 슬리크 씨가 머리를 들었다.

"사생아 꼬마, 잘 들어. 도대체 얼마를 더 가야 하냐?"

청크 씨는 얼굴을 들지도 않고 눈을 감은 채로 독담쟁이 한가운데 그대로 누워 있었다. 나는 이제 다 왔다고 대답했다.

나는 아까부터 계속 궁리를 했다.

'할머니는 내가 산꼭대기로 온 걸 아시니까 할아버지를 뒤따라 보내실 것이다. 그러니까 산꼭대기에 도착하면 슬리크 씨와 청크 씨에게 할아버지가 곧 오실 테니까 앉아서 잠깐 기다리자고 말하자. 할아버지는 얼마 안 있어 오실 거야. 틀림없이 그럴 거야.'

나는 모든 일이 잘 풀려나갈 것이며, 어쨌든 그들을 할아버지에게 데려다준 셈이니까 1달러를 가질 수 있을 것이라고 생각했다.

나는 다시 산길을 오르기 시작했다. 슬리크 씨가 청크 씨를 부축하여 독담쟁이 있는 곳에서 일으켜 세웠다. 두 사람은 비틀거리면서 내 뒤를 따라왔다. 둘 다 윗도리는 독담쟁이 위에 벗어 던져두고 왔다. 돌아가는 길에 다시 집어가면 되니까 괜찮다고 청크 씨는 말했다.

내가 산꼭대기에 도착한 것은 두 사람보다 훨씬 먼저였다. 지금 온 길은 산의 능선을 누비고 다니던 체로키들이 낸 산길들 중의 하나인데, 반대쪽으로 내려가면 얼마 안 가 길이 갈라지고, 다시 내려가다보면 또 몇 갈래로 갈라지기를 반복했다. 할아버지는 산속까지 그물망처럼 엮여 있는 길을 모두 합치면 400리는 될 것이라고 했다.

나는 산꼭대기 바로 밑, 길이 갈라지는 지점의 덤불 아래에 앉았다. 한쪽은 산꼭대기로 이어지는 길이었고, 또 다른 한쪽은 산의 반대편으로 내려가게 되어 있는 길이었다. 나는 그곳에서 기다리다가 청크 씨와 슬리크 씨가 도착하면, 할아버지가 오실 때까지 그곳에 앉아 기다리자고 말할 작정이었다.

두 사람이 산꼭대기 위로 모습을 드러내기까지는 꽤 오랜 시간이 걸렸다. 뚱뚱한 청크 씨는 슬리크 씨의 어깨에 팔을 두르고 심하게 절뚝거리면서 걸어왔다. 발을 다친 것 같았다.

청크 씨는 슬리크 씨를 사생아라고 부르고 있었다. 나는 그 말을 듣고 깜짝 놀랐다. 아까는 슬리크 씨가 자신도 사생아라는 말을 전혀 하지 않았는데…… 청크 씨는 애초에 산골 촌놈한테 일을 맡기겠다는 발상을 한 게 슬리크 씨가 아니냐고 따졌다. 슬리크 씨도 지지 않았다.

"새삼스럽게 인디언 영감을 찾자고 한 건 너 아니었냐, 이 후레자식아!"

두 사람은 소리소리 지르면서 내 앞을 지나쳐갔다. 나는 그들에게 여기서 기다려야 한다는 말을 할 기회를 잡을 수 없었다. 다른 사람이 말을 하고 있을 때 끼어들어선 안 된다는 할아버지의 가르침을 늘상 받아왔기 때문이다. 두 사람은 그대로 곧장 산 반대쪽으로 나 있는 길로 내려가기 시작했다. 나는 그들의 뒷모습이 나무들 사이로 사라지는 것을 보고 있었다. 그들이 가는 곳은 양쪽 산 사이에 낀 험한 골짜기로 들어서는 길이었다. 나는 그냥 이곳에서 할아버지를 기다리는 게 낫겠다고 판단했다.

그다지 오래 기다릴 필요도 없었다. 블루보이가 먼저 모습을 드러냈다. 나는 내 자취를 냄새 맡으면서 꼬리를 흔들고 올라오는 블루보이를 보았다. 문득 쏙독새 소리가 들렸다. 틀림없이 쏙독새 소리 같은데…… 하지만 그러기에는 아직 그렇게 어두워지지 않았다. 그래서 나는 그게 할아버지의 소리라는 것을 깨닫고 나도 쏙독새 소리로 응답했다. 거의 비슷하게 흉내를 냈지 싶다.

늦은 오후 햇살을 비스듬하게 받으며 나무 사이를 빠져나오는 할아버지의 그림자가 보였다. 할아버지는 길을 따라온 것이 아니었다. 발소리조차 나지 않았다. 할아버지는 원할 때면 언제든지 이렇게 미끄러지듯 걸을 수 있었다. 드디어 할아버지가 내 앞에 나타났다. 할아버지를 다시 만나니 무척 반가웠다.

나는 슬리크 씨와 청크 씨가 산 아래쪽으로 내려갔다는 것과, 또 여기까지 올라오는 동안에 그들이 떠들어대던 말들을 생각나는 대로 전부 이야기했다. 할아버지는 뭐라고 우물거리셨지만 입 밖에 내지는 않으셨다. 대신 할아버지는 눈썹을 있는 대로 찡그리셨다.

할머니가 자루에 음식을 담아서 보내주어 우리는 삼나무 밑에 앉아서 그것들을 먹었다. 높은 산 위에서 먹는 옥수수빵과 밀가루를 묻혀 요리한 메기는 정말 맛이 기가 막혔다. 우리는 그것들을 깨끗이 먹어치웠다.

나는 주머니에서 1달러짜리 은화를 꺼내서 할아버지에게 보여드렸다. 내가 일을 잘해냈다고 청크 씨가 판단하면 내 몫이 될 수 있는 돈이었다. 나는 할아버지에게 잔돈으로 바꾸면 둘이서 절반씩 나눌 수 있을 것이라고 말했다. 할아버지는 자신이 청크 씨를 만나러 여기에 왔으니 내 할 일을 다한 것이라고 하시며, 1달러는 통째로 내 것이라고 하셨다.

나는 젠킨스 씨 가게에서 보았던 빨갛고 파란 무늬의 그 상자에 대해서 이야기했다. 내가 그 사탕 상자가 1달러는 넘지 않을 것 같다고 하자, 할아버지도 그렇게 생각한다고 하셨다. 저 멀리 아래쪽에서 외침 소리가 들렸다. 골짜기 쪽에서 나는 소리였다. 청크 씨와 슬리크 씨 일을 깜빡 잊고 있었던 것이다.

사방에 어둠이 깔리고 있었다. 산자락에서 쏙독새와 산새들이 울기 시작했다. 할아버지가 일어서서 양손을 입에 대고 고함을 질렀다.

"야아아아…… 호오오오……"

할아버지는 아래쪽을 향해 길게 소리를 질렀다. 맞은편 산에 부딪친 그 소리는 마치 할아버지가 그쪽으로 건너가기라도 한 것처럼 또렷하게 되돌아왔다. 다시 아래쪽 골짜기로 가서 부딪친 그 소리는 계곡 아래로 굴러 내려가면서 점점 약해졌다. 메아리가 이렇게 번져가면 첫 소리가 어디서 왔는지 도저히 짐작할 수가 없다. 그런데 메아리가 거의 사라졌을 때 우리는 산 아래쪽 벼랑에서 울리는 세 발의 총성을 들을 수 있었다. 그 소리도 이곳저곳에서 메아리를 만들어내며 사라져갔다.

"총이야! 놈들이 총성으로 대답하고 있어."

할아버지가 다시 한 번 고함을 질렀다.

"야아아아…… 호오오오……"

나도 뒤따라 외쳤다. 우리 두 사람의 외침 소리로 메아리들은 서로 뒤엉켜 튀어오르며 춤을 추었다. 다시 세 발의 총소리가 들려왔다.

할아버지와 나는 계속 고함을 질렀다. 메아리에 귀를 기울이는 건 무척 재미있는 일이다. 총소리는 우리들이 소리칠 때마다 답을 보내왔다. 하지만 어느 순간, 총소리는 더 이상 들리지 않았다.

"총알이 떨어졌구나."

할아버지는 이렇게 말씀하셨다. 이제 주변은 완전히 어두워졌다. 할아버지는 기지개를 켜고 나서 하품을 했다.

"작은 나무야, 저 사람들을 도와주러 굳이 이 밤에 저 아래까지 달려내려갈 필요는 없을 것 같구나. 그냥 놔둬도 괜찮을 거다. 내일 아침에 도와주러 가도록 하자꾸나."

나 역시 그러는 것이 좋겠다고 생각했다.

할아버지와 나는 삼나무 아래에 어린 가지들을 깔고 그 위에서 잠을 잤다. 봄이나 여름에 산에서 야영을 할 때는 어린 가지들 위에서 자는 것이 제일 좋다. 그렇지 않으면 빨간 진드기들에게 온통 빨아먹히고 만다. 빨간 진드기는 워낙 작아서 맨눈으로는 볼 수가 없다. 몇백 만 마리나 되는 놈들이 풀잎마다 덤불마다 새까맣게 깔려 있는 것이다. 그것들은 사람에게 들러붙어서 살 속으로 파고들기 때문에 온몸에 좁쌀 같은 발진이 돋곤 한다. 빨간 진드기가 유달리 극성을 부리는 해가 있다. 올해가 바로 그런 해였다. 산속에는 나무진드기라는 또 다른 진드기 종류도 있었다.

할아버지와 나, 그리고 블루보이는 어린 가지로 만든 침대에 기어올라갔다. 블루보이는 몸을 구부리고 내 옆에 누웠다. 차가운 밤기운 속에서 따뜻한 체온이 느껴졌다. 가지들은 부드럽게 쿨렁거렸다. 나는 졸음이 몰려와 하품을 하기 시작했다.

할아버지와 나는 머리 밑에 깍지를 끼고 똑바로 누워서 달이 뜨는 것을 바라보았다. 둥그렇고 노란 달이 저 먼 산 위로 미끄러지듯이 올라왔다. 오늘 밤에는 백 리 앞까지도 볼 수 있겠다고 할아버지가 말씀하셨다. 분무기로 뿌려놓은 듯한 달빛 속에서 산들은 부드러운 곡선을 그리며 솟아 있었고, 깊은 그림자가 드리워진 골짜기들은 진보라색으로 물들어 있었다. 저 멀리 우리 발밑에서는 안개가 띠를 이루며 떠다녔다…… 안개들은 골짜기들을 스쳐 지나가기도 하고, 산자락을 뱀처럼 휘감기도 했다. 조그만 안개띠 하나가 은빛 배처럼 산허리를 돌아나오더니 또 다른 안개띠와 부딪쳤다. 두 줄기 안개는 서로 함께 어우러지며 뒤섞이더니 이번에는 산골짜기 위로 휘휘 솟아오르기 시작했다. 할아버지는 안개가 살아 있는 것 같다고 말씀하셨다. 실제로 그랬다.

우리 바로 옆에 있는 느릅나무 꼭대기에 앵무새가 자리를 잡고 앉아 노래를 불렀다. 산 저 뒤쪽에서는 살쾡이들이 짝짓기하는 소리도 들렸다. 그놈들은 미친 것처럼 비명을 질렀다. 짝짓기를 하면 아주 기분이 좋기 때문에 살쾡이들도 저런 소리를 내지 않을 수 없다고 할아버지가 설명해주셨다.

나는 매일 밤 산꼭대기에서 잤으면 좋겠다고 할아버지에게 말씀드렸다. 할아버지 자신도 그렇다고 하셨다. 바로 아래쪽에서 올빼미가 새된 소리를 지르며 울었다. 그런데 짐승의 소리가 아닌 비명 소리와 고함 소리가 저 멀리 아래쪽에서 들려왔다. 할아버지는 청크 씨와 슬리크 씨의 소리라고 하셨다. 그들이 조용히 하지 않으면 산허리의 새들과 짐승들이 무척 괴로울 거라고 하시면서. 나는 달을 바라보다 잠이 들었다.

우리는 첫새벽에 눈을 떴다. 높은 산 위에서 바라본 새벽은 다른 무엇과도 비교할 수 없을 만큼 멋진 것이었다. 할아버지와 나, 블루보이까지 포함하여 우리 모두가 그 모습을 지켜보았다. 하늘은 밝은 회색빛을 띠고 있었고, 숲에서는 새들이 일어나 새로운 하루를 맞이하기 위해 푸득거리고 짹짹거리며 수선을 떨었다.

우리 발밑에는 까마득히 먼 곳까지 뿌연 안개바다가 펼쳐져 있었다. 산봉우리들은 그 위로 머리를 들이밀고, 마치 자신들이 진짜 바다 위로 솟아오른 섬들인 것 같은 모습을 연출했다. 할아버지가 동쪽을 가리키셨다.

"봐라!"

세상의 끝, 아스라이 보이는 산등성이 위로 거대한 붓으로 칠해놓은 듯한 분홍빛 띠가 드넓은 하늘 전체를 가로지르며 깔려 있었다. 아침 바람이 불어와 우리 얼굴을 때렸다. 이제 그 분홍빛 띠는 빨강, 노랑, 파랑의 줄무늬로 변해갔다. 나와 할아버지는 그 색깔들이 무엇을 뜻하는지 알고 있었다. 아침이 탄생하고 있는 중이었다. 멀리 있는 산등성이가 불이 붙은 것처럼 눈부시게 빛나는가 싶더니, 드디어 해가 숲 위로 머리를 내밀었다. 해는 발밑에 자욱이 깔린 안개바다를 넘실거리는 분홍빛 바다로 바꾸었다.

햇빛이 할아버지와 내 얼굴을 때렸다. 온 세상이 불타는 것처럼 벌게졌다. 할아버지는 항상 그래왔다고 하시면서 모자를 벗으셨다. 우리는 그 광경을 한참 동안 바라보고 서 있었다. 할아버지와 나는 같은 생각을 나누고 있었다. 그리고 난 알았다. 우리는 언젠가 이 산꼭대기로 와서 아침이 태어나는 것을 다시 한 번 보게 될 것이라는 걸.

어느새 해는 발목을 잡아당기던 산에서 벗어나 하늘 가운데 동그마니 떠 있었다. 할아버지는 숨을 한 번 크게 내쉬고, 기지개를 켜듯이 온몸을 쭉 뻗고 나더니 이렇게 말씀하셨다.

"자, 우린 할 일이 있어. 네가 할 일은……"

할아버지는 머리를 긁적이시더니 다시 한 번 같은 말을 반복했다.

"네가 할 일은 뭐냐 하면, 먼저 집으로 가서 할머니에게 우리가 이곳에 좀 더 있게 될 것 같다고 전하는 거다. 그리고 너와 내가 먹을 걸 요리해서 종이 봉지에 담아달라고 하고, 저 도회지 사람들이 먹을 만한 건 따로 조리해서 마대에 담아달라고 해라. 종이 봉지와 마대, 잊어버리지 않겠지?"

나는 구분할 수 있다고 말하고 집을 향해 걸음을 떼놓기 시작했다.

그때 할아버지가 나를 다시 불러세우면서 뭔가 재미있는 생각이 떠오른 것처럼 실실 웃으셨다.

"그리고 작은 나무야, 할머니가 그 두 사람 먹을 걸 조리하기 전에 그 친구들이 네게 떠들었던 것들을 모조리 할머니에게 얘기해드려라."

나는 그러겠노라고 하고 길을 따라 뛰어내려갔다. 블루보이가 따라왔다. 등 뒤에서 할아버지가 청크 씨와 슬리크 씨에게 외치는 소리가 들렸다.

"야아아아아아, 호오오오오……"

나도 할아버지와 함께 소리를 지르고 싶었다. 그렇지만 산길을 달려 내려가는 것도 싫진 않았다. 특히 이렇게 이른 아침 시간에는 말이다.

온갖 생물들이 하루 생활을 시작하기 위해 밖으로 나오는 아침 시간이었다. 호두나무의 높은 가지에 너구리 두 마리가 앉아 있었다. 그놈들은 나를 내려다보고 있다가, 내가 그 나무 밑을 지나자 뭐라고 말을 걸었다. 다람쥐들이 수다를 떨며 길을 가로

질러 폴짝거리고 뛰어갔다. 그 옆을 지나치려니까 다람쥐들은 앞발을 모으고 일어서서 찌익찌익하고 내게 떠들어댔다. 산길을 걸어내려오는 동안 온갖 새들이 날개를 퍼덕이며 내 앞으로 날아다녔다. 앵무새 한 마리는 나와 블루보이 뒤를 한참 동안이나 따라오다가, 내 머리 위에 내려앉아서 장난을 걸었다. 앵무새들은 자기를 좋아하는 사람을 만나면 이렇게 한다. 나는 앵무새를 무척 좋아했다.

오두막집에 도착하자, 뒤쪽 베란다에 할머니 모습이 보였다. 할머니는 새들 모습을 보고 내가 내려오는 걸 알고 계셨던 것 같았다. 사실 할머니는 사람이 갑자기 나타나도 한 번도 놀란 적이 없었다. 그래서 나는 할머니가 냄새를 맡아서 알아내는 게 아닐까란 생각을 하고 있었다.

나는 할머니에게 종이 봉지에는 할아버지와 내가 먹을 것을 담고, 청크 씨와 슬리크 씨가 먹을 음식은 마대에 따로 넣어달라고 부탁했다. 할머니는 곧장 부엌으로 들어가 요리를 하기 시작했다.

할아버지와 내가 먹을 걸 조리하고 난 할머니는 청크 씨와 슬리크 씨가 먹을 생선을 튀기기 시작했다. 그때 할아버지가 말했던 것이 떠올랐다. 나는 그들이 떠들어대던 말들을 기억나는 대로 할머니에게 이야기해드렸다. 한창 이야기를 하는데, 갑자기 할머니가 프라이팬을 불에서 내려놓더니 대신 물을 가득 부은 냄비를 올려놓으셨다. 할머니는 청크 씨와 슬리크 씨가 먹을 생선을 냄비 속에 집어넣었다. 튀기지 않고 생선찜으로 만들기로 마음을 바꾸신 것 같았다. 또 할머니는 나무뿌리 가루도 냄비 속에 집어넣었다. 나는 이제까지 한 번도 할머니가 요리할 때 그 가루를 넣는 걸 본 적이 없었다. 생선은 금방 부글부글 끓었다.

나는 할머니에게, 칭크 씨와 슬리크 씨는 아주 쾌활한 사람들인 것 같다, 처음에는 내가 사생아라서 우리 모두가 웃었다고 생각했는데, 나중에 알고 보니 슬리크 씨도 사생아여서 그걸 두고 웃은 것 같다, 칭크 씨가 슬리크 씨를 그렇게 부른 걸로 봐서 그건 확실하다고 말씀드렸다.

할머니가 나무뿌리 가루를 다시 한 번 집어 냄비 속에 넣었다. 나는 1달러에 대해서도 할머니에게 이야기했다. 내 할 일을 다 했으니 그 돈을 가져도 된다고 한 할아버지의 말씀도 전해드렸더니, 할머니도 같은 의견이라고 하셨다. 할머니는 그 돈을 내 항아리에 집어넣으셨다. 하지만 나는 빨갛고 파란 상자에 대해서는 말하지 않았다. 근처에 기독교도가 없다는 건 나도 알고 있었지만, 그래도 주의해서 나쁠 건 없다고 생각했다.

할머니는 김이 자욱이 오를 때까지 생선을 끓였다. 할머니는 눈물을 줄줄 흘렸고 코까지 연방 풀어대셨다. 할머니는 김 탓인 것 같다고 하시면서 도회지 사람들이 먹을 생선을 마대에 담아 주셨다.

나는 다시 산길을 올라갔다. 할머니가 개들을 모두 풀었기 때문에 개들도 나와 함께 산으로 올라갔다.

산꼭대기에 도착해보니 할아버지의 모습이 보이지 않았다. 휘파람을 불자 산 반대편 중턱쯤에서 대답이 들려왔다. 나도 그 쪽으로 내려갔다. 그 길은 좁고 나무가 빽빽이 우거져 있었다. 한참 길을 따라 내려가니 할아버지의 모습이 보였다. 할아버지는 두 사람을 골짜기에서 불러 올렸다고 하시면서, 두 사람이 할아버지의 고함 소리에 상당히 규칙적으로 대답하는 걸로 봐서 얼마 안 있으면 모습을 나타낼 것이라고 하셨다.

할아버지는 내 손에서 생선이 든 자루를 받아 나뭇가지에 매달았다. 길 바로 위라서 그 사람들도 금방 찾을 수 있을 터였다. 길을 약간 도로 올라와 작은 감나무숲에 자리를 잡은 할아버지와 나는 점심을 먹기 위해 종이 봉지를 열었다. 해는 이제 머리 꼭대기 바로 위에 솟아 있었다.

할아버지는 우리가 옥수수빵과 생선을 먹는 동안 개들을 엎드려 있게 했다. 할아버지는 소리를 듣고 찾아오려면 어느 쪽으로 방향을 잡아야 할지 청크 씨와 슬리크 씨를 이해시키는 데 꽤 애를 먹었지만, 이제 드디어 그 사람들이 제대로 찾아오고 있다고 하셨다. 그러자 두 사람의 모습이 시야에 들어왔다.

내가 그 사람들을 잘 알지 못했더라면 틀림없이 그들을 알아보지 못했을 것이다. 셔츠는 갈가리 찢어지고 팔과 얼굴은 찢기고 긁힌 상처투성이였다. 마치 가시덤불 사이를 뚫고 나온 사람들 같았다. 얼굴 전체가 온통 벌겋게 부어오른 건 왜 그런지 도무지 알 수가 없다고 할아버지가 속삭이셨다. 그들이 그렇게 된

건 틀림없이 어제 독담쟁이 위에 드러누운 것 때문일 것이다. 하지만 그건 내 탓이 아니었기 때문에 나는 아무 말도 하지 않았다. 청크 씨는 한쪽 발에 신발을 신고 있지 않았다. 두 사람은 어깨를 축 늘어뜨린 채 휘청거리며 걸어 올라왔다.

길 위에 마대가 매달려 있는 것을 본 그들은 그것을 끌렀다. 그들은 길바닥에 주저앉아서 할머니가 보낸 생선을 허겁지겁 먹어치우기 시작했다. 그 와중에도 서로 상대방이 더 많이 먹었다고 하면서 다투길 그치지 않았다. 우리가 앉은 자리에서 그들 소리가 또렷이 들렸다.

식사를 마치고 나자 두 사람은 그늘진 길바닥에 드러누워버렸다. 나는 할아버지가 그곳으로 내려가 그들을 일으켜 세울 걸로 생각했는데 왠지 그렇게 하시지 않았다. 우리는 그대로 앉아서 그들의 모습을 지켜보고 있었다. 할아버지는 그들이 쉬었다 가게 잠시 놔두는 것이 좋겠다고 말씀하셨다. 그러나 그들의 휴식은 얼마 가지 않아 끝이 났다.

청크 씨가 벌떡 일어났다. 몸을 구부린 채 배를 움켜잡고 있었다. 그의 모습이 나무 사이로 보였다. 그는 길옆 풀숲으로 뛰어들더니 바지를 끌러내렸다. 쭈그리고 앉은 그의 입에서는 비명 소리가 흘러나왔다.

"아이구 젠장! 뱃속이 다 뒤집히는 것 같구나."

슬리크 씨도 휴식을 끝내고 풀숲으로 달려가 신음 소리를 내기 시작했다. 그렇게 두 사람은 신음하고, 소리를 지르고, 땅 위를 굴러 다녔다. 얼마 뒤 덤불에서 기어나온 두 사람은 다시 길바닥에 드러눕고 말았다. 하지만 그다지 오래지 않아 그들은 다시 벌떡 일어났고 풀숲으로 뛰어들어가는 일을 반복해야 했다. 그들이 어찌나 시끄럽게 난리를 쳐댔던지 개들이 그르렁거리며 흥분하기 시작했다. 할아버지가 개들을 달랬다.

내가 할아버지에게 그 사람들이 독담쟁이 위에 쭈그리고 앉아 있는 것 같다고 하자, 할아버지도 그런 것 같다고 하셨다. 그래서 내가 또 독담쟁이 이파리로 밑을 닦는 것 같다고 말했더니, 할아버지도 정말 그런 것 같다고 하셨다.

한번은 풀숲으로 뛰어들어간 슬리크 씨가 바지를 제때 내리지 못했다. 그 다음부터 그는 붕붕거리며 날아드는 파리 때문에 한참 동안 시달려야 했다.

이런 일이 한 시간쯤 계속되자, 그들은 길바닥으로 와서 완전히 뻗고 말았다. 할아버지는 그들이 먹은 게 그들 체질에 맞지 않았던 모양이라고 하셨다.

할아버지가 길로 내려서시더니 그들이 있는 아래쪽을 향해 휘파람을 불었다. 손과 무릎만으로 간신히 몸을 일으킨 그들이 할아버지와 내가 있는 쪽을 올려다보았다. 아니, 더 정확하게 말하면 우리를 보는 것 같았다고 해야 할 것이다. 눈꺼풀이 퉁퉁 부어 있어서 눈이 보이지 않았던 것이다. 두 사람이 동시에 소리쳤다.

"잠깐 기다려요."

청크 씨가 비명을 질렀다. 슬리크 씨도 새된 소리를 냈다.

"제, 제발 거기 있어요."

겨우겨우 몸을 지탱하고 일어선 두 사람은 휘청거리며 올라오기 시작했다. 할아버지와 나는 다시 산꼭대기까지 올라갔다. 뒤를 돌아보니, 그들은 절뚝거리며 우리 뒤를 따라오고 있었다.

할아버지는 이제 우리는 집으로 내려가도 괜찮겠다고 하셨다. 이제 그 사람들도 길을 알 테니 제대로 내려올 거라고 하시면서.

할아버지와 내가 오두막집에 도착했을 때는 늦은 오후가 다 된 시간이었다. 우리 세 사람은 뒷문 베란다에 앉아서 청크 씨와 슬리크 씨가 내려오기를 기다렸다. 두 사람이 빈 터에 모습을 드러낸 것은 그러고도 두 시간이 더 지나서 주위가 어둑어둑해질 무렵이었다. 청크 씨는 나머지 한쪽 신발까지 잃어버렸는지 발끝으로 걸었다.

그런데 그들은 곧장 집으로 오지 않고 집을 피해서 빙 돌아 내려갔다. 나는 깜짝 놀랐다. 할아버지를 만나고 싶어하는 걸로 생각했기 때문이다. 그런데 그들은 마음을 바꾼 모양이었다. 할아버지에게 1달러를 가져도 괜찮을지 물어보았더니, 내 할 일을 다했으니 괜찮다, 그 사람들이 마음을 바꾼 건 내 탓이 아니라고 하셨다. 맞는 말씀이었다.

나는 오두막집을 돌아나와 그들 뒤를 따라갔다. 그 사람들은 통나무다리를 건너고 있었다. 나는 두 사람을 향해서 손을 흔들며 소리쳤다.

"잘 가세요, 청크 씨. 잘 가세요, 슬리크 씨. 청크 씨, 1달러 고마워요."

청크 씨가 뒤를 돌아보더니 내게 주먹을 흔들었다. 그 순간 그는 통나무다리에서 미끄러져 개울 아래로 굴러 떨어졌다. 발이 미끄러지면서 청크 씨가 슬리크 씨를 붙잡는 바람에 슬리크 씨까지 떨어질 뻔했지만, 다행히 슬리크 씨는 균형을 유지하면서 잽싸게 통나무다리를 건넜다. 슬리크 씨가 청크 씨에게 "이 후레자식아!"라고 욕을 했다. 간신히 개울가로 기어오른 청크 씨도 채터누가로 가면, 정말 그렇게만 된다면 반드시 슬리크 씨를 죽이고 말겠다고 맞받았다. 나는 두 사람 사이가 어째서 그렇게 나빠졌는지 알 수가 없었다.

드디어 산골짜기 아래로 내려간 그들은 자취를 감추었다. 할머니가 개들을 보내 그 사람들 뒤를 쫓는 것이 좋겠다고 하셨지만, 할아버지는 그 사람들이 완전히 지쳐 있기 때문에 별문제 없을 거라며 괜찮다고 말리셨다.

할아버지는 그 두 사람이 그 지경이 된 건 할아버지와 내가 자신들의 위스키 장사를 도와주리라고 잘못 생각했기 때문이라고 하셨다. 나도 같은 생각이었다.

그 사람들 덕분에 할아버지와 나는 만 이틀이나 되는 소중한 시간을 빼앗겨버렸다. 그렇지만 나한테는 1달러가 남았다. 나는 다시 한 번 동업자로서 그 1달러를 기꺼이 나눌 용의가 있다고 할아버지에게 조심스럽게 제안했지만 할아버지는 거절하셨다. 그 1달러는 위스키 장사와는 별개로 번 것이라는 게 그 이유였다. 할아버지는 모든 걸 고려해봤을 때 일에 비해서 그다지 나쁜 돈벌이는 아니라고 하셨다. 사실 그랬다.

윌로 존

씨 뿌리는 때가 다가오면 우리는 바빠진다. 그때를 정하는 사람은 할아버지였다. 할아버지는 흙 속에 손가락을 찔러넣어보고는 온도를 재었다. 할아버지가 머리를 흔들면, 아직 씨 뿌릴 때가 되지 않았다는 뜻이다.

씨 뿌리기에는 이르고 위스키를 만드는 주간도 아닐 때, 우리는 고기를 잡거나 열매를 따거나, 혹은 흔히 그렇듯이 숲 속을 돌아다니며 시간을 보냈다.

씨 뿌리기를 할 때는 주의해야 할 것들이 있다. 씨를 뿌릴 수 없는 때가 있기 때문이다. 땅 밑에서 자라는 순무나 감자 같은 것들은 달 없는 밤에 심어야 한다. 그렇지 않으면 순무와 감자는 연필 크기만큼밖에 굵어지지 않는다.

반대로 땅 위에서 자라는 옥수수나 콩, 완두콩 같은 것들은 달빛 아래에서 심어야 한다. 그렇게 하지 않으면 그다지 많은 수확을 기대할 수 없다.

이 정도는 기본이고, 그 외에 다른 주의사항들도 많다. 대개의 사람들은 달력에 실린 별자리를 보고 씨 뿌릴 시기를 결정한다. 예를 들어 덩굴콩을 심으려면 쌍둥이 자리일 때가 가장 좋다. 그렇지 않으면 꽃은 만발해도 열매는 맺지 못한다.

이처럼 작물마다 파종하기에 적당한 때가 달력에 표시되어 있다. 하지만 할아버지에겐 달력이 필요 없었다. 별의 위치를 보고 직접 판단할 수 있었기 때문이다.

봄날 밤이면 할아버지는 베란다에 앉아서 별을 관찰했다. 할아버지는 산등성이 위에 떠 있는 별자리의 모양과 위치를 살펴보고,

"별자리를 보니 덩굴콩을 심는 것이 좋겠구나. 내일 동풍이 불지 않으면 어디 좀 심어볼까?"
라고 하셨다. 할아버지는 별자리가 적당해도 동풍이 부는 날에는 덩굴콩 파종을 하지 않았다. 콩알이 열리지 않는다고 하시면서.

물론 너무 습하거나 건조해도 씨를 뿌릴 수 없다. 새가 울지 않고 조용한 날도 파종하지 않는 것이 좋다. 이처럼 씨를 뿌리려

면 여러 가지 많은 것들을 고려해야 한다.

아침에 일어나서 아무 문제가 없으면 우리는 지난밤에 별을 보고 정해둔 대로 파종을 시작한다. 그렇지만 바람이 적당하지 않거나, 새들이 조용하거나, 또 너무 습하거나 건조하면 우리는 밭농사를 제쳐두고 물고기를 잡으러 갔다.

할머니는 씨 뿌리기에 좋은 날인지 아닌지에 대한 할아버지의 판단이 물고기를 잡으러 가고 싶은 기분에 좌우되는 게 아닌지 의심스러워하셨다. 이에 대해 할아버지는, 여자들은 복잡한 것을 이해하지 못한다, 여자는 뭐든지 단순하고 쉽게 생각하지만 세상은 그렇게 움직이지 않는다, 여자들은 태어날 때부터 의심 많은 성격이기 때문에 그럴 수밖에 없다, 돌도 안 된 여자아이가 입에 무는 장난감을 의심스런 눈초리로 바라보는 것을 본 적도 있다고 반박하셨다.

온갖 요소들이 다 잘 들어맞을 때는 우리는 주로 옥수수를 심었다. 옥수수는 우리의 일용할 양식인 동시에 노새인 샘의 먹이였으며, 위스키 원료로 사용되어 우리가 현금을 만질 수 있게 해주는 환금(換金) 작물이었다.

할아버지는 샘에게 쟁기를 끌게 하여 고랑을 일궜다. 나는 고랑을 일구기에는 아직 무리였다. 하지만 할아버지는 쟁기 부리는 일이 점점 능숙해지고 있다고 칭찬해주셨다. 고랑에 씨를 뿌리고 흙을 덮는 건 할머니와 내가 했다. 할머니는 비탈이 가파른 산허리 쪽에는 체로키의 씨 심기용 막대기를 써서 옥수수를 심었다. 이것은 막대기로 흙을 찔러 구멍을 내고, 그 속에 씨앗을 떨어뜨리는 것으로 간단히 일이 끝났다.

그 외에도 우리는 콩, 오크라, 감자, 순무, 완두콩 따위들을 심었다. 완두콩은 산 쪽의 밭둑을 따라서 빙 둘러가며 심었다. 완두콩은 사슴이 좋아했다. 가을이 되어 완두콩이 익으면 80리나 멀리 떨어진 곳에서도 냄새를 맡고 찾아올 정도로 사슴들은 완두콩이라면 사족을 못 썼다. 우리는 그중 만만한 한 마리를 잡아서 겨울용 고기로 말려두었다가 먹곤 했다.

우리는 수박도 심었다. 할아버지와 나는 볕이 잘 들지 않는 밭고랑 끝을 골라서 수박씨를 듬뿍 심었다. 할머니는 수박밭치고는 너무 넓다고 불평하셨지만, 할아버지는 다 먹지 못하면 언제라도 사거리 가게로 가지고 가서 팔면 큰돈이 될 거라고 하셨다.

그런데 수박이 익기 시작할 즈음 우리는 수박 값이 폭락했다는 것을 알았다. 가장 큰 수박 덩어리라고 해봐야 겨우 5센트밖에 받지 못했다. 그것도 팔 수 있을 때 그렇다는 이야기고, 사실은 팔 가능성도 거의 없었다.

어느 날 밤, 할아버지와 나는 부엌 식탁에 앉아 계산을 뽑아보았다. 할아버지 계산에 따르면, 무게가 4킬로그램 정도 되는 위스키 1갤런을 팔면 2달러를 받을 수 있는데, 한 덩이에 6킬로그램이나 되는 수박을 낑낑대고 메고 가도 겨우 5센트밖에 못 받는 걸로 나왔다. 할아버지는 위스키 장사를 할 수 없게 되었다면 또 모르지만 그렇게까지 손해볼 수는 없다고 하셨다. 나는 아무래도 우리가 몽땅 먹어치우는 게 제일 좋겠다는 의견을 내놓았다.

수박은 다른 작물에 비해서 익는 데 시간이 많이 걸린다. 콩과 오크라와 완두콩이 차례로 익어가고 수확할 때가 되어도, 수박만은 그냥 밭에 죽치고 앉아 여전히 시퍼런 채로 크기만 자꾸 커져간다. 나는 뻔질나게 수박밭을 드나들며 수박이 익었는지 살펴보곤 했다.

수박은 틀림없이 익은 것처럼 보여도 그렇지 않을 때가 많다. 익은 수박을 알아맞히는 일도 씨 뿌리기에 맞먹을 만큼 복잡한 일이었다.

저녁 식탁에서 내가 할아버지에게 익은 수박처럼 보이는 걸 찾아냈노라고 이야기한 것만도 벌써 여러 번이었다. 나는 매일 아침 저녁으로 수박밭을 둘러보았다. 또 지나갈 기회가 있을 때는 낮에도 자주 들르곤 했다. 내가 그렇게 이야기하면 할아버지는 그때마다 밭으로 함께 올라가셔서 수박을 살펴보시곤 했다. 하지만 그때마다 할아버지의 대답은 아직 아니라는 것이었다. 어느 날 밤, 그때도 저녁 식사를 하면서 나는 할아버지에게 이번에는 우리가 찾던 수박인 게 거의 확실하다고 했고, 할아버지는 언제나처럼 그럼 내일 아침에 살펴보자고 하셨다.

나는 아침 일찍 일어나서 할아버지를 기다렸다. 우리는 해가 뜨기 전에 밭에 다다랐다. 어젯밤에 이야기한 수박을 내가 손가락으로 가리켰다. 짙은 녹색의 큰 놈이었다. 우리 둘은 그 수박

옆에 쪼그리고 앉아서 이리저리 살펴보았다. 나는 어제 저녁에도 몇 번이나 살펴보았지만 할아버지와 같이 또 한 번 확인해보았다. 잠시 살펴보던 할아버지는 거의 다 익은 것 같으니 한 번 두드려보는 게 좋겠다고 하셨다.

수박을 두드려볼 때는 이 점을 알아둬야 한다. '팅' 소리가 나는 수박은 아직 하나도 익지 않은 것이고, '탱' 하는 소리가 나면 지금 바야흐로 익고 있는 중이며, '텅' 소리가 나는 수박이라야 완전히 익은 것이다. 하지만 할아버지 말씀에 따르면, 이 세상 모든 진리가 그러하듯이, 이렇게까지 해도 수박을 잘랐을 때 원하던 결과를 얻을 가능성은 항상 반 정도밖에 되지 않는다.

할아버지는 문제의 수박을 두드려보았다. 꽤 세게 두드렸다. 할아버지는 아무 말도 하지 않으셨다. 하지만 내가 얼굴을 가까이 대고 표정을 살펴보아도 머리를 옆으로 흔들지도 않으셨다. 이것은 좋은 징조였다. 수박이 완전히 익은 것은 아니지만, 그렇다고 포기하기에는 아직 이르다는 뜻이었다. 할아버지가 다시 한 번 수박을 두드렸다.

내가 '텅'에 가깝게 들리는 것 같다고 하자, 할아버지는 몸을 약간 뒤로 젖히고 앉아 다시 한 번 수박을 관찰했다. 나도 할아버지가 하는 대로 따라 했다.

아침 해가 떠올랐다. 나비 한 마리가 날아와 수박 위에 앉았다. 나비는 날개를 폈다 접었다 하면서 한동안 그곳에 앉아 있었다. 나는 할아버지에게 그게 좋은 징조인지 어떤지 물어보았다.

나비가 앉은 수박은 익은 것이라는 이야기를 들은 적이 있는 것 같았기 때문이다. 할아버지는 그런 이야기는 한 번도 들어보지 못했지만, 그럴지도 모르겠다고 하셨다.

할아버지는 최대한 정확하게 표현하면 '탱'과 '텅'의 중간 소리가 난다고 하셨다. 말하자면 익을락 말락 한 상태라는 것이다. 나한테도 그렇게 들리긴 했지만, 그래도 나로서는 '텅' 쪽에 좀 더 가까운 것 같았다. 할아버지는 알아낼 수 있는 또 다른 방법이 있다면서 어디선가 쇠풀 지푸라기 한 가닥을 찾아오셨다.

그 지푸라기를 수박 위에 가로로 놓았을 때 지푸라기가 꼼짝 않고 그대로 있으면 그것은 아직 익지 않은 것이고, 반대로 지푸라기가 수박 위에서 세로로 회전하면 익은 것이다. 할아버지가 지푸라기를 수박 위에 올려놓았다. 잠시 가만히 있던 지푸라기가 조금 돌고 나더니 멈췄다. 우리는 웅크리고 앉아 눈도 깜박이지 않고 그 모습을 바라보았다. 지푸라기는 더 이상 움직이려 하지 않았다. 내가 할아버지에게, 틀림없이 지푸라기가 너무 길어서 그런 것이다, 익었어도 지푸라기가 길면 돌리기 힘들 거라고 말씀드렸더니, 할아버지는 지푸라기를 잘라서 길이를 짧게 만들었다. 우리는 다시 한 번 시도했다. 이번에는 지푸라기가 좀 더 많이 돌아서 수박의 세로 쪽으로 거의 가까이 다가갔다.

할아버지는 이제 포기하시려는 듯했다. 하지만 나는 포기하지 않고 얼굴을 지푸라기 가까이에 갖다댔다. 잠시 후 느리지만 조금씩 돌아가고 있다고 하자, 할아버지는 아마 내 숨결이 닿기 때문에 그럴 거라고 하셨다. 할아버지는 그런 건 중요하지 않다고 하시면서도 포기하지 않기로 생각을 바꾸셨다. 할아버지는 해가 머리 위로 올라오는 점심 때까지 기다렸다가 수박을 따면 괜찮겠다고 하셨다.

나는 열심히 해를 지켜보았다. 그런데 해는 아침 시간을 늘리기로 작정이라도 한 것처럼 위로 올라가지 않고 도로 옆걸음질하더니 산등성이에 눌러앉아버렸다. 할아버지는 해가 그런 식으로 움직이는 일이 가끔 있다, 특히 오후 늦게 밭일을 끝내고 한시바삐 냇가에서 몸을 씻고 싶다는 생각을 열심히 하고 있을 때는 더 그렇다고 하셨다.

또 할아버지는 우리가 무슨 일엔가에 몰두해서 해가 아무리 더디게 움직여도 눈길 한 번 주지 않으면, 해도 게으름 피우는 것을 포기하고 자기 일을 계속해나갈 것이라고 하셨다. 그래서 우리는 그렇게 하기로 했다.

우리는 부지런히 오크라를 따기 시작했다. 오크라는 빨리 자라기 때문에 자주 따줘야 했다. 열심히 따면 딸수록 열매를 더 많이 맺기 때문이다.

나는 할아버지 앞에 서서 밭고랑을 따라가면서 줄기 아래쪽에 달린 오크라들을 몽땅 따냈고, 할아버지는 내 뒤를 따라오면서 높은 곳에 달린 것들을 따셨다. 할아버지는 줄기를 끌어내리거나 몸을 구부리지 않고 오크라를 몽땅 따낼 수 있는 방법을 생각해낸 사람은 아마 우리뿐일 거라고 하셨다. 어쨌든 우리는 오전 내내 오크라만 열심히 땄다.

어느 밭고랑 끝에 이르니 할머니가 웃으며 서 계셨다.

"점심시간이란다."

할아버지와 나는 수박밭을 향해서 돌진했다. 먼저 도착한 내가 그 수박을 덩굴 사이에서 끌어냈다. 하지만 내 힘으로는 도저히 들 수가 없었다. 그래서 수박을 시냇가까지 옮겨온 것은 할아버지였고, 수박을 시냇물 속으로 밀어넣은 것은 나였다. 풍덩! 수박은 어찌나 무거웠던지 차가운 물 밑으로 가라앉았다.

우리가 수박을 물에서 끌어올린 것은 늦은 오후였다. 할아버지는 시냇가에 배를 깔고 엎드려 물속 깊이 양손을 집어넣어 수박을 꺼내셨다. 할아버지는 수박을 안고 큰 느릅나무 그늘로 가져가셨다. 할머니와 나도 그 뒤를 따라갔다. 우리는 수박을 가운데 놓고 둘러앉아서 짙은 녹색 껍데기에 맺힌 차가운 물방울들을 바라보았다. 뭔가 의식을 치르는 것 같았다.

할아버지는 긴 칼을 치켜든 채 할머니 얼굴과 내 얼굴을 차례로 쳐다보셨다. 할아버지는 두 눈을 동그랗게 뜨고 입을 딱 벌리고 있는 내 모습에 소리 내어 웃으셨다. 한 번 칼을 밀어넣자, 수박은 칼날이 채 닿기도 전에 두꺼운 껍데기에 쫙 하고 금을 그으며 갈라졌다. 잘 익었다는 징조였다. 사실 그랬다. 갈라진 수박을 열어보니 잘 익은 빨간 과육 위에 이슬방울 같은 과즙들이 솟아올랐다.

할아버지가 수박을 잘게 잘라주셨다. 할아버지와 할머니는 내 입에서 수박물이 흘러내려 셔츠 위로 뚝뚝 떨어지는 것을 보고 웃으셨다. 그것은 내가 태어나서 처음 먹어본 수박이었다.

여름이 서서히 지나가고 있었다. 여름은 나의 계절이다. 여름에 태어났기 때문이다. 그 사람이 태어난 계절이 바로 그 사람의 계절이 되는 것이 체로키의 관습이다. 그렇기 때문에 내 생일은 하루로 끝나지 않고 여름 내내 계속되었다.

자신이 태어난 계절에 태어난 고향과 아버지가 한 일, 어머니의 사랑 등에 대한 이야기를 어른들로부터 듣는 것 역시 체로키의 관습이었다.

할머니 말씀에 따르면 나는 1억 명 중에 한 번 있을까 말까 할 만큼 좋은 운을 타고 태어났다고 한다. 나는 자연에서, 어머니인 모노라에게서 태어났다. 그렇기 때문에 내가 이 산에 온 첫날 밤에 할머니가 노래하신 것처럼 자연 속의 모든 것을 형제자매로 가질 수 있었다.

할머니는 나무와 새와 시냇물, 게다가 비와 바람에게서까지 아낌없는 사랑을 받을 수 있는 사람은 좀체 없다고 하셨다. 그래서 나에게는 살아 있는 동안 언제라도 돌아갈 수 있는 집과 형제들이 있는 셈이었다. 다른 애들은 부모가 죽고 나면 외로움을 느끼지만 나는 그럴 필요가 없었던 것이다.

우리는 뒷베란다에 앉아서 여름날 저녁의 어스름을 맞이하곤 했다. 할머니가 조용조용 이야기를 해주시는 동안 어둠은 어느새 골짜기 아래로 기어들었다. 때때로 할머니는 입을 다물고 한참 동안 가만히 계시다가, 양손으로 얼굴을 쓰다듬고 나서 다시 이야기를 계속하시곤 했다.

할머니의 이야기를 듣고 나는 내 자신이 무척 자랑스러우며, 덧붙여 이제는 산골짜기가 아무리 깜깜해도 겁나지 않는다고 말씀드렸다.

할아버지는 나에게, 그렇게 많은 것을 갖고 태어난 나는 무척 특별한 존재로 할아버지보다 한 수 위라는 것과, 그것들은 할아버지 자신도 평생 갖고 싶어하던 것들이라고 하셨다. 또 할아버지 자신은 언제나 어둠이 무서워서 조마조마해하고 있으니, 이제 어둠 속에서 할아버지를 모시고 다니는 것은 전적으로 나한테 달려 있다고 하셨다. 나는 그러겠노라고 했다.

이제 나는 여섯 살이 되었다. 할머니에게 세월이 흘러가고 있음을 절실하게 느끼게 해준 것은 아마 내 생일이었을 것이다. 이제 할머니는 거의 매일 밤 등잔불을 밝혀놓고 책을 읽어주셨으며 사전 공부를 계속 시키셨다. 나는 이제 B항목까지 진도가 나갔다. 그런데 사전의 한 페이지가 찢겨지고 없었다. 할머니는 그 페이지에는 별로 중요한 단어가 없다고 말씀하셨다.(찢겨나간 페이지에는 bastard란 단어가 들어있었을 것이다—옮긴이)

그 다음번 개척촌에 갔을 때 할아버지는 도서관에서 사전 한 권을 샀다. 75센트나 했다.

할아버지는 전부터 이런 사전을 가지고 싶었노라고 하시면서 그 돈을 조금도 아까워하지 않으셨다. 할아버지는 그 안에 든 단어를 전혀 읽지 못하시기 때문에, 나는 할아버지가 뭔가 다른 용도로 그 사전을 사용할 것이라고 생각했다. 하지만 그 뒤로 나는 할아버지가 사전에 손대시는 것을 한 번도 본 적이 없었다.

파인 빌리가 찾아왔다. 그는 수박이 익기 시작하고 나서는 전보다 더 자주 놀러 왔다. 파인 빌리는 수박을 좋아했다. 그는 붉은 독수리표 가루담배 회사로부터 받았을 상금과 도회지 수배자 체포로 받았을 현상금을 놓고 조금도 잘난 척하지 않았다. 그는 그 일에 대해서 전혀 언급하지 않았다. 그래서 우리도 묻지 않았다.

파인 빌리의 말에 따르면 세계는 종말이 가까워지고 있었다. 모든 징후가 그것을 증명하고 있다는 것이다. 전쟁이 일어나리라는 소문이 돌고, 기근은 이미 시작되었으며, 은행은 대부분 문을 닫았고, 문을 닫지 않은 곳이라 해도 늘상 강도만 맞고 있었다. 파인 빌리는 돈이 씨가 말라버린 것 같다고 했다. 대도시에서는 발작적으로 창문에서 뛰어내리는 사람들이 여전히 끊이지 않고, 멀리 오클라호마 주에서는 태풍으로 모든 것이 다 날아갔다는 이야기도 했다.

태풍 이야기는 우리도 알고 있었다. 할머니가 '인디언 연방'(우리는 언제나 오클라호마 주를 인디언 연방이라고 불렀다. 인디언에게서 빼앗아 주州를 만들기 전까지 그곳은 인디언의 부족국가들이 있던 곳이었기 때문이다)에 사는 친척들에게 편지를 보냈던 것이다. 친척들은 답장에서 태풍 이야기를 적어 보내왔다. 그들은 경작해서는 안 될 그 푸른 풀밭을 백인들이 쟁기로 갈아엎어놓았는데, 태풍이 몰아치는 바람에 흙들이 다 날아가고 말았다고 적어놓았다.

파인 빌리는 세상의 종말이 임박했기 때문에 구원받을 결심을 했다고 털어놓았다. 그는 '간음'이 자신의 구원에 가장 큰 장애물이 되고 있으며, 자신이 잘 다니는 댄스 파티에서 간음을 한다고 했다. 하지만 그는 더 큰 잘못은 자신이 아니라 여자들 쪽에 있다, 여자들이 자기를 가만히 내버려두지 않는다, 구원을 얻기 위해서 부흥회 같은 데도 가보곤 했지만, 거기도 여자가 너무 많아서 언제나 자신이 간음하도록 만든다고 푸념했다.

그는 최근에 부흥회에서 간음하기에는 너무 나이가 많은 목사를 만났다고 한다. 이 늙은 목사가 간음에 강력히 반대하는 설교를 하는 것을 들으니, 파인 빌리는 여색을 밝히는 자신의 버릇을 금방이라도 깨끗이 고쳐줄 듯한 기분이 들었다고 한다. 그는 그 순간에 그런 식으로 느끼는 것이야말로 구원을 얻는 지름길이 아니겠느냐, 세상이 종말에 가까워지고 있으니 자기는 다시 그 사람에게 돌아가 구원을 받을 작정이다, 원시 침례교는 한번이라도 구원을 받으면 영원히 구제받는다고 믿기 때문에, 나중에 약간 본래대로 돌아가 쬐금 간음하는 일이 있더라도 자신은 여전히 구원받은 상태이므로 고민할 필요가 조금도 없다, 그래서 자기는 원시 침례교가 자기 성격과 잘 맞는 종교인 것 같고 또 마음도 많이 끌린다고 했다. 그것은 내가 보기에도 그랬다.

그 여름날의 저녁 어스름 속에서 파인 빌리는 자주 바이올린을 켜곤 했다. 세상이 종말에 가까워지고 있으니 당연한 일이지만, 그가 연주하는 음악은 모두 슬픈 곡들이었다.

그 음악 소리를 듣고 있으면 언제나 이것이 마지막 여름이 될 거라는 느낌이 들었다. 또 이미 지나가버린 것 같아 되돌리고 싶기도 하고, 그런가 하면 여름이 영원히 계속될 듯 싶기도 하고…… 마음이 아파와 바이올린 따위는 애초에 시작하지 않았으면 좋았을 거라고 생각하다가도, 멈추지 않고 계속 연주했으면 하고 바라기도 하고…… 어쨌든 무척이나 쓸쓸한 음색이었다.

우리는 일요일마다 교회에 갔다. 교회 가는 길은 할아버지와 내가 물건을 건네주러 갈 때 지나가는 바로 그 길이었다. 교회는 사거리 상점보다 1.5킬로미터 정도 더 간 곳에 있었다.

교회까지 가려면 먼 거리여서 우리는 날이 새자마자 집을 나서곤 했다. 할아버지는 할머니가 밀가루 자루를 하얗게 표백해 만들어준 셔츠에다 검은 양복을 입으셨다. 나도 할아버지 것과 똑같은 셔츠에다 깨끗한 멜빵바지를 입었다. 우리 두 사람은 셔츠의 맨 윗단추까지 잠가, 교회 갈 때에 어울리는 단정한 복장을 했다.

할아버지는 동물 기름을 발라 윤을 낸 검은 구두를 신으셨다. 걸을 때마다 그 구두는 삐걱거리는 소리를 냈다. 모카신에 익숙한 할아버지가 신기에는 힘들 거라고 생각했지만 할아버지는 아무 말도 하지 않고 그냥 터벅거리며 걸음을 옮기곤 하셨다.

할머니와 나는 모카신을 신었기 때문에 한결 편했다. 나는 할머니의 모습이 무척 자랑스러웠다. 할머니는 일요일이면 주황과 노랑, 파랑, 빨강 무늬가 들어간 긴 치마를 입으셨다. 복사뼈까지 내려오는 그 치마는 허리를 감싸고 버섯처럼 퍼져서, 산길을 내려가는 할머니의 모습은 마치 한 송이 봄꽃 같았다.

그 치마가 없었고, 할머니가 외출하는 것을 그렇게까지 기뻐하지 않으셨다면, 아마 할아버지는 절대 교회에 가지 않으셨을 것이다. 익숙하지 않은 구두는 놔두고라도 할아버지는 교회 가는 것을 그리 달가워하지 않으셨다.

할아버지는, 목사와 교회 집사들이 종교를 융통성 없이 만드는 데 크게 이바지하고 있다, 그들은 누가 지옥행이고 누가 아닌지까지 자기들 멋대로 결정해버린다, 그렇기 때문에 조심하지 않으면 하느님이 아니라 목사와 집사를 숭배하게 된다, 정말 그런 일은 딱 질색이라고 하셨다. 그래도 할아버지는 다른 사람들 앞에서 드러내놓고 불평하지는 않으셨다.

나로서는 무거운 물건을 낑낑대고 운반하지 않아도 되는, 교회 가는 길이 즐거웠다. 지름길을 따라 걷다보면 앞쪽에서 아침해가 떠올랐다. 햇빛은 골짜기 아래로 쏟아져 내려와 이슬방울들을 반짝이게 하고, 다채로운 나무 그림자들을 그려내어 우리 눈을 즐겁게 해주었다.

교회는 도로에서 쑥 들어간 숲 한 귀퉁이에 있었다. 조그마하고 페인트칠도 하지 않았지만 깔끔한 건물이었다. 일요일날 교회 앞뜰로 들어서면, 할머니는 걸음을 멈추고 몇몇 여자들과 인사를 나누었다. 그렇지만 할아버지와 나는 곧장 윌로 존이 있는 곳으로 갔다.

윌로 존은 언제나 사람들과 교회 건물에서 떨어진, 숲 뒤쪽에서 있었다. 윌로 존은 할아버지보다 더 연세가 많았지만 키는 할아버지만큼 컸다. 순수 체로키인 그분은 인디언식으로 땋은 백발을 어깨 아래까지 드리우고, 납작한 차양이 붙은 모자를 눈 있는 데까지 눌러쓰곤 하셨다. 눈을 감추기라도 할 것처럼…… 그분의 눈을 한 번 본 사람들은 왜 그렇게 하는지 이유를 알 수 있었다.

그 검은 눈 속에는 상처가 담겨 있었다. 분노로 가득한 상처가 아니라, 벌거벗긴 채 무심하게 놓여 있는 듯한 상처가. 그의 눈이 본래 흐린지, 아니면 그가 우리 뒤쪽 멀리를 바라보고 있는지는 아무도 알 수 없었다.

한참 세월이 지난 다음에 아파치족 한 사람이 나에게 늙은 노인의 사진을 보여준 적이 있었다. 고클라에(하품을 하는 남자라는 뜻—옮긴이), 즉 제로니모의 사진이었다.(제로니모는 미국의 인디언 정벌에 대항하여 조직적인 저항을 시도한 아파치족의 마지막 전사였다—옮긴이) 그 사진에서 제로니모는 윌로 존과 똑같은 눈을 하고 있었다.

윌로 존은 이미 여든 살이 넘었다. 할아버지 말씀에 따르면 윌로 존은 아주 오래전에 인디언 연방에 다녀온 적이 있었다. 그는 자동차도 기차도 타지 않고 걸어서 산들을 지나 그곳을 찾아갔다. 그는 간 지 3년 만에 되돌아왔지만 그곳에서 있었던 일에 대해서는 아무 이야기도 하지 않았다. 단지 "인디언 연방 따위는 없었다"고만 말했다.

그래서 우리는 교회에 갈 때마다 나무들 뒤에 서 있는 윌로 존에게 먼저 갔다. 할아버지와 윌로 존은 서로 껴안고 한참 동안 그대로 서 있곤 했다. 똑같이 커다란 모자를 눌러쓰고, 키가 큰 두 노인은 아무 말도 하지 않았다. 뒤늦게 할머니가 오시면 윌로 존은 허리를 굽혀서 할머니를 포옹했다. 이번에도 할머니와 윌로 존은 껴안은 채 한참 동안 서 있었다.

윌로 존은 교회를 지나서도 한참 더 가야 하는 깊은 산속에 살고 있었다. 그래서 우리 집과 윌로 존 집의 중간쯤에 위치하고 있는 교회가 우리들의 만남의 장소 역할을 했다.

아직 어려서 그랬을 테지만, 나는 윌로 존에게 이제 오래지 않아 체로키들의 수가 많아질 것이며, 나도 어엿한 한 사람의 체로키가 되겠노라고 말했다. 그러자 할머니도, 내가 타고난 산사람이고, 숲의 감정을 갖고 있다고 거드셨다. 윌로 존이 내 어깨에 손을 올려놓으셨다. 그분의 눈 속 아득하게 깊은 곳에서 반짝이는 빛 같은 것이 보였다. 나중에 할머니는 윌로 존이 그런 눈빛을 보인 건 몇 년만에 처음 있는 일이라고 말씀하셨다.

우리는 다른 사람들이 모두 교회 안으로 들어가고 난 다음에야 비로소 교회 안으로 들어가 자리를 잡았다. 우리는 언제나 뒷줄에 앉았다. 통로에서 가장 먼 곳, 벽 쪽으로 윌로 존이 앉았고, 그 다음에는 할머니와 내가 앉았으며, 마지막으로 할아버지가 통로 쪽에 앉았다. 할머니는 예배 보는 동안 내내 윌로 존의 한쪽 손을 잡고 계셨고, 할아버지는 등받이 너머로 팔을 뻗쳐 할머니 어깨에 손을 얹고 계셨다. 그러면 나는 한 손으로는 할머니의 손을 쥐고, 또 한 손은 할아버지의 무릎 위에 올려놓았다. 이렇게 하면 따돌림당하는 느낌이 들지 않는다. 다만 이 자세를 취하려면 무릎을 편 채 발이 의자 밖으로 튀어나오게 다리를 쭉 뻗고 앉아야 하기 때문에, 발이 계속 저린 상태로 있게 되는 것이 문제긴 했지만 말이다.

한번은 의자에 앉으려고 하다가 내가 앉는 의자 위에 긴 칼이 놓여 있는 것을 발견했다. 할아버지의 칼만큼 긴 그 칼은 술장식이 달린 사슴가죽 칼집 속에 들어 있었다. 윌로 존이 나에게 선물로 주는 것이라고 할머니가 말해주셨다. 이것이 인디언이 선물을 주는 방법이다. 인디언은 절대 무슨 뜻을 달거나 이유를 붙여서 선물하지 않는다. 선물을 할 때는 그냥 상대방의 눈에 띄는 장소에 놔두고 가버린다.

선물을 받는 쪽은 자신이 그것을 받을 자격이 있다고 생각하지 않으면 받지 말아야 한다. 따라서 자신에게 그럴 자격이 있다고 생각하고 선물을 받은 사람이 보낸 사람에게 고맙다고 인사를 하거나, 다른 사람들에게 자랑하거나 하는 짓은 어리석은 일이라고 한다. 맞는 말이었다.

나는 윌로 존에게 5센트짜리 동전 하나와 황소개구리 한 마리를 선물하기로 했다. 그날, 윌로 존은 코트를 나뭇가지에 걸어놓고 우리를 기다리고 있었다. 나는 개구리와 동전을 코트 주머니 속에 몰래 집어넣었다. 황소개구리는 무척 큰 놈이었다. 시냇가에서 잡은 이후로 벌레를 먹여 엄청난 크기로 길러놓았던 것이다.

윌로 존은 코트를 걸치고 교회로 들어갔다. 예배가 시작되자 목사는 모두에게 머리를 숙이자고 말했다. 사람들의 숨소리만 들릴 정도로 교회 안은 쥐 죽은 듯 조용했다. 목사가 말했다.

"주여……"

그러자 묵직하면서도 굵은 소리가 대답했다.

"그르르르르르럭!"

개구리 소리였다! 모두가 깜짝 놀라 머리를 들었다. 얼굴색이 하얗게 변해서 밖으로 달아나는 남자도 있었다. 한 남자는 "오오, 전능하신 주여!"라고 외쳤고, 한 여자는 째지는 듯한 소리로 "주를 찬양하라!"고 고함을 질렀다.

윌로 존도 한순간 깜짝 놀라는가 싶더니 곧 손을 주머니에 찔러넣어보았다. 하지만 그는 개구리를 꺼내보거나 하지는 않았다. 윌로 존이 고개를 돌려 나를 쳐다보았다. 그의 눈이 다시 반짝였다. 이번에는 그전처럼 그렇게 아득하게 깊지 않았다. 그러더니 그가 웃음을 짓는 게 아닌가! 웃음은 점차 그의 얼굴 전체로 번져갔고, 드디어는 그가 소리내어 웃기 시작했다! 뱃속에서 울리는 듯한 굵직한 웃음소리였다. 모두가 그를 쳐다보았다. 하지만 윌로 존은 남의 눈 따위는 전혀 아랑곳하지 않고 계속해서 웃어댔다. 일이 이렇게 되는 바람에 처음에는 겁을 먹었던 나도 따라 웃기 시작했다. 윌로 존의 눈에서 눈물이 솟더니 뺨의 주름을 타고 흘러내렸다. 윌로 존이 울고 있었다!

교회 안은 물을 끼얹은 듯 조용해졌다. 목사는 입을 벌리고 눈을 둥그렇게 뜬 얼굴로 서 있었다. 하지만 윌로 존은 다른 사람들의 존재 따위는 잊고 있었다. 소리 내어 울지는 않았지만 그의 가슴은 들먹거렸고, 그의 어깨는 흔들렸다. 그는 한참 동안 그렇게 울었다. 사람들이 곁눈질을 했지만, 윌로 존과 할아버지와 할머니는 머리를 똑바로 든 채 정면을 보고 있었다.

목사가 겨우겨우 설교를 다시 시작했다. 목사는 개구리에 대해서 일절 언급하지 않았다. 예전에 한 번, 목사가 윌로 존을 놓고 설교를 하려 했던 적이 있다. 윌로 존은 콧방귀조차 뀌지 않았다. 사실 윌로 존은 목사 따위는 안중에도 없다는 듯이 항상 똑바로 앞만 바라보고 있었다. 그날의 설교는 주(主)의 집에 맞는 적절한 예의를 갖추자는 내용이었다. 그러나 윌로 존은 그 후로도 여전히 기도할 때 머리를 숙이지 않았으며, 모자를 벗지도 않았다.

할아버지는 이 사건에 대해서 한 번도 언급하시지 않았다. 하지만 나는 그 후로도 두고두고 이 일을 떠올리곤 했다. 그것은 가슴에 쌓인 것을 분출하는 윌로 존 식의 방법이었을 것이다. 고향이었던 이 산야에서 쫓겨난 그의 동족들은 뿔뿔이 흩어져 행방도 알지 못한 채 사라져가고 있는데, 이제 그 산야에는 교회에 모여든 목사와 백인 신도들이 대신 들어와 살고 있다. 윌로 존에게는 그들과 싸울 힘이 없었다. 그래서 그분은 교회에서도 모자를 벗지 않았다.

목사가 "주여……"라고 했을 때, 개구리는 굵은 목소리로 "그르르르르르럭!"이라고 하여 윌로 존을 대신해 대답해주었다. 그래서 그분은 울었다. 어쨌든 그 사건으로 그분의 마음속에 뭉쳐 있던 응어리가 조금은 풀린 것 같았다. 그 다음부터 윌로 존의 눈은 언제나 반짝였고, 나를 바라보는 그분의 얼굴에는 이제 검은 그림자가 많이 걷혀 있었다.

나는 그 당시는 괜한 짓을 했다고 후회했지만, 나중에 가서 생각하니 윌로 존에게 개구리를 준 것이 무척 잘한 일 같아 기뻤다.

교회에서 예배가 끝나면 우리는 빈 터 근처의 숲 속으로 들어가 도시락을 펼쳤다. 윌로 존은 언제나 사냥한 것을 자루에 넣어 가지고 왔다. 메추라기나 사슴 고기, 때로는 물고기 같은 것들이었다. 할머니는 옥수수빵과 야채 반찬을 준비해 왔다. 우리들은 커다란 느릅나무 그늘에 앉아 그것들을 먹으며 이야기를 나누었다.

윌로 존이 더 높은 산 쪽으로 사슴들이 이동하기 시작했다는 이야기를 하시면, 할아버지는 물고기 바구니에 이런저런 물고기가 잡혔다는 이야기를 하셨고, 할머니는 역시 할머니답게 윌로 존에게 옷 수선할 것이 있으면 가져오라는 이야기를 하시곤 했다.

해가 서쪽으로 기울고 주변에 늦은 오후의 엷은 안개가 끼기 시작하면 우리는 떠날 준비를 했다. 할아버지와 할머니가 번갈아 윌로 존을 포옹하고 나면, 윌로 존은 부끄럼 많은 소년처럼 내 어깨에 머뭇머뭇 손을 올려놓곤 하셨다.

그러고 나면 우리는 발길을 돌렸다. 나는 빈 터를 가로질러 지름길을 향해 걸음을 옮기다가 윌로 존이 가는 쪽을 뒤돌아보곤 했다. 그는 절대 돌아보는 일이 없었다. 그는 백인문명의 언저리에 손을 댄 것이 뭔가 잘못되기라도 한 것처럼 팔조차 안 흔들고 똑바로 앞만 바라보며 성큼성큼 큰 걸음으로 걸어갔다. 드디어 그의 모습이 나무 뒤로 이어진 길을 따라 숲 속으로 사라지고 나면, 나는 돌아서서 할아버지와 할머니를 잡으러 서둘러 뛰어가곤 했다.

일요일 저녁 어스름 속에서 집으로 가는 지름길을 따라 걷는 우리 가슴에는 표현하기 힘든 쓸쓸함이 밀려들었다. 우리는 묵묵히 발걸음을 옮겼다.

윌로 존, 우리와 함께 걷지 않을래요?
그리 멀지는 않겠지요.
1년이나 2년, 당신의 생애가 끝날 때까지.

그 비통한 세월에 대해서는
말하지도 묻지도 맙시다.
때로는 웃기도 하겠지요. 때로는 울기도 할 테구요.
아니면 우리 둘이서 잃어버린
무언가를 찾아낼지도 모르지요.

윌로 존, 조금만 더 함께 있어주지 않을래요?
그리 오래는 아니겠지요.
지상에서의 시간으로 쳐도 겨우 한순간.
우린 한두 번 쳐다보는 걸로도
서로의 마음을 알고 느끼겠지요.
그래서 마침내 떠나갈 때가 와도,
서로를 이해하는 우리는
편안한 마음으로 보낼 수 있겠지요.

윌로 존, 잠시만 더 있어주지 않을래요?
이 나를 위해서.
헤어져야 할 우리,
서로 다독거려주고 위로해줍시다.
그러면 먼 훗날 당신을 생각할 때마다
내 성급한 눈물은 위로받고,
가슴에 새겨진 아픔도 좀은 풀리겠지요.

Church-going

교회 다니기

할아버지는 이런 이야기를 하셨다. 목사란 사람들은 하나같이 제멋대로여서, 천당으로 들어가는 문의 손잡이를 자신이 쥐고 있고, 자신이 '허락'하지 않는 한 누구도 그곳으로 들어갈 수 없는 걸로 생각하고 있다. 할아버지는 목사들이 신(神)조차도 그 결정에는 참견할 수 없는 걸로 생각하는 것 같다고 하셨다.

할아버지는, 목사도 일을 해야 하고, 1달러를 벌기가 얼마나 힘든지 알아야 한다, 그러면 아무리 목사라 하더라도 내일이면 돈이 아무 쓸모 없어질 것처럼 돈을 낭비하는 짓 따위는 하지 않을 것이다, 반드시 위스키 제조업이 아니라도 괜찮지만, 진심으로 땀 흘려 일한다면 목사들이 과오에서 벗어날 수 있을 거라고 하셨다. 일리 있는 말씀이었다.

사람들이 워낙 뿔뿔이 흩어져서 살기 때문에 한 가지 종류의 교회만으로는 사람들의 요구에 제대로 맞출 수가 없다. 이 때문에 복잡한 문제가 생긴다. 종파가 워낙 많다보니 사람마다 각각 다른 교리를 믿게 되고, 또 그로 인해 온갖 불화가 생기는 것이다.

비타협파 침례교도들은 일어나려고 하는 일은 일어날 수밖에 없으며, 그에 대해 인간이 개입할 여지는 전혀 없다고 믿었다. 그런가 하면 그런 견해에 미친 듯이 반대하는 스코틀랜드 장로파들도 있다. 각 교파들은 하나같이 자신들의 견해가 성경에 씌어진 그대로이며, 성경을 보면 자신들이 옳다는 것을 명명백백하게 증명할 수 있다고 떠들어댔다. 그러니 나로서는 과연 성경이 무슨 이야기를 하는 건지 도무지 알 수가 없었다.

원시 침례교도들은 목사를 위해 '사랑의 헌금'을 걷는 일이 중요하다고 여겼지만, 같은 침례교라도 비타협파들은 어떤 헌금도 해선 안 된다고 믿고 있었다. 할아버지는 이 점에선 비타협파와 생각을 같이했다.

또 침례교도들은 누구나 침례, 즉 시냇물 속에 온몸을 완전히 담그는 의식을 중요시했다. 그들은 이렇게 하지 않으면 구원받지 못한다고 주장했다. 하지만 감리교도들은 물을 머리 꼭대기에 뿌려주는 것만으로도 충분하다고 맞섰다. 이 두 교파의 사람들은 자신들이 옳다는 것을 증명하기 위해 교회 뜰에 서서 성경책을 펼쳐 보이곤 했다.

사실 성경책에는 두 가지 방법이 다 적혀 있는 것 같았다. 더구나 어느 한쪽의 방법을 이야기할 때마다 다른 방법으로 해서는 안 되고, 그렇지 않으면 지옥으로 떨어지고 말 것이라는 경고도 함께 적혀 있었다. 아니, 더 정확하게 말하면 내가 직접 본 것은 아니고 그들 말에 따르면 그렇게 적혀 있다고 한다.

구세주파인 어떤 남자는 목사를 목사님(Revernd)이라고 불렀다가는 당장에 지옥행이라고 했다. 그 사람의 주장은 목사를 '○○ 씨,' '○○ 형제'라고 부르는 것은 상관없지만 '목사님'이라고 해서는 안 된다는 것이다. 그는 성경책을 펼쳐 자신의 주장이 옳다는 걸 밝혀주는 구절을 보여주었다. 그러자 그보다 훨씬 더 많은 사람들이 역시 성경 속에서 목사를 '목사님'이라고 불러야 하고, 그렇지 않으면 지옥에 떨어진다는 구절을 찾아냈다.

구세주파의 그 남자는 워낙 중과부적인지라 그 자리에서는 기를 펴지 못했지만, 원체 고집불통이어서 자기 주장을 꺾으려 하지 않았다. 그는 매주 일요일 아침이면 일부러 목사가 있는 곳으로 찾아가 목사를 ○○ 씨라고 불렀다. 이 때문에 남자와 목사 사이는 갈수록 험악해져, 한번은 교회 뜰에서 몸싸움을 벌일 지경에까지 이르렀다가 사람들이 뜯어말린 사건도 있었다.

나는 물과 관계된 종교상의 분쟁에 대해서는 절대 관여하지 않기로 마음먹었다. 또 나는 목사를 어떤 호칭으로도 부르지 않을 작정이었다. 나는 할아버지에게, 이게 가장 안전한 방법인 것 같다, 그때그때마다 성경에 어떻게 적혀 있는지를 생각하다가는 어이없게 지옥으로 떨어지고 말 것 같다고 말씀드렸다.

할아버지는 신이 그런 하찮은 일로 언쟁하는 멍청이들처럼 속이 좁다면 천당이라도 그다지 살기 좋은 곳은 아닐 거라고 말씀하셨다. 일리 있는 말씀이었다.

우리가 다니는 그 교회에는 성공회파에 속하는 가족도 있었다. 그들은 부자여서 자가용을 타고 교회에 왔다. 교회 뜰에 세워진 차라고는 그 차 한 대뿐이었다. 그 집의 뚱뚱한 남자는 일요일마다 거의 항상 양복을 바꿔 입고 왔다. 여자는 커다란 모자를 썼고, 몸집 역시 뚱뚱했다. 그들에게는 어린 외동딸이 있었는데, 언제나 하얀 드레스에 작은 모자를 쓰고 있었다. 그 여자애는 항상 얼굴을 위로 쳐들고 뭔가를 올려다보고 있었다. 나로서는 무엇을 보는지 도무지 알 수 없었다. 그들은 언제나 헌금함에 1달러씩을 넣었다. 그것은 일요일마다 헌금함에 담기는 유일한 1달러짜리였다. 그들의 차가 들어서면 목사는 그 앞까지 달려가 차문을 열어주며 그들을 반겼다. 그들은 언제나 맨 앞줄에 앉았다.

목사는 설교를 하다가 설교단에서 몸을 쑥 내밀고 맨 앞줄을 향해 이렇게 묻곤 했다.

"그렇지 않습니까, 존슨 씨?"

그러면 존슨 씨는 목사가 말한 게 사실이라는 걸 확인해주기 위해 고개를 끄덕였다. 또 다른 사람들도 하나같이 목을 쭉 내밀고 존슨 씨가 머리를 끄덕이는 것을 지켜보고 나서야, 정말 그렇다고 만족스러워하며 다시 똑바로 앉곤 했다.

할아버지는 성공회파 사람들은 노련한 사람들이어서 물 같은 사소한 문제들로 다른 사람과 담을 쌓는 일 따위는 하지 않는다고 하셨다. 그들은 자신들의 행선지가 천당이라고 믿었지만, 다른 사람들을 그 길로 끌어들이기 위해 설득하지는 않았다.

목사는 깡마른 남자였는데, 언제 봐도 똑같은 검은 양복을 입고 있었다. 그의 머리는 사방으로 뻗쳐 있었으며, 항상 들뜬 듯한 모습을 하고 있었다. 사실 그는 그렇게 안정된 사람은 아니었다.

나는 한 번도 그의 곁에 다가간 적이 없지만, 그는 교회 뜰에 모여 있는 사람들에게 친근하게 대했다. 하지만 설교단에 올라서서 다른 사람들을 내려다보는 위치에 서면, 그의 태도는 금방 잘난 척하는 것으로 바뀌었다. 할아버지 말씀에 따르면 설교 중에 뛰어드는 무례한 사람은 없을 것이라고 생각하기 때문에 목사가 그렇게 건방지게 행동한다는 것이다.

그 목사는 한 번도 '물' 문제를 언급하지 않았다. 그래서 나는 실망했다. 나는 차라리 물을 아예 쓰지 않았으면 좋겠다고 생각하고 있었던 것이다. 하지만 목사는 바리새파(정통 율법을 중시하는 유대교의 일파. 예수는 그들의 편협함을 비난해서 그들의 분노를 샀고, 로마 관헌에게 끌려가 처형당했다—옮긴이)에 대해서는 자주 언급했다. 이야기가 바리새파에 이르면 흥분한 목사는 교단에서 내려와 사람들이 앉아 있는 통로로 들어서곤 했다. 어찌나 심하게 분개하는지 그가 숨이 넘어가는 게 아닌가라는 생각이 들 때도 가끔 있었다.

한번은 바리새파 따위는 지옥에 가야 한다고 하면서, 목사는 그날도 통로로 뛰어들었다. 바리새파들에게 얼마나 고함을 지르고 열을 올렸던지 그는 목소리까지도 칼칼하게 변해 있었다. 그는 우리가 앉아 있는 뒷줄로 가까이 오더니 할아버지와 나를 손가락으로 가리켰다.

"너희는 알 것이다. 그들이 무슨 일을 꾸미고 있는가……"

그는 할아버지와 내가 바리새파와 관계가 있는 걸로 오해한 것 같았다. 할아버지가 자세를 고쳐 앉더니 목사를 엄한 얼굴로 노려보았다. 윌로 존도 매서운 눈초리로 목사를 노려보았다. 덕분에 할머니는 윌로 존의 팔을 붙들고 있어야 했다. 그제서야 목사는 몸을 돌려 다른 사람을 가리켰다.

할아버지는, 자신은 바리새파라고는 한 사람도 아는 사람이 없고, 어떤 후레자식이라도 바리새파들이 무슨 일을 꾸미고 있는지 모른다고 해서 자신을 비난하도록 내버려두지 않을 것이다, 그러니 목사는 다른 사람을 손가락으로 가리키는 게 신상에 좋을 거라고 하셨다. 사실 그 다음부터 목사는 그렇게 했다. 그 목사는 할아버지의 눈 속에 들어 있는 표정을 보았을 것이다. 윌로 존은 윌로 존대로 저 목사는 머리가 돌았기 때문에 한시도 눈을 떼서는 안 된다고 말씀하셨다. 윌로 존은 항상 긴 칼을 갖고 다녔다.

또 그 목사는 블레셋 사람(구약성서 사무엘기에 나오는 가나안에 살던 민족으로 이스라엘 사람들과 대립했다—옮긴이)들도 끔찍하게 싫어했다. 그는 그들의 행위 하나하나를 들춰내어 씹어대면서, 블레셋 사람들도 바리새파만큼이나 비열한 무리들이라고 떠들었다. 그때마다 존슨 씨는 정말 그렇다는 듯이 고개를 끄덕였다.

할아버지는 목사가 항상 남의 흠을 들춰내고 비난하는 데 진저리가 난다고 하셨다. 바리새파니 블레셋 사람이니 하면서 소란을 일으킬 이유가 도대체 어디 있단 말인가, 그게 아니라도 싸움거리는 이미 충분하지 않은가라고 하시면서.

교회에 갈 때마다 할아버지는 헌금함에 얼마간의 돈을 넣으셨다. 할아버지는 목사에게 헌금한다는 생각에는 반대하지만, 교회에 와서 앉아 있던 자릿값으로 내는 거라고 생각하면 괜찮다고 하셨다. 때로는 나더러 5센트짜리 동전을 헌금함에 넣으라고 시키기도 하셨다. 할머니는 헌금함 속에 뭔가를 집어넣은 적이 한 번도 없었으며, 윌로 존은 헌금함이 바로 앞에서 지나가도 쳐다보려고도 하지 않았다.

할아버지는 그 사람들이 헌금함을 저런 식으로 계속 윌로 존의 코앞에 바싹 들이대다가는, 윌로 존은 자신한테 주는 걸로 생각하여 얼마쯤 실례할지도 모른다고 하셨다.

한 달에 한 번씩 자신의 죄를 고백하는 시간이 있었다. 이 시간이 되면 한 사람씩 일어나 자신이 하느님을 얼마나 사랑하는지 이야기한 다음, 자신이 저지른 나쁜 일들을 깡그리 털어놓았다. 하지만 할아버지는 절대 그 짓을 하려 하지 않으셨다. 할아버지는, 그런 걸 해봤자 문제만 생길 뿐이다, 자신은 사람들 몇 명이 어떤 한 남자에게 저지른 일을 고백하자 그 남자가 그 사람들을 총으로 쏜 사건을 알고 있다, 사실 총을 쏜 그 남자는 그 사람들이 교회에서 고백하는 것을 듣기 전까지는 전혀 모르고 있었다, 그러니 그런 일들은 자기만 알고 있으면 되지 않겠느냐고 하셨다. 할머니와 윌로 존 역시 신앙고백을 하려고 일어선 적이 한 번도 없으셨다.

내 생각도 할아버지와 같았기 때문에 나도 일어서지 않겠다고 말씀드렸다.

한번은 어떤 남자가 일어나서 자신은 구원받았노라고 말했다. 술 마시는 걸 그만두게 되었다는 것이다. 그는 벌써 몇 년 동안 심하게 술을 마셔댔는데, 이제 더 이상 술을 마시지 않게 되었다고 했다. 그러자 착하게 살겠다는 그의 이야기를 듣고 기분이 좋아진 사람들이 "주를 찬양하라!" "아멘"이라고 외쳤다.

누군가가 일어서서 자신이 저지른 잘못을 고백하기 시작하면, 교회 저 구석쪽에 앉아 있는 남자는 매번 이렇게 외쳤다.

"모두 다 말하라! 모두 다 고백하라!"

그 남자는 고백하는 사람이 이야기를 중단할 듯한 기미만 보이면 언제나 이렇게 외치곤 했다. 그러면 고백하는 사람은 머리를 짜내어 자신이 저지른 또 다른 잘못을 생각해내려고 애썼다. 때로는 그 남자가 그렇게 고함을 질러대지 않았더라면 절대 고백하지 않았을, 꽤 심한 잘못들을 털어놓는 사람들도 있었다. 하지만 문제의 그 남자는 자신의 죄를 고백하러 일어선 적이 한 번도 없었다.

언젠가는 한 여자가 일어났다. 그 여자는 주께서 자신을 부정한 길에서 벗어나게 해주었노라고 말했다. 아니나 다를까, 구석에 앉은 남자가 외쳤다.

"다 말하라!"

그 여자의 얼굴이 벌게졌다. 그 여자는 자신이 간음했지만 이젠 그만둘 것이라고 했다. 그건 옳지 않은 일이었다고 하면서. 그 남자가 다시 고함을 질렀다.

"몽땅 다 털어놔라!"

그 여자는 스미스 씨와 몇 번 간음했노라고 털어놓았다. 스미스 씨가 앉아 있던 자리에서 일어나 통로를 지나 교회 밖으로 나가는 동안 사람들은 술렁거렸다. 스미스 씨가 잽싸게 사라지고 나자, 이번에는 뒷자리에 앉아 있던 두 남자가 가만히 일어나 사람들이 눈치채지 못하는 사이에 문밖으로 자취를 감추었다.

그 여자는 자기와 간음을 저지른 두 남자의 이름을 더 말했다. 모두들 그녀가 정말 장한 일을 했다고 하면서 입을 모아 칭찬했다.

예배가 끝나고 교회 밖으로 나갈 때, 남자들은 그 여자와 거리를 두고 멀찌감치 떨어져 걸었고, 그 여자에게 말을 걸지 않았다. 할아버지는 남자들이 그 여자와 얘기하는 게 다른 사람들 눈에 띌까봐 겁을 내기 때문이라고 하셨다. 그러나 여자들 쪽은 그녀 주위에 몰려들어 등을 두드리거나 쓰다듬으면서 그녀가 정말 장한 일을 했노라고 떠들어댔다.

할아버지는 이 여자들은 자기 남편의 꼬리를 잡고 싶어서 그러는 것이며, 고백하면 얼마나 마음이 편해지고 사람들의 칭송을 받게 되는지 보여주어서 간음한 또 다른 여자들을 알아낼 속셈이라고 하셨다.

그러나 할아버지는 진짜로 여자들이 그렇게 너도나도 고백하고 나선다면 아마 끔찍한 상황이 벌어질 거라고 하셨다. 내 생각에도 그럴 것 같았다.

또 할아버지는, 이번에 고백한 그 여자가 마음을 바꿔서 또다시 간음하기로 마음먹지 않았으면 좋겠다, 왜냐하면 그 여자는 무척 실망할 것이기 때문이다, 아마 그 여자는 술주정뱅이나 정신이 나간 사람 말고는 자신과 더불어 간음할 남자를 도저히 찾아내지 못할 것이라고 하셨다.

일요일마다 설교가 시작되기 전에, 누구라도 일어나서 도움이 필요한 사람들에 대해서 이야기할 수 있는 시간이 특별히 마련되어 있었다. 도움이 필요한 사람들이란 옮겨갈 곳이 정해지지 않아서 먹을 식량이 하나도 없는 소작농 가족일 수도 있었고,

때로는 화재로 집이 몽땅 불타버린 사람일 수도 있었다.

그러면 사람들은 다음 일요일날 교회에 올 때, 그들에게 도움이 될 만한 것들을 가져오곤 했다. 우리는 여름에는 남아도는 야채를 듬뿍 가져갔고, 겨울에는 고기를 가지고 갔다. 한번은 할아버지가 히커리나무로 틀을 짜고, 앉는 자리에는 사슴가죽을 댄 의자를 만들어, 불이 나서 가구를 잃은 가족에게 준 적도 있었다. 할아버지는 그 집 남자를 교회 뜰 한쪽 구석으로 데리고 가 의자를 건네주고 난 다음, 한참 시간을 들여 그것을 만드는 방법까지 자세히 가르쳐주셨다.

할아버지는, 남에게 무언가를 그냥 주기보다는 그것을 만드는 방법을 가르쳐주는 게 훨씬 좋은 일이다, 받는 사람이 제 힘으로 만드는 법을 배우면 앞으로는 필요할 때마다 만들면 되지만, 뭔가를 주기만 하고 아무것도 가르쳐주지 않으면 그 사람은 평생 동안 남이 주는 것을 받기만 할지도 모른다, 그러면 그 사람은 끊임없이 다른 사람에게 의존하게 되기 때문에 결국 자신의 인격이 없어지고 자신의 인격을 도둑질당하는 셈이 되지 않겠는가, 이런 식으로 하면 그 사람에게 친절한 것이 도리어 불친절한 것이 되고 만다고 하셨다.

어떤 사람들은 계속해서 주는 것을 즐긴다. 그렇게 하면 받는 사람보다 자신이 잘났다는 허세와 우월감을 맛볼 수 있기 때문이다. 그러나 정말로 해야 할 일은 받는 사람의 자립심을 일깨울 수 있는 작은 뭔가를 가르쳐주는 것이다.

그런데 인간의 천성이 묘해서 허세 부리고 잘난 척하는 사람을 용케 냄새 맡고 먼저 접근하는 자들도 있다. 할아버지는, 이런 사람들은 자신들을 낚아채려는 사람의 개가 되고 말았으니 정말 불쌍한 사람들이다, 그 사람들은 타락하여 자기 두 발로 선 인간이기를 포기하고 잘난척 씨의 개가 되는 쪽을 택했다, 그리고 자기들이 필요한 것이 있으면 그때마다 낑낑대곤 하지만, 그 사람들에게 필요한 것은 구둣발로 엉덩이를 힘껏 걷어차여서 뭔가를 좀 배우는 것뿐이라고 하셨다.

할아버지는 또 이런 말도 하셨다. 마찬가지로 나라들 중에도 허세를 부리고 잘난 척하면서 스스로를 맏형이라 부르며 주고 또 주기만 하는 나라들이 있다, 사실 그 나라들이 올바른 사고방식을 가졌다면 공짜로 주는 대신에 상대방 나라들이 혼자 힘으로 어떻게 해야 할지 가르쳐주었을 테지만, 그 나라들은 절대 그렇게 하지 않는다, 그러면 상대방 나라 국민들은 더 이상 그 나라에 의존하지 않을 것이고, 오히려 자신을 따라잡으려 할 것이기 때문이다.

할아버지가 이런 이야기들을 하신 것은 시냇가에서 몸을 씻고 있을 때였다. 이 모든 일들에 할아버지가 너무 심하게 흥분하시는 바람에 우리는 둑 위로 기어올라와야 했다. 그렇게 하지 않으면 할아버지가 발을 헛디뎌 물에 빠지실 게 거의 확실했기 때문이었다.

언젠가 한번은 할아버지에게 모세가 누군지 물은 적이 있었다. 할아버지는 목사가 씩씩거리고 고함을 지르며 떠들어댄 것 말고는 모세에 대해서 생판 아무것도 모른다, 목사는 모세가 예수의 제자인 12사도 중 한 사람이라고 했다고 하셨다.

모세에 대해서는 남들한테 전해들은 것밖에 말해줄 게 없기 때문에, 내가 당신의 말을 곧이곧대로 믿어서는 안 된다고 미리 주의를 주신 할아버지가 해주신 모세 이야기는 이랬다.

모세는 강변의 갈대숲에서 한 소녀와 맺어졌다. 그걸로 봐서 그는 그 강둑에서 자란 것 같다. 어쨌든 여자와 남자가 만나는 것 자체는 자연스런 일이지만, 문제는 그 소녀가 부자였고, 사실상 파로(이집트의 왕 파라오—옮긴이)라고 하는 후레자식의 여자라는 데 있었다. 파로는 끊임없이 사람들을 죽였다. 아마 틀림없이 그 여자애 때문이겠지만, 파로는 모세도 죽이려고 했다. 할아버지는 요즘에도 그런 일은 문제를 만들어내지 않느냐고 하셨다.

모세는 몸을 숨기고 파로가 죽이려고 하던 다른 사람들을 자기 편으로 끌어들였다. 모세는 그들을 물이라곤 한 방울도 나오지 않는 불모지로 데려갔다. 모세가 지팡이를 잡고 바위를 두드렸더니 거기에서 물이 흘러나왔다. 할아버지는 어떻게 해서 모세가 그런 일을 해냈는지 전혀 이해가 가지 않지만, 어쨌든 당신이 들은 바로는 그랬다고 하셨다.

모세는 자신이 어디로 가고 있는지, 어디로 가야 할지도 모르면서 오랜 세월 동안 헤매고 다녔다. 사실 그는 자기를 따르던 사람들을 그곳에 데려간 것 말고는 아무것도 한 일이 없었다. 그들은 그곳이 어떤 곳이든 갔다. 모세는 그렇게 헤매고 다니던 도중에 죽고 말았다.

할아버지는 삼손이라는 남자가 나타난 것이 바로 그 즈음인 것 같다고 하셨다. 삼손은 언제나 말썽만 일으키는 블레셋인들을 많이 죽였다. 하지만 그가 무슨 까닭으로 블레셋인들과 싸웠는지, 블레셋인들이 파로의 부하인지 아닌지는 할아버지도 모르겠다고 하셨다.

그런데 어떤 여자 한 명이 삼손을 배신하여 곤드레만드레 취하게 만든 다음 그의 머리를 완전히 밀어버렸다. 그러고는 삼손을 꽁꽁 묶어서 적에게 넘겼다. 할아버지는 그 여자 이름은 기억해낼 수 없지만, 이 이야기는 성경이 주는 좋은 교훈의 하나라고 하셨다. 즉 술에 취하도록 만들려는 여자는 적과 손잡은 배반자일 수 있으므로 조심해야 한다는 것이다. 나는 앞으로 조심하겠노라고 대답했다.

할아버지는 성경에서 교훈을 끄집어내어 나에게 가르쳐줄 수 있었던 것에 대단히 만족해하셨다. 할아버지가 교훈을 가지고 다른 사람을 가르친 것은 아마 이때가 처음이자 마지막이 아니었나 싶다.

지금 돌이켜보면 할아버지도 나도 성경에 대해서 무척 무지했던 게 사실이다. 특히나 우리는 천당 가는 그 복잡한 의식 절차에 대해서 몹시 혼란스러워했다. 할아버지와 나는 의식 절차를 포함하여 그 모든 문제에 대해 어느 정도 거리를 두었다. 아무리 따져봐도 한 번도 납득이 가는 결론을 얻을 수 없었던 것이다.

한 번 뭔가를 단념하고 나면 그 사람은 일종의 방관자가 된다. 할아버지와 나는 종교상의 의식절차에 대해서는 방관자로 행동했다. 사실 우리는 그 문제에 대해서 안달복달하고 싶은 생각이 조금도 없었다…… 이미 포기했기 때문이었다.

할아버지는, 내가 물 문제를 잊기로 한 건 정말 잘한 일이다, 할아버지 자신도 오래전에 그 문제를 완전히 놓아버렸는데, 그때 이후로 훨씬 마음이 편해졌다고 하셨다. 그리고 할아버지는 우리끼리 하는 얘기지만, 도대체 지옥이 물과 무슨 관계가 있는지 알 수 없다고 하셨다.

나도 그렇게 느꼈기 때문에 물 문제는 더 이상 생각 않기로 했다.

Mr. Wine

와인 씨

그분은 겨울과 봄 동안 한 달에 한 번씩, 해가 지는 것만큼이나 규칙적으로 우리 집에 찾아와 하루씩을 묵고 갔다. 때로는 이틀 밤을 묵는 경우도 있었다. 와인 씨는 등짐장수였다.

와인 씨는 개척촌에 살고 있었지만, 보따리를 등에 짊어지고 산으로 다니며 장사를 했다. 우리는 그가 오는 날이 언제인지 알고 있었기 때문에, 개들이 짖기 시작하면 골짜기길을 달려내려가 그를 마중하곤 했다. 우리는 그를 도와서 그의 짐을 우리 집으로 옮겼다.

할아버지는 보따리를 들어주었고, 나는 와인 씨가 언제나 가지고 다니는 시계를 옮겼다. 그는 시계를 수리하는 일도 했다. 우리 집에는 시계가 한 대도 없었지만, 그가 시계를 수리할 수 있도록 부엌 식탁을 빌려주었다.

할머니가 등잔에 불을 붙이면, 와인 씨는 시계를 식탁 위에 올려놓고 나사를 풀어서 속을 열었다. 의자에 앉아서 볼 만큼 키가 크지 않았던 나는 와인 씨 옆의 의자에 올라서서 그가 작은 태엽이며 금색 나사 따위를 떼어내는 것을 지켜보았다. 와인 씨의 손이 쉬지 않고 일하는 동안, 할아버지와 그분은 이런저런 이야기를 나누셨다.

와인 씨의 연세는 아마 거의 백 살 정도는 되었을 것이다. 그는 새하얀 수염을 가슴까지 늘어뜨리고, 언제나 검은 코트를 입고 다녔으며, 머리 뒤쪽으로 작고 둥근 검은 모자를 딱 붙여 쓰고 있었다. 와인이 그의 본명은 아니었다. 그의 이름은 와인 뭐라고 시작되지만 하도 길고 복잡해서 도저히 다 기억할 수가 없었다. 그래서 우리는 그를 그냥 와인 씨라고 불렀다. 와인 씨 자신도 그런 건 중요하지 않다고 말씀하셨다. 그는 이름 따위는 중요하지 않기 때문에 어떤 식으로 불러도 좋다고 하셨다. 맞는 말씀이었다. 와인 씨는 인디언들 이름 중에도 자신이 제대로 발음하지 못하는 것들이 있어서 자기쪽에서 멋대로 지어 부른다고 하셨다.

와인 씨의 코트 주머니에는 항상 무언가가 들어 있었다. 대개는 사과 한 알이었지만, 오렌지였던 적도 한 번 있었다. 하지만 와인 씨 자신은 그 사실을 까맣게 잊고 있었다.

날이 어둑어둑해질 무렵, 저녁을 먹고 나서 할머니가 식탁을 치우시는 동안 와인 씨와 할아버지는 흔들의자에 앉아 이야기를 나누셨다. 내가 다가가 두 분 사이에 놓은 내 의자에 앉으면, 와인 씨는 하던 이야기를 멈추고 이렇게 말씀하셨다.

"아무래도 뭔가 잊고 있는 것 같은데…… 뭔지 알 수가 없구먼."

나는 그게 뭔지 알고 있었지만 아무 말도 하지 않았다. 와인 씨는 머리를 긁적거리기도 하고 손가락으로 수염을 훑기도 하셨다. 할아버지도 와인 씨를 도와주려 하지 않았다. 마침내 와인 씨가 나를 내려다보면서 물으셨다.

"작은 나무야, 내가 잊은 게 뭔지 좀 생각해봐주지 않을래?"

그러면 나는 이렇게 말했다.

"그럴게요. 와인 씨 주머니 속에 들어 있는 것 때문에 그런 것 아닐까요?"

자리에서 벌떡 일어난 와인 씨가 자신의 주머니를 두드려보았다.

"어이쿠, 그래. 맞아! 작은 나무야, 알려줘서 고맙구나. 나이가 들수록 더 잘 까먹는다니까."

확실히 그는 건망증이 심했다.

와인 씨는 주머니에서 빨간 사과 한 알을 꺼냈다. 이 근처 산에서 나는 어떤 종자의 사과보다도 더 컸다. 와인 씨는 다니다가 우연히 눈에 띄어서 따두었는데, 자신은 사과를 좋아하지 않기 때문에 버릴 작정이었노라고 하셨다. 그렇다면 그 사과를 내가 받아도 되겠느냐고 그에게 물었다. 나는 할아버지 할머니와도 나눠 먹을 생각이었는데 두 분 다 사과를 좋아하지 않는다고 말씀하셨다. 나로 말할 것 같으면 사과를 굉장히 좋아한다. 나는 사과씨를 잘 보관해두었다가 개울가를 따라 심었다. 그렇게 큰 사과가 열리는 사과나무들을 잔뜩 기르고 싶었던 것이다.

와인 씨는 안경을 어디에 두었는지 잊어버리는 일도 많았다. 시계 수리를 할 때 그는 코끝에 걸치는 작은 안경을 쓰곤 했는데, 동그란 렌즈 두 개는 철사로 연결했고, 귀 뒤로 거는 테에는 헝겊이 감겨 있었다.

할아버지에게 말을 걸 때 와인 씨는 일하던 걸 멈추고 안경을 머리 위로 올렸다. 그러고 나서 다시 일을 시작하려 하면 안경이 보이지 않는다. 물론 나는 어디 있는지 알고 있었다. 와인 씨는 식탁 위를 더듬어보다가 할아버지와 할머니를 쳐다보며 말씀하셨다.

"귀신이 장난을 쳤나? 안경이 어디로 갔지?"

세 분은 서로 얼굴을 바라보면서 그런 것도 모르다니 자신들이 참 멍청하다는 듯이 웃음을 흘리셨다. 그때 내가 손가락으로 와인 씨의 머리를 가리키면, 와인 씨는 손바닥으로 자기 이마를 찰싹 치곤 했다. 그런 곳에다 안경을 놔두다니 정말 질린다는 뜻이었다.

와인 씨는 내가 옆에서 안경 찾는 걸 도와주지 않았더라면 자신은 시계를 수리할 수 없었을 거라고 하셨다. 실제로 그랬을 것이다.

와인 씨는 나에게 시계 보는 법을 가르쳐주셨다. 시계바늘들을 돌려가면서 몇 시인지 나더러 알아맞혀보라고 하셨다. 틀리면 큰 소리로 웃었다. 나는 얼마 안 가 시계 보는 법을 완전히 익힐 수 있게 되었다.

와인 씨는 내가 아주 좋은 교육을 받고 있다고 하셨다. 내 또래 애들 중에서 맥베스 씨나 나폴레옹 씨에 대해 알고 있는 아이는 아마 거의 없을 것이며, 사전을 공부하고 있는 아이도 없을 거라고 하면서. 그분은 나에게 산수도 가르쳐주셨다.

나는 위스키 거래 덕분에 그 즈음엔 돈 계산도 어느 정도 할 수 있었다. 한번은 와인 씨가 종이와 몽당연필을 꺼내시더니 숫자들을 쭉 써내려갔다. 그러고는 숫자 쓰는 법에서부터 덧셈, 뺄셈, 곱셈하는 법까지 가르쳐주셨다. 옆에서 구경하시던 할아버지는 당신이 알고 있는 누구보다도 내가 더 계산을 잘한다고 칭찬해주셨다.

와인 씨가 내게 연필 한 자루를 주셨다. 기다랗고 노란 연필이었다. 연필 깎는 데도 요령이 있다. 연필심을 너무 가늘게 깎으면 안 된다. 심을 너무 가늘게 하면 금방 부러져버려 연필을 또 깎아야 한다. 그렇게 되면 쓰지도 않으면서 연필 길이만 점점 짧아져갈 뿐이다.

와인 씨는 나에게 가르쳐준 연필 깎는 방법을 절약하는 방법이라고 하셨다. 인색한 것과 절약하는 것은 다르다. 돈을 숭배하여 돈을 써야 할 때도 쓰지 않는 일부 부자들만큼이나 나쁜 게 인색한 것이다. 그런 식으로 살면 돈이 그 사람의 신(神)이 되기 때문에 그 사람은 인생에서 어떤 착한 일도 하지 못한다. 하지만 써야 할 때 돈을 쓰면서도 낭비하지 않는 것은 절약하는 것이다.

와인 씨는 버릇은 또 다른 버릇을 만들어내게 마련이라서, 나쁜 버릇을 가지고 있으면 결국 성격도 나빠진다고 했다. 그래서 돈을 낭비하는 버릇이 있는 사람은 시간을 낭비하게 되고, 그 다음엔 생각을 허술히 낭비하게 되며, 결국 나중에 가서는 모든 걸 낭비하게 된다. 정치가들은 모든 사람들이 이렇게 허술해지면 권력을 쥘 절호의 기회가 왔다고 여긴다. 그리하여 정치가는 느슨한 사람들 위에 군림하다가 얼마 안 가 독재자로 변한다. 와인 씨는 절약하는 사람들은 절대 자기 머리 위에 독재자를 갖는 법이 없다고 하셨다. 옳은 말씀이었다.

와인 씨는 정치가에 대해서 할아버지와 나와 견해가 같았다.

할머니는 와인 씨가 오면 그때마다 실을 약간씩 사곤 했다. 5센트짜리 동전 한 개로 조그만 실꾸러미는 두 개를, 큰 거라면 한 개를 살 수 있었다. 가끔 단추를 살 때도 있었다. 한번은 꽃무늬가 있는 빨간 천을 사신 적도 있었다.

와인 씨의 짐보따리 속에는 온갖 종류의 물건들이 들어 있었다. 온갖 색깔의 리본들과 예쁜 천과 양말, 골무, 바늘, 그 외 반짝이는 여러 바느질 도구들. 나는 와인 씨가 짐보따리를 마루에 펼칠 때마다 옆에 쭈그리고 앉아서 열심히 구경하곤 했다. 그러면 와인 씨는 물건들을 들어올리며 그게 뭔지 설명해주었다.

언젠가 그분은 산수책 한 권을 나에게 주셨다. 그 책에는 온갖 셈들과 셈하는 법에 대한 설명들이 들어 있었다. 그 책 덕분에 나는 그 달 내내 산수 공부를 할 수 있었고, 어찌나 진도가 많이 나갔던지 와인 씨는 우리 집에 올 때마다 혀를 내두르곤 하셨다.

와인 씨는 셈을 익히는 것이 중요하다고 하셨다. 그는 교육이란 것은 두 개의 줄기를 가진 한 그루의 나무와 같다고 하셨다. 한 줄기는 기술적인 것으로, 자기 직업에서 앞으로 발전해가는 법을 가르친다. 그런 목적이라면 교육이 최신의 것들을 받아들이는 것에 자신도 찬성이라고 와인 씨는 말씀하셨다. 그러나 또 다른 한 줄기는 굳건히 붙들고 바꾸지 않을수록 좋다. 와인 씨는 그것을 가치라고 불렀다.

와인 씨는, 정직하고, 절약하고, 항상 최선을 다하고, 다른 사람들을 배려하는 것을 가치 있게 여기는 것이야말로 다른 어떤 것보다 중요하다, 만일 이런 가치들을 배우지 않으면 기술면에서 아무리 최신의 것들을 익혔다 하더라도 결국 아무 쓸모도 없다고 했다.

사실 이런 가치들을 무시한 채 현대적이 되면 될수록, 사람들은 그 현대적인 것들을 잘못된 일, 부수고 파괴하는 일에 더 많이 쓴다고 하셨다. 맞는 말씀이었다. 그리고 오래지 않아 그분의 말이 옳다는 것을 밝혀주는 사건이 일어났다.

시계 수리가 힘들고 시간이 많이 걸릴 때면 와인 씨는 우리 집에서 하룻밤을 더 묵다 가곤 하셨다.

한번은 와인 씨가 검은 상자 하나를 들고 오셨다. 코닥 사진기라고 하면서 그걸로 사진을 찍을 수 있다고 하셨다. 그분은, 자신도 그 기계를 써서 사진을 찍는 데 능숙한 것은 아니라고 하셨다. 어떤 사람들이 이 코닥 사진기를 주문해서 갖다주는 길이지만, 어쨌든 여기서 우리 사진을 찍는다고 해서 기계가 닳지는 않을 것이며, 사용한 흔적이 남지도 않을 것이라며 우리 사진을 찍어주셨다.

와인 씨는 내 사진과 할아버지 사진 한 장씩을 찍었다. 그 상자는 찍는 사람이 해를 마주 보고 있지 않으면 사진을 찍으려 하지 않았다. 와인 씨 자신도 그 복잡한 기계의 사용법을 모두 다 알고 있는 것은 아니라고 하셨다. 하지만 그 점은 할아버지가 훨씬 더 심하셨다. 할아버지는 그 물건을 의심스러워하셨기 때문에 딱 한 장밖에 사진 찍는 것을 허락하지 않으셨다. 할아버지는, 지금까지 한 번도 저런 물건이 있다는 얘기를 들어본 적이 없다, 그러니 나중에 시간이 지나서 어떤 결과가 나올지 알 때까지는 저런 처음 보는 물건은 쓰지 않는 게 상책이라고 하셨다.

와인 씨는 할아버지에게 나와 함께 서 있는 자신의 모습을 사진기로 찍어달라고 부탁하셨다. 그 사진 한 장을 찍는데 오후 한 나절이 다 지나갔다고 해도 과언이 아니다. 와인 씨와 나는 뻣뻣한 자세로 그 상자 앞에 섰다. 와인 씨의 한쪽 손은 내 머리 위에 얹혀 있었고, 두 사람 모두 상자를 향해 씩 웃는 얼굴을 했다. 그런데 작은 구멍을 한참 동안 들여다보시던 할아버지가 아무리 봐도 우리 모습이 보이지 않는다고 하셨다. 와인 씨가 할아버지에게로 가더니 상자의 각도를 약간 올리고 나서 제자리로 돌아왔다. 우리는 또다시 자세를 잡았다. 그러자 할아버지는 이번엔 팔 하나밖에 보이지를 않으니 좀 옆으로 움직이라고 주문하셨다.

할아버지는 그 검은 상자를 꺼림칙하게 여기셨다. 속에서 뭔가가 확 튀어나올 걸로 생각하시는 듯했다. 와인 씨와 나는 워낙 오랫동안 해를 마주 보며 서 있느라 눈이 부셔서 한동안 아무것도 볼 수가 없었다. 드디어 할아버지가 사진 한 장을 찍으셨다. 하지만 솜씨가 그리 좋지는 않으셨던가보다.

다음 달에 와인 씨가 완성된 사진을 가지고 왔을 때, 할아버지와 내 모습은 사진 속에서 또렷이 보였지만, 할아버지가 찍은 사진에서는 와인 씨와 내가 함께 있는 모습을 찾을 수 없었다. 우리는 그 사진에서 몇몇 나무 꼭대기들의 모습과 그 위쪽의 작은 얼룩 몇 개를 찾아낼 수 있었다. 한참 동안 그 사진을 연구하고 난 할아버지는 그 얼룩들이 새가 틀림없다고 환호성을 올리셨다.

할아버지는 그 새 사진을 무척 자랑스러워하셨다. 나도 그랬다. 할아버지는 사진을 사거리 상점에 가지고 가서 젠킨스 씨에게 보여주고는, 그 새 사진을 당신이 손수 찍었노라고 자랑하셨다.

그런데 젠킨스 씨는 시력이 좋지 않았다. 할아버지와 내가 그 새들을 손가락으로 가리키면서 젠킨스 씨에게 납득시키고, 젠킨스 씨가 마침내 새 모습을 알아보게 되기까지 아마 한 시간은 꼬박 걸리지 않았나 싶다. 와인 씨와 나는 그 새들이 날아다니는 하늘 저 아래쪽 어딘가에 서 있었을 것이 확실했다.

할머니는 사진 찍히는 것을 완강히 거부하셨다. 그 까닭은 말씀하시지 않았지만, 그 상자를 꺼림칙하게 여기시면서 아예 만지려고도 하지 않으셨다.

그렇지만 완성된 할아버지와 내 사진을 보자 할머니는 완전히 마음을 뺏기고 말았다. 할머니는 그 사진들을 보고 또 보고 하시더니, 난로 위 통나무 가로대 위에 올려놓으셨다. 그러고 나서도 할머니는 그 사진에서 거의 눈을 떼지 못하셨다. 나는 할머니가 이제는 당신의 사진을 찍도록 허락하시리라고 여겼다. 하지만 이번에는 사진기가 없었다. 이미 와인 씨가 그것을 주문한 사람들에게 배달해주었던 것이다.

와인 씨는 사진기 주문을 또다시 받을 거라고 했지만 그것은 실현되지 않았다. 그 여름이 와인 씨의 마지막 여름이었기 때문이다.

여름이 작별을 고하고 있었다. 여름은 한껏 졸리운 듯 마지막을 향해 느릿느릿 움직였다. 쨍쨍거리며 눈부신 하얀빛을 흩뿌리던 해도 누렇고 뿌연 황금색으로 바뀌어, 오후 하늘의 기세를 누그러뜨린 채 여름의 죽음을 재촉하고 있었다. 할머니는 길고 긴 잠을 잘 준비를 하는 것이라고 하셨다.

와인 씨가 마지막으로 우리 집에 들르셨다. 물론 그 당시 우리는 그게 마지막인 걸 몰랐다. 통나무다리를 건너고 계단을 오를 때 할아버지와 내가 부축해드리기까지 했는데도 말이다. 하지만 어쩌면 와인 씨 자신은 알고 있었는지도 모른다.

오두막집 마루 위에 펼친 보따리에서 와인 씨는 노란 코트 한 벌을 꺼내셨다. 와인 씨가 그 코트를 들어 보이자, 코트는 등잔불빛을 받아 금색으로 번쩍였다. 할머니는 그걸 보니 야생 카나리아가 생각난다고 하셨다. 그것은 우리가 지금까지 본 것 중에서 가장 멋진 코트였다. 와인 씨는 등잔불 아래에서 코트를 앞뒤로 돌려가며 보여주셨다. 우리 모두 넋을 잃고 그 모습을 바라보았다. 할머니가 손끝으로 살그머니 그 코트를 만져보셨지만 나는 코트에 손을 대지 않았다.

와인 씨는 항상 뭔가를 잊어버리곤 해서 큰일이라고 한탄하셨다. 사실 그분은 그랬다. 와인 씨는 그 코트를 멀리 바다 건너에 사는 증손자에게 주려고 만들었는데, 그 사이에 세월이 흐른 걸 그만 깜박 잊고 증손자가 어렸을 때의 몸집에 맞추었다고 하셨다. 만들고 나서야 와인 씨는 완전히 잘못 만들었다는 것을 깨달았다. 이제 그 옷을 입을 사람은 어디에도 존재하지 않았다.

와인 씨는, 다른 사람이 쓸 수도 있는 물건을 버리는 건 죄악이다, 이제 자신은 늙어서 더 이상 죄를 짓는 것을 감당할 수 없다, 그래서 어찌나 걱정이 되는지 잠도 잘 못 자고 있다, 만일 그 옷을 입어주어 자신을 도와줄 사람을 찾아내지 못하면 자신은 완전히 쓰러지고 말 것이라고 하셨다. 우리 모두 잠시 동안 그 문제를 연구했다.

고개를 숙이고 앉아 있는 와인 씨의 모습을 보니 지금 당장이라도 쓰러지지 않을까 걱정이 되었다. 나는 그분에게 그 옷을 내가 입으면 어떻겠느냐고 물었다.

번쩍 고개를 든 와인 씨의 수염 가득한 얼굴에는 기쁜 웃음이 번져갔다. 그분은, 나에게 그런 호의를 베풀어달라고 부탁하는 걸 까맣게 잊고 있었다니, 정말 자신은 건망증이 심하다고 하셨다. 그분은 정말 기분이 좋으신지 일어서서 잠시 지그춤(움직임이 빠른 3박자의 춤—옮긴이)까지 추시며, 내 덕분에 죄를 완전히 벗고 무거운 짐을 내려놓을 수 있게 됐다고 기뻐하셨다. 내가 그분을 그렇게 크게 도와드린 것이다.

그러고 나자 모두가 달라붙어 나에게 코트를 입히기 시작했다. 옷을 다 입고 세 분 앞에 서자, 할머니는 코트의 소매를 펴주셨고, 와인 씨는 등을 털어주셨으며, 할아버지는 옷자락을 아래로 반듯하게 당겨주셨다. 나에게 딱 맞았다. 와인 씨가 생각하고 있던 증손자의 몸집이 내 몸집과 똑같았던 모양이다.

나는 할머니가 잘 보실 수 있게 불빛 아래에서 몸을 이리저리 돌렸으며, 할아버지가 소매를 보실 수 있도록 팔을 쭉 뻗어 보이기도 했다. 우리 모두 그 옷을 손으로 만져보았다. 어찌나 부드럽고 매끄러운지 손끝에서 미끄러졌다. 와인 씨는 얼마나 기쁜지 울기까지 하셨다.

나는 코트를 입고 저녁을 먹느라 접시 위로 입을 쭉 내밀고 음식을 흘리지 않도록 조심했다. 잘 때도 입고 자고 싶었지만, 할머니가 입고 자면 구겨질 거라고 말리셨다. 대신 할머니가 그 코트를 침대 기둥에 걸어주셔서, 나는 침대에 누워 그 옷을 쳐다볼 수 있었다. 창문으로 새어 들어오는 달빛에 코트는 아까보다 더 밝게 빛났다.

침대에 누워 코트를 쳐다보면서 교회 갈 때도, 또 개척촌에 갈 때도 입고 가야겠다고 마음먹었다. 사거리 상점에 물건을 넘겨주러 갈 때도 입고 갈 작정이었다. 내가 코트를 자주 입으면 입을수록 와인 씨의 죄가 점점 가벼워질 것처럼 느껴졌다.

와인 씨는 짚을 엮어 만든 자리에서 주무셨다. 그분은 내 침실에서 '개 통로'를 지나면 있는 거실 바닥에다 그 짚자리를 폈다. 나는 짚으로 엮은 자리를 좋아하기 때문에 내 침대와 바꿔도 좋다고 제안했지만, 와인 씨는 그렇게 하려 하지 않으셨다.

그날 밤, 침대에 누워서 나는 여러 가지 생각을 했다. 설사 와인 씨를 위해서 해준 일이라고 해도 노란 코트를 줘서 고맙다는 인사는 해야 할 것 같았다. 자리에서 일어나 발끝으로 살금살금 걸어 개 통로를 지난 뒤, 거실문을 가만히 밀고 안을 들여다보았다. 와인 씨는 자리 위에 무릎을 꿇고 앉아 머리를 숙이고 계셨다. 기도를 하시는 것 같았다.

와인 씨는 자신에게 큰 기쁨을 안겨준 작은 소년에게 감사하고 있었다. 나는 그 작은 소년이 바다 건너에 사는 그의 증손자일 거라고 생각했다. 그분은 부엌 식탁에 초를 켜놓고 계셨다. 나는 가만히 서 있었다. 남이 기도할 때는 소리 내면 안 된다고 할머니에게 배웠기 때문이다.

잠시 후에 와인 씨가 얼굴을 들어 나를 바라보더니, 들어오라고 하셨다. 나는 등잔이 있는데 왜 촛불을 켰느냐고 물었다.

와인 씨는, 자신의 가족들은 모두 넓은 바다 건너에 살고 있어서 그들과 함께 있을 수 있는 방법은 딱 한 가지밖에 없다, 자신과 가족들이 매일 밤 정해진 시간에 똑같이 촛불을 켜는 것이다, 이렇게 촛불을 켤 때면 서로의 생각이 하나가 되기 때문에 아무리 멀리 떨어져 있어도 함께 있을 수 있다고 하셨다. 과연 그럴 것 같았다.

나는 와인 씨에게, 우리에게도 저 멀리 인디언 연방에 흩어져 살고 있는 친척들이 있는데, 그들과 함께 있을 수 있는 그런 방법이 있는 걸 몰랐다고 하면서 윌로 존 이야기를 해드렸다.

내가 윌로 존에게 촛불 이야기를 해줄 작정이라고 하자, 와인 씨는 윌로 존이라면 반드시 이해할 거라고 대답하셨다. 나는 촛불 이야기에 푹 빠져서 와인 씨에게 노란 코트를 주어서 고맙다고 인사하려던 걸 까맣게 잊고 말았다.

다음 날 아침 와인 씨는 돌아갔다. 우리는 와인 씨가 통나무다리 건너는 것을 도와드렸다. 와인 씨는 산길을 걸을 때면 이전에 할아버지가 깎아주신 히커리나무로 만든 지팡이를 짚으셨다.

등에 짊어진 짐 무게 때문에 구부정하게 허리를 구부린 와인 씨는 그 히커리 지팡이를 짚으면서 더듬더듬 산길을 내려가셨다. 잊어버리고 있던 게 떠오른 것은 와인 씨의 모습이 보이지 않고서였다. 나는 와인 씨 뒤를 따라 달려갔다. 그러나 와인 씨는 벌써 한참 아래쪽에서 내려가고 있었다. 나는 따라가는 것을 포기하고 고함을 질렀다.

"와인 씨! 노란 코트 고마워요!"

뒤돌아보지 않는 걸 보면 들리지 않는 것 같았다. 와인 씨는 건망증만 심한 것이 아니었다. 귀도 어두웠다. 오두막집으로 되돌아오면서 와인 씨 자신이 건망증이 심하니 내가 깜박 잊은 것도 용서해주리라는 생각이 들었다.

노란 코트를 입어주는 것이 와인 씨에게 도움이 되는 일이긴 했지만 말이다.

Down from the Mountain

산을 내려가다

그해 가을은 그 어느 때보다 빨리 찾아왔다. 가을을 처음으로 알려주는 것은 하늘을 등지고 서 있는 높은 산등성이들을 따라 빨갛고 노란 단풍잎들이 시원스레 불어대는 바람 속에서 흔들리는 모습이다. 그곳에는 벌써 서리가 내렸을 것이다. 이제 호박색으로 변한 해는 골짜기 숲 사이로 비스듬한 빛을 내리쬐었다.

서리는 아침마다 조금씩 더 산 아래쪽으로 내려왔다. 그것은 한 번에 모든 것을 죽이는 본격적인 서리가 아니라, 시간을 되돌릴 수 없듯이 더 이상 여름을 붙잡고 있을 수 없으며, 죽음의 겨울이 다가오고 있다는 것을 미리 알려주는 엷디엷은 서리였다.

가을은 죽어가는 것들을 위해 정리할 기회를 주는, 자연이 부여한 축복의 시간이다. 이렇게 정리해나갈 때 사람들의 마음속에는 했어야 했던 온갖 일들과…… 하지 않고 내버려둔 온갖 일들이 떠오른다. 가을은 회상의 시간이며…… 또한 후회의 계절이기도 하다. 사람들은 하지 못한 일들을 했기를 바라고…… 하지 못한 말들을 말했기를 바란다……

나 역시 와인 씨에게 노란 코트를 받고 고맙다는 인사를 하지 못한 것을 후회하고 있었다. 그 달에 와인 씨는 오시지 않았다. 우리는 그날 저녁 늦게까지 베란다에 앉아서 골짜기길을 바라보며 귀를 기울였다. 그렇지만 와인 씨는 오시지 않았다. 할아버지와 나는 가까운 시일 안에 개척촌에 나가 그의 근황을 알아보기로 했다.

서리는 골짜기까지 밀고 내려왔다. 너무나 약해서 얼핏 보면 거의 눈치 채지 못할 만큼 엷었지만, 서리는 감을 발갛게 익히고 미루나무와 단풍나무 잎을 물들여갔다. 겨울을 넘겨야 하는 동물들은 먹이를 비축하느라 여느 때보다 더 바쁘게 움직였다.

파랑어치들은 기다랗게 줄을 지어 떡갈나무에서 떡갈나무로 날아다니며 도토리를 부지런히 둥지로 옮겼다. 이제 그들은 장난을 치거나 울지 않았다.

그해의 마지막 나비 한 마리가 골짜기로 날아왔다. 나비는 우리가 옥수수를 따낸 옥수숫대 위에 앉았다. 그놈은 날개를 폈다 접었다 하지도 않고 그냥 가만히 앉아서 기다리고 있었다. 먹이를 모을 생각도 없는 것 같았다. 나비는 죽어가고 있었다. 나비 스스로도 그것을 알고 있었다. 할아버지는 그놈이 보통 인간들보다 더 현명하다고 말씀하셨다. 나비는 다가오는 죽음을 놓고 안달하지 않았다. 나비는 자신이 할 바를 다했으니 이제 죽는 것만이 자신의 유일한 목적이라는 걸 알고 있었다. 그래서 그는 옥수숫대 위에 앉아 태양의 마지막 온기를 쬐면서 죽음을 기다리고 있는 것이다.

할아버지와 나는 화덕과 난로에 쓸 땔감을 모았다. 할아버지는 우리가 여름 내내 메뚜기처럼 여기저기 돌아다니며 일했으니, 이제 겨울에 따뜻하게 집에 들어앉아 쉬려면 서둘러야 한다고 말씀하셨다. 우리는 열심히 땔감을 날랐다.

죽은 나무의 줄기나 굵은 가지들을 산허리에서 빈 터까지 끌고 오면, 할아버지의 도끼날이 저녁 햇살을 받아 번쩍이는가 싶다가, 곧이어 나무 갈라지는 소리가 턱 하고 났다. 그 소리는 골짜기를 가득 채우며 메아리쳐 갔다. 나는 나무 토막들은 부엌의 큰 상자에 채우고, 난로에 쓸 장작들은 오두막집 바깥벽을 따라서 쌓아올렸다.

그 정치가들이 찾아온 게 우리가 한창 겨울 준비에 쫓기고 있던 바로 이때였다. 그들 스스로는 정치가가 아니라고 했지만 우리가 보기에는 정치가들이 틀림없었다. 그들은 남자 한 사람과 여자 한 사람이었다.

우리가 흔들의자를 권했지만 두 사람은 굳이 사양하고 등받이가 높은 의자에 등을 꼿꼿이 세운 자세로 앉았다. 남자는 회색 양복을 입고 있었고, 여자는 회색 드레스를 입고 있었다. 칼라가 목을 꽉 죄는 드레스였다. 그 여자가 짓고 있는 그 숨막힐 것 같은 얼굴은 아마 그 때문인 것 같았다. 그 남자는 여자처럼 양무릎을 딱 붙이고 앉아 무릎에다 모자를 올려놓고 있었다. 그 남자는 마음이 불안한지 모자를 손으로 계속 돌려댔다. 오히려 침착한 것은 여자 쪽이었다.

그 여자가 나를 방에서 내보내야 한다고 말했지만, 할아버지는 이 집에서 일어나는 문제라면 마땅히 이 아이도 알아야 한다며 반대하셨다. 그래서 나는 방 안에 남아서 내 작은 흔들의자를 흔들며 앉아 있었다.

남자가 몇 번 헛기침을 하더니 용건을 꺼냈다. 사람들이 내 교육을 비롯한 여러 문제들에 대해서 몹시 걱정하고 있다, 아이들은 제대로 된 교육을 받아야 한다는 이야기였다. 할아버지는 지금 그렇게 하고 있다고 하시면서, 내가 좋은 교육을 받고 있다고 한 와인 씨의 이야기를 그대로 전해주었다.

여자는 와인 씨가 어떤 사람이냐고 물었다. 할아버지가 와인 씨에 관한 모든 걸 이야기해주었다. 물론 와인 씨가 건망증이 심하다는 이야기는 하시지 않았지만. 여자는 콧방귀를 뀌고 나더니 치마를 손으로 이리저리 훑어내렸다. 와인 씨가 이 근처 어딘가에 숨어 있다가 치마 아래로 기어들기라도 할 것처럼 생각하는 모양이었다.

그 여자는 와인 씨 따위는 일고의 가치도 없다는 듯이 제쳐두었다. 그녀는 와인 씨만이 아니라 우리에게도 그런 식의 태도로 대했다. 그녀가 종이쪽지 한 장을 꺼내 할아버지에게 건넸다. 할아버지는 그것을 다시 할머니에게 넘겼다.

등잔불을 밝혀 부엌 식탁에 올려놓은 할머니가 식탁에 앉아서 종이쪽지를 읽기 시작했다. 처음에는 모두가 들을 수 있게 소리 내어 읽던 할머니의 목소리가 갑자기 뚝 그쳤다. 할머니는 입을 다문 채 그 종이에 적힌 내용을 눈으로만 읽어갔다. 다 읽고 나자 할머니는 일어나서 몸을 굽히더니 등잔불을 입으로 불어 꺼버렸다.

할머니의 몸짓이 무엇을 뜻하는지는 나도 알고 있었지만 그 정치가들이라고 모르지 않았다. 두 사람은 흐릿한 어둠 속에서 일어나 더듬거리며 문밖으로 나갔다. 그들은 우리에게 잘 있으라는 인사조차 하지 않았다.

우리는 그들이 사라진 뒤 한참 동안 어둠 속에 그대로 앉아 있었다. 드디어 할머니가 등잔에 다시 불을 붙이자 우리 세 사람은 부엌 식탁에 앉았다. 식탁 위로 간신히 머리만 나올 만큼 키가 작았던 나는 종이쪽지에 씌어 있는 것을 볼 수 없었다. 대신 나는 할머니가 읽어주시는 것을 들었다.

그 종이에는 이렇게 적혀 있었다. 몇몇 사람들이 내가 부당한 취급을 받고 있다고 법에 고소했으며, 할아버지와 할머니는 나를 양육할 자격이 없다, 두 분 다 늙은데다가 교육도 받지 못했으며, 할머니는 인디언이고 할아버지도 반은 인디언이다, 더구나 할아버지는 평판이 좋지 않다……

또 할아버지 할머니는 이기적인 사람들이어서 나의 인생을 가로막는 크나큰 장애물이 되고 있다, 오로지 자신들의 노후를 안락하게 보내기만을 원하고 있으며, 또 그러기 위해서 나를 밖으로 내돌리고 있다……

그 종이에는 나에 관한 이야기들도 적혀 있었지만, 할머니는 그 부분은 소리 내어 읽지 않으셨다. 또 거기에는 할아버지 할머니가 법정에 나가서 반론을 제기할 수 있는 기간도 적혀 있었다. 반론이 없으면 나는 곧바로 고아원에 수용될 거라고 했다.

할아버지는 완전히 얼이 빠지신 것 같았다. 모자를 벗어 식탁 위에 올려놓는 손이 떨리고 있었다. 할아버지는 모자를 쓰다듬다가는 멈추고, 멍하니 쳐다보다가는 또 쓰다듬고 하셨다.

나는 난로 옆의 내 흔들의자에 앉아 삐걱거리며 의자를 흔들기 시작했다. 나는 할아버지 할머니에게, 한 주일 동안 외우는 사전의 단어 수를 열 개로 늘려도 충분히 잘할 수 있을 것 같다, 아니, 그보다 훨씬 더 많이, 백 개까지 늘려도 좋다고 말했다. 그 당시 나는 읽기도 배우는 중이었다. 그래서 나는 두 분에게 지금 당장부터 읽는 분량을 두 배로 늘리겠으며, 내가 셈을 참 잘한다고 와인 씨가 칭찬하셨던 건 두 분도 아시지 않느냐, 그 정치가들은 와인 씨의 말을 깡그리 무시했지만, 그래도 와인 씨의 칭찬은 내 공부가 잘 진행되고 있는 걸 증명하는 게 아니겠느냐고 말씀드렸다.

입을 다물고 있을 수가 없었다. 말을 멈춰야 한다고 생각했지만 멈춰지지가 않았다. 내 흔들의자는 점점 더 세게 흔들렸고, 내 말투는 점점 더 빨라졌다.

할아버지와 할머니가 내 인생을 가로막고 있다는 건 도대체 말도 안 되는 소리다. 나는 모든 면에서 발전해가고 있다. 내가 이렇게 떠들어댔지만 할아버지는 여전히 아무 말씀이 없으셨고, 할머니는 손에 든 종이쪽지만을 뚫어지게 바라보고 계셨다.

나는 두 분이 그 종이쪽지에서 이야기하는 대로라고 생각하시는 것은 아닐지 걱정이 되었다. 나는, 두 분은 절대 그렇지 않다, 오히려 거기에 씌어 있는 것들은 전부 거꾸로다, 두 분은 언제나 나를 보살펴주셨고, 나는 오히려 두 분이 늘상 신경을 써야 하는 짐덩어리라고 말씀드렸다. 나는 또 할아버지에게, 두 분이 나에게 짐을 지운 것이 아니라 내가 두 분 어깨에 무거운 짐이 되고 있다, 나는 이 모든 것을 기꺼이 법에 가서 이야기하겠다고 했다. 하지만 그래도 두 분은 여전히 입을 열지 않으셨다.

나는 읽기와 쓰기, 셈 외에 위스키 거래 같은 면에서도 갈수록 능숙해지고 있다, 아마 내 나이에 거래하는 법까지 배우는 아이는 절대 없을 것이라고 할아버지에게 말씀드렸다.

처음으로 할아버지가 내 얼굴을 쳐다보셨다. 흐린 눈빛이었다. 할아버지는 어쨌든 법이란 건 으레 그런 거니까 위스키 거래에 대한 말은 절대 해서는 안 된다고 하셨다.

나는 식탁으로 돌아가 할아버지 무릎 위에 앉았다. 나는 두 분에게, 나는 법을 따라가지 않을 작정이며, 법이 이 일들을 완전히 잊을 때까지 산속 더 깊은 곳으로 들어가서 윌로 존과 함께 살겠노라고 말하고 나서, 고아원이 어떤 곳이냐고 할머니에게 물었다.

할머니가 식탁 너머에서 내 쪽을 바라보셨다. 할머니의 눈 역시 별로 좋아 보이지 않았다. 할머니는, 고아원이란 곳은 엄마와 아빠가 없는 아이들을 맡아주는 곳이며, 그래서 그곳에는 애들이 아주 많다고 하셨다. 또 할머니는 내가 윌로 존이 있는 곳으로 달아난다면 법이 나를 찾으러 올 것이라고 하셨다.

나는 법이 나를 본격적으로 찾기 시작하면 우리 증류기까지 찾아내고 말 것이라는 사실을 금방 깨달았다. 그래서 나는 윌로 존이 있는 곳으로 가서 숨겠다는 말을 두 번 다시 하지 않았다.

할아버지는 내일 아침 개척촌에 가서 와인 씨를 만나보자고 하셨다.

우리는 새벽에 집을 나와 골짜기를 내려갔다. 할아버지는 와인 씨에게 보여주려고 그 종이쪽지도 가지고 갔다. 할아버지는 와인 씨가 사는 곳을 알고 계셨다. 마을에 도착하자 우리는 어떤 골목길로 들어갔다. 와인 씨는 식료품가게 2층에 살고 계셨다. 우리는 가게 옆쪽에 붙어 있는 긴 사다리계단을 올라갔다. 사다리는 삐걱거리며 흔들렸다. 문은 잠겨 있었다. 할아버지가 문을 흔들기도 하고 두드리기도 해보았지만…… 대답이 없었다. 문 유리에 잔뜩 묻은 먼지를 닦고 안을 들여다보던 할아버지는 방 안이 텅 비어 있다는 것을 알았다.

우리는 계단을 천천히 도로 내려왔다. 나는 할아버지를 따라갔다. 할아버지는 건물 앞쪽을 돌아 식료품가게 안으로 들어갔다.

한낮의 강한 햇빛 속에 있다가 가게 안으로 들어서니 어둠침침했다. 할아버지와 나는 가게 안이 눈에 익을 때까지 잠시 그대로 서 있었다. 이윽고 한 남자가 카운터에 기대어 서 있는 모습이 보였다.

"아, 무슨 일이신가요?"

남자의 커다란 배가 바지벨트 위로 늘어져 있었다. 할아버지가 대답하셨다.

"실례합니다. 와인 씨를 찾고 있는데…… 이 가게 2층에 사시는 분 말입니다."

"그 사람 이름은 와인이 아닌데."

남자는 입에 이쑤시개를 넣고 이쪽저쪽으로 움직였다. 입을 오므려 이쑤시개를 쭉 빨며 입에서 잡아뺀 그는 이쑤시개맛이 몹시 안 좋았던지 그걸 보며 인상을 찌푸렸다.

"사실 그 노인네한테는 이름이라는 게 이미 없긴 하지만요. 죽었거든요."

할아버지와 나는 갑자기 멍해져서 잠시 말을 잃고 서 있었다. 갑자기 가슴속에 구멍이 뻥 뚫리고 무릎이 약해진 것 같았다. 내 신변에 닥친 사태를 해결하는 데 있어 와인 씨에게 꽤 많이 의존하고 있었나보다. 다음에 어떻게 해야 할 바를 모르시는 걸로 봐서 할아버지 역시 그러신 것 같았다.

"당신이 웨일즈요?"

뚱뚱보 가게주인이 물었다.

"그렇소."

할아버지가 대답하자, 남자는 카운터 뒤로 돌아가더니 몸을 굽혀 삼베 자루 하나를 끄집어냈다. 그는 그 자루를 카운터 위에다 놓았다. 자루 속은 뭔가로 꽉 차 있었다.

"그 노인네가 이걸 당신에게 남겼어요. 보시오, 이 꼬리표. 당신 이름이 적혀 있지 않소?" 할아버지는 글씨를 읽을 수 없었지만 그래도 그 꼬리표를 가만히 들여다보셨다.

"그 노인네, 물건이란 물건은 몽땅 다 꼬리표를 달아놨어요. 죽을 거라는 걸 알았던지, 원. 자기 몸을 어디로 실어 보내달라고 하면서 자기 손목에까지 꼬리표를 묶어놨더라니까요. 비용이 얼마나 드는지도 정확히 알고 있었더라구요…… 봉투에 돈을 넣어서 남겼는데, 글쎄 1전 한 푼 틀리지 않더라니까요. 노랑이 같으니라구. 그것 말고는 돈이라곤 한 푼도 안 남겼어요. 과연 유대인 놈들답다니까."

할아버지가 모자 밑에서 눈을 들어 가게 주인을 엄한 얼굴로 쳐다보았다.

"집세는 다 지불했을 텐데요."

뚱뚱보 남자의 얼굴이 긴장했다.

"아아, 예, 물론이죠…… 저야 뭐 특별히 그 노인을 싫어할 이유가 없지요. 잘 알지도 못했으니까요. 아마 그 노인을 잘 아는 사람은 아무도 없을 걸요. 내내 산속을 헤매고 다녔으니 말이오."

할아버지는 그 삼베 자루를 어깨에 멨다.

"변호사가 있는 곳이 어딘지 가르쳐줄 수 있소?"

그 남자가 길 건너를 손으로 가리켰다.

"바로 요 앞이오. 저 건물 사이에 있는 계단을 올라가면 돼요."

"고맙소."

할아버지가 인사를 한 후, 우리는 문 쪽으로 걸어갔다.

그때 뚱뚱보가 다시 우리 등 뒤에다 대고 입을 열었다.

"재미있는 건, 죽어 있는 것을 발견했을 때 저 늙은 유대인이 양초에만 꼬리표를 붙이지 않았더라구요. 그걸 자기 옆에다 놔두고 불을 켜놓는 바람에 잊었던 거지요."

나는 그 양초가 무엇을 뜻하는지 알고 있었지만 아무 말도 하지 않았다. 나는 돈에 대한 것도 알고 있었다. 와인 씨는 절대로 노랑이가 아니다. 절약하는 사람일 뿐이다. 그는 자기가 갚아야 할 돈은 남김없이 지불하여 누구에게도 피해를 입히지 않았다.

우리는 거리를 가로질러 건물 사이에 있는 계단을 올라갔다.

할아버지는 그 삼베 자루를 짊어진 채 노크를 하셨다. 글씨가 적힌 유리를 끼운 문이었다.

"들어와요…… 그냥 들어와요!"

누가 노크까지 하고 들어오리라고는 생각도 못한 것 같은 목소리였다. 우리는 안으로 들어갔다.

한 남자가 책상 너머 의자에 기대앉아 있었다. 백발의 나이든 노인이었다. 그는 우리를 보더니 천천히 일어났다. 할아버지는 모자를 벗고 삼베 자루를 바닥에 내려놓으셨다. 남자가 책상 위로 몸을 기울여 할아버지에게 손을 내밀었다.

"제 이름은 테일러입니다. 조 테일러."

"웨일즈입니다."

할아버지는 그 사람의 손을 잡긴 했지만 아래위로 흔들지는 않으셨다. 할아버지가 잡은 손을 놓더니 문제의 그 종이쪽지를 테일러 씨에게 건네주었다.

테일러 씨는 자리에 앉은 다음 조끼 주머니에서 안경을 꺼내 썼다. 그는 책상 위로 몸을 수그린 채 그 쪽지를 읽기 시작했다. 나는 그의 얼굴을 가만히 쳐다보고 있었다. 그의 얼굴은 그 쪽지를 읽어가는 사이에 점점 찌푸려졌고, 그는 그렇게 잔뜩 찌푸린 얼굴로 오랫동안 그 종이를 들여다보고 있었다.

드디어 테일러 씨가 종이쪽지를 천천히 도로 접어서 할아버지에게 돌려주었다. 그는 자리에 앉은 채 할아버지를 올려다보며 물었다.

"감옥에 간 적이 있군요. 위스키 제조로?"

"딱 한 번 있소."

할아버지가 대답하셨다.

테일러 씨가 일어나서 커다란 창 쪽으로 걸어갔다. 그는 그곳에 서서 한참 동안 바깥 거리를 내려다보고 있었다. 이윽고 한숨을 쉬고 난 그가 다시 입을 열었다. 하지만 여전히 등을 돌린 채였다.

"당신 돈을 받고 이 일을 맡을 수도 있겠지만, 그래봤자 아무 도움도 안 될 거요. 이런 문제를 다루는 정부 관리들은 산사람들을 조금도 이해하지 못해요. 이해하고 싶어하지 않는 거지요. 그 자식들은 정말 아무것도 모르고 있어요."

창밖 저 멀리에 있는 뭔가를 쳐다보며 서 있던 그는 기침을 하고 나서 다시 말을 이었다.

"인디언에 대해서는 더 말할 것도 없지요. 재판해봤자 우린 질 거요. 놈들은 결국 이 아이를 데리고 갈 거요."

할아버지는 모자를 쓴 다음 바지 주머니에서 지갑을 꺼내셨다. 지갑을 열어 그 속을 뒤지던 할아버지는 1달러짜리 은화를 꺼내 테일러 씨의 책상 위에 가만히 올려놓으셨다. 그러고 나서 우리는 그 방을 나왔다. 테일러 씨는 그때까지도 여전히 창밖을 보고 있었다.

우리는 개척촌을 빠져나왔다. 할아버지가 삼베 자루를 등에 짊어지신 채 앞서 걸으셨다. 나는 와인 씨의 죽음으로 우리가 잃은 것이 무엇인지 알고 있었다.

나는 생전 처음으로 힘들이지 않고 할아버지를 따라잡을 수 있었다. 할아버지의 발걸음은 무거웠다. 할아버지는 먼지 많은 길 위를 모카신을 질질 끌며 걸으셨다. 나는 할아버지가 피곤하신가보다고 생각했다. 골짜기길로 접어들었을 때 할아버지에게 물어보았다.

"할아버지, 유대인 놈들이 뭐예요?"

할아버지는 멈춰 섰지만 뒤돌아보지는 않았다. 목소리도 피곤하게 들렸다.

"난 잘 모르겠다. 성경책 같은 데 그 사람들 이야기가 적혀 있는 것 같았어. 아무튼 먼 옛날 이야기야."

할아버지가 돌아서셨다.

"인디언처럼…… 유대인도 나라를 갖지 못했다는 이야기를 들었다."

할아버지가 나를 내려다보시며 이렇게 말씀하셨다. 월로 존처럼 깊고 아득한 눈빛이었다.

어두워지고 나서야 우리는 오두막집에 도착했다. 할머니가 등잔불을 켜시고 나자, 할아버지가 식탁 위에서 와인 씨의 삼베 자루를 여셨다. 빨갛고 파랗고 노란 두루마리 천들과 바늘, 골무, 실타래 같은 것들이 와르르 쏟아졌다. 와인 씨가 할머니에게 드리는 것들이었다. 내가 할머니에게 와인 씨는 자기 짐보따리에 있던 것들 대부분을 이 삼베 자루에 집어넣은 것 같다고 말씀드리자, 할머니가 보시기에도 그렇다고 하셨다.

와인 씨가 할아버지에게 드리는 온갖 공구들과 함께 책 몇 권도 들어 있었다. 셈본 책 한 권과, 할머니 말씀에 따르면 내가 읽으면 꽤 좋을 내용이 담긴 작고 검은 책 한 권, 그리고 남자아이들과 여자아이들, 개들 그림이 그려진 그림책 한 권이었다. 그림책 안에는 글이 적혀 있었다. 그 책은 표지가 반들반들한 새 책이었다. 잊어버리지만 않았다면 와인 씨는 다음번에 올 때 틀림없이 그 책을 가져오셨을 것이다. 자루의 내용물은 이게 전부인 것 같았다.

할아버지가 빈 자루를 들어서 마루 위에 내려놓으셨다. 그때 자루에서 뭔가가 부딪치는 소리가 났다. 할아버지가 다시 자루를 들고 털어보니 빨간 사과 한 알이 탁자 위로 굴러 나왔다. 와인 씨가 사과를 잊지 않고 보관해둔 것은 이것이 처음이었다. 그런데 굴러 나온 것에는 사과 말고도 다른 하나가 더 있었다. 양초 한 자루였다. 할아버지가 집어드신 그 양초에는 와인 씨의 꼬리표가 달려 있었다. 할머니가 '윌로 존에게'라고 적힌 그 꼬리표를 읽으셨다.

우리 세 사람 다 식욕이 없어서 저녁은 먹는 둥 마는 둥 했다. 할아버지가 개척촌에 다녀온 결과에 대해서, 와인 씨의 일과 테일러 씨가 말한 것에 대해서 할머니에게 이야기하셨다.

할머니가 등잔불을 불어서 끄셨다. 우리 셋은 난로 옆에 앉았지만 불을 피우지는 않았다. 나는 흔들의자를 흔들었다. 창문을 통해 초승달의 희미한 어둠이 비쳐 들어왔다.

나는 할아버지 할머니에게 너무 걱정하지 마시라고 하면서, 나도 걱정하지 않겠다, 애들이 그렇게 많다고 하니 얼마 안 있으면 그 고아원이 좋아지게 될 것이다, 그리고 법의 요구를 들어주는 데 그리 오랜 시간이 걸리지는 않을 테니 금방 다시 집으로 돌아오게 될 거라고 말씀드렸다.

할머니는 우리에게 남은 것은 3일뿐이며, 3일이 지나면 나를 법에 데려가야 한다고 하셨다. 누구도 더 이상 말하려 하지 않았다. 나 역시 무슨 말을 해야 할지 몰랐다. 방 안에는 세 개의 흔들의자가 천천히 삐걱거리는 소리 말고는 아무 소리도 들리지 않았다. 우리는 밤이 깊을 때까지 그렇게 말없이 앉아 있었다.

침대에 들었을 때, 나는 엄마가 죽고 난 후 처음으로 울었다. 하지만 담요를 입 안에 쑤셔넣어 할아버지 할머니에게 우는 소리가 들리지 않도록 했다.

우리는 남은 3일 간을 최대한 열심히, 그리고 최대한 충실하게 보냈다. 할머니도 할아버지와 내가 가는 곳이면 어디든 함께 가셨다. 칼길 위 하늘협곡으로 갈 때도 따라가셨다. 블루보이와 개들도 데리고 다녔다. 아직 컴컴한 첫새벽에 일어나서 산 위로 올라간 우리는 산꼭대기에 앉아 산등성이 너머로 아침 해가 솟아오르는 모습을 바라보았다. 또 나는 두 분에게 내 비밀 장소도 보여드렸다.

할머니는 거의 모든 요리에 실수로 설탕을 엎지르곤 하셨다.

덕분에 할아버지와 나는 옥수수 쿠키를 배불리 먹을 수 있었다.

떠나기 전날, 몰래 집을 빠져나온 나는 지름길로 해서 사거리 상점까지 갔다. 젠킨스 씨는 그 빨갛고 파란 상자는 오래된 것이어서 65센트만 내면 된다고 하셨다. 나는 할아버지에게 드리려고 값이 25센트인 빨간 막대사탕 한 상자도 샀다. 그러고 나니까 청크 씨에게서 받은 1달러 중에서 10센트만이 남았다.

그날 밤, 할아버지가 내 머리를 잘라주셨다. 할아버지는 인디언처럼 보이면 내가 견디기 힘들 테니 머리를 자르는 게 좋겠다고 하셨다. 나는 할아버지에게, 그런 건 아무래도 상관없다, 이제 얼마 안 있으면 나도 윌로 존처럼 보일 거라고 말했다.

모카신을 신고 갈 수도 없었다. 할아버지가 내 낡은 구두를 펴서 늘여주셨다. 할아버지는 쇳덩어리를 구두 속에 집어넣고 겉 부분의 가죽을 쇠망치로 두들기셨다. 그 사이에 내 발이 커진 것이다.

나는 할머니에게 어차피 곧 돌아올 테니 모카신을 내 침대 밑에 두고 가는 게 편할 것 같다고 했다. 사슴가죽 셔츠는 침대 위에 올려놓았다. 어차피 내가 돌아올 때까지 내 침대에서 잘 사람도 없을 테니 그곳에 놔둘 수 있지 않겠느냐고 하면서.

나는 빨갛고 파란 사탕 상자를 할머니의 옥수수 가루 통 속에다 넣어두었다. 아마 하루나 이틀만 있으면 할머니의 눈에 띌 것이다. 또 막대사탕 상자는 할아버지의 양복 주머니 속에 넣어두었다. 할아버지는 일요일은 되어야 그것을 발견하실 것이다. 그냥 맛만 볼 요량으로 막대사탕 하나를 꺼내서 먹어보았다. 정말 맛이 좋았다.

할머니는 나를 전송하러 개척촌까지 따라가고 싶지 않으신 모양이었다. 할아버지가 빈 터에서 나를 기다리고 계시는 동안, 할머니는 베란다에 무릎을 꿇고 앉아 윌로 존을 안을 때처럼 나를 꼭 껴안아주셨다. 나도 할머니를 힘껏 껴안았다. 울지 않으려고 했지만 눈물이 나왔다.

예전에 신던 구두를 신고 발가락 끝을 쭉 펴보았지만 아프지 않았다. 나는 하얀 셔츠 위에다 가진 것 중에서 가장 좋은 멜빵바지를 입고 노란 코트를 걸쳤다. 할머니가 셔츠 두 벌과 멜빵바지 하나, 양말 따위를 삼베 자루 속에 넣어주셨다. 곧 돌아올 거였기 때문에 그 이상의 짐은 가져가고 싶지 않았다. 나는 할머니에게 금방 돌아오겠노라고 말했다.

베란다에 무릎을 꿇고 앉은 할머니가 말씀하셨다.

"작은 나무야, 늑대별(큰개자리에 속하는 별로 일명 시리우스라고도 한다. 겨울 하늘에 가장 밝게 빛나는 항성이다—옮긴이) 알지? 저녁에 어두워지기 시작하면 보이는 별 말이야." 내가 안다고 하자, 할머니가 당부하셨다. "어디에 있든지 간에 저녁 어둠이 깔릴 무렵이면 꼭 그 별을 쳐다보도록 해라. 할아버지와 나도 그 별을 볼 테니까. 잊어버리지 마라."

나는 잊지 않겠노라고 했다. 늑대별은 와인 씨의 촛불과 같은 것이었다. 나는 윌로 존에게도 늑대별을 보라는 이야기를 전해

달라고 할머니에게 부탁했다. 할머니는 꼭 그렇게 하겠노라고 약속하시고는 내 양어깨를 잡고 눈을 들여다보셨다.

"체로키들이 너의 아버지와 어머니를 맺어주었단다. 그것을 잊지 마라, 작은 나무야. 어떤 말을 들어도…… 그것을 기억해라."

내가 고개를 끄덕이자 할머니가 손을 놓으셨다. 나는 내 삼베 자루를 집어들고 할아버지 뒤를 따라 빈 터를 떠났다. 통나무다리를 건널 때 뒤를 돌아보았다. 할머니는 베란다에 그대로 서서 이쪽을 바라보고 계셨다. 할머니가 한쪽 손을 들어서 가슴에 댔다가 그 손을 나를 향해 내밀었다. 나는 할머니가 말하고 싶은 것이 무엇인지 알고 있었다.

할아버지는 검은 양복에 나처럼 구두를 신고 계셨다. 우리 두 사람은 터벅거리고 걸으며 골짜기길을 내려갔다. 낮게 드리운 소나무 가지들이 자꾸 내 팔을 붙잡았다. 떡갈나무가 가지 끝 손가락들을 뻗어서 내 어깨에서 삼베 자루를 벗겨내려 했다. 또 어린 감나무들은 내 발을 휘감았다. 시냇물도 점점 더 세게 달리며 물보라를 일으키고 요란한 물소리를 냈다. 까마귀 한 마리가 우리 머리 바로 위까지 아슬아슬하게 내려와서 몇 번이나 울더니…… 다시 높은 나뭇가지에 날아올라 까악거리며 울었다. 모두가 이렇게 말하고 있었다.

"가지 마, 작은 나무야…… 가지 마……"

나는 그들이 무슨 말을 하는지 알고 있었다. 그때마다 눈앞이 뿌옇게 흐려지는 바람에 나는 할아버지 뒤에서 몇 번이고 넘어질 뻔했다. 바람이 불더니 슬픈 소리를 내며 내 노란 코트 자락을 붙잡았다. 그리고 다 말라가는 찔레나무는 길로 비어져 나와 내 발을 붙들었다. 문상 비둘기 한 마리가 길고 외로운 울음소리를 냈다. 응답하는 소리가 없는 걸 보니 나를 위해 우는 게 틀림없었다.

무거운 발걸음으로 골짜기길을 내려오는 우리의 마음도 발걸음만큼이나 무거웠다.

우리는 버스 정류장 의자에 앉아서 기다렸다. 나는 삼베 자루를 양무릎으로 꼭 죄면서 앉아 있었다. 우리는 법이 오기를 기다렸다.

할아버지에게 내가 없어서 도와드릴 수가 없으니 위스키 만드는 건 어떡하냐고 말씀드렸더니, 할아버지는 아마 힘들어서 시간이 두 배는 걸릴 거라고 하셨다. 내가 금방 다시 돌아올 테니 두 배로 걸리는 건 그렇게 오래가지 않을 거라고 했더니, 할아버지도 아마 틀림없이 그럴 거라고 하셨다. 우리 이야기는 거기서 그쳤다.

벽시계가 째깍거리며 가고 있었다. 나는 시계를 볼 수 있었기 때문에, 할아버지에게 시간을 알려드렸다. 정류장 안에는 사람들이 거의 없었다. 남자 여자 한 사람씩뿐이었다. 불경기라서 사람들이 굳이 돈을 들여가며 여행하지는 않는 모양이라고 할아버지가 말씀하셨다. 정말 그런 것 같았다.

나는 할아버지에게 산들이 고아원 있는 곳까지 계속 이어지고 있는지 물어보았다. 할아버지는 그곳에는 한 번도 가본 적이 없어서 잘 모르겠노라고 대답하셨다. 좀 더 시간이 흘렀다.

한 여자가 정류장 안으로 들어왔다. 나는 그 여자를 알고 있었다. 회색 옷을 입고 우리 집에 찾아왔던 그 여자였다. 그 여자가 우리 있는 곳으로 다가왔다. 할아버지가 일어서자 그 여자는 서류 몇 장을 할아버지에게 건넸다. 할아버지는 잠자코 그것들을 받아 주머니에 찔러넣었다. 그 여자는 버스가 기다린다고 말했다.

"이제 아무 소란도 일어나지 않길 바라요. 서두르자구요. 해야 할 일은 어차피 해야지요. 모두를 위해서 그렇게 하는 게 좋아요."

나는 그 여자가 무슨 말을 하는지 이해할 수 없었다. 할아버지 역시 그러신 것 같았다. 그 여자의 태도는 철저히 사무적이었다. 그 여자는 가방에서 끈 하나를 꺼내더니 그것을 내 목에 걸었다. 그 끈에는 와인 씨의 그것과 비슷한 꼬리표가 달려 있었고, 그 꼬리표에도 뭔가 글자가 적혀 있었다. 할아버지와 나는 그 여자를 따라 버스 정류장 안쪽에 서 있는 버스로 걸어갔다.

나는 내 삼베 자루를 어깨에다 둘러멨다. 열려 있는 버스문 옆에 다다르자, 할아버지는 땅바닥에 무릎을 꿇고 앉아 윌로 존을 껴안을 때처럼 나를 힘껏 껴안았다. 할아버지는 도로 위에 양무릎을 댄 채 오랫동안 그렇게 나를 안고 있었다. 내가 할아버지에게 가만히 속삭였다.

"곧 돌아올게요."

그 말을 들은 할아버지는 나를 더 힘껏 껴안으셨다.

여자가 재촉했다.

"이제 그만 가야 해요."

나에게 말하는 건지 할아버지에게 말하는 건지 알 수가 없었다.

할아버지가 일어나시더니 등을 돌리고 걸어가셨다. 할아버지는 뒤를 돌아보지 않으셨다.

나 혼자서도 충분히 할 수 있는데도 그 여자는 나를 안아서 버스 발판 위에 올려주었다. 그러고는 운전사에게 내 목에 있는 꼬리표를 읽어보라고 재촉했다. 나는 운전사가 그것을 읽는 동안 그를 마주보며 가만히 서 있어야 했다.

나는 돈이 한 푼도 없었기 때문에 차표도 돈도 갖고 있지 않은데 타도 되는 건지 모르겠다고 했더니, 운전사가 웃으면서 내 차표는 그 여자한테서 받았노라고 말해주었다. 버스에 탄 승객은 딱 세 사람뿐이었다. 나는 뒤쪽으로 걸어가 창가 쪽 자리에 앉았다. 거기라면 할아버지의 모습이 보일지도 모른다.

드디어 버스가 움직이기 시작하더니 정류장을 빠져나가기 시작했다. 회색 옷 입은 여자가 버스를 지켜보고 있는 모습이 먼저 눈에 들어왔다. 버스가 거리 쪽으로 움직였지만 할아버지의 모습은 어디에서도 찾을 수 없었다. 도로 모퉁이에 서 계신 할아버지의 모습이 눈에 들어온 것은 버스가 정류장을 완전히 벗어난 다음이었다. 할아버지는 모자를 눈까지 깊숙이 내려쓰신 채 양 팔을 축 늘어뜨리고 서 계셨다.

버스가 할아버지 옆을 지나갔다. 창을 밀어올리려고 해봤지만 어떻게 하는 건지 알 수가 없었다. 손을 흔들어도 할아버지는 보지 못하시는 것 같았다.

버스가 할아버지 옆을 지나치자, 나는 버스 뒤쪽으로 달려가 뒤 창문에 매달렸다. 할아버지는 버스를 쳐다보면서 여전히 그곳에 서 계셨다. 나는 손을 흔들며 외쳤다.

"안녕히 계세요, 할아버지! 금방 돌아올게요."

그러나 할아버지의 눈은 날 보고 있지 않았다. 나는 계속해서 외쳤다.

"금방 돌아올 거예요, 할아버지!"

할아버지는 여전히 그냥 그대로 서 계셨다. 저녁 노을 속에서 그 모습은 점점 작아져갔다. 어깨를 떨군 할아버지는 몹시 늙어 보였다.

The Dog Star

어디까지 가야 하는지 짐작도 가지 않을 때는 본래 길이 더 멀게 느껴지는 법이다. 아무도 내게 내가 가는 곳이 어딘지 가르쳐주지 않았다. 할아버지는 모르셨을 것이고……

앞좌석의 등받이가 높아서 앞을 바라보지 못하는 나는 창 쪽에 앉아 바깥 경치를 구경했다. 집들과 나무들이 스쳐 지나가더니, 버스가 개척촌을 빠져나가자 보이는 거라곤 나무들뿐이었다. 하지만 날이 어두워지는 바람에 그마저도 보이지 않게 되었다.

나는 이번에는 통로 쪽 자리에 앉아 버스 안을 이리저리 둘러보았다. 버스의 전조등에 앞쪽 도로가 훤히 비치는 게 보였다. 하지만 그것은 언제까지나 똑같은 풍경이었다.

버스는 어떤 마을의 정류장에서 꽤 오래 멈춰 서 있었다. 하지만 나는 버스에서 내리거나 자리를 뜨지 않고 자리에 그대로 앉아 있었다. 버스 안에 있는 것이 훨씬 안전하게 느껴졌던 것이다.

버스가 마을을 빠져나오자 또다시 볼 것 하나 없는 똑같은 광경이 계속되었다. 나는 내 삼베 자루를 무릎 사이에 끼고 앉아 있었다. 그 삼베 자루가 할아버지와 할머니처럼 느껴졌다. 또 그 삼베 자루에서는 블루보이의 냄새가 나는 것 같았다. 나는 어느 사이엔가 잠이 들었다.

운전사가 나를 깨웠다. 벌써 아침이었다. 창밖에서는 가는 비가 내리고 있었고, 버스는 고아원 앞에 멈춰서 있었다. 내가 버스에서 내리자, 우산을 받쳐든 흰머리의 여자가 기다리고 있었다.

그 여자는 땅까지 질질 끌리는 검은 옷을 입고 있었다. 언뜻 보기에는 회색 옷을 입은 여자처럼 보였지만, 가까이에서 보니 달랐다. 그 여자는 입도 벙긋 하지 않고 허리를 구부려 내 목에 걸린 꼬리표를 잡더니 적힌 걸 읽었다. 그녀가 고개를 끄덕이자 운전사는 버스문을 닫고 떠났다. 그 여자는 그대로 우뚝 서서 잠시 인상을 찡그리더니 한숨을 쉬었다.

"따라와라."

그 여자는 이렇게 말하고 앞장서서 천천히 철문 안으로 들어갔다. 나는 삼베 자루를 어깨에 메고 뒤따라갔다.

우리는 양쪽으로 커다란 느릅나무가 서 있는 문을 지나갔다. 우리가 지나갈 때 그 느릅나무들이 수군대며 이야기를 걸어왔다. 그 여자는 전혀 눈치 채지 못하는 것 같았지만 나는 알 수 있었다. 그 느릅나무들은 내 이야기를 들은 게 틀림없었다.

우리는 커다란 뜰을 가로질러 여러 채의 건물들이 서 있는 쪽으로 걸어갔다. 쉽게 뒤따라갈 수 있었다. 어떤 건물 앞에 이르자 그 여자가 멈춰 섰다.

"이제 목사님을 만나게 될 거야. 울거나 하지 말고 얌전히 있어야 돼. 예의 바르게 행동하고. 말은 해도 괜찮지만 질문을 받았을 때만이야. 알아들었지?"

나는 그러겠노라 했다.

그 여자를 따라 어두운 복도를 지나 어떤 방 안으로 들어갔다. 목사는 책상에 앉아 있었다. 그는 우리가 들어가도 얼굴을 들지 않았다. 그 여자는 책상을 정면으로 바라보는 딱딱한 의자에 나를 앉히고는, 발끝걸음으로 방에서 나갔다. 나는 삼베 자루를 무릎 사이에 놓았다.

목사는 서류를 읽느라 바빴다. 그는 번들거리는 분홍빛 얼굴을 하고 있었다. 얼굴을 너무 많이 씻어서 그런 것 같았다. 귀 언저리에 남아 있는 약간을 빼고 나면 그의 머리엔 이렇다 할 만한 머리카락이 없었다.

벽에는 시계가 걸려 있었다. 나는 시각을 읽었지만 소리 내어 말하지는 않았다. 목사가 앉은 뒤쪽 유리창문 아래로 빗방울이 굴러 떨어지는 모습이 보였다.

갑자기 그가 얼굴을 들었다.

"다리 흔들지 마!"

몹시 엄한 말투였다. 나는 시키는 대로 했다.

목사는 서류 몇 장을 더 훑어보고 나더니, 서류를 책상 위에 내려놓고 연필을 집어들었다. 연필은 그의 손가락 끝에서 빙빙 돌기 시작했다. 그는 책상 위에다 팔꿈치를 대고 내 쪽으로 몸을 기울였다. 내가 작아서 잘 보이지 않았기 때문이다.

"요즘은 심한 불경기야."

그는 자기 개인의 처지가 심한 불경기이기라도 한 것처럼 눈살을 찌푸렸다.

"주(州) 정부에서는 이런 일들에 예산을 대주지 않아. 그런데도 우리 교단에서는 너를 여기에 받아들이기로 했다. 아마 그러지 않는 편이 더 나았겠지만, 어쨌든 우린 널 받아들이기로 했다."

나 역시 그러지 않는 편이 좋았을 텐데…… 나는 이 모든 일들을 이렇게 엉망진창으로 만들어놓은 그 교단 때문에 기분이 나빠지기 시작했다. 그러나 나는 아무 말 없이 앉아 있었다. 그가 나한테 묻지 않았기 때문이다.

그는 다시 손가락 사이에 연필을 끼워 빙빙 돌렸다. 그 연필은 심이 뾰족한 걸로 보아 절약하는 방법으로 깎지 않은 걸 알 수 있었다. 나는 그가 겉보기보다는 마음을 허술히 하는 사람일지 모른다고 생각했다. 그가 다시 말을 시작했다.

"이곳에는 네가 다닐 수 있는 학교가 있어. 그리고 넌 작은 일 한두 가지를 맡게 될 거다. 여기서는 누구든지 일을 하게 되어 있어. 너한테는 익숙하지 않을 테지만. 그리고 규칙은 꼭 지켜야 한다. 규칙을 어기면 벌을 주겠다."

목사는 기침을 한 번 하고 나서 말을 이었다.

"여기는 순종이든 혼혈이든 간에 인디언이라곤 한 사람도 없어. 게다가 너의 어머니 아버지는 정식으로 결혼하지도 않았어. 우리가 사생아를 받아들인 건 정말이지 네가 처음이다."

나는 할머니가 말해주신 것을 목사에게 이야기했다. 체로키들이 아빠와 엄마를 결혼시켰다고. 목사는 체로키가 한 일 따위는 아무래도 상관없다고 하면서, 자기는 나에게 질문하지 않았노라고 화를 냈다. 그건 사실이었다.

목사는 그 모든 일에 흥분하기 시작했다. 그는 의자에서 일어나 자기 교단은 누구에게나, 심지어는 동물에게조차 친절한 게 신조라고 했다.

그는 나더러 교회 예배와 저녁 채플 예배에 참석하지 않아도 된다고 하면서, 성경에 따르면 사생아는 어떻게 해도 도저히 구제받을 수 없기 때문이라고 했다. 그는 목사의 설교를 듣고 싶으면 들어도 좋지만, 교회 맨 뒤에 입을 다물고 앉아서 절대 예배 보는 데 끼어들지 말아야 한다고 했다.

그런 것은 나로서는 아무래도 좋았다. 어차피 할아버지와 나는 천당 가는 그 모든 의식 절차에 대해서는 일찌감치 포기하고 있던 터였다.

또 그는 자기가 책상 위에서 본 서류에 의하면, 할아버지는 어린아이를 기르는 데 적합하지 않다, 내가 예의범절이라곤 하나도 배우지 못했을 게 확실하다고 떠들어댔다. 하지만 나는 그렇게 생각하지 않았다. 그는 또 할아버지가 감옥에 다녀온 적도 있다고 했다.

그래서 나 자신도 거의 교수형을 당할 뻔한 적이 있었노라고 하자, 그는 연필 돌리던 손을 멈추고 고함을 질렀다.

"네가? 뭣 때문에?"

나는 한 번 법에게 붙잡혀서 교수형을 당할 뻔했지만 다행히 달아났다, 개들이 도와주지 않았더라면 나는 교수형을 당했을 거라고 설명했지만, 위스키 제조나 증류기가 있는 곳에 대해서는 절대 말하지 않았다. 그걸 말하게 되면 할아버지와 나는 영영 위스키 장사를 못하게 될 것이라고 생각했던 것이다.

목사는 의자로 돌아가 양손으로 얼굴을 감쌌다. 마치 울고 있는 것처럼 보였다. 그는 머리를 절레절레 흔들었다.

"이런 끔찍한 일이 있으리라는 건 진작에 알고 있었지, 아무렴."

그는 두세 번 이렇게 중얼거렸다. 나로서는 끔찍한 일이 무엇인지 알 수가 없었다.

목사가 하도 오랫동안 양손으로 얼굴을 감싼 채 머리를 계속 흔들어댔기 때문에 나는 그가 울고 있는 줄 알았다. 그래서 그 모든 일에 대해서 나도 그만큼이나 기분이 안 좋아지기 시작했고, 교수형당할 뻔한 얘기를 꺼낸 것이 미안했다. 우리는 한동안 이런 모양으로 앉아 있었다.

나는 그에게 울지 말라고 하면서, 어쨌든 나는 눈곱만치도 다치지 않았으며, 그 일에 대해 그 사람들을 원망해본 적도 없다, 다만 그 와중에서 링거가 죽었는데 그건 내 잘못이라고 했다.

목사가 머리를 들더니 이렇게 외쳤다.

"입 닥쳐! 너에게 묻지 않았어!"

그건 그랬다. 그는 서류들을 움켜쥐었다.

"우린 두고 보겠다…… 주님의 도우심으로 애도 써보겠고…… 그래봤자 네 녀석은 소년원행이 되겠지만."

목사가 책상 위의 작은 종을 울리자 예의 그 여자가 순식간에 방 안으로 뛰쳐들어왔다. 계속 문밖에 서 있었던 모양이었다.

그 여자는 나에게 따라오라고 했다. 나는 삼베 자루를 집어들어 어깨에 멘 다음, 목사에게 "고맙습니다"라고 인사했다. 그러나 목사님이란 말은 붙이지 않았다. 비록 내가 사생아여서, 그 때문에 어차피 지옥에 갈 거라고 해도, '목사님'이라고 부를지, '○○ 씨'라고 부를지 정하지 않았다고 해서, 어쨌든 더 빨리 지옥에 떨어질 것 같지는 않았다. 할아버지가 말씀하셨듯이 궁지에 몰린 것도 아닌데 쓸데없는 위험을 무릅쓸 필요는 없는 것이다.

방을 나서려 하자 갑자기 바람이 세차게 불어와 창문을 흔들었다. 그 여자가 발걸음을 멈추고 돌아보았다. 목사도 창문을 쳐다보았다. 나는 그 바람이 내 안부를 물어보기 위해 산이 보낸 전령이란 걸 알았다.

내 침대는 방 제일 구석에 있었다. 내 침대와 꽤 가까이 붙어 있는 딱 하나의 침대를 빼고는 다른 아이들에게서 한참 떨어진 곳이었다. 그 방은 아주 커서 20~30명은 됨직한 남자애들이 함께 썼다. 대개가 다 나보다 나이 많은 아이들이었다.

내가 해야 하는 일은 매일 아침저녁으로 방 청소를 돕는 일이었다. 나는 힘들이지 않고 그 일을 해냈지만, 침대 밑까지 말끔히 청소하지 않으면 흰머리 여자에게서 다시 하라는 명령을 받곤 했다. 그런 일은 거의 매번 일어났다.

나와 가장 가까운 침대에서 자는 아이의 이름은 윌번이었다. 그는 나보다 나이가 훨씬 더 많아서 열한 살 정도는 되어 보였다. 하지만 그는 자기가 열두 살이라고 말했다. 그는 큰 키에 말라깽이였고 얼굴은 주근깨투성이였다. 그는 아무도 자신을 양자로 데려가지 않을 것이기 때문에 열여덟 살이 될 때까지 여기에 눌어붙어 있게 될 것이다, 그렇더라도 자기는 상관없다, 대신 여기서 나가면 반드시 돌아와 이 고아원에 불을 지르고 말겠다고 했다.

월번은 한쪽 발이 굽었다. 오른발이 안쪽으로 활처럼 굽어서 걸을 때는 그 발끝이 왼쪽 다리를 스치곤 했다. 또 그 때문에 오른 다리가 짧아서 몸 전체를 오른쪽으로 절룩이며 걸어야 했다.

나와 월번만은 운동장에서 벌어지는 어떤 놀이에도 가담하지 않았다. 월번은 달릴 수가 없었기 때문이고, 나는 작은 데다 노는 방법을 몰랐기 때문이다. 그는 상관없다면서 놀이란 건 어린 애들이나 하는 짓이라고 했다. 나에게도 그렇게 보였다.

나와 월번은 노는 시간이면 운동장 구석에 서 있는 큰 떡갈나무 밑에 앉아 있었다. 때때로 공이 빠져서 우리 있는 곳까지 굴러 오면 내가 달려가서 놀이를 하는 아이들에게 던져주곤 했다. 나도 썩 잘 던지는 편이었다.

나는 그 떡갈나무에게 말을 걸었다. 속으로만 말했기 때문에 월번은 알아차리지 못했다. 그 떡갈나무는 늙은 나무였다. 겨울이 오고 있었기 때문에 소리를 낼 수 있는 이파리들은 거의 다 떨어졌지만, 대신 나무는 벌거숭이 가지를 바람 속에서 움직여 말을 했다.

나무는 이제 막 잠이 들려던 참이었지만, 내가 여기 있다는 걸 산의 나무들에게 알려줄 때까지는 자지 않고 깨어서 그 소식을 바람에 실어보내겠노라고 했다. 내가 월로 존에게도 전해달라고 부탁하자 떡갈나무는 그러겠노라고 했다.

떡갈나무 밑에서 파란 유리구슬 하나를 발견했다. 그것은 투명해서 한쪽 눈을 감고 다른 쪽 눈으로 들여다보면 모든 게 다 파랗게 보였다. 그게 뭔지 월번이 가르쳐주었다. 나는 그때까지 한 번도 유리구슬을 본 적이 없었던 것이다.

월번은 유리구슬이란 건 그렇게 뚫어지게 들여다보라고 있는 게 아니라, 땅 위에서 다른 유리구슬과 부딪치며 놀라고 있는 것이라고 했다. 하지만 내가 그것을 가지고 노는 것을 보면 틀림없이 구슬을 잃어버린 사람이 있을 테니, 그 애가 와서 그것을 빼앗아갈 것이라고 했다.

월번은 주운 사람이 임자이고, 잃은 사람만 손해라고 하면서, 그렇게 해서 잃은 값을 치르는 것이라고 했다. 그래서 나는 그 유리구슬을 내 삼베 자루 속에 넣어두었다.

어쩌다 한 번씩 고아원에 있는 애들 모두가 목사 집무실 옆에 붙은 강당에서 줄을 서곤 했다. 그러고 있으면 아저씨 아주머니들이 찾아와서 아이들을 한 명 한 명 자세히 살펴본다. 양자로 삼을 애를 고르는 것이다. 우리를 감독하는 흰머리 여자는 나에게는 줄을 서지 말라고 했다. 그래서 나는 줄을 서지 않았다.

나는 문 뒤에서 그들의 모습을 구경했다. 누가 뽑혔는지는 나라도 금방 알 수 있었다. 그 사람들은 마음에 드는 아이 앞에서는 으레 걸음을 멈추고 말을 걸게 마련이었다. 그러고 나면 그들은 아이를 데리고 사무실로 들어갔다. 월번에게 말을 건네는 사람은 지금까지 아무도 없었다.

월번 자신은 아무래도 상관없다고 했지만 실제로는 그렇지 않은 것 같았다. 그는 줄서기를 하는 날이면 언제나 깨끗한 셔츠와 멜빵바지로 갈아입었다. 나는 윌번을 자세히 관찰했다.

줄을 서고 있을 때 윌번은 언제나 다가오는 모든 사람들에게 웃는 얼굴을 보였으며, 굽은 오른쪽 발을 다른 쪽 발 뒤로 감추곤 했다. 그렇지만 그들은 그에게 말을 걸지 않았다.

줄서기를 하고 난 날이면 윌번은 밤에 자다가 오줌을 쌌다. 그는 그 빌어먹을 놈의 양자 고르기에 대해 자기가 어떻게 생각하는지 그 사람들에게 보여주려고 일부러 그렇게 한 것이라고 말했다.

윌번이 오줌을 싼 다음 날 아침이면, 흰머리 여자는 윌번에게 요와 담요를 햇볕에 내다 말리라고 명령했다. 윌번은 자기는 신경 안 쓴다, 만일 그들이 그렇게 자꾸 자기를 들쑤신다면 자기는 밤마다 침대에 오줌을 싸줄 거라고 했다.

윌번은 나에게 자라서 무엇을 할 거냐고 물었다. 나는 할아버지와 윌로 존 같은 인디언이 되어서 산속에서 살 거라고 대답했다. 윌번은 자기는 은행과 고아원을 털 작정이고, 돈을 놔두는 곳이 어디인지만 알면 교회도 털 작정이다, 아마 그렇게 되면 은행과 고아원을 경영하는 놈들을 모두 죽이겠지만, 나는 죽이지 않겠노라고 했다.

윌번은 밤마다 침대에서 울었다. 나는 모르는 척했다. 입을 담요로 막고 우는 걸로 봐서 다른 사람에게 우는 걸 알리고 싶지 않은 모양이었으니까. 나는 윌번에게 이 고아원에서 나가 치료를 받게 되면 틀림없이 발이 펴질 거라고 위로하면서 파란 유리 구슬을 그에게 주었다.

고아원에서는 저녁 어둠이 깔릴 무렵에 채플 예배를 보았다. 그것이 끝나고 나면 곧이어 저녁 식사 시간이었다. 나는 예배에 참석하지 않았기 때문에 저녁 식사 시간에도 빠졌다. 덕분에 나는 저녁마다 늑대별을 바라볼 수 있었다. 내 침대에서 몇 발자국 떨어진 곳에 창문이 있었는데, 나는 그 창문으로 늑대별이 반짝이는 것을 또렷이 볼 수 있었다. 그 별은 저녁 어스름이 내리기 시작하면 창백한 얼굴로 빛을 비추다가 밤이 어두워질수록 점점 더 밝은 빛을 토해냈다.

할아버지와 할머니, 윌로 존까지 저 별을 보고 있을 것이다. 나는 저녁마다 창가에 한 시간씩 서서 늑대별을 바라보았다. 나는 윌번에게 언젠가 저녁 식사를 거를 생각이 있으면 나와 함께 그 별을 볼 수 있을 거라고 했지만, 그는 채플에 나가야 하는데다 저녁 식사를 포기할 생각이 전혀 없었다. 그 때문에 그는 한 번도 그 별을 보지 못했다.

처음 그 별을 바라보기 시작했을 때는, 그 별을 보며 떠올릴 일들을 낮 동안에 미리 생각해두려고 애썼다. 하지만 나는 얼마 안 가 그럴 필요가 없다는 걸 깨달았다.

그저 쳐다보는 것만으로도 충분했다. 그러면 할아버지가 나에게 추억들을 보내주셨다.

할아버지와 나는 아침의 탄생을 지켜보면서 산꼭대기에 앉아 있다. 햇빛을 받은 얼음이 찬란한 빛을 뿜으며 반짝거리고, 할아버지의 목소리가 똑똑히 들린다.

"산이 깨어나고 있어!"

그러면 나는 그 창가에 서서 이렇게 대답한다.

"네, 할아버지. 산이 깨어나고 있어요!"

또 할아버지와 나는 늑대별을 보면서 여우몰이를 하던 그날로 되돌아가기도 했다. 블루보이와 리틀레드, 늙다리 리핏과 모드까지 모두 따라나섰다. 우리는 리핏 때문에 배가 아파 견딜 수 없을 지경이 될 때까지 실컷 웃었다.

할머니는 약초 뿌리 캐던 때와 도토리 가루 속에 설탕을 쏟던 때의 추억을 보내주셨다. 또 할아버지와 내가 옥수수밭에서 네 발로 엎드려 샘에게 노새 울음으로 울어 보이던 모습을 보시고 어이없어 하시던 때의 추억도 보내주셨다.

할머니는 내 비밀 장소가 어떻게 되었는지도 똑똑히 보여주셨다. 갈색과 노랑, 빨강의 이파리들이 땅 위에 가득 떨어져 뒤덮고 있었다. 새빨간 옻나무가 활활 타는 횃불 고리처럼 그곳을 둘러싸고 있어서 나 이외의 누구도 발을 들여놓을 수 없게 지키고 있었다.

윌로 존은 높은 산에 사는 사슴들의 모습을 보내주었다. 윌로 존과 나는 내가 그분 주머니에 개구리를 넣어두었던 때를 떠올리며 함께 웃었다. 그런데 윌로 존이 보내준 영상은 갈수록 흐릿해졌다. 그분이 다른 무슨 일에 마음을 빼앗기고 있기 때문이었다. 월로 존은 몹시 화가 나 계셨다.

나는 날마다 해와 구름의 모습을 주의 깊게 관찰했다. 하늘이 흐려 있으면 밤이 되어도 늑대별을 볼 수 없다. 그럴 때면 나는 창가에 서서 바람 소리에 귀를 기울였다.

그들은 나를 1학년 반에 넣었다. 그 반에서는 와인 씨가 가르쳐준 덕분에 이미 알고 있는 셈법들을 배우고 있었다. 뚱뚱하고 덩치 큰 여자가 수업을 끌어갔다. 그 여자는 무척 사무적이어서 눈곱만치의 어리석은 행동도 용서하려 하지 않았다.

한번은 그 여자가 사진 한 장을 들어 보였다. 사슴 두 마리가 시냇물을 건너는 모습이 찍혀 있었다. 어찌나 서로 펄쩍거리며 뛰어오르고 있던지, 마치 누군가한테 떼밀려서 물 밖으로 솟아오른 것같이 느껴졌다. 덩치 큰 여자는 사슴들이 뭘 하고 있는지 누구 아는 사람 있느냐고 물었다.

한 아이가 무언가에 쫓기고 있는 것 같다, 아마 사냥꾼이 아니겠느냐고 했다. 그러자 또 다른 아이 하나가 사슴은 물을 싫어하기 때문에 서둘러 건너려는 중이라고 말했다. 그 여자는 뒤에 말한 아이의 설명이 맞다고 했다. 내가 손을 들었다.

나는 수사슴이 암사슴의 엉덩이 위로 뛰어오른 걸 보면 그들이 짝짓기하는 중인 게 틀림없다, 게다가 주위의 풀이나 나무 모습들을 보더라도 그때가 사슴들이 짝짓기하는 철이란 건 쉽게 알 수 있는 일이라고 했다.

그 뚱뚱한 여자는 갑자기 얼이 빠진 것 같았다. 그 여자가 입을 벌렸지만, 그 입에서 무슨 말이 나오지는 않았다. 누군가 웃었다. 그 여자는 손바닥으로 이마를 치더니 눈을 질끈 감았다. 그 여자가 들고 있던 사진이 바닥으로 떨어졌다. 그 여자는 어디가 아픈지 한두 걸음 뒤로 비실비실 물러서기까지 했다.

겨우 정신을 수습하고 제자리에 서 있던 그 여자가 갑자기 내 쪽으로 달려왔다. 교실 전체가 순식간에 쥐 죽은 듯 조용해졌다. 그 여자는 내 멱살을 움켜쥐더니 이리저리 흔들어댔다. 그 여자는 얼굴을 벌겋게 붉히면서 고함을 질렀다.

"진작에 알았어야 했는데…… 우리 모두 진작 알았어야 했는데…… 이, 이렇게 추잡스럽다니…… 이 사생아 녀석아!"

나는 그 여자가 왜 그렇게 악을 써대는지 도무지 알 수가 없었다. 뭔가 오해를 한 것 같았다. 하지만 그 여자는 나에게 말할 기회도 주지 않고, 나를 몇 번 더 흔들어대고 나서 내 목덜미를 움켜쥔 채 교실 밖으로 끌고 나갔다.

우리는 강당을 지나 목사의 집무실로 갔다. 그 여자는 나더러 문밖에서 기다리라고 하고는 방으로 들어가 문을 닫아버렸다. 내가 서 있는 곳에서도 그들이 말하는 게 들렸지만 도무지 무슨 말인지 이해가 되지 않았다.

2, 3분 후에 목사 집무실에서 나온 그 여자는 나에게는 눈길 한 번 주지 않고 그대로 걸어가버렸다. 목사가 문 옆에 서 있었다.

"이리 들어와."

얼음처럼 조용한 목소리였다. 나는 안으로 들어갔다.

목사의 입은 살짝 벌어져 금방이라도 웃을 것처럼 보였다. 하지만 그렇지 않았다. 그는 계속해서 자기 입술을 혓바닥으로 핥았다. 얼굴에는 땀방울이 맺혀 있었다. 그가 나에게 셔츠를 벗으라고 해서 나는 시키는 대로 했다.

셔츠를 벗으려면 멜빵바지의 끈을 어깨에서 끌어내려야 했다. 이 때문에 나는 멜빵바지를 양손으로 잡고 있어야 했다. 목사가 책상 뒤에서 굵직한 막대기 하나를 집어들었다.

"너는 악의 씨를 받아서 태어났어. 그러니 애초에 너한테 회개 같은 게 통할 리 없다는 건 알고 있어. 그렇지만 주님의 은총으로 너의 사악함이 다른 기독교도들을 물들이지 못하도록 가르쳐줄 수는 있지. 회개하지는 못하겠지만…… 울게 만들 수는 있지!"

그는 그 굵다란 막대기로 내 등을 내리쳤다. 처음에는 몹시 아팠지만, 그래도 울지는 않았다. 할머니가 예전에 가르쳐주신 적이 있다. 내가 발톱을 뽑아야 했을 때…… 인디언이 고통을 참는 방법을…… 인디언들은 몸의 마음을 잠재우고, 대신 몸 바깥으로 빠져나간 영혼의 마음으로 고통을 느끼지 않고 고통을 바라본다.

몸의 고통을 느끼는 것은 육체의 마음뿐이고, 영혼의 마음은 영혼의 고통만을 느낀다. 그래서 나는 매를 맞으면서 몸의 마음을 잠재웠다.

짝짝 소리 내며 내 등을 후려치던 막대기는 결국 부러지고 말았다. 목사는 다른 막대기를 또 가져왔다. 그는 심하게 헐떡이고 있었다.

"악이란 본래 끈질긴 거지. 하지만 주님의 은총으로 정의가 이길 것이다!" 그는 말하는 동안에도 숨을 헐떡였다.

그가 다시 막대기를 휘둘렀다. 얼마 안 가 나는 바닥에 쓰러지고 말았다. 좀 비틀거리긴 했지만 다시 일어설 순 있었다. 이전에 할아버지는 자기 두 발로 설 수 있는 한, 별일 없을 거라고 말씀하신 적이 있다.

바닥이 약간 기울어져 보였지만 그것도 금방 괜찮아졌다. 목사는 거의 숨이 멎을 지경이었다. 나에게 셔츠를 다시 입으라고 했다. 나는 시키는 대로 했다.

셔츠가 등에서 흐르는 피를 좀 빨아들이긴 했지만 대부분의 피는 다리를 타고 흘러내려 그대로 신발 속으로 들어갔다. 속옷을 입지 않아서 피를 흡수할 수 없었기 때문이다. 신발 안이 피로 질척해졌다.

목사는 내 침대로 돌아가라고 하면서 앞으로 일주일 간 저녁 식사는 없다고 했다. 어차피 나는 저녁을 먹고 있지 않는 터였으니 상관없었다. 또 그는 앞으로 일주일 동안 수업을 받을 수 없으며, 방 밖으로 나와서도 안 된다고 덧붙였다.

멜빵끈을 어깨에 걸치지 않는 게 한결 덜 아팠다. 그래서 나는 그날 저녁 창가에 서서 멜빵바지를 손으로 잡은 채 늑대별을 바라보았다.

나는 할아버지와 할머니, 그리고 윌로 존에게 그 일을 이야기 했다. 나는 세 분에게 내가 무슨 짓을 했기에 그 뚱뚱한 여자가 그렇게 놀랐는지, 또 목사는 왜 그렇게 화가 났는지 도무지 알 수가 없다, 잘못한 게 있으면 기꺼이 고칠 작정이지만, 목사는 내가 악의 씨로 태어나서 고칠 방법이 없다고 말했다는 이야기도 해드렸다.

나는 할아버지에게 나로서는 지금 이 상황을 도저히 어떻게 해볼 수 없다, 집으로 돌아가고 싶다고 말씀드렸다.

내가 늑대별을 보다가 잠이 든 것은 이때가 처음이었다. 저녁을 먹고 돌아온 윌번이 창문 밑에서 잠든 나를 발견하고 깨워주었다. 그는 내 일이 걱정돼서 저녁을 서둘러 먹고 돌아오는 길이라고 했다. 나는 창 밑에서 배를 바닥에 대고 자고 있었다.

윌번은 자기가 자라 고아원을 나간 다음 고아원과 은행을 털게 되면 맨 먼저 목사를 죽여버리겠노라고 말했다. 자기도 나처럼 지옥에 떨어지는 것 따위는 신경 쓰지 않는다고 하면서.

그날 이후 매일 저녁 땅거미가 내리고 늑대별이 반짝이기 시작하면 나는 할아버지, 할머니, 그리고 윌로 존에게 집에 돌아가고 싶다고 하소연했다. 나는 그들이 보내주는 영상도 받지 않았고, 그들이 보내주는 소리에도 귀를 막았다. 오로지 집으로 돌아가고 싶다는 말만을 계속했다. 늑대별은 빨개졌다가 하애졌으며 다시 빨갛게 변했다.

3일째 밤이 되자 늑대별은 두터운 구름 뒤로 숨어버렸고, 강한 바람이 전신주를 쓰러뜨리는 바람에 고아원은 새까만 어둠 속에 갇혔다. 나는 그분들이 내 말을 들었다는 것을 알았다.

그분들이 어떻게든 해주실 것이다. 나는 그렇게 믿었다. 겨울이 오고 있었다. 밤이면 살을 에는 듯한 차가운 바람이 건물을 감싸고 돌며 울부짖었다. 그런 걸 싫어하는 사람도 있지만 나는 겨울바람이 좋았다.

이제 나는 밖에 나올 때마다 언제나 떡갈나무 밑에서 혼자만의 시간을 보냈다. 떡갈나무는 벌써 잠들었을 거라고 생각했는데 그렇지 않았다. 나 때문이었다. 떡갈나무는 느리고 낮은 목소리로 이야기를 나누었다.

어느 날 저녁 늦게 막 방으로 돌아가려 할 때 고아원 문밖을 지나는 할아버지의 모습을 본 것 같았다. 키가 헌칠하니 큰 그 남자는 검은 모자를 쓰고 있었다. 그 남자는 거리 저쪽으로 걸어가고 있었다. 나는 철책으로 달려가 고함을 질렀다.

"할아버지! 할아버지!"

그 사람은 돌아보지 않았다. 나는 철책을 따라 달리면서 그 사람의 모습이 사라질 때까지 목이 터져라 큰 소리로 고함을 질러댔다.

"할아버지, 저예요! 작은 나무예요!"

하지만 그 남자는 듣지 못했는지 그냥 가버리고 말았다.

흰머리 부인이 이제 얼마 안 있으면 크리스마스가 올 텐데, 그날이 되면 모두가 행복하게 노래 부를 거라고 했다. 윌번은 자기들이 채플에서 온갖 노래를 다 부른다면서, 크리스마스까지 다 외워야 하기 때문에 목사 주위에 빙 둘러서서 하얀 악보를 든 병아리 새끼들처럼 노래 연습을 해야 한다고 말했다. 그들이 연습하는 노랫소리는 나에게도 들렸다.

흰머리 부인이 샌디클로스(산타클로스를 주인공이 잘못 알아들은 것—옮긴이)가 오고 있다고 하자, 윌번은 똥 같은 수작이라고 중얼거렸다.

어느 날 두 남자가 나무를 가져왔다. 둘 다 정치가 같은 양복 차림이었다. 그들은 기분이 좋은지 몇 번이나 큰 소리로 웃었다.

"자, 얘들아! 우리가 뭘 가져왔는지 보렴. 멋있지 않니, 응? 멋있지 않아? 이제 너희들도 크리스마스 트리를 갖게 된 거야!"

흰머리 여자는 정말로 멋있다고 말한 다음, 그렇게 좋은 나무를 줘서 정말 고맙다는 인사를 드리라고 아이들을 재촉했다. 모두들 소리를 합쳐 정치가들에게 인사했다.

하지만 나는 잠자코 있었다. 멀쩡한 나무를 자를 이유가 도대체 어디에 있단 말인가? 수소나무인 그 나무는 뿌리가 잘린 채 강당 안에서 서서히 죽어가고 있었다.

그 정치가들은 손목시계를 들여다보더니, 이제 돌아가봐야 한다면서 모두들 행복하기를 바란다고 했다. 또 그들은 모두들 빨간색종이를 받아서 나무에 매다는 게 어떻겠느냐고 제안했다. 나와 윌번을 뺀 모두가 시키는 대로 했다.

정치가들은 "메리 크리스마스!"를 크게 외치면서 문밖으로 나갔다. 넓은 방에 남은 우리들은 한동안 나무를 바라보며 서 있었다.

흰머리 부인이 내일은 크리스마스 이브니까 샌디클로스가 점심 때쯤에 선물을 갖고 올 거라고 하자, 윌번은 "샌디클로스가 이브날 낮에 오는 건 우습지 않느냐"고 물었다. 흰머리 여자가 얼굴을 찡그렸다.

"좋아, 윌번. 너는 해마다 같은 말을 하는군. 이제 너도 샌디클로스가 가야 할 곳이 많다는 건 잘 알겠지? 그리고 샌디클로스도, 샌디클로스의 심부름꾼들도, 이브날 저녁에는 집에서 가족과 지낼 권리가 있다는 것도 알고 있겠지? 시간이야 어찌 되었든 일부러 찾아와서 크리스마스 선물을 나눠주는 것만으로도 고맙게 생각해야지."

"헛소리하구 있네." 윌번은 투덜거렸다.

과연 다음 날 점심 때가 되자 네다섯 대의 차들이 몰려와 건물 앞에 멈췄다. 차에서 내리는 신사 숙녀분들의 팔에는 한아름씩 되는 꾸러미들이 안겨 있었다. 또 그들은 모두 하나같이 우스꽝스러운 작은 모자를 쓰고 있었으며, 그중 몇몇은 작은 종을 손에 쥐고 있었다. 그들은 종을 흔들어대면서 고함을 질렀다.

"메리 크리스마스!"

그들은 이 말을 몇 번이나 반복해서 외쳤다. 그들은 자신들을 샌디클로스의 심부름꾼들이라고 했다. 샌디클로스는 맨 나중에

왔다.

그는 빨간 옷을 입고 있었는데, 배 안에 베개를 잔뜩 쑤셔넣어 벨트 있는 곳이 불룩하니 솟아 있었다. 와인 씨 수염과 달리 턱수염도 가짜여서 턱 밑에서 끈으로 붙들어매여 있었다. 말을 할 때도 그 수염은 움직이지 않았다.

"허! 허! 허!"

샌디클로스는 큰 소리로 이 소리만을 계속했다.

흰머리 여자가 우리더러 다들 행복한 표정을 지으며 그들에게 "메리 크리스마스"하고 큰 소리로 마주 외치라고 시켰다. 우리는 그렇게 했다.

한 여자가 나에게 오렌지 하나를 주었다. 나는 고맙다고 인사했다. 그런데 그 여자는 가지 않고 내 옆에 그대로 선 채 이렇게 말했다.

"애야, 이렇게 맛있는 오렌지를 먹지 않을 거니?"

할 수 없이 나는 그 여자가 보는 앞에서 먹기 시작했다. 맛이 좋았다. 나는 맛있는 오렌지라고 하면서 다시 한 번 고맙다고 인사했다. 그러자 그 여자가 하나 더 먹겠느냐고 물었다. 내가 그렇다고 하자, 그 여자는 어디론가 사라졌다. 하지만 그 여자는 두 번 다시 돌아오지 않았다. 윌번은 사과를 받았다. 와인 씨가 언제나 주머니에 넣어둔 채 잊어버리곤 하던 사과보다는 훨씬 작았다.

나는 오렌지를 좀 남겨두었으면 좋았을 거라고 후회했다. 그 여자가 먹으라고 그렇게 몰아치지만 않았더라도 그냥 갖고 있었을 것이다. 그랬더라면 윌번의 사과와 바꿔 먹을 수 있었을 텐데. 나는 사과를 아주 좋아하니까 말이다.

여자들이 손에 들고 있던 종을 울리면서 소리를 질러대기 시작했다.

"이제 샌디클로스가 선물을 나눠주신답니다! 자, 둥그렇게 모여요! 샌디클로스가 여러분들에게 선물을 하나씩 주실 거예요!"

우리는 모두들 샌디클로스를 둘러싸고 둥그렇게 모였다. 샌디클로스가 이름을 부르면 그 아이는 앞으로 나가서 선물을 받았다. 선물을 받고 나서는 얌전하게 서서 샌디클로스가 머리를 쓰다듬어주기를 기다렸다가, 고맙다는 인사를 하고 난 뒤 원래 자리로 돌아가면 된다.

그러고 나면 여자들 중 한 명이 선물받은 아이에게 달려가 큰 소리로 이렇게 재촉한다.

"선물을 풀어보렴! 그렇게 멋진 선물을 풀어보지 않을 거니?"

강당 안은 갈수록 혼란스러워졌다. 나눠준 선물의 수가 많아짐에 따라 여자들도 점점 더 부산하게 방 안 이쪽저쪽을 누비고 다니면서 떠들어댔으니 말이다.

나도 선물을 받고 샌디클로스에게 인사했다. 그는 내 머리를 쓰다듬으며 "허! 허! 허!"라는 말만 했다. 금세 한 여자가 쫓아와서 선물을 풀어보라고 재촉했다. 서둘러 풀어보려 했지만 잘

되지 않았다. 나는 겨우겨우 포장지를 뜯어내는 데 성공했다.

그건 동물 그림이 그려진 두꺼운 마분지 상자였다. 윌번은 그게 사자그림이라고 가르쳐주었다. 상자에는 작은 구멍이 뚫려 있었다. 그 구멍에 끼워진 끈을 당기면 사자 울음소리가 들릴 거라고 윌번이 말했다.

그런데 끈이 끊어져 있었다. 나는 상자 안쪽에서 매듭을 묶어 고쳤다. 그런데 끈이 매듭에 걸려 잘 당겨지지 않아 그런지, 사자의 으르렁거리는 소리가 잘 나지 않았다. 나는 윌번에게 개구리 우는 소리처럼 들린다고 말했다.

윌번이 받은 것은 물총이었다. 하지만 물이 새서 그런지 방아쇠를 당겨도 간신히 찔금거리며 날아갈 뿐, 힘이 없었다. 윌번은 자기 오줌이 이것보다는 더 멀리 나갈 거라고 말했다. 나는 윌번에게 미국풍나무즙이 조금만 있어도 물이 새는 곳을 때울 수 있을 거라고 말했지만, 이 근처 어디에 미국풍나무가 있는지 알 길이 막막했다.

여자 한 명이 막대사탕을 나눠주며 돌아다니고 있었다. 나도 하나를 받았다. 그런데 잠시 후, 나하고 다시 부딪치자, 그 여자가 사탕 하나를 또 주었다. 나는 덤으로 받은 그 사탕을 윌번과 나눠 먹었다.

샌디클로스가 외쳤다.

"잘 있어요, 여러분! 내년에 또 만납시다! 메리 크리스마스!"

신사 숙녀분들도 일제히 똑같은 말을 외치며 종들을 울려댔다.

그들은 현관문 밖에 세워놓은 차를 타고 사라져버렸다. 그러고 나자 갑자기 세상이 조용해졌다. 나와 월번은 방으로 돌아와 침대 옆 바닥에 앉았다.

월번은 그 사람들이 마을의 상공회의소와 컨트리클럽에서 왔다고 했다. 그는, 그 사람들이 해마다 이곳을 찾아와 실컷 즐기고 난 다음에는 자기들끼리 가서 술을 퍼마시며 논다고 하면서, 이제 이런 일들은 정말 신물이 난다, 자기가 고아원에서 나가면 크리스마스 같은 건 콧방귀나 뀔 거라고 했다.

주위가 어두워지기 시작하자 모두들 크리스마스 이브 예배를 보러 나가야 했다. 방 안에는 나 혼자뿐이었다. 땅거미가 한층 짙어지고 있었다. 그들이 부르는 노랫소리가 들려왔다. 나는 창가에 섰다. 공기는 맑고 바람도 조용했다. 그들은 별에 관한 노래를 하고 있었다. 귀를 세우고 자세히 들어보았지만 늑대별은 아니었다. 나는 늑대별이 떠오르는 걸 지켜보았다.

그날의 채플 예배는 무척 길었다. 부르는 노래도 무척 많은 것 같았다. 덕분에 나는 늑대별이 하늘 높이 솟아오를 때까지 바라보고 있을 수 있었다. 나는 별을 보며 할아버지와 할머니, 윌로 존에게 집에 돌아가고 싶다고 말했다.

크리스마스날에는 근사한 점심이 나왔다. 각자의 접시에는 닭다리 하나에다 목이나 모래주머니 중 어느 한쪽이 놓였다. 월번은 이것도 언제나 이런 식이었노라고 하면서, 아마 그들은 다리와 목과 모래주머니뿐인 특수한 닭이라도 기르고 있는 모양이라고 비꼬았다. 나는 닭고기를 좋아했기 때문에 남김없이 다 먹어치웠다.

점심 식사 후에는 각자 하고 싶은 대로 지내도 좋다고 했다. 밖은 추워서 나 말고는 아무도 나가려 하지 않았다. 나는 선물로 받은 마분지 상자를 들고 뜰을 가로질러 걸어가 떡갈나무 아래 앉았다. 나는 오랫동안 그곳에 앉아 있었다.

땅거미가 내리고 있었다. 이제 방으로 돌아가야 할 시간이었다. 문득 눈을 들어 건물 쪽을 바라보았다.

할아버지다! 할아버지가 사무실에서 나와 내가 있는 곳으로 걸어오고 계셨다. 나는 손에 들고 있던 상자도 내려놓고 할아버지를 향해 달렸다. 나는 온 힘을 다해 달려, 팔을 벌린 채 무릎을 꿇고 계신 할아버지의 가슴속으로 뛰어들었다. 우리 두 사람은 한참 동안 말없이 그렇게 껴안고만 있었다.

날이 어두워지고 있어서 큰 모자 그늘 속에 가려진 할아버지의 얼굴을 볼 수 없었다. 할아버지는 내가 잘 지내는지 알아보려고 왔지만 이제 집으로 돌아가야 한다고 하시면서, 할머니는 같이 오지 못하셨노라고 말씀하셨다.

나도 같이 가고 싶었다. 다른 어느 때보다 더 강렬하게 그러고 싶었다. 하지만 그렇게 말하면 할아버지가 걱정하실까봐 겁이 났다. 그래서 나는 집에 가고 싶다는 말이 목까지 올라오는 걸 간신히 삼키고 나서 할아버지와 함께 문으로 걸어갔다. 할아버지는 거기서 다시 한 번 나를 끌어안으시더니 일어나서 가버리셨다. 할아버지는 천천히 걸으셨다.

나는 잠시 그곳에 서서 할아버지가 어둠 속으로 사라지는 모습을 지켜보고 있었다. 그러자 그때 할아버지가 버스 정류장을 잘 찾아낼 수 있을지 모르겠다는 생각이 떠올랐다. 할아버지 뒤를 따라 뛰어갔다. 나 자신도 버스 정류장이 어디 있는지는 몰랐지만 그래도 어쨌든 도와드릴 수는 있을 것이다.

할아버지는 길을 따라 내려가고 계셨다. 나는 그 뒤를 따라갔다. 이윽고 길들이 여러 갈래로 갈라지는 곳에 이르자 할아버지는 그 길 중 하나를 건너 버스 정류장 뒤쪽으로 가서 서셨다. 할아버지가 서 계신 곳에는 가로등이 켜져 있었다. 나는 길모퉁이에서 엉거주춤한 자세로 그 모습을 보며 서 있었다.

크리스마스여서 그런지 정류장 안에는 아무도 없었다. 정류장 안은 쥐 죽은 듯이 조용했다. 한참 망설이다 드디어 마음을 정한 내가 소리를 질렀다.

"할아버지, 제가 행선지를 읽어드릴게요."

할아버지는 조금도 놀라신 것 같지 않았다. 할아버지는 나더러 그곳으로 건너오라고 손짓을 하셨다. 나는 할아버지 있는 곳으로 달려갔다. 우리는 정류장 뒤편에 서서 버스 안내판을 보았지만, 나로서는 어느 버스가 어디로 간다는 건지 도무지 알 수가 없었다.

얼마 후 할아버지가 타야 할 버스가 어느 것인지 알려주는 방

송이 나왔다. 나는 할아버지를 따라 그 버스가 있는 곳까지 갔다. 버스 문은 열려 있었다. 우리는 거기에 잠시 서 있었다. 할아버지는 딴 곳을 바라보고 계셨다. 나는 할아버지의 바짓가랑이를 잡아당겼다. 엄마의 장례식 때처럼 할아버지의 다리를 꽉 붙들고 늘어지지는 않았지만, 그 간절한 심정은 그때와 조금도 다르지 않았다. 할아버지가 나를 내려다보셨다.

"할아버지, 나 집에 가고 싶어요."

할아버지는 한참 동안 나를 쳐다보시더니 이윽고 팔을 뻗어 나를 번쩍 안아올리셨다. 할아버지는 버스의 제일 윗발판에다 나를 내려놓으시더니 당신도 버스에 올라타셨다. 할아버지는 물림쇠가 달린 지갑을 꺼내, "나하고 내 손자의 요금을 내겠소"라고 말씀하셨다. 약간 긴장된 어조였다. 운전사가 할아버지를 흘낏 쳐다보았지만 웃지는 않았다.

우리는 버스 뒤쪽으로 걸어갔다. 나는 운전사가 한시바삐 문을 닫기를 초조하게 기다리고 있었다. 드디어 버스의 문이 닫히고 버스는 정류장을 뒤로한 채 출발했다.

할아버지가 나를 안아서 무릎에 앉히셨다. 나는 할아버지 가슴에 머리를 기댔지만 자지는 않았다. 창밖을 보니 성에가 끼어 있었다. 버스 뒤편에는 온기라곤 하나도 없었지만 그런 건 아무 문제도 아니었다.

할아버지와 함께 집으로 돌아가고 있는 이 상황에서 그런 건 정말이지 아무 문제도 아니었다.

보라, 굽이치면서 높이 솟아오른 저 산들을.
붉은 태양이 산등성이 위로 떠올라 아침을 탄생시키면,
하얀 안개 시트는 그녀의 무릎을 휘감고
그녀의 손가락인 나무들을 스쳐가는 바람은
하늘에다 대고 그녀의 등을 긁어주네.

보라, 구름들이 그녀의 엉덩이를 부드럽게 쓰다듬는 모습을.
나뭇가지와 덤불들 사이에서는 한숨 같은 속삭임이 들리고
그녀의 자궁 깊숙한 곳에서는 생명이 웅성이는 소리 들리네.
그녀의 따뜻한 체온과 달콤한 숨결,
그리고 짝짓기의 그 천둥 같은 리듬이 느껴지네.

그녀의 배 안 깊숙한 곳에서 고동치는 수맥들은,
생명을 빨아들이는 나무뿌리들에 젖줄이 되어주고
그녀의 가슴을 타고 흐르는 물줄기들을 이뤄준다네.
그녀가 사랑으로 어르는 그녀의 아이들에게 생명을 주고
그녀의 영혼에서 나오는 아름다운 노래를,
물은 그 흥얼거리는 리듬으로 들려준다네.

할아버지와 나는 이제 집으로 돌아간다네.

Home Again

집으로 돌아오다

우리는 오랜 시간 버스를 타고 달렸다. 나는 머리를 할아버지 가슴에 기대고 있었다. 우리 두 사람은 말도 하지 않았고 잠도 자지 않았다. 버스는 도중에 두세 번 정류소에서 멈췄지만, 할아버지와 나는 그냥 버스에 앉아 있었다. 어쩌면 우리는 뒷덜미를 잡아챌 일이 일어날 것 같아 두려웠는지도 모른다.

할아버지와 내가 버스에서 내린 것은 아직 날이 어두운 이른 새벽이었다. 추운 날씨여서 길에는 얼음이 얼어 있었다.

우리는 길을 따라 걷기 시작했다. 마차 바큇자국이 난 길로 접어들었을 때 산들을 바라보았다. 산들은 주위의 어둠보다 더 어둡고 큰 몸집을 한 채 웅크리고 앉아 있었다. 나는 산을 향해 미친 듯이 달려가고 싶었다.

바큇자국이 난 길이 끝나고 골짜기길로 들어섰을 때, 어둠은 서서히 회색으로 엷어지고 있었다. 그때 내가 불쑥, 뭔가가 잘못된 것 같다고 말했다.

할아버지가 걸음을 멈추셨다.

"작은 나무야, 왜 그러니?"

나는 길바닥에 주저앉아 구두를 벗어버렸다.

"산길이 잘 느껴지지 않아요, 할아버지."

비로소 흙의 따뜻한 온기가 다리를 지나 온몸으로 퍼져갔다. 껄껄대며 소리 내어 웃으시던 할아버지도 주저앉아 구두를 벗기 시작했다. 할아버지는 양말까지 벗어서 구두 속에 쑤셔 넣으시더니, 우리가 걸어온 길 쪽을 향해 구두를 힘껏 집어던지셨다.

"이따위 것들은 너희들이나 가져라!"

할아버지가 고함을 지르셨다. 나도 걸어온 길 쪽으로 내 구두를 힘껏 집어던지면서 할아버지와 똑같이 외쳤다. 그러고 나서 우리는 웃기 시작했다. 어찌나 많이 웃었던지 나는 땅바닥에 주저앉았고, 할아버지는 눈물을 흘리시면서 거의 땅바닥을 뒹굴다시피 하셨다.

사실 뭐가 그리 우스운지 알지 못하면서도 우리는 정말 참을 수 없을 만큼 재미있고 즐거웠다. 내가 이런 모습을 남들이 보면 위스키에 취했다고 생각할 거라고 하자, 할아버지 생각에도 그럴 것 같다고 하셨다…… 하지만 어떻게 보면 우린 진짜로 취해 있었던 건지도 모른다.

산길을 따라 더 올라가자 첫새벽의 장밋빛이 동쪽 산등성이를 어루만졌다. 공기는 따뜻했다. 소나무 가지들이 길 위로 낮게 드리워져 내 얼굴을 건드리기도 하고 머리를 쓰다듬어보기도 했다. 할아버지는 소나무들이 진짜 나인지 확인해보고 싶어서 그러는 거라고 알려주셨다.

시냇물 흘러가는 소리가 들렸다. 시냇물은 노래 부르고 있었다. 나는 물가로 뛰어내려가 양손을 짚고 물 위로 얼굴을 비췄다. 내 볼을 가볍게 두드리기도 하고 머리에 와 부딪치기도 하면서 물방울들이 나를 만졌다. 시냇물 흐르는 소리는 갈수록 커졌다. 할아버지는 그동안 둑 위에서 기다리고 계셨다.

우리 집 통나무다리가 보였을 때는 날이 이미 훤히 밝고 난 뒤였다. 아침 바람이 불기 시작했다. 할아버지는 그 바람 소리가 슬퍼하거나 한숨 쉬는 소리가 아니라, 소나무 숲 사이를 지나 노래하면서 산의 모든 친구들에게 내가 집에 온 걸 전하는 소리라고 하셨다. 모드 짖는 소리가 들렸다.

할아버지가 고함을 지르셨다.

"모드, 그만해!"

그러자 한 무리의 개들이 쏜살같이 통나무다리를 건너왔다.

개들이 한꺼번에 달려드는 바람에 나는 엉덩방아를 찧고 말았다. 그놈들은 하나같이 달려들어 내 얼굴을 핥았고, 내가 일어서려고 하면 그때마다 등 뒤에서 또 달려들어 나를 넘어뜨리곤 했다.

리틀레드는 1미터 정도를 뛰어오른 상태에서 몸을 한 바퀴 돌리는 재주를 부렸다. 리틀레드가 기쁜 소리로 짖어대며 이렇게 펄쩍거리고 뛰어오르자 모드도 흉내를 냈다. 늙다리 리핏까지 흉내를 내려고 뛰어올랐지만, 그만 시냇물에 텀벙 빠지고 말았다.

할아버지와 나는 큰 소리로 고함을 지르며 웃고 개들을 두드리고 하면서 통나무다리까지 왔다. 오두막집 베란다 쪽을 바라보았다. 그런데 거기에 할머니 모습이 보이지 않았다.

통나무다리를 반 정도 건넜을 때 더럭 겁이 났다. 그때까지도 할머니의 모습이 보이지 않았던 것이다. 문득 누군가가 나를 쳐다보고 있는 듯한 느낌에 주위를 두리번거렸다. 그곳에 할머니가 계셨다.

할머니는 날씨가 쌀쌀한데도 사슴가죽 옷만 입으신 채, 아침 해를 받아 머리카락을 빛내며 서 계셨다. 그곳은 산허리의, 벌거벗은 흰참나무 가지들 밑이었다. 할머니는 나를 바라보고 계셨다. 할아버지의 모습은 눈에 들어오지도 않는 듯, 오직 나만을 바라보고 싶으신 듯한 모습으로 이쪽을 보고 계셨다.

"할머니!"

나는 이렇게 외치다가 발을 헛딛는 바람에 시냇물에 떨어지고 말았다. 다치지는 않았지만 사방으로 물이 튀었다. 아침 공기의 쌀쌀함에 비해 물은 오히려 따뜻했다.

할아버지가 공중으로 뛰어오르시더니 다리를 쩍 벌린 채 "우이이이이이이이!" 하고 고함을 지르시며 풍덩! 물속으로 뛰어드셨다. 산비탈을 뛰어내려오신 할머니도 그대로 물속으로 뛰어들어와 나를 껴안으셨다. 우리는 뒹굴고 물보라를 일으키고 고함을 지르고 좀 울기도 했다.

할아버지는 시냇물 한가운데에 주질러앉아 양손으로 물을 떠서 공중에다 뿌렸다. 개들은 통나무다리 위에 늘어서서 우리를 내려다보고 있었다. 이 예기치 않은 소란에 어안이 벙벙한 것 같았다. 우리더러 정신이 돌았다고 생각할 거라고 할아버지가 말씀하셨다. 그렇지만 얼마 안 있어 개들도 서로 앞 다투어 물속으로 뛰어들었다.

소나무 가지 제일 꼭대기에 앉은 까마귀 한 마리가 울기 시작하더니 푸드득거리며 우리 머리 바로 위로 미끄러지듯 내려왔다. 곧바로 다시 날아오른 까마귀는 까옥거리며 골짜기 쪽으로 날아갔다. 내가 돌아온 걸 모두에게 알리러 가는 것이라고 할머니가 말해주셨다.

할머니는 내 노란 코트가 마르도록 난로 옆에 걸어주셨다. 어제 할아버지가 고아원에 오셨을 때 나는 그 코트를 입고 있었다. 나는 내 방에 가서 사슴가죽 셔츠와 바지로 갈아입었다. 그리고 모카신도 신었다……

나는 오두막집 바깥으로 뛰어나가 골짜기길을 올라갔다. 개들이 따라왔다. 뒤돌아보니 할아버지와 할머니는 뒤쪽 베란다에 서서 내 쪽을 바라보고 계셨다. 할아버지는 여전히 맨발인 채 할머니 허리에 팔을 두르고 계셨다. 나는 달렸다.

헛간 앞을 지날 때 샘영감이 콧소리를 내며 내 뒤를 몇 발자국 따라왔다. 골짜기길을 다 지나고 '칼길'로 해서 '하늘협곡'까지 나는 쉬지 않고 달렸다. 멈추고 싶지가 않았다. 바람이 나와 함께 노래 부르고, 나무 위에서 나를 내려다보던 다람쥐와 너구리, 작은 새들은 내가 지날 때마다 소리를 질렀다. 찬란한 겨울 아침이었다.

돌아가는 길은 천천히 걸어내려갔다. 내 비밀 장소에 들러보니까 할머니가 늑대별에 실어 보내준 모습과 조금도 다르지 않았다. 벌거숭이가 다 된 나무 아래에는 구릿빛 낙엽들이 수북이 쌓여 있었고, 아무도 들여다보지 못하도록 새빨간 옻나무가 그곳을 둘러싸고 있었다. 나는 오랫동안 낙엽 위에 누운 채 잠든 나무들에게 말을 걸었고, 바람 소리에 귀를 기울였다.

소나무 숲의 속삭임이 바람에 실려 들려왔다. 이윽고 그것은 노래로 변했다.

"작은 나무가 돌아왔다네…… 작은 나무가 돌아왔어! 우리 노래 들어보렴! 작은 나무가 이곳에 함께 있다네! 산으로 돌아왔어!"

처음에는 낮은 흥얼거림으로 시작된 그 노래는 점점 갈수록 높아졌다. 시냇물도 그들과 함께 노래 불렀다. 개들도 노랫소리를 알아챘는지, 땅바닥을 킁킁대는 것을 그만두고 귀를 쫑긋 세운 채 듣고 있었다. 노래의 의미를 알아차린 개들은 더 바싹 내 옆으로 다가와 배를 깔고 엎드렸다. 살이 닿는 감촉이 무척 따스했다.

겨울날의 짧은 낮시간을 나는 이렇게 내 비밀 장소에서 보냈다. 내 영혼은 이제 더 이상 아프지 않았다. 바람과 나무와 시냇물과 새들이 불러준 그 부드러운 노랫소리로 내 마음이 깨끗이 씻겼기 때문이다.

몸의 마음만을 가진 사람들이 자연을 이해하거나 신경 쓰지 않는 것과 마찬가지로, 자연 역시 몸의 마음에 대해서는 신경 쓰지 않았고 이해도 하지 못했다. 그래서 자연은 나에게 지옥에 대해서 말하지 않았고, 내 출생이 무엇인지 묻지 않았으며, 악의 씨에 대해서도 언급하지 않았다. 자연은 그런 말들이 만들어내는 기운이 무엇인지 몰랐다. 그래서 그들과 함께 있노라니 나도 금방 그런 말들을 잊을 수 있었다.

내가 개들과 함께 골짜기길로 내려오기 시작한 것은 태양이 산등성이 너머로 가라앉으면서 하늘협곡 사이로 마지막 햇살을 비출 때였다.

저녁 어둠으로 하늘이 짙은 감색으로 물들었을 때, 오두막집 뒷베란다에 앉아 계신 할아버지 할머니의 모습이 보이기 시작했다. 두 분은 골짜기를 바라보며 내가 오기를 기다리고 계셨다. 내가 베란다 위로 올라가자 두 분은 몸을 웅크려 나를 껴안았다. 우리 셋은 하나가 되어 서로를 얼싸안았다. 우리에게는 말이 필요 없었다. 우리는 말 없이도 알고 있었다. 내가 집에 와 있다는 사실을!

그날 밤 내가 셔츠를 벗었을 때, 할머니가 매 맞은 상처를 보시고 어떻게 된 거냐고 물으셨다. 나는 두 분에게 그 일을 설명했지만, 이제는 전혀 아프지 않다는 말씀도 드렸다.

할아버지는 대장 보안관에게 이야기해서 두 번 다시 나를 데려가지 못하게 하겠다고 말씀하셨다. 할아버지가 마음을 정하셨으니 반드시 그렇게 하실 것이다. 그러면 그들은 두 번 다시 오지 않을 것이다. 할아버지는 매 맞은 이야기는 윌로 존에게 하지 않는 편이 좋겠다고 하셨다. 나도 그러겠노라고 약속했다.

그날 밤, 난로 옆에서 할아버지는 이런 이야기를 하셨다. 늑대별을 보면서 갈수록 불길한 예감이 들어가던 어느 날 저녁 무렵에, 불쑥 윌로 존이 찾아왔다.

윌로 존은 일부러 산길을 걸어 집까지 찾아왔다. 윌로 존은 아무 말도 하지 않고 난로의 불빛을 받으며 할아버지 할머니와 함께 저녁을 먹었다. 두 분은 끝내 등잔불을 켜지 않았고, 윌로 존은 끝내 모자를 벗지 않았다. 그날 밤 윌로 존은 내 침대에서 잤다. 그런데 다음 날 아침에 일어나보니 윌로 존은 이미 가버리고 없었다.

일요일날, 할아버지와 할머니는 교회에 갔지만, 윌로 존은 교회에 오지 않았다. 항상 만나곤 하던 느릅나무 밑으로 가니 윌로 존의 벨트가 가지에 걸쳐져 있었다. 그것은 곧 돌아올 것이며, 모든 일이 잘될 거라는 뜻이 담긴 메시지였다. 다음 일요일까지도 벨트는 여전히 그대로 있었다. 그러나 다시 한 주가 지난 일요일에는 윌로 존이 그 느릅나무 밑에서 기다리고 있었다. 윌로 존은 어디에 갔었는지 말하지 않았다. 그래서 할아버지도 묻지 않았다.

그런데 대장 보안관에게서 연락이 왔다. 고아원에서 할아버지를 보잔다는 거였다. 할아버지가 고아원을 찾아가니, 목사는 몹시 짜증스런 얼굴로 자신은 나를 포기한다는 서류에 서명하는 중이라고 말하더란다. 목사 말로는 한 야만인이 이틀 동안이나 자기 뒤를 따라다니더니, 결국에는 사무실에까지 뛰어들어와, 작은 나무는 산에 있는 집으로 가야 된다는 말을 하더라고 했다. 그 야만인은 오직 그 말만을 하고 방을 나갔지만, 목사 자신은 야만인이나 이교도와 분쟁을 일으키는 건 딱 질색이라고 했다.

그제서야 나는 고아원 담 밖을 따라 걸어가던 사람, 할아버지라고 생각했던 사람이 누군지 알았다.

그러니까 할아버지는 사무실에서 나와 나를 만났을 때 내가 돌아갈 수 있다는 것을 이미 알고 계셨던 것이다. 다만 할아버지는 내가 다른 아이들과 같이 있고 싶어하는지…… 집으로 돌아가고 싶어하는지…… 알 수가 없었기 때문에 나에게 결정하게 만드셨던 것이다. 나는 할아버지에게 고아원에 도착한 그 순간부터 이미 어떻게 하고 싶은지 알고 있었다고 대답했다.

나는 할아버지와 할머니에게 윌번 이야기를 해드렸다. 크리스마스에 받은 마분지 상자를 떡갈나무 밑에 두고 왔지만, 틀림없이 윌번은 찾아낼 것이다. 할머니는 윌번에게 사슴가죽 셔츠를 보내야겠다고 말씀하셨다. 나중에 할머니는 정말로 그렇게 하셨다.

할아버지는 긴 칼을 보내주겠다고 하셨다. 그렇지만 칼을 가지면 윌번은 그걸로 목사를 찌를 게 틀림없다고 말했더니, 할아버지는 마지못해 포기하셨다. 그 후 우리는 한 번도 윌번 소식을 듣지 못했다.

다음 일요일에 교회에 갔을 때, 나는 먼저 빈 터를 가로질러 숲 속으로 달려갔다. 할아버지 할머니보다 훨씬 앞서 달려갔다. 윌로 존은 생각했던 대로 숲 속에서 우리를 기다리고 있었다. 그의 머리 위에는 쭉 뻗은 둥근 테를 가진 낡은 검은 모자가 씌워 있었다. 나는 정신없이 달려가 그의 다리를 껴안았다.

"고마워요, 윌로 존!"

윌로 존은 아무 말 없이 손을 뻗어 내 어깨를 쓰다듬었다. 올려다보니 깊고 그윽하게 반짝이는 그의 눈이 나를 내려다보고 있었다.

The Passing Song

죽음의 노래

그해 겨울은 무척 행복했다. 비록 할아버지와 나는 계속해서 땔감을 해다 날라야 하긴 했지만. 할아버지가 땔감 준비를 충분히 해놓지 못하셨던 것이다. 그래서 할아버지는 내가 돌아오지 않았더라면 두 분은 얼어 죽었을지도 모르겠다고 하셨다. 정말로 그랬을지도 모른다.

그해 겨울은 특히 혹독하게 추웠다. 그래서 위스키를 만들 때면 증류기의 긴 관이 얼지 않도록 불을 때는 게 큰일이 되었다.

때로는 혹독한 겨울도 필요하다고 할아버지는 말씀하셨다.

그것은 무엇인가를 정리하고 보다 튼튼히 자라게 하는 자연의 방식이었다. 예를 들면, 얼음은 약한 나뭇가지만을 골라서 꺾어 버리기 때문에 강한 가지들만이 겨울을 이기고 살아남게 된다. 또 겨울은 알차지 못한 도토리와 밤, 호두 따위들을 쓸어버려 산 속에 더 크고 좋은 열매들이 자랄 기회를 제공해준다.

드디어 겨울이 지나고 씨 뿌리는 계절인 봄이 돌아왔다. 우리는 옥수수씨를 예년보다 좀 더 많이 뿌렸다. 가을에 만들 위스키 양을 좀 더 늘릴 생각에서였다.

사거리 상점의 젠킨스 씨가, 세상이 불경기여서 모든 장사가 다 안 되고 있는데, 위스키 거래만은 오히려 더 잘되고 있다고 말했던 것이다. 사람들이 힘든 상황을 잊으려고 위스키를 더 많이 마셔대기 때문인 것 같았다고.

여름이 되자 나는 이제 일곱 살이 되었다. 할머니가 아빠와 엄마의 혼인 지팡이를 나에게 주셨다. 그 지팡이에는 칼로 그은 자국이 별로 없었다. 아빠가 일찍 돌아가시는 바람에 두 분의 결혼 생활이 그다지 길지 않았던 것이다. 나는 그 지팡이를 내 침대 머리맡에 기대놓았다.

계절이 여름에서 겨울로 바뀌어가던 어느 일요일, 윌로 존이 교회에 나오지 않았다. 그날 우리는 빈 터를 가로질러 윌로 존이 항상 기다리고 서 있던 느릅나무 아래로 갔지만 그의 모습은 보이지 않았다. 나는 숲 속 저 뒤쪽까지 달려가 외쳤다.

"윌로 존!"

그렇지만 그는 그곳에도 없었다. 우리는 예배에 참석하는 것도 그만두고 집으로 되돌아왔다.

할아버지와 할머니는 몹시 걱정스러워하셨다. 나 역시 그랬다. 찾아보았지만 윌로 존은 아무 표시도 남겨놓지 않았던 것이다. 할아버지는 무슨 일이 생긴 게 틀림없다고 하셨다. 할아버지와 나는 윌로 존을 찾아가보기로 했다.

우리는 월요일 아침, 해가 뜨기도 전에 출발했다. 아침 해가 비칠 때쯤 해서는 사거리 가게와 교회를 지나쳤다. 그 다음부터 우리는 계속 깎아지른 듯 가파른 산길만을 걸었다.

그렇게 높은 산을 올라가본 것은 그때가 처음이었다. 할아버지가 걸음을 늦춰주셔서 그나마 할아버지를 놓치지 않고 따라갈 수 있었다. 그것은 워낙 옛날에 만들어진 희미한 산길이라서 보통 사람들은 찾을 수도 없을 것 같았다. 그 길은 산의 능선을 따라서 위로 이어지다가 다시 또 다른 산으로 연결되고 연결되고 하였다. 그러면서도 계속 오르막으로만 이어지는 길이었다.

갈수록 나무들의 키는 작아져갔고 더 앙상해져갔다. 어떤 산꼭대기에 이르자 골짜기라고 부를 만큼 깊지는 않았지만, 산 옆면으로 약간 패인 곳이 있었다. 그 양쪽으로 소나무들이 빽빽이 들어서 있어서, 위에서 보면 바닥을 솔잎 카펫으로 깔아놓은 것처럼 보였다. 윌로 존의 오두막은 그곳에 있었다.

우리 집처럼 굵은 통나무로 만들지 않고 가는 나무줄기들을 겹쳐서 만든 그 집은, 움푹 패인 곳의 둔덕을 배경 삼아 소나무 숲 속에 몸을 숨긴 듯한 모습으로 서 있었다.

우리는 블루보이와 리틀레드를 데려갔다. 그들은 오두막집을 발견하자 코끝을 세우고 낑낑거리기 시작했다. 좋은 징조가 아니었다. 할아버지가 앞장서서 집 안으로 들어가셨다. 문을 지나려면 등을 굽혀야 했다. 나도 할아버지 뒤를 따라 들어갔다.

그 오두막집에는 방이 하나밖에 없었다. 윌로 존은 낭창낭창한 나뭇가지들 위에 사슴가죽을 펼쳐서 만든 침대에 알몸으로 누워 있었다. 구릿빛의 가늘고 긴 몸은 고목처럼 시들었고, 한쪽 팔은 먼지투성이 바닥 위로 힘없이 늘어져 있었다.

할아버지가 목소리를 낮춰서 불렀다.

"윌로 존!"

윌로 존이 눈을 떴다. 어딘가 먼 곳을 보는 듯한 눈빛이었지만 입가에는 미소가 떠올랐다.

"와줄 거라고 생각했지. 그래서 기다리고 있었네."

할아버지는 쇠냄비를 찾아내서 나더러 물을 떠오라고 시키셨다. 나는 오두막집 뒤쪽에 있는 바위틈 사이에서 졸졸 흐르는 맑은 물을 찾아냈다.

문 바로 안쪽 바닥에 화덕이 있었다. 할아버지는 불을 피운 다음 냄비를 올려놓고, 사슴고기를 얇게 썰어서 냄비 속에 넣었다. 고기가 익자 할아버지는 윌로 존의 머리를 자신의 가슴에 안고 숟가락으로 국물을 떠서 목에 흘려 넣어주었다.

할아버지와 나는 방구석에 있던 모포를 가져와 윌로 존의 몸을 덮어주었다. 윌로 존은 여전히 눈을 감고 있었다. 밤이 오고 있었다. 할아버지와 나는 화덕의 불이 꺼지지 않도록 불을 지켰다. 산꼭대기에서 휘몰아치며 불던 바람이 오두막집 둘레를 감싸고 돌며 서러운 울음소리를 내고 있었다.

할아버지는 모닥불 앞에서 책상다리를 하고 앉아 계셨다. 일렁이는 불꽃에 비친 할아버지의 얼굴은 시간이 지날수록 조금씩 더 늙어 보였다. 광대뼈의 짙은 그림자 속에서 할아버지의 얼굴은 쩍쩍 갈라진 틈새를 가진 울퉁불퉁한 바윗덩어리였다. 이제 그 얼굴에서 보이는 것이라곤 불을 바라보고 있는 두 눈뿐이었다. 그 눈은 불꽃처럼 활활 타오르지 않고 사그라드는 잉걸불처럼 시커멓게 타오르고 있었다. 나는 화덕 옆에 웅크리고 있다가 잠이 들고 말았다.

눈을 뜨니 아침이었다. 모닥불이 문 틈새로 새어 들어오는 안개를 도로 밀어내고 있었다. 할아버지는 어젯밤 그 자세 그대로 불 옆에 앉아 계셨다. 할아버지가 밤새 불을 지켰으리란 걸 알고 있었는데도, 마치 밤새 꼼짝도 하지 않으신 것처럼 느껴졌다.

윌로 존이 몸을 뒤척였다. 할아버지와 내가 옆으로 다가가자 윌로 존이 눈을 떴다. 윌로 존은 한쪽 손을 들어 문 쪽을 가리켰다.

"나를 밖에 데려다주게."

"밖은 춥다네."

할아버지가 이렇게 말하자, 윌로 존이 힘없이 중얼거렸다.

"알고 있네."

할아버지는 윌로 존을 안아올리느라고 한참 낑낑대며 힘을 쓰셔야 했다. 윌로 존의 몸이 완전히 축 늘어져 있었기 때문이다. 나도 할아버지를 도왔다.

할아버지가 윌로 존을 문밖으로 안고 가시자 나는 침대의 나뭇가지들을 끌고 뒤따랐다. 할아버지는 윌로 존을 데리고 움푹 패인 곳의 둔덕 위로 올라가셨다. 우리는 나뭇가지들을 놓고 그 위에다 윌로 존을 뉘었다. 우리는 윌로 존의 몸을 담요로 감싸고 발에는 모카신을 신겼다. 그리고 할아버지는 사슴가죽을 접어서 윌로 존의 머리 밑에 받쳐주었다.

우리 등 뒤에서 아침 해가 비치기 시작하자 주위의 안개들이 산그늘을 찾아서 천천히 흩어져갔다. 윌로 존은 험한 산들과 깊은 골짜기들 저 너머, 아득히 서쪽을 보고 있었다. 마치 하늘 끝을 보기라도 하는 것처럼 그는 인디언 연방을 바라보고 있었다.

할아버지가 오두막집으로 가서 윌로 존의 긴 칼을 가져오셨다. 할아버지는 그것을 윌로 존의 손에 쥐여주었다. 윌로 존이 칼을 들어올려 굽고 뒤틀린 늙은 전나무 하나를 가리켰다.

"내가 죽으면 저기 있는 전나무 옆에 묻어주게. 저 전나무는 많은 씨앗들을 퍼뜨려 나를 따뜻하게 해주고 나를 감싸주었어. 그렇게 하는 게 좋을 걸세. 내 몸이면 2년치 거름 정도는 될 거야."

"알겠네."

"그리고 보니 비에게 전해주게. 다음번에는 틀림없이 더 나을 거라고 말이야."

윌로 존의 목소리는 사그라들고 있었다.

"그러겠네."

할아버지는 윌로 존 옆에 주저앉아 그의 손을 잡았다. 나도 반대쪽에 앉아서 윌로 존의 다른 한 손을 잡았다.

"당신들을 기다리고 있겠네."

"우리도 곧 가겠네."

나는 윌로 존에게, 틀림없이 독감에 걸린 것이다, 할머니가 그러시는데 도처에 독감이 유행하고 있다고 하셨다, 우리가 돌봐드리면 틀림없이 걸을 수 있게 될 것이다, 그렇게 되면 산을 내려가서 우리 집으로 같이 가 지내자, 그러니까 중요한 건 걸을 수 있을 정도로 회복되는 것이다, 조금만 애쓰면 틀림없이 그렇게 될 것이라고 말씀드렸다.

윌로 존은 웃으며 내 손을 꼭 쥐었다.

"작은 나무야, 넌 착한 마음을 가졌구나. 하지만 나는 더 이상 이곳에 있고 싶지 않단다. 이제 그만 가고 싶어. 언젠가 네가 오길 기다리마."

나는 울었다. 나는 윌로 존에게, 조금만 더 머물러줄 수는 없는가, 내년에 날씨가 따뜻해지고 나서 가면 되지 않는가, 올 겨울에는 히커리 열매가 많이 열려서, 이제 얼마 안 있으면 사슴이 통통하게 살이 오른 모습을 보게 될 것이라고 말했다.

윌로 존은 빙긋이 웃었지만 더 이상 말은 하지 않았다.

윌로 존은 할아버지와 내가 거기 있다는 사실도 잊은 듯, 산 너머 아득한 서쪽만을 바라보았다. 드디어 그는 정령들에게 자신이 가고 있음을 알리는 마지막 노래를 부르기 시작했다. 그것은 죽음의 노래였다.

낮게 시작된 그 노랫소리는 점차 높아지는가 싶더니 어느새 기운없이 사그라들기 시작했다.

좀 지나자 그 노랫소리는 바람 소리인지 윌로 존의 목소리인지 더 이상 구별이 되지 않았다. 목 근육의 움직임이 점점 약해지는 데 따라 그의 눈빛도 희미해져갔다.

할아버지와 나는 그의 영혼이 눈 속 깊숙이 빨려들어가는 모습을 지켜보았다. 그의 영혼이 몸을 떠나는 것이 느껴졌다.

그러고 나자 한 줄기 세찬 바람이 우리 사이를 지나쳐 가더니 늙은 전나무 가지를 흔들어댔다. 할아버지는 그 바람이 윌로 존이라고 하셨다. 그는 그만큼 강한 영혼을 갖고 계셨다. 우리는 그 바람이 산등성이에 서 있는 높은 나뭇가지들을 휩쓸고 난 뒤 산허리로 달려내려가 까마귀떼를 공중으로 날아오르게 하는 모습을 지켜보았다. 까마귀들은 까악까악 울면서 윌로 존과 함께 산 아래로 내려갔다.

할아버지와 나는 윌로 존이 산등성이와 산봉우리들 저 너머로 사라져가는 모습을 언제까지나 지켜보고 있었다. 우리는 오랫동안 그렇게 앉아 있었다.

할아버지는 윌로 존이 돌아올 거라고 말씀하셨다. 우리는 바람 속에서 그를 느끼고, 나뭇가지들의 속삭임 속에서 그의 목소리를 들을 것이다.

할아버지와 나는 각자의 긴 칼로 늙은 전나무에서 가장 가까운 곳에 무덤을 팠다. 우리는 깊게 팠다. 할아버지가 윌로 존의 몸에 담요 한 장을 더 감싸고 난 다음, 우리는 그의 몸을 무덤 속에 내려놓았다. 할아버지는 윌로 존의 모자를 무덤에 함께 넣었고, 잡고 있던 긴 칼을 다시 고쳐 쥐여주었다. 이제 윌로 존의 손에는 긴 칼이 꽉 쥐여 있었다.

우리는 무거운 돌들을 윌로 존의 몸 위로 잔뜩 쌓았다. 할아버지는 윌로 존이 원한 대로 전나무의 거름이 되려면 너구리가 파헤치지 못하게 해야 한다고 말씀하셨다.

해가 서쪽으로 가라앉을 무렵에야 우리는 산을 내려왔다. 할머니에게 드리려고 윌로 존의 사슴가죽 셔츠를 집어오신 것만 빼고, 할아버지는 오두막집 안을 윌로 존이 살던 그대로 놔두었다.

골짜기로 되돌아갔을 때는 이미 한밤중이 지나 있었다. 아득히 멀리서 문상 비둘기 우는 소리가 들렸다. 그 소리에 대답하는 것이 없는 걸로 봐서 윌로 존을 위해 울고 있다는 걸 알았다.

집 안으로 들어서자 할머니가 등잔에 불을 붙였다. 할아버지는 윌로 존의 셔츠를 말없이 식탁 위에 올려놓으셨다. 할머니는 무슨 일이 일어났는지 알고 계셨다.

그 후로 우리는 교회에 가지 않았다. 나는 상관하지 않았다. 이제 그곳에 가도 우리를 기다리는 윌로 존이 없었으니까.

그 후, 할아버지와 할머니, 내가 함께 산 기간은 2년 정도였다. 아마 우리 모두 입 밖에 내지는 않았지만 남겨진 시간이 얼마 안 된다는 것을 깨닫고 있었을 것이다. 이제 할머니는 할아버지와 내가 가는 곳이면 어디라도 따라오셨다. 우리는 그 남은 시간 동안 충실히 살았다. 우리는 가을이면 가장 새빨간 단풍잎을 찾아냈고, 또 봄이면 가장 푸른 제비꽃을 가리키며 서로에게 알려주었다. 그렇게 해서 우리는 그 느낌을 함께 맛보고 서로 나누었던 것이다.

할아버지의 발걸음이 조금씩 느려지기 시작했다. 이제는 모카신을 약간 끌듯이 하며 걸으셨다. 나는 되도록 많은 위스키병을 내 자루 속에 넣고 짊어지려 했으며, 힘든 일도 더 많이 떠맡으려 했다. 그러나 우리는 한 번도 그런 일을 입에 올리지 않았다.

할아버지가 도끼 사용법을 가르쳐주셨다. 활 모양을 그리듯이 해서 내리치니 통나무를 쉽고 빠르게 쪼갤 수 있었다. 이제 나는 옥수수를 할아버지보다 더 많이 땄다. 할아버지가 따기 쉬운 것은 일부러 남겨두었다. 그러나 나는 그에 관해서 아무 말도 하지 않았다. 이전에 늙다리 링거에 대해서 할아버지가 "자신이 여전히 가치 있는 존재라고 느끼는 것이 중요하다"라고 말씀하신 것이 떠올랐다. 그 마지막 가을에 노새 샘영감이 죽었다.

내가 굳이 새 노새를 구할 필요는 없을 것 같다고 말씀드렸더니, 할아버지는 봄까지 아직 시간이 많이 남았으니 기다려보자고 하셨다.

할아버지, 할머니, 나, 셋이서 산꼭대기로 오르는 일이 잦아졌다. 두 분이 산을 오르는 속도는 예전에 비해 느려졌지만, 두 분은 산꼭대기에 앉아서 주위 산줄기들을 바라보는 걸 좋아하셨다.

할아버지가 발이 미끄러져 굴러 떨어지신 것은 이렇게 산길을 오르던 도중이었다. 할아버지는 혼자 힘으로 일어서지 못하셨다. 할머니와 내가 양쪽에서 부축해서 산길을 내려왔다. 할아버지는 "이제 금방 괜찮아질 거야" 라는 말만 하셨다. 하지만 그렇지가 않았다. 우리는 할아버지를 침대에 눕어드렸다.

파인 빌리가 찾아왔다. 그는 우리 집에 머물면서 할아버지 옆에 붙어 있었다. 할아버지가 그의 바이올린 연주를 듣고 싶어하셨다. 파인 빌리는 등잔 불빛 속에서 긴 목을 바이올린 위로 기울이고, 제 손으로 짧게 자른 머리를 귀 위로 늘어뜨린 채 바이올린을 연주했다. 그의 볼을 타고 내려온 눈물이 바이올린과 멜빵바지 위로 뚝뚝 떨어졌다.

"그만 그치게, 파인 빌리. 자네가 음악을 망치고 있잖은가. 나는 자네의 바이올린 소리를 듣고 싶어."

할아버지가 꾸짖으시자, 파인 빌리는 목이 메어 대답했다.

"우는 게 아니에요. 가, 감기에 걸렸어요."

하지만 말을 채 끝맺기도 전에 그는 바이올린을 내던지고 할아버지의 침대 발치에 쓰러졌다. 그는 머리를 침대보에 들이박고는 등을 들썩이며 흐느껴 울었다. 파인 빌리는 무슨 일이든 절제가 잘 되지 않는 남자였다.

할아버지가 간신히 머리를 들어올려 야단을 치셨다. 그러나 그 목소리는 무척 약했다.

"바보같이! 이불이 붉은 독수리표 가루담배로 범벅이 되잖아!"

사실 그랬다. 나도 울었지만 나는 할아버지에게 우는 모습을 보이지 않았다.

할아버지의 몸의 마음이 졸기 시작하고 영혼의 마음이 그것을 대신했다. 할아버지는 윌로 존과 이런저런 이야기들을 나누셨다. 할머니는 할아버지의 머리를 껴안은 채 할아버지의 귀에 대고 속삭였다.

몸의 마음이 다시 깨어났다. 할아버지가 모자를 집어달라고 하셨다. 내가 건네드리자 할아버지는 그것을 머리에 쓰셨다. 내가 손을 잡으니 할아버지의 얼굴에 가만히 웃음이 번졌다.

"이번 삶도 나쁘지는 않았어. 작은 나무야, 다음번에는 더 좋아질 거야. 또 만나자."

그러고 나자 윌로 존이 그러했던 것처럼 할아버지의 영혼이 빠져나가는 것이 느껴졌다.

나는 무슨 일이 벌어지고 있는지 알고 있었지만, 믿어지지가 않았다. 할머니는 할아버지 옆에 누워 할아버지의 몸을 꼭 부둥켜안았다. 파인 빌리는 침대 발치에서 고함을 지르며 울었다.

나는 오두막집을 뛰쳐나왔다. 개들이 짖고 끙끙거리고 있었다. 그들도 알고 있었던 것이다. 나는 좁은 골짜기길을 내려와 지름길로 접어들었다. 언제나 앞장서서 걷던 할아버지의 모습은 이제 어디에도 보이지 않았다. 나는 세상이 끝장났다는 걸 알고 있었다.

나는 눈물범벅이 되어 넘어졌다가는 일어나고, 또 걷다가는 넘어지고 했다. 그렇게 수도 없이 넘어지면서 사거리 상점으로 간 나는 할아버지가 돌아가신 것을 젠킨스 씨에게 알렸다.

너무 늙어서 잘 걷지 못하는 젠킨스 씨는 대신 자기 아들을 나와 함께 가도록 해주었다. 그분의 아들은 이미 어른이었는데, 마치 내가 아기라도 되는 듯 내 손을 꼭 붙잡고 데려갔다. 내가 눈물 때문에 길도 보지 못했고, 어디로 가는지 의식하지도 못했기 때문이다.

젠킨스 씨 아들과 파인 빌리가 관을 만들었다. 나도 도우려 했다. 남이 나를 도와줄 때는 내가 앞장서서 더 많이 일해야 한다고 할아버지가 가르쳐주셨기 때문이다. 그렇지만 나는 거의 그렇게 하지 못했다. 파인 빌리 역시 울음을 멈추지 못해서 별 도움이 되지 못했다. 그는 자기 엄지손가락을 쇠망치로 치고 말았다.

그들은 할아버지를 산 위로 모셔갔다. 할머니가 앞장섰고, 파인 빌리와 젠킨스 씨 아들이 관을 메고 뒤를 따랐다. 그 뒤를 또 나와 개들이 따라갔다. 파인 빌리는 여전히 울고 있었다. 할머니의 기분을 어지럽히고 싶지는 않았지만, 그 모습을 보고 있으려니 나까지도 억제할 수가 없었다. 개들도 낑낑거렸다.

나는 할머니가 할아버지를 어디로 모셔가는지 알고 있었다. 산길 높은 곳에 있는 할아버지의 비밀 장소. 할아버지가 아침의 탄생을 지켜보며, 그때마다 항상 생전 처음으로 그 모습을 보기라도 하는 것처럼 지치지도 않고, "산이 깨어나고 있어!"라고 말하시던 그곳. 아마 실제로 그랬을 것이다. 아마 각각의 탄생은 그때마다 달랐을 것이며, 할아버지는 그렇다는 걸 알고 계셨을 것이다.

할아버지는 아무에게도 이야기하시지 않았던 그곳을 나에게 처음으로 보여주셨다. 그래서 나는 할아버지가 나를 얼마나 사랑하시는지 알게 되었다.

할머니는 우리가 할아버지의 관을 무덤 속에 내려놓을 때 그 모습을 보시지 않았다. 할머니는 저 멀리 산을 바라보고 계셨다. 그리고 우는 모습을 한 번도 보이지 않으셨다.

바람이 심하게 불었다. 산꼭대기에서는 특히나 그랬다. 바람은 할머니의 길게 땋은 머리를 들어올려 펄럭이게 만들었다. 할아버지를 묻고 나자 파인 빌리와 젠킨스 씨 아들은 산을 내려갔다. 나와 개들은 잠시 할머니를 지켜보고 있다가 그 자리를 빠져

나왔다.

우리는 산을 반 정도 내려온 뒤 나무 밑에 앉아서 할머니가 오시기를 기다렸다. 할머니는 땅거미가 내릴 무렵에야 산길을 내려오셨다.

나는 이제 할아버지가 하시던 일까지 해내려고 애썼다. 하지만 나 혼자서 증류기를 다뤄봤지만 결과는 그다지 신통치 못했다.

할머니는 와인 씨가 남겨준 셈본 책을 전부 꺼내와서 내게 부지런히 익힐 것을 독려하셨다. 나는 혼자서 개척촌으로 가 책들을 빌려왔다. 이제 내가 난로 옆에 앉아서 책을 읽노라면 할머니는 조용히 불을 바라보시면서 듣고 계셨다. 그때마다 할머니는 잘 읽는다고 칭찬해주셨다.

리핏이 죽었고, 겨울이 끝날 무렵에는 모드까지 뒤를 따랐다.

봄이 오기 직전이었다. 나는 칼길에서 골짜기길로 내려오고 있었다. 할머니가 오두막집 뒷베란다에 앉아 계시는 모습이 보였다. 할머니는 그곳에다 흔들의자를 옮겨놓으셨다.

내가 가까이 내려와도 할머니는 나를 쳐다보시지 않았다. 할머니는 저 멀리 산꼭대기 쪽을 올려다보고 계셨다. 나는 할머니가 돌아가신 걸 알았다.

할머니는 할아버지가 마음에 들어하시던, 그 주황과 초록과 빨강과 노랑 무늬의 치마를 입고 계셨다. 할머니의 가슴 앞섶에는 나에게 쓴 편지가 꽂혀 있었다.

작은 나무야, 나는 가야 한단다. 네가 나무들을 느끼듯이, 귀 기울여 듣고 있으면 우리를 느낄 수 있을 거다. 널 기다리고 있으마. 다음번에는 틀림없이 이번보다 더 나을 거야. 모든 일이 잘될 거다. 할머니가.

나는 할머니의 그 작은 몸을 안고 오두막집 안으로 들어가 침대에 뉘었다. 나는 그날 낮 동안을 할머니 옆에서 보냈다. 블루 보이와 리틀레드도 나와 함께 있었다.

저녁이 되자 나는 산을 내려가서 파인 빌리를 찾아왔다. 파인 빌리는 나와 할머니와 함께 그날 밤을 꼬박 밝혔다. 그는 울면서 바이올린을 연주했다. 그는 바람과…… 늑대별과…… 산등성이와…… 아침의 탄생과…… 죽음을 노래했다. 나와 파인 빌리는 할아버지와 할머니가 듣고 계시다는 것을 알고 있었다.

다음 날 아침, 우리는 관을 만들어 할머니를 산꼭대기까지 모셔가 할아버지 곁에 묻었다. 나는 두 분의 혼인 지팡이를 가져가, 파인 빌리와 함께 두 분의 무덤 앞에 쌓은 돌무더기에 잘 세워두었다.

나는 두 분이 나를 위해 새겨놓은 자국들을 바라보았다. 지팡이 끝부분에 있던 그 자국들은 두 분이 느낀 깊은 행복을 나타내고 있었다.

나와 블루보이와 리틀레드는 그곳에서 남은 겨울을 보냈다. 봄이 오자 나는 하늘협곡으로 가 증류솥과 지렁이관을 땅에 묻었다. 나는 아직 그것들을 쓰기에는 무리였으며, 내가 알아야 할 만큼 충분히 기술을 배웠던 것도 아니었다. 할아버지는 누군가 다른 사람이 그것을 써서 질 나쁜 물건을 만들어내기를 원하지 않으실 것이다.

나는 할머니가 나를 위해서 모아둔 위스키 판 돈을 가지고 아득히 저 멀리, 서쪽 산들 너머에 있는 인디언 연방으로 가기로 마음먹었다. 블루보이와 리틀레드도 나와 함께 갔다. 어느 날 아침, 우리는 오두막집 문을 닫고 집을 나섰다.

가는 도중에 농장이 나오면 일하게 해달라고 부탁했다. 그러나 개가 있으면 곤란하다고 할 때는 당장 그곳을 떠났다. 할아버지는 사람들이 개에게 큰 빚을 지고 있다고 하셨다. 맞는 말씀이었다.

아칸소 주의 오자크 산지에서 리틀레드는 빙판을 잘못 밟아 시냇물에 빠져 죽었다. 산에서 살아온 개에게 어울리는 죽음이었다. 나와 블루보이는 인디언 연방으로 가는 여행을 계속했다. 실제로는 인디언 연방 같은 건 어디에도 없었지만……

우리는 농장에서 일하면서 계속 서쪽으로 갔다. 이제는 평지의 목장에서 일하는 경우가 잦아졌다.

어느 날 늦은 오후, 블루보이가 내 말 옆으로 왔다. 그 개는 그대로 쓰러지더니 일어나지 못했다. 블루보이는 이제 더 이상 한

발자국도 걷지 못했다. 나는 블루보이를 끌어올려 안장 위에 놓았다. 우리는 시머론 강의 붉은 저녁 해를 등지고 동쪽으로 돌아섰다.

나는 일하던 곳으로 돌아가지 않았다. 어차피 그 말은 15달러를 주고 산 내 말이었으니 상관없었다.

나와 블루보이는 산을 찾아 달렸다.

동트기 전 우리는 겨우 산 하나를 찾아냈다. 산이라기보다는 언덕이라고 하는 편이 더 어울렸지만, 그래도 블루보이는 그걸 보자 반갑다는 듯이 낑낑거렸다. 블루보이를 메고 산꼭대기에 오르니 해가 동쪽 하늘에서 떠올랐다. 블루보이는 엎드린 채 내가 무덤 파는 모습을 쳐다보고 있었다.

이미 머리를 들 힘조차 없었지만, 그는 그것이 자기 무덤인 줄 안다는 듯이 한쪽 귀를 세운 채 계속 나만 쳐다보고 있었다. 무덤을 다 판 다음 나는 땅바닥에 앉아 그의 머리를 내 무릎에 올려놓았다. 블루보이가 몇 번 내 손을 핥았다.

잠시 후 그의 머리가 내 팔 위로 기울어졌다. 블루보이는 무척이나 편안하게 숨을 거두었다. 나는 그를 깊이 묻고 나서 들짐승들에게 파먹히지 않도록 돌을 잔뜩 쌓았다.

블루보이는 코가 발달되어 있으니까 아마 지금쯤이면 고향 산까지 절반은 가 있을 것이다.

블루보이라면 문제 없이 할아버지 뒤를 따라잡을 것이다.

포리스트 카터와 《내 영혼이 따뜻했던 날들》

포리스트 카터는 할아버지의 농장이 있는 곳에서 그리 멀지 않은 앨라배마 주 옥스포드에서 1925년 태어났다. 카터는 옥스포드에서 고등학교를 졸업하고 미 해군에서 근무했으며, 콜로라도 대학에서 공부했다. 또한 그는《텍사스로 가다》와《조지 웨일즈의 복수의 길》,《제로니모》의 저자이기도 하다.

포리스트 카터의 삶은 네다섯 살 때부터 체로키 인디언의 혈통을 이어받은 그의 할아버지와 불가분하게 얽혀 있다. 그의 할아버지는 작은 농장과 농장 근처의 조그만 시골 가게를 경영하고 있었다. 할아버지는 그를 처음에는 '작은 싹'이라고 부르다가 좀 더 자라고 나서부터는 '작은 나무'라고 불렀다. 포리스트 카터는 할아버지로부터, 감사를 바라지 않고 사랑을 준다든지, 또 필요한 것 외에는 대지에서 가져가지 않는다든지 하는 체로키족의 생활철학들을 배워나가게 된다. 작은 나무는 자연이 봄을 탄생시킬 때 몰아치는 산의 폭풍을 지켜보았으며, 새들의 몸짓과 소리가 무엇을 뜻하는지 배웠고, 달이 찬 정도에 따라 어떤 작물을 심어야 하는지를 배웠다. 또한 작은 나무는 체로키족이 경험한 '눈물의 여로'에 대해서도, 그리고 정작 눈물을 흘린 사람은 왜 체로키가 아니라 길가에서 구경하던 백인들이었는지에 대해서도 들었다. 또 작은 나무는 계절이 바뀔 때마다 할아버지의 가게에 찾아오는 유대인 봇짐장수로부터 올바른 자선이란 어떤 것인가에 대해서 배웠으며, 한 소작농으로부터는 잘못 발휘된 자존심을 이해하는 법을 배웠다. 그리고 작은 나무는 할아버지의 용기 덕분에 죽음을 면하는 경험을 하고, 처음으로 미국 백인 사회의 잔혹함과 위선을 경험하게 된다.

《내 영혼이 따뜻했던 날들》에는 체로키들이 세대를 이어오면서 입에서 입으로 전해내려오던 많은 가르침들, 할아버지가 작은 나무에게 전해주고자 했던 가르침들이 녹아들어 있다. 그 점에서 이 책은 완전히 사실과 일치하지 않는다 하더라도 일종의 자서전이라고 해야 할 것이다. 예컨대 소설 속의 할머니는 순수 체로키였던 포리스트 카터의 고조모에 대해 집안에서 전해져오던 모습과 어렸을 때 자신에게 셰익스피어를 읽어주던 저자 자신의 어머니의 모습이 합쳐진 인물이다. 반면에 소설 속의 할아버지는 처음부터 끝까지 실존 인물로서 저자의 할아버지 모습과 일치하고 있다. 저자의 할아버지는 소설에서도 그랬던 것처럼 저자가 열 살 되던 해에 돌아가셨다.

저자인 포리스트 카터는 1979년에 죽었다.

카터의 작품에 대한 평가는 그의 사후 10여 년이 지나고 나서부터 점점 높아져갔다. 1976년에 처음 출판되었던 《내 영혼이 따뜻했던 날들》은 얼마 안 가 절판되고 말았지만, 1986년 뉴멕시코 대학출판부에서 복간되자 해가 갈수록 판매부수가 늘어나기 시작하더니 결국 1991년에는 무려 17주 동안 《뉴욕타임스》 베스트셀러 1, 2위에 기록되었다. 또 이 책은 같은 해 제1회 애비상American Booksellers Book of the Year을 획득했는데, 전미 서점상 연합회가 설정한 이 상의 선정 기준은 서점이 판매에 가장 보람을 느낀 책이라고 한다.

《포리스트 카터의 그 외 작품들》

『Gone to Texas』(1973), 『The Vengeance Trail of Josey Wales』(1976), 『The Education of Little Tree』(1976), 『Watch for Me on the Mountain』(1978)

뉴멕시코 대학출판부

옮긴이 조경숙

1958년 부산에서 태어나 서울대 역사교육과를 졸업하고
영어와 일어를 우리말로 옮기는 일을 했다. 그동안 옮긴 책으로는
《신과 나눈 이야기》 3부작, 《신과 나누는 우정》, 《신과 나눈 교감》,
《신과 집으로》, 《우리는 신이다》, 《청소년을 위한 신과 나눈 이야기》,
《끝없는 사랑》, 《사랑의 기적》 등이 있다.

내 영혼이 따뜻했던 날들
포리스트 카터 지음 · **조경숙** 옮김

1판 1쇄 펴낸날 1996년 11월 1일 | **5판 17쇄 펴낸날** 2024년 1월 17일
펴낸이 이충호 | **펴낸곳** 길벗어린이㈜
등록번호 제10-1227호 | **등록일자** 1995년 11월 6일
주소 04000 서울시 마포구 월드컵북로 45 에스디타워비엔씨 2F
대표전화 02-6353-3700 | **팩스** 02-6353-3702 | **홈페이지** www.gilbutkid.co.kr
그림 오정택 | **편집** 송지현 임하나 황설경 박소현 김지원 | **디자인** 오진경 김연수 송윤정
마케팅 호종민 신윤아 이가윤 전예은 최윤경 강경선 | **경영지원본부** 이현성 김혜윤
ISBN 978-89-5582-495-7 03840

아름드리미디어는 길벗어린이㈜의 청소년·단행본 브랜드입니다.